아보카도의 씨

아보카도의 씨

1판 1쇄 발행 | 2019년 2월 25일

지은이 | 이언호

발행인 | 이선우

펴낸곳 | 도서출판 선우미디어

    등록 | 1997. 8. 7 제305-2014-000020
    02643 서울시 동대문구 장한로12길 40, 101동 203호
    ☎ 2272-3351, 3352 팩스: 2272-5540
    sunwoome@hanmail.net
    Printed in Korea ⓒ 2019. 이언호

값 13,000원

이 도서의 국립중앙도서관 출판예정도서목록(CIP)은 서지정보유통지원시스템
홈페이지(http://seoji.nl.go.kr)와 국가자료공동목록시스템(http://www.nl.go.kr/kolisnet)에서 이용하실 수
있습니다.(CIP제어번호: CIP2019005047)

ISBN 978-89-5658-604-5 03810

아보카도의 씨

이언호 창작집

선우미디어 SUNWOORDIAERIN

아메리칸 드림을 위한 정체성에 대하여

돌이켜 생각해 보면 60년대 한국에서의 대학시절엔 상아탑에서 학문에 열중하기보다 길거리에서 구호를 외치는 시간이 더 많았던 것 같다. 그런 환경은 내 나이 30대 중반까지 이어졌다. 참으로 혼란스러운 시대였다. 그때 한국의 문화는 겨울 나뭇가지처럼 앙상하게 말라있었다. 다행스러운 것은 젊은 문화인들, 시인들을 비롯한 문인들, 연극인들, 화가들, 통기타 가수들이 낮은 자리에서 봄을 기다리는 노래를 불렀다. 소설보다 희곡작가로 더 많은 활동을 한 나는 사회부조리를 풍자와 해학으로 꿈을 잃지 않는 정체성 지키기에 열중하기도 했다. 판소리의 가락과 탈춤의 율동이 그것이었다. 그리하여 나는 희곡과 소설의 문장 속에 진실된 내 생각을 은밀히 숨겨두는 작업을 의식적으로 많이 한 것 같았다. 신예작가로 지성의 고민이 사치라는 교만함의 멋도 부려봤다. 정말 괴로운 시기였다. 그때는 우리의 꿈이란 마음 편히 삼시 세 때를 먹는 것이었다. 이민선을 냉큼 타게 된 핑계이기도 하다.

다시 돌이켜 보면 한국에서의 삶보다 미주에서의 사는 세월이 더 길게 이어진다. 올해로 미주이민생활 38년째다. 긴 시간이다. 꿈과 개척의 나라 미국에 온 이민 초기에는 미래의 꿈은커녕 먹고 사는 일에 급급했다. 10년 동안 3D 직장을 찾아 헤매며 막일을 했다. 신분 하락의 자존심이 나를 슬프게도 했었다. 그렇게 고생바가지로 하는 이민생활 중기에는 자녀교육을 잘 하는 것만이 아메리칸드림이었다. 아이들도 자신의 정체성에서 혼란을 일으키며 성장하는 시기가 그때이었다. 지금, 그 자녀부분에서는 일단 성공한 것 같다. 이제 나머지 생은 아마도 진정한 나를 찾아내는 것이 아닐까 한다. 그런 꿈을 간직하기 위해서는 온갖 조건과 싸워야 하고 정신줄을 팽팽히 지켜야 할 것 같다. 나뿐 만이 아니라 모든 선한 이민자들은 그런 생활을 해야 할 것이다. 더러는 아직도 아웃사이더로 전전하는 이도 있겠지만, 많은 이민 1세들이 자기분야를 찾아 훌륭하게 주류사회의 일원으로 성공한 사례도 많아 고무적이기도 하다. 그동안 지진 등 천재지변도 만나고 토네이도에 인종폭동, 권총강도, 사기꾼. 편견과 멸시 등 모든 인재와 사회부조리의 장애물을 넘어 자신의 정체성을 지키며 살아간 사람들만이 그런 꿈에 도달할 듯하다. 특히 이민자들은 문화의 진공상태에서 생활을 해 나가야 하는 불편함도 괴로움의 한 부분이기도 하다. 그런 고뇌는 당해본 사람만이 그 고통을 알 것이다. 미국의 문화는 가도 가도 끝이 없게 생소하고, 뒤돌아보는 한국의 문화는 80년대부터 비약적으로 발전해 4D로 향한 오늘에 이르고 있으니 진퇴양난이다. 그런 이민자들의 살아가는 현장에서 함께 더불어 애환 나누는 증언자로 희곡과 소설을 40년간 집필해 왔음을 스스로 자랑스럽게 생각한다. 아울러 디아스포라의 이민문학발전과 우리의 정체성을 찾는 이야기를 내 독자들과 나누어 보려고 노력했음을 고백한다.

이 소설집을 펴내면서 그동안 써온 중, 단편소설 중에 11편을 선정해 소설집 ≪아보카도의 씨≫를 펴낸다. 오늘의 나를 있게 해준 가족들에게 고맙고, 이 책을 출판해 주시는 선우미디어 편집진과 이선우 대표께 감사드린다.

캘리포니아 시그널 힐에서
이언호
leeonho@hotmail.com.

차례

4 　작가의 말

8 　롤러코스터

30 　슈거스위트 사롱

48 　개구리들의 합창

66 　미란다의 납치 이벤트

90 　반딧불 투어

118 　브리스틀콘 소나무

135 　다나에는 구해질까

154 　설치미술 창작에 대한 시뮬레이션

180 　아보카도(Avocado)의 씨

202 　유기증후군

224 　엘캡

이언호의 작품 세계

291 　김미현　생명의 권리

295 　장우영　트라우마를 향해 돌진하는 롤러코스터 탑승자

297 　김아정　부조리의 인생관과 보편성의 문학

299 　이언호(李彦鎬) 연보

롤러코스터

물방울 떨어지는 소리에 눈을 뜬다. 나는 어둠에 익숙해지려는 듯이 한참 동안 그대로 누워있다. 고인 물에 간헐적으로 떨어지는 듯하며 에코를 동반한 이 물방울 소리를 수적(水滴)이라고 하던가. 깊은 동굴 속의 소리를 연상시킨다. 한참 후에 파악한 이 소리는 잠을 깨라는 모닝콜이었다. 그건 자명종 소리나 전화벨보다 효과적이다. 그리고 내 의식 속으로 보내지는 어떤 메시지가 포함되어 있을 것이란 생각이 들게 해 준다. 나의 피부 밑으로 정지되었던 생각의 원천이 빠르게 흐름을 느낀다. 내가 몸을 뒤척이자 소리는 곧 멎는다. 까맣게 잊어버렸던 소리. 아내가 날 깨우기 위해 고안해낸 음향과 흡사한 소리다. 그보다 더 고음이다. 무의식까지 뒤흔들어놓는 수적 음향이 세뇌고문이란 걸 난 알고 있다. 방이 밝아진다. 할로겐램프가 켜진 것이다.

이 침실은 벽지색이 착시현상을 준다. 누워서 본 천정은 검붉은 색이고, 나비 문양이 그려진 벽은 짙은 녹색이다. 그런데 일어나서 다시 보면 그 반대로 색이 변화된다. 청록은 검붉은 색이 되고, 검붉은 색은 청록이 된다. 그리고 색이 변화될 때마다 나비 떼들이 이리저리 날아다닌다. 할로겐램프의 마술이다. 난 붉은색과 청색과 녹색의 빛이 합치면 하얀 조명이 된다는 걸 안다. 미술책 편집을 해 봐서 잘 안다. 그래도 막상 착시를 보면 혼란을 느끼는 게 인간이다. 나는 눈을 감는다. 내 안의 잔영에선 나비 떼가 방안에 가득 날아다닌다. 참 희한한 조명이다.

이 방엔 창이 없다. 방과 방 사이에 끼어 있는 방이기 때문일 것이다. 이 방엔 문도 안 보인다. 그래도 난 문이 두 개가 있다는 걸 안다. 문 하나는 방 밖의 거실로, 또 다른 하나는 화장실로 가는 문이다. 보통 호텔방은 화장실 안에 욕실이 있게 마련이다. 이 방은 욕실 대신 옷장이 있다. 욕실은 체력 단련실 옆에 있다. 문들은 모두 벽과 같은 색이어서 얼른 보면 안 보인다. 그러나 내가 문이라고 생각되는 벽 앞에 가서 잠시 기다리면 벽에 문이 생겨 스르르 열린다. 무엇 때문에 이처럼 혼란스런 디자인을 했을까…?

엔앤에스(N&S)기업이 날 스토리텔링 작가로 초청해 왔다. 그리고 휴식을 취하라면서 이런 방으로 안내했다. 왜 이런 도깨비 굴속 같은 방에 묵게 하는지 궁금하기만 하다. 그들이 내 인식에 착각이라는 자극을 주려 하는가? 알 수가 없다.

심리학 책에서 착시현상의 그림을 여럿 본 적이 있다. 그림책 편집을 할 때다. 네덜란드의 그래픽 아티스트인 엠씨 에셔(M.C Escher)의 그림 같은 것을 많이 봤다. 살바도 달리의 그림도 그중에 하나다. 시계가 녹아내리고 있는 그림이 그의 대표작이다. 그 천재는 아날로그가 녹아서 디지털이 되리라는 걸 화폭에 예언했다. 인식의 무대. 길이와 거리와 부피가 착시를 주는 루빈의 와인 잔과 신사의 얼굴, 오리와 토끼, 젊은 여인과 노파의 그림들이 대표적인 착시의 그림들이다. 또 빅터 바스리(Victor Vasarely)의 푸른색 바둑무늬의 상자그림, 나란히 뻗은 기찻길이 사다리꼴로 보이는 것들이 대표적인 착시의 그림들이다.

만약 한국인 두 사람에게 미국에 가 봤냐고 묻는다면 그 중 한 사람이 가 봤다고 대답을 할 것이다. 미국은 한국의 제주도보다 가본 사람이 많다는 애기겠다. 또 한국인 세 사람에게 미국에 인척이 있느냐고 물으면 그중 두 사람이 있다고 할 것이다. 그런데 나는 미국에 가본 적도 없고 미국에 사돈의 팔촌도 아는 사람이 없었다. 그러면서 어떻게 미국엘 왔느냐. 엔앤에스(N&S)란 회사에 스토리텔링 전속작가로 초대를 받아 온 것이다. 허지만 아직은 완전하게 채용이 된 건 아니다. 사실은 지금 그 회사에 면접을 받으러 와서 대기 중이다.

이야기인즉은 이렇게 됐다. 요즘 내 명함 속의 직업은 프리랜서 편집인 겸 자서전 전기작가이다. 우리는 가끔 그런 작가들을 고스트라이터라고도 한다. 대필작가 말이다. 난 말이 좋아 프리랜서 편집인 겸 전기작가이지 일감이 가물에 콩 나기로 걸려들고, 한번 걸린 일로 다음 수입이 생길 때까지 몇 달이고 아끼고 절약하고 때로는 몇 끼니씩 굶으며 살아가는 가난뱅이다. 한때는 크지는 않았지만 베스트셀러를 펑펑 찍어내는 출판사 씨이오(CEO)였다. 어느 날 운명이 장난을 해서 날 하등인생으로 강등시켜 버렸다. 아이들이 장난삼아 던진 돌멩이에 개구리의 머리통이 깨지듯 날벼락 맞은 것이었다. 처음에는 이런 운명에 저항도 했다. 술도 진탕 마셔보고, 기도회에도 쫓아다녔다. 그때마다 시간과 돈만 깨져 회사는 망했고 난 가난뱅이가 된 것이다. 가난은 사람을 무기력하게 만든다. 사실 목을 맨 적도 있었다. 그런데 무기력해진 사람은 죽지도 못한다. 목에 맨 밧줄을 쥐고 "운명아…!" 하면서 떨고 서 있을 뿐이었다. 어떤 운명이기에 그리됐느냐 하면…. 그 사연을 말하자면 비통해져 온 몸에 열이 오른다. 마치 내 자신이 화덕에 올라앉은 오징어처럼 졸아드는 것 같아 그 이야기는 발동이 잘 걸린 다음 한 꼭지씩 해야겠다. 우선 미국에 오게 된 사연부터 풀어내보자.

그 날도 어디 일감 하나 없나 해서 여기저기 작은 출판사와 인쇄소에 문자메시지를 보내고 있는 중 어디에선가 광고문이 하나 들어왔다. 스팸메일이려니 해서 지워버리려다가 슬쩍 열어보니 세계적인 기업 엔앤에스(N&

S)가 전속 스토리텔링 작가를 모집한다는 광고였다. 아시다시피 요즘 스토리텔링이라는 말은 디지털 문화콘텐츠가 아니어도 약방의 감초로 어느 기업이나 끼어들어 돈을 벌어들이는 주연급으로 등장하지 않았는가. 기업이란 이윤의 획득을 목적으로 운용하는 자본의 조직단위다. 그러니까 기업에서의 스토리텔링은 마치 횃불을 치켜들고 무인도에 우뚝 솟은 여신상 같은 존재가 되었다. 그녀 한번 잘 모시면 기업의 돈줄이 확 풀린다. 타이타닉이나 아바타란 영화 한 편이 자동차 수만 대를 수출한 이윤보다 더 많은 돈을 벌어들이지 않는가. 내가 그런 자리에 전속작가가 된다면…. 그건 꿈같은 얘기겠지만 도전해 볼만 했다. 난 앉은 자리에서 이력서와 자기소개설 써 보냈다. 그리고 마지막 라면박스가 다 비워가도록 소식을 기다렸다.

그러나 엔앤에스는 입에 자물쇠를 채우고 무겁게 조용했다. 나는 그러면 그렇지 스팸메일로 지워 버려도 시원치 않은 걸 써보냈더니 사람을 놀려…. 잊자, 잊어버리자. 난 잊는 데 도사가 되지 않았는가. 그렇다 해도 생각이 났다. 누를수록 용수철처럼 튀여 오르는 게 잊으려는 사건들이다. 대기업의 스토리텔링 전속작가. 얼마나 매력적인 직업이냐. 은근히 그 해답을 기다리며 기대했던 순진한 마음을 달래며 파와 계란 없는 마지막 라면 봉을 뜯다말고 다시 멜을 열어보니….

"당신의 이력서를 검토해 본 결과 인터뷰를 하기로 결정했으니 미국본사로 오시오"라는 문자가 올라와 있었다. 어…! 이건 뭐지? 미국으로 오라네. 근데 속 터지네. 지금 끼니가 없어 김치 무시하고 맨 라면으로 디너를 때우는 형편에 무슨 미국행이야. 강도질 하냐? 무슨 수로 비행기 표를 사서 거길 간단 말이냐? 설사 간다 해도 면접결과 찍─싸면 미국 거지 귀신 되는 게 아닌가. 나는 고소를 금치 못하고 라면부터 먹었다. 그러면서 한편으로 배 실장을 찾아가 볼까, 하는 생각이 반짝 아이디어로 떠오른다. 그 친구는 옛날 내가 출판사 사장으로 있을 때 편집 차장을 하던 이로 어느 작은 출판사의 주간으로 있다. 그는 지금의 내 신세를 긍휼이 여기어 쇠주도 사면서 일감도 얻어주고 쌀말 값이나 집어 넣어주며 "사장님, 낙심 마세요." 하며 날 위로 하던 고마운 사람이었다. 그럴 때면 내가 잘 나갈 때 회식도 자주 시켜주고 보너스도 두둑이 줄 걸 하는 생각이 후회막심으로 가슴을 울렸다. 그것도 한두 번이지. 요즘은 염치가 없어서 전화도 못 걸고 또 그도 연락이 없었다. 나도 더 이상 그의 신세를 지는 게 미안해서 그를 찾지 않았다. 그런데 미국에서 오란 멜을 받고 그의 얼굴이 자꾸 눈앞에서 뱅뱅 돌고 있었다. 난 그에게 이야기나 해 보자는 생각으로 이멜을 보냈다. 곧 이어서 그에게서 답신이 왔다. 요즘 해외에 다닐 일이 생겨서 비행기를 몇 번 탔더니 마일리지가 좀 쌓였는데 그것이면 사장님 항공표는 해결이 될 것이라는 얘기와 더불어 자신은 사장님에게 좋은 일이 꼭 생길 것이란 예감의 말까지 덧붙였다. 나는 고마워서 눈물이 왈칵 흘렀다.

그런데 이어서 미국 이멜이 들어왔다. 미국 초청장과 항공권 예약이 되어 있으니 일주일 내로 들어오란 것이었다. 그래서 나는 그 친구에게 서울에서 인천공항까지의 리무진 표만 신세지고 미국행 비행기에 올랐다. 헌데 이건 또 웬일인가. 비행기에 오르고 보니 비즈니스석이었다. 일등석 타보신 분을 알겠지만 대우가 엄청 좋다. 환상적인 미녀 스튜어디스들의 친절은 말할 수 없다. 요즘은 다문화 사회가 착실히 돼 가는지 동남아 여성들이 한국 비행사에 많이 진출해 있다. 아담하고 까무잡잡한 이국적 여성의 매력은 신선해 보였다.

난 우선 식사부터 주문해 먹었다. 백포도주를 곁들인 랍스터, 송아지 안심스테이크에 후식으로 과일 요구르트와 커피로 식사를 끝냈다. 문화영화로 독일의 디자인 연구소인 바우하우스를 봤다. 바우하우스는 디자인과 관련된 건축이며 조형 예술을 교육하는 독일의 유명 학교이자 연구소이다. 아내가 디자인을 전공해서 들은 적이 있어 흥미롭게 봤다. 그녀는 그때 그 바우하우스 연구소의 멤버가 되는 게 꿈이었다. 그녀를 생각하면 가슴이 메어진다. 잊어버리자. 난 생각을 고쳐먹고 클래식 영화 카사블랑카를 봤다. 조국과 사랑을 위해서 통 큰 결정을 내린 험프리포가트가 너무 멋있었다. 점보제트기는 시간과 공간을 가르며 잘도 날았다. 밤은 깊어갔고 내 머릿속의 상념은 날 긴장시켰다. 낼 맑은 정신으로 인터뷰를 하려면 눈을 좀 부쳐야 했었다.

그런데 긴장은 시간이 지날수록 고조됐다. 잠이 안 왔다. 독한 위스키 한 잔 더 시켜 단숨에 마시고 영화를 틀었다. 옛날에 본 작품이었다. 가난한 다섯 명의 자매 이야기인데 매우 감동적인 영화였다. 거기엔 얼마 전에 작고한 엘리자베스 테일러가 나왔다. 그 영화를 보면서 나는 유미애와 유정웅, 그리고 어머니와 아내. 비극적 운명의 장난으로 사별과 이별을 동시에 한 가족들의 영상이 떠올랐다. 순간 가슴이 뛰고 주체할 수 없는 설움이 밀려와 울음을 터트리고 말았다. 내 잘못이었다. 모든 게 내 잘못이야. 나는 발광을 했다. 스튜어디스들이 놀래서 내게 달려왔다. 날 껴안아주며 울음을 달래 주었다. 난 결국 진정제를 먹고 겨우 잠이 들었다.

잠을 깨보니 새벽이었고 비행기는 로스앤젤레스 공항에 도착했다. 내겐 짐도 단출했다. 등산용 백팩에 낡은 랩톱이 전부였다. 공항엔 마중 나온 사람들이 많았다. 사고무친이라. 어디로부터 방향을 잡아야 하나 망설이고 있는데 유시종이란 한글 팻말을 든 사람이 저 앞에서 어정거렸다. 육척장신에 스킨헤드 그리고 회색수염이 덥수룩한 서양인이었다. 나는 그 앞으로 갔다. 그는 손을 내밀었다.

"쟝 두발입니다."

그는 어눌한 한국말을 했다. 나는 얼른 그의 큰 손을 잡았다.

"유시종입니다."

하고 허리를 굽혔다. 그는 내 짐을 빼앗아들고 성큼성큼 걸어갔다. 나는 다리를 재게 놀려 전봇대 같은 장두발인지, 세발인지를 따라가며 종종걸음으로 황새 따라가는 뱁새 생각을 했다.

파킹장에 들어가서 나는 또 한 번 눈을 크게 떴다. 그가 누른 리모트 앞에서 007의 제임스 본드나 탈 잿빛 스포츠카가 번쩍거리고 있었다. 그는 내게 문을 열어주고 난 다음 운전석에 앉아 쌩 하고 차를 몰아나갔다. 뚜껑이 없는 스포츠카는 처음이었다. 열대의 더운 바람이 그의 메뚜기 선글라스를 비켜 갔다. 그는 묵비권을 행사하는 범죄 용의자처럼 입을 꾹 닫고 달렸다. 차는 엄청 스피드를 냈다. 그의 회색수염으로 태양열이 자외선을 뿌리고 빠르게 뒤로 밀려갔다. 그 스피드에 나는 머리가 하얗게 탈색되는 것 같아 이를 악물었다. 롤러코스터를 타는 것 같았다. 고속도로를 따라 한 30분쯤 가자 우측으로 바다가 나타났다. 태평양일 것이었다. 해는 높이 떴고 바다는 청색이 짙었다. 언덕 하나를 돌아가자 바다는 사라지고 서부영화에서 본 마른 넝쿨 같은 것이 바람에 날리며 과거로 미끄러져 가고 있었다. 그런 풍경을 끼고 조금 더 가자 동그란 만(灣)을 배경으로 오아시스처럼 종려나무가 울창한 숲속에 리조트 군락이 나타났다.

오션 비유 2013뉴포트 비치, 캘리포니아. 나는 그 주소를 외우고 있었다. 차에서 내리고 보니 단층 건물인데 지붕이 안 보였다. 노란 꽃 넝쿨이 뒤덮여 있어서였다. 저, 꽃은 붉은 색이 더 아름다울 테데 하는 생각을 하면서 다시 바라보는 순간 신기하게도 꽃 넝쿨은 붉은 색으로 변해 보였다. 부챗살 모양의 팜트리(Palm Tree) 잎사귀가 서쪽 지붕을 거쳐 보도블록에 그림자를 드리웠다. 꽃들은 그늘 쪽과 햇빛 쪽의 색깔이 달라 보인다는 것을 나는 그제야 알게 되었다. 그래도 순간 착시의 혼란을 느꼈다. 나는 정신을 바짝 차렸다. 장두발이 안내하는 건물의 문턱에는 3D 카페(3D Cafe)라는 간판이 청색 글씨의 세라믹으로 양각되어 있었다. 카페 안으로 들어서면서 나는 '어…!' 하고 멈춰 섰다. 실내 디자인이 희한했다. 카우치들이 모두 허공에 떠 있는 듯 어지러웠다.

"실내 장식이 묘하군요."

"곧 익숙해지실 겁니다."

나는 밝은 곳에서 어두운 곳으로 들어선 기분으로 실내분위기를 바라봤다. 음악이 들렸다. 바이올린 협주곡으로 귀에 익은데 곡명은 알 수가 없었다. 실내는 꽤 넓은 홀이었다. 4인조 둥근 티 테이블이 두 줄로 20여 개 정도로 배치되어 있었다. 그 사이마다 서가의 책꽂이로 된 칸막이가 마치 잘 차려진 도서관의 내부처럼 꾸며져 있었다. 도서관을 겸한 카페인가? 몇몇 사람은 둥근 테이블 앞에 앉아 티를 마시며 담소를 하고, 또 다른 테이블에서는 랩톱을 보고 있는 사람도 있었다. 저들이 모두 스토리텔링 작가들인가? 3D 카페에 스토리텔링 작가들…? 나는 궁금해 하면서 쟝두발을 따라 안으로 깊숙이 들어갔다.

오른쪽에는 코린트식 벽난로가, 왼쪽은 미켈란젤로의 조각이 양각된 분수대가 실내 분위기를 고전적으로 보이게 했다. 이것들은 모조품이겠지… 하고 생각하는데, "저것들은 다 오리지널이오." 쟝두발이 말했다. "씨이오(CEO)레이디가 폼페이에서 파낸 것을 엄청난 금액으로 사 들인 것이지요." 그는 거울로 된 벽에 손가락을 대고 옆으로 밀었다. 아이폰의 화면이 열리듯이 거울 벽 한쪽이 스르르 열렸다. 나는 수족관의 유리탱크 속 같이 된 방 안으로 들어섰다. 바다가 손에 잡힐 듯 가까워 보였고, 흰 거품파도가 해변으로 밀려나오는 게 보였다. 멀리 유람선이 느리게 지나가는 모습도 보였다. 나는 그런 풍경들을 바라보며 앉아있는 여인을 봤다. 방안에는 열대 식물들이 많았다. 나는 온실에서 나는 흙냄새를 맡으며 편안하고 푹신해 보이는 의자를 내려다봤다.

실내가 눈부시게 밝지 않았다. 그런데 그 씨이오(CEO)라는 여인은 창이 크고 진한 선글라스를 쓰고 있었다. 얼굴을 반쯤 가릴 정도였다. 앵두색의 립스틱이 검은 선글라스 창 아래 돋보였다. 17년 전에 사라진 아내도 그런 색 립스틱을 즐겨 발랐다.

"앉으세요."

그녀가 말했다. 그녀의 음성에는 공명(共鳴)이 가득했다. 연녹색 실크 마후라가 그녀의 목선을 가렸다. 아내는 목선이 특히 아름다웠다. 간헐적으로 떨어지는 물방울 리듬이 준비 안 된 무방비의 내 의식 속으로 스며들었다.

"백내장 수술을 했어요."

그녀가 선글라스 쓴 것을 변명하듯이 말했다. 나는 자리에 앉았다.

"자기소개서를 읽었습니다."

그녀가 부드럽게 말했다.

"변변치 않습니다."

나는 겸손하게 말했다.

"그 이외에 어떤 특기가 있으신가요?"

그녀는 바다 쪽으로 시선을 보내며 물었다.

"유명인사의 고스트라이터로 써드린 책이 베스트셀러에 오른 적이 있습니다."

나는 육지로 기어오르려다가 실패하고 미끄러져 나가기를 반복하는 거품 파도를 바라보며 말했다. "잘 쓰셨나 보지요?"

그녀는 내게 시선을 던지며 말했다.

"주인공이 부르시는 대로 쓰고 나중에 문장을 정리했지요."

나는 그녀의 입술을 바라보며 말했다.

"자기 작품을 쓰시지 왜 고스트 라이터가 되셨나요?"

그녀가 물었다. 난 먹고 살기 위해서죠. 라고 대답을 하려다가 호흡을 멈췄다. 그리고 그녀의 선글라스에 비친 내 일그러진 모습을 바라봤다. 그리고 흐느끼듯이 숨을 멈췄다.

"먼 길을 오셨을 테니 우선 쉬세요."

여인은 내게 시선을 둔 채 공명의 소리로 말했다. 그 소리와 함께 그 CEO 여인은 컴퓨터 화면이 꺼지듯이 사라졌다. 내가 허상과 이야기를 했나 보았다.

그렇게 해서 난 고급휴양지처럼 보이는 리조트의 방에서 며칠을 보내고 있는 것이다. 일어나서 화장실부터 간다. 배변은 생각을 해서 동기를 일으키는 것이 아니다. 그냥 본능적 생리현상이다. 변기엔 비데 장치까지 되어 있다. 난 따뜻한 의자 같은 비데변기에 앉았다. 비데의 스위치를 누른다. 물줄기가 아래의 괄약근 신경을 자극한다. 그 마사지가 묘한 쾌감을 준다. 나는 성적 생리를 잊은 지 오래됐다. 수도사도 세상에 나오면 그 해결할 곳을 찾는다는데, 난 치매가 된 기분으로 수도사보다 더 청빈한 생활을 오래 해왔다. 천정에서 수적 음향이 난다. 모닝콜의 소리와 같은 것이다. 그 소리의 메시지는 어디엔가 나를 보는 눈을 감추어 놓았다는 것을 말해주는 것 같다. 내가 국가 정보원이었나? 산업스파이? 그 사이에 내가 그런 사람들의 일을 해 준 적이 있었나? 안타깝게도 난 자신을 잊어버린 사람이 되어있었다. 나의 자기소개서를 읽고 내 신원도 파악했을 것인데 왜 그래? 씨이오, 라는 여인, 그러니까 이 3D 카페의 사장인 듯한 여인이 아내가 즐겨 바른 핑크빛 립스틱을 발랐고 공명속의 음성이 비슷하다는 나의 생각에 단서가 있는 것 같다. 난 이 착시의 현상들을 즐기기로 마음을 먹었다. 그렇다 해도 물방울 음향의 메시지에는 불쾌하다. 사람에게 왜 말이 필요한가. 말로 하지 무슨 심적 세뇌고문 같은 음향으로 의사를 전달한단 말인가. 말, 말로 하자. 그런데 나도 말로 다 못한 경험이 있었다. 그 생각을 하면 피가 마른다.

아내가 교통사고를 냈었다. 중앙선을 넘어온 트럭과 정면충돌을 한 것이었다. 순간 따라 오던 승용차가 뒤를 받았다. 차는 샌드위치로 납작해졌다. 뒷좌석엔 아이들과 어머니가 타고 있었다. 그런 상황에서 살아난다는 건 기적일 것이다. 그런데 아내는 중상을 입었지만 살아났다. 달포가 지난 후 의식을 회복한 아내가 물었다.

"아이들은? 어머니는?"

나는 말을 못했다.

"그들은 낙원 공원묘지에서 안식하고 있다."라는 말을 어찌 하겠나.

"운명이 내게 장난을 걸었어."

이런 은유적인 말도 못하겠다. 바보! 그냥 화만 났었다. 울음만 터져 나왔다.

'미애와 정웅 남매 그리고 어머니는 그 자리에서…. 사망했다.'

난 그토록 엄청난 비극을 말해 줄 용기가 나지 않았다. 아내는 갈비뼈가 부러지며 내장에 손상을 입었다. 정신적인 충격도 대단했을 것이었다. 그런 아내에게 아이들과 어머니가 이 세상을 떠났다는 사실을 차마 알릴 수가 없었다. 그건 사실이 아니야. 있을 수 없는 일이야. 내 의식은 사실과 비사실 사이에서 방황했다.

"아이들은?"

"잘들 있어."

"병원에 한번 데려오지."

"알았어. 어서 일어나기나 해."

"애들이 보고 싶어 미치겠다."

이런 대화를 하며 나날을 보내기란 죽기보다 괴로웠다. 세 살과 다섯 살짜리의 재롱둥이들을 다시는 볼 수 없다는 말을 어찌 한단 말인가. 그 말을 들은 아내가 미치는 영상이 내 등골을 서늘하게 했다. 아내의 병실을 찾아 그녀와 대화하는 일은 고통 그 자체였다. 진실과 사실 사이에서 헤매는 불면의 밤이 내게 찾아왔다. 나는 해가 떠오르지 않는 이 회색의 세상에서 아침이슬이 되고만 싶었다. 사라지자. 사라지고 말자. 아내 앞에서, 이 세상에서 꺼져버리고 말자. 이런 비관의 생각이 내 의식을 점령했다.

아내는 우유병을 깨서 목의 동맥을 긋는 자살을 시도했다. 병실 안에서 아내의 발광하는 소리와 간호사들의 비명소리가 들렸다. 그녀는 결국 병원 관계자들에게 아이들과의 사별 사실을 알게 되었다. 나는 병원 밖으로 뛰쳐 나갔다. 그게 내 실수였다. 아내를 부둥켜안고 함께 통곡을 했어야 했다. 공원묘지 관리인이 실신한 나를 발견한 건 그 며칠 후였다. 나는 아이들과 어머니가 잠들어있는 그곳에서 정신을 잃고 있었다. 아내는 정신과 병동에 이동했다가 어디로인지 사라져 버렸다.

17년 전의 이야기이다. 나는 그녀를 백방으로 찾았다. 일 년인가 후에 그녀는 엽서 한 장을 보냈다. 한적한 곳에서 몸과 마음을 추스르겠다고…. 연락처가 없는 것을 보니 찾지 말라는 의미이었겠다. 나는 찾지 않았다. 어느 절간이나 기도원 같은 곳에서 마음을 달래고 있으려니 생각했다. 그런데 그녀의 모습은 내 의식과 무의식 속에 가득했다. 그리고 나를 황폐시켰다. 어머니와 아이들의 모습도 나를 따라 다녔다. 얼렐렐레 하면 까르르 웃던 미애. 난 그들과 함께 떠돌이가 됐다. 어느 날은 술집으로, 어느 날은 환락의 공간으로, 도박장으로, 영생교회의 집회장으로, 절간으로 그리고 태종대 같은 절벽 위로…. 밧줄을 목에 걸고 한참 떠돌다가 잊자, 잊자, 잊어 버려라를 반복하며 정신 차렸을 때는 회사가 파산한 뒤였다. 그래서 다시 편집일 파트타임에 간간히 대필 작업을 하며 모진 인생을 살아가게 되었다. 잊어야지 잊어야 해 잊어버리자.

씨이오 여인이 왜 대필 작가가 되었냐고 물었을 때 나는 이런 답을 했어야 했다. 난 지옥에서 살고 있으면서 구원을 얻으려고 대필 작가가 되었다고…. 남의 이름으로 남의 인생을 이야기하다보면 내게 구원이 올까 해서…. 그것도 아니다. 여기엔 답이 없다. 내 인생에 왜라는 질문엔 답이 안 보인다. 오이디푸스처럼 운명이 있을 뿐이다. 그렇다. 나도 내 눈을 찌르고 황야를 헤매면서 그 운명과 싸워 이겨야 한다. 비극은 숭고하다. 연극학의 이론이다. 그런데 내겐 우울증이 먼저 왔었다. 그건 내가 가난뱅이 신세가 된 사연이었다.

물방울 메시지는 음성이 아닌 다른 매체로 내 의식에 직접 명령을 하려는 의도인 것일까. 내가 이런 상황을 즐겨야겠다 생각했지만 그건 자위에 지나지 않는다. 난 지금 엄청 혼란스러워지고 있다. 그래도 적응을 해 봐야지. 다짐하며 잠옷을 벗고 옷장에서 운동복을 꺼내 입는다. 아래위가 붙은 점프 슈트로 된 회색 옷이다. 옷을 갈아입자. 방안이, 그러니까 화장실 안이 확, 밝아지며 눈앞에 작은 물체들이 날아다닌다. 이 물체는 꿀벌들이 벌통 근처의 허공에서 윙윙 거리며 날아다니는 모양과 같다. 나는 비데변기에 주저앉아 허공을 날아다니는 그 놈들을 바라본다. 그것들은 물론 천정에서 떨어진 스크린에서 비춘 3D의 화면에서 나온 영상들이다. 허공을 배회하던 비행물체 하나가 내 정수리를 향해 날아든다.

이건 뭐야! 나는 피할 새도 없이 그놈에게 맞는다. 근데 이상하게도 그 놈이 내 머리에 충돌해 바닥에 떨어지거나 나를 관통해 내 머리에 구멍을 뚫어놓지 않는다. 정신 차리라는 경고겠지 하고 자세히 보니, 놈들은 화살통을 맨 아기 주피터들이다. 놈들은 내 양미간을 향해서 화살을 마구 쏘아댄다. 사랑의 화살이다. 그 살을 맞으면 누구든 사랑해야 한다. 난 몸 전신에 열이 오르는 전율을 느낀다. 눈을 감는다. 사랑이란 이름으로 세뇌되어버린 난 어느 조직에 이용당하게 되는지도 모르겠다. 그들은 나를 다 써먹고 제거해 버릴 것이다. 아니면, 그들의 음모가 변경되어 내가 필요 없어진다면 날 없애버릴 수도 있을 것이다. 그렇다면 여길 도망쳐야 할까. 고민할 새도 없다. 어차피 살아도 필요 없는 몸….

눈을 뜬다. 영상들은 사라지고 운동복을 입은 내가 변기 위에 앉아 있다.

뒤돌아 내가 나온 방을 들여다본다. 내가 빠져나온 침대가 검붉은 벽과 청록의 천정 사이에서 하얀색으로 창백하게 누워있다. 거기에도 착시의 현상을 차려놓은 것이다. 나는 얼른 문 밖으로 나선다. 거긴 식당으로 이어지는 거실이다. 여기도 인테리어 디자이너의 장난이 깔려있다. 이런 것이 모두 나를 특수 스토리텔링 요원으로 훈련시키기 위한 장치일까.

이 방에도 창은 없고 새빨간 문이 거실 쪽 벽 한 가운데 보인다. 청록색 식탁에 검은 의자. 크리스털 샹들리에 아래 하얀색 우유병이 준비되어있다. 그리고 시리얼이 담긴 백자 항아리. 오늘 아침식사는 시리얼이다. 얼마만이냐 시리얼을 먹는 게. 젊은 시절 회사를 할 때 우리 가족은 시리얼로 아침 식사를 하곤 했다. 모두 바빠서이기도 하지만 아이들이 그걸 즐겼다. 그들 생각만 나면 가슴이 메고 눈물이 났다. 물방울 떨어지는 소리가 내 의식에 동기를 일으킨다. 난 우유만 마신다. 수적음향이 또 난다. 난 빨간 문 앞으로 걸어간다. 가면서 눈에 보이는 사실성에는 신경을 안 쓰기로 마음을 먹는다.

난 에스에프(SF) 소설 속의 주인공이 되어가고 있나보다. 문이 스르르 열린다. 안으로 들어선다. 체력 단련실이다. 덤-벨로부터 인클라인 벤치프레스, 트레드밀 같은 운동 기구가 가득하다. 벽이 모두 거울이다.

내 모습을 본다. 운동복 가슴에 불꽃 타는 심장 모양의 로고가 과녁처럼 달려있다. 1m77cm 키에 75kg의 몸무게. 희끗한 머리에 콧날이 서있고 수염이 까칠하게 나있다. 나르시시즘이 아니라 내가 봐도 난 좀 마르긴 했어도 아직 멋있는 중년이다. 그러고 보니 이 조직이 마피아라면 난 큰일을 할 그런 모습으로 생겼다. 그런데 날카로웠던 내 눈매의 흰자에 실핏줄이 서려있다. 어제 잠을 못 자서 생긴 충혈이다. 메타포를 유발하는 상상력이 떠오른 많은 영상들 때문에 잠을 못 잤다. 그들은 스토리텔링 작가를 불러놓고 다른 일을 시키려는 것일까? 그런 생각을 하느라고 잠을 못 잔 것이다. 트레드밀에 올라선다. 그리고 뛴다. 디지털 게이지에 뛰는 속도가 나온다. 1백m에 2

분10초다. 눈을 감고 뛴다. 이걸 해내면 넌 씨이오 여인의 연구팀 일급멤버가 되는 거야. 내 의식에 내가 속삭이듯이 말한다. 씨이오 여인에게 공공칠 가방에 가득 달러 보너스를 받을 수도 있겠지. 그리고 특별 휴가로 흑진주 같은 미녀요원들과 요트놀이를 즐길 수도 있다구. 내 의식은 또 그런 속삭임 소리를 한다. 이런…? 그녀는 누구지요? 뭐하는 인물이지요? 하고 내가 나에게 묻는다. 이런 착시의 방과 3D 영상을 만드는 걸 보면 스티브 잡스나 빌 게이트의 경쟁자라는 것으로 이해하겠다. 난 숨이 턱에 차도록 뛴다. 물방울 소리가 리듬을 탄다. 나는 다리를 더 빠르게 움직인다. 게이지는 1백에 1분50초. 올림픽기록이 아마 9.9초였지…? 난 그 자리에 멈춘다. 숨이 끊어질 듯이 가빠서다. 폐활량을 더 키워야 해. 어디선가 메시지가 내게 입력되는 것 같다. 이러다가 심장이 터져 죽는 게 아닐까? 겁이 덜컥 난다. 난 그사이에 영양실조에 걸려 있을 거야. 트레드밀에서 뛰어내렸다.

벽거울 사이가 스르르 열린다. 난 그 화면 속으로 빨려 들어간다. 사방은 어둡다. 몸을 빨리 움직여 손을 바닥에 더듬는다. 차가운 것이 손바닥에 닿는다. 권총이다. 몸을 돌려 과녁을 향해서 쏴! 내 의식 속에서 나오는 명령이다. 몸을 돌린다. 저 멀리 어둠 속에 그림자 형상이 나타난다. 방아쇠를 당긴다. 마구 방아쇠를 당긴다. 서부영화의 총잡이가 된 기분으로 쏘아댔다. 시원하다 스트레스가 팍 풀리는 것 같다. 그러나 총알은 과녁에 하나도 맞지 않았다. 대신 내 가슴에 달린 심장표시에 큰 충격을 받게 되었다. 엄청난 통증이 뒤따른다. 네가 상대를 명중시키지 못하면 그가 널 쓰러트린다. 이 말은 진리이다. 또 다른 형상이 나타난다. 운명의 그림자야. 방아쇠를 당긴다. 이번에도 총알이 빗나간다. 가슴은 뛰고 숨이 턱턱 막힌다. 몸에 열이 오르고 물에 빠진 듯이 땀이 흐른다. 떨린다. 오한이 난다. 걱정 마. 넌 성공할 거야. 물방울 떨어지는 소리. 뭔가 오해가 있어. 난 스토리텔링 작가로 이 회사에 왔단 말이야. 걱정 마. 넌 성공할 거야. 씨이오 여인의 음성이 이명으로 들린다. 물방울 명령에 따라 옆방으로 이동한다. 거기엔 샤워가 있고 자쿠지(Jacuzzi)가 있다. 물안개 속에서 대리석 타일들이 침묵하고 있다. 난 땀에 젖은 운동복을 벗는다. 고무탄환을 맞은 가슴이 뻘겋게 부어 있다.

내게는 늘 가슴이 메어지는 통증이었다. 고무탄환으로 가슴이 뻘겋게 맞은 후 속이 시원해지는 이유는 뭔가? 자쿠지 안에서는 수증기와 거품이 끓어오른다. 그 속으로 들어선다. 물이 목에 차도록 앉는다. 눈이 감긴다. 몸이 공중 부양되는 환각현상이 일어난다. 난 별짓 다하네, 라는 생각을 하는 순간 허공에 화면이 떠오른다.

또 3D의 영상이다. 유나이티드 에어라인이란 글자가 선명한 여객기가 내 양미간으로 날아든다. 난 얼른 고개를 젖혀 그것을 피했다. 여객기는 실상으로 날아들어 허상이 되어 지나간다. 9·11사건 때 세계무역센터 타워 벽에 날아든 여객기의 화면을 본 내 의식 속엔 날아가는 비행기가 공포를 일으키게 한다. 3D영상. 그 원리를 알면서도 그 공간 안에서 어떤 물체가 날아들면 온 몸에 전율이 일어난다. 돌아다보니 나를 통과한 727여객기는 허공을 계속 날은다. 달빛에 출렁이는 밤바다 위를 날던 여객기는 착륙지점을 지나쳐서 바다로 뛰어든다. 수천 개의 촛불들이 내 정수리를 향해 날아든다. 난 이번엔 피하지 않고 받아들인다. 그러면서 생각한다. 내 훈련은 시각인식과 빛의 작용을 이기라는 것일 것이다. 난 바른 손을 들어 얼얼하지만 시원해진 가슴 근육을 문지른다.

지쿠지에서 나왔다. 타월로 몸을 말리고 옷을 입은 후 식당으로 갔다. 식탁에는 손바닥만 한 스테이크와 구운 감자. 브로콜리와 빨간 사과 한 알이 차려져 있다. 이런 걸 누가, 언제 차려났는지 모른다. 난 어려서 읽은 동화속의 우렁이 각시가 차렸을 것이란 생각을 하면서 음식을 먹었다. 우렁이 각시가 된 여인은 누굴까? 디저트로 얼은 연시감이 나왔다. 나는 연시감을 좋아한다. 잘 익은 감을 냉동고에 넣었다가 꺼내 조금 녹은 다음에 먹는 그 맛은 어느 아이스크림 브랜드도 못 따를 것이다. 아내는 그 연시감 디저트를 좋아했다. 천천히 연시감 디저트를 끝내고 소파에 앉으니 나른해진다. 눈을 감는다.

그런데 벽 한 군데 창문이 열리듯이 뻥 뚫린다. 그리로 새하얀 빛이 쏟아져 들어온다. 나의 공간이 눈부시게 밝아진다. 내가 의아해 하고 있는 동안 그 한 가운데로 투명의 물체가 나타난다. 꿈같기도 하고 무의식 상태 같기도 한 환각 속의 내 시야에 해파리 같은 투명체가 나타난다. 허공에 둥둥 뜬 그것은 차츰 사람의 형상으로 변한다. 아니, 단세포 해파리가 진화해 사람이 되는 것이다. 인간도 애초엔 단순 세포이었겠지. 그 형상들은 하얀 알몸의 여인이 된다. 코레지오의 다나에와도 같다. 그녀는 긴 녹색 실크 스카프를 목에 걸었다. 그것은 분광색으로 그녀의 하얀 가슴을 거쳐 배꼽아래까지 늘어져 있다. 배경음악이 감미롭게 이어진다. 여인의 허리선이 꿈틀거린다. 춤을 추는 것이다. 난 눈을 감았다가 뜬다. 그녀는 스카프를 가볍게 휘둘렀다. 그것은 바람을 일으키며 허공으로 날았다. 스카프는 기류를 탄 그라인더처럼 그녀의 어깨선 위에 사뿐히 내려앉는다. 그때마다 아로마 샴푸향이 피어나는 듯하다. 스카프는 그녀의 긴 목선에서 어깨로 가슴으로 둔부와 다리 사이 숲에서 비단뱀처럼 기어 다닌다. 그녀의 얼굴 모습은 휘날리는 삼단 머리 때문에 전체를 볼 수가 없고 높은 콧날 아래 핑크색 입술 모양만 미소를 띠고 있다. 살로메의 춤이 그토록 아름다울까. 그토록 황홀할까. 예술이야. 나는 감탄한다. 한참동안 내 정신을 빼놓던 그녀는 나를 향해 날아온다. 그리고 눈 깜짝할 사이에 내 의식 속으로 들어온다. 나는 그녀를 힘껏 껴안는다. 신혼의 밤에 청각과 시각에서 모두 존재하던 그녀의 모습이었다. 그리고 7년간 그녀와 핑크빛으로 살았다. 그걸 어찌 잊어. 사랑해. 사랑해. 죽도록 사랑해. 내면 깊숙이 가라앉은 의식의 흐름이 깨어났나 보다.

식사는 언제나 산해진미로 좋다. 한식과 양식과 초밥. 그리고 살짝 얼린 연시감의 후식. 최고의 시설인 체력단련실과 환상적인 사우나. 시계만 빼놓고 없는 게 없다. 시간은 우리에게 긴장을 준다. 그런 시간 속에서 실체이면서 허상인 3D 공간을 새롭게 인식하는 게 일과이다. 이런 공간도 있다. 눈을 감았다. 그 공간이 내 의식 안에서 실체의 영상처럼 살아났다.

그날은 내가 들어가 앉아야 할 지쿠지가 사각형 연못이 되었다. 연못가는 하얀색 화석으로 단장되었고 그 속엔 갓난아이만한 비단잉어들이 수면에 구멍을 뻥 뚫듯 입들을 벌린다. 그 물구멍 속으로 대기의 신선한 산소가 진공청소기에 빨려 들어가고 있었다. 그러자 잉어들은 하늘로 떠올라서 한 떼의 큐피드 상이 되어 날아온다. 그 상들이 날 이끌고 허공으로 오른다. 그리고 푹신해서 편안한 의자에 앉힌다. 그라운드 제로보다 약간 높은 곳이다. 아마도 어느 극장의 시설 좋은 좌석 정도 되는 듯하다. 무대는 반원형인 아리나 스테이지이다. 난 옛날 바보 임금처럼 그들이 하라는 대로 했다. 햇빛이 눈부시게 가득한 연못가. 그 한 곳 벤치에 여인이 앉아 앉아있다. 여인 앞에서 피에로 분장을 한 장두발이 서 있다. 주먹만 한 빨간 코를 달았다.

그는 손거울을 들고 있다. 거울을 통해 여인을 보고 있다. 그들과 좀 떨어진 곳에 하얗게 센 노인이 웅크리고 앉아 있다. 그들은 모두 키가 정상인의 절반정도로 축소된 난장이들이다. 난 거인국의 걸리버가 되어 그 무대를 바라본다. 가만히 보니 그들은 실체가 아니라 모두 허상들이다. 신의 공간이 아닌 인간이 창조한 공간에 허상으로 존재한다. 저런 기술도 있구나. 아, 그러고 보니 독립 기념관의 유리창 안의 공간에서 난장이들로 영상 처리된 인사들을 본 기억이 난다. 그들은 독립만세를 부르다가 일본 헌병들에게 총을 맞고 쓰러졌다.

여인은 한 소쿠리 가득 구슬을 안고 있다. 색색의 구슬이다. 그녀는 그걸 실에 꿰기 전에 허공에 비춰 보곤 한다. 물방울 떨어지는 소리가 후드득거린다. 피에로가 대사를 한다. 육성이 아니라 마이크를 통한 녹음이다. 그래서 공명이 들어가 있다. 피에로는 여인을 보고 말한다. 새는데. 하늘이 새. 구멍이 났나봐. 맞아. 현대의 하늘은 요실금에 걸려있어. 때 없이 싼다구. 난 객석에서 무대를 향해 그렇게 말을 하고 싶어진다. 그러나 입을 다문다. 여인도 대답이 없다. 그는 여인을 본다. 여인은 노인을 본다. 피에로도 노인을 본다. 노인은 내게 낯이 익다. 그건 아마 17년 후의 나일 것이란 생각이 든다. 배경 막에 영상이 비친다. 청록색 담쟁이로 가득 덮인 절벽이 앞으로 달려온다. 붉은 봉선화 꽃잎으로 쓴 낙서 한 줄이 허공에 둥둥 떠서 눈앞에 바짝 와 멈춘다.

"내면의 슬픔은 자유를 억압하지만, 창조하는 사람에겐 축복이다."

스프링클러 물방울이 안개로 퍼진다. 느린 동작으로 거대한 물방울 하나가 땅바닥에 떨어진다. 튀어 오르는 물 파문에 맞은 글자가 깨어지며 흩어진다. 그중 '내면의'란 글자와 '자유를 억압하지만, 창조하는 사람'에게는 이 먼저 지워진다. 나머지 글자인 '슬픔은 축복이다'라는 말만 남아 있다가 천천히 사라진다. '슬픔은 축복이다.' 그걸 말이라고 하냐! 나는 또 소리를 치고 싶어진다. 그 영상을 보고 있던 피에로가 중얼거린다. 새나 본데. 하늘이 새. 노인이 하늘을 보며 조용히 말한다. 그건 분수대에서 물 떨어지는 소리야.

피에로는 손거울을 통해 여인을 다시 본다. 여인은 그걸 의식한 듯 미소를 보낸다. 극은 경건한 성당 안에서 미사를 보듯이 진행되어 나가다가 격정적인 전쟁터로 바뀐다. 바람소리가 난다. 회오리 바람소리다. 포연이 피어오른다. 그 모습에 피에로는 놀란다. 포화바람에 떨어진 꽃잎과 나뭇잎이 마구 굴러다닌다. 피에로의 과장되게 큰 구두가 꽃잎을 뭉개며 배회한다. 뚱뚱 물방울 소리가 단발의 북소리 같다. 놀란 피에로가 숨을 곳을 찾다가 여인의 치마 밑으로 기어든다. 잠시 침묵 후 그는 치마 밑에서 고개를 내밀며 갸웃거려 생각해 보고 말한다. 새가 날아갔어. 분수대 위에서 물을 쪼아먹던 작은 새가 날아갔어. 고놈은 집이 바람결이라 했어. 피에로가 치마 밑에서 기어 나왔다. 어디에서 들었나? 그런 소리를….

아, 기억난다. 그 노래. 작은 새란 노랫말이 있다. 마리안느 페이드풀(Marianne Faithfull)의 작은 새. 누군가가 보내온 이 작은 새. 바람결에 산 작은 새. 그녀는 하늘 높이 날아 뭇사람들의 시선이 닿을 수 없게 날았단다. 그가 지상에 닿게 되는 유일한 시간은…. 그땐, 그 작은 새가 죽었을 때이란다. 작은 새가 되어버린 유년의 남매. 미애와 정웅. 그들이 지상에 닿게 되는 유일한 시간은…. 슬픔이 목에까지 찬다. 슬픔은 축복이라고? 미애야. 정웅아…! 아내는 왜 마리안느의 작은 새를 좋아했을까? 우연의 일치겠지. 어디서 떨어지지? 어디로 떨어지지. 실체는 보이지 않네. 넌 보여? 피에로는 조금 큰 소리로 말했다. 여인은 미소로 그를 바라만 본다. 조용해 봐…! 노인이 소리를 질렀다. 내가 지르고 싶었던 고함이다. 겁내지 말아라. 노인이 또 소리를 질렀다. 슬픔 때문이에요. 난 기어들어가는 마음의 소리를 내본다.

천정에서 찬바람이 불었다. 무대에선 배우들의 대사가 계속된다. 그놈을 죽여야 해. 누구? 운명. 그놈 불사신이다. 그럼 함께 가야지. 대사가 엇갈려 누가 한 말인지 파악을 못하겠다. 피에로가 여인의 소쿠리에서 구슬 한 개를 들어 이리저리 비춰 본다. 텅 비었어. 이걸 뭣 하러 들여다보고 또 보지. 그는 구슬을 야구선수처럼 던져버린다. 구슬은 분수대 벽에 부딪쳐 터지면서 주르르 액체가 흐른다. 피에로가 소리친다. 아니, 저건 알맹이가 있는 거였잖아. 왜 진작 그 얘길 안 했지? 피에로는 분노에 찬 듯이 소쿠리의 구슬을 마구 던진다. 프리즘 속에서 식칼이 튀어나와 벽에 꽂힌다. 권총이 날아다닌다. 기관 단총이, 대포와 탱크, 제트기, 아파치 헬기, 잠수함. 항공모함의 장난감들이 마구 날아가 벽에 부딪쳐 떨어져 쌓인다. 승용차가, 버스가, 기차가, 트럭이, 고속도로에서, 기차선로에서 충돌사고를 일으킨다. 뒤에서 달려와 들이받는다. 박살이 난 그것들이 허공에 날아다니다가 빨간 단풍잎,

노란 은행잎이 되어 낙원공원 묘비 위에 쌓인다. 난 세상에 모든 장난감들을 그들의 묘비 위에 쌓았었다. 선글라스의 여인이 나타나서 피에로를 가시나무 가지에 매단다. 피에로가 그 나무에 십자가 형태로 매달린다. 가시가 그의 몸 여기저기에서 피를 낸다. 피에로는 피투성이가 된다. 그 핏방울이 땅에 떨어질 때마다 물방울 떨어지는 음향으로 바뀐다. 한줄기 빛이 피에로에게 떨어지며 부활의 메시아 곡 같은 장엄한 배경음악이 퍼진다. 여인이 다 꿴 구슬목걸이를 피에로의 목에 걸어준다. 음악은 계속되고 구슬 하나하나에서 벌레 같은 것들이 꼼지락거리며 껍질을 깨고 나타난다. 그것들 중 하나가 허공에 클로즈업된다. 그것은 날개달린 천마가 된다. 또 다른 구슬에서 나온 벌레들은 귀여운 날개를 단 큐피드들로 변화되어 천마 위에 날아오른다. 그들은 이 땅으로 큐피드의 화살을 쏘면서 하늘로 날아오른다.

조명이 꺼지고 여인이 스포트라이트 안에 서 있다. 그녀는 미소의 가면을 벗어든다. 여인은 노부인이 됐다. 그 옆에 내 모습의 노인이 다가와 선다. 피에로가 그녀 옆에서 빨간 코를 때어 노인에게 준다. 노인이 그 코를 자기 코에 붙인다. 노인은 노부인을 본다. 노부인도 노인을 본다. 둘은 포옹을 한다. 물방울 음향이 유쾌하게 튄다. 무대와 객석이 환해진다. 난쟁이 배우들은 손을 잡고 객석을 향해 인사를 한다. 난 박수를 치다 만다. 내 주변에서 다른 박수치는 소리를 못 들었기 때문이다. 암전이 되고 무대는 사라졌다.

이런 혼란스러운 연극을 왜 내게 보여주었을까. 난 어이가 없어 입을 딱 벌린다. 어느 때부터 난 깊이 생각하는 기능을 잃었다. 대신 생각할 일이 생기면 입을 딱 벌린다. 문이 열리고 장두발이 피에로의 옷을 입은 채 들어온다. 난 의아해서 그를 본다. 그는 손짓으로 날 부른다. 우리는 어두워진 밖으로 나왔다. 많은 별들이 검은 바다 위에 떴다. 바닷바람이 서늘하고 찝찔하게 느껴진다. 그는 성큼 앞서간다. 횃불 디자인의 보안등이 촘촘히 켜진 바닷가 오솔길을 돌고 돌아 처음에 도착한 3D 카페에 다 달았다. 황금 달빛이

3D 카페의 간판인 세라믹 글자에 가득 내린다.

나는 맨 처음 안내되었던 수족관 같은 방 안으로 들어선다. 거기엔 씨이오 여인이 날 기다리고 있다. 거리를 좀 두고 떨어진 의자 앞엔 랩톱 컴퓨터가 켜져 있다. 녹음기도 준비되어 있다.

"앉으세요."

여인이 공명의 음성이 아닌 라이브 목소리로 말한다. 난 편안한 의자에 앉아 가쁜 숨을 삭인다. 챵두발이 커피를 날라온다. 카페인이 들어가니 정신이 좀 드는 것 같다. 챵두발이 고개 숙여 인사하고 나가자 그 방엔 씨이오 여인과 나, 단 둘 뿐이다. 한참 침묵 후다.

"시작하실까요?"

여인이 흐느끼듯이 말했다.

"네. 하시고 싶은 말씀을 하시죠."

나는 녹음기를 켠다. 그녀는 내가 잘 알고 있는…, 알면서 잊으려고 온갖 노력을 다해 온 교통사고 후의 이야기부터 시작한다. 나는 그녀의 이야기를 랩톱에 주워 담는다. 3D디지털 카페에서 아날로그 스토리텔링이 시작됐다. 그때에 갑자기 내 의자가 흔들린다. 벽이며 천정이 요동을 치기 시작한다. 굉장한 속도로 달려간다. 롤로코스트가 된 것이다. 그리고…!

난 흐느끼며 벼랑으로 떨어지고 있는 느낌에 빠져든다. 그때 날 잡아주는 손 하나 있다. 봄 햇살처럼 따뜻한 온기로 전이된다. 아, 평안함. 내 몸이 타오르듯 뜨거워진다.

슈거스위트 사롱

안평채 노인은 호스피스 병원 소성당의 작은 감실에 앉아 있었다. 장미의 진한 향이 감지된다. 노인의 의식이 언덕 아래 바다를 보고 있다.

노인은 걷기 시작한다. 그 길로 가면 바다를 끼고 도는 오션블루 버드 8차선의 대로가 나온다. 거기엔 무역센터며 보험회사, 힐턴호텔, 웰스파고 은행 그리고 뮤직센터 등 화려한 마천루가 솟은 길이 되고 센빈센트 브리지에서 롤러코스터처럼 하늘을 향해 솟아올랐다가 내려서면 컨테이너들이 산재해 있는 항구도시 산페드로가 된다는 걸 그는 안다.

거기까진 너무 멀고⋯. 그는 눈을 들어 길 건너의 아쿠아리움(Aquarium) 수족관의 웅장한 외벽을 본다. 밍크고래가 역동적으로 물 밖을 뛰어오르는 벽화가 극사실주의 기법으로 눈길을 끈다. 길 건너 무역센터 유리벽엔 그 고래의 모습이 반사되어 실물보다 더 높이 솟아올라간다. 그놈이 허공으로 나르며 튀기는 물방울에서는 무지개가 분광으로 일어난다. 눈부신 장관이다.

노인은 빌딩 그늘에서 고개를 뒤로 젖히고 그 장관을 바라보다가 눈을 돌린다. 어지럽다. 그늘에서 강한 빛을 계속 보면 누구나 현기증을 느끼게 되는 거지. 화려한 것은 눈을 침침하게 하는 거고⋯. 현란함보다 허름한 분위기에서 걷는 것도 방법일 거야. 그는 뒷골목으로 접어들었다. 백사장으로 이어지는 볼거리 골목이다. 노인은 시골 이발소에 걸린 풍경화 속을 걷듯이 뒷짐을 지고 이곳저곳을 기웃거려 본다. 남루한 사람들이 어구(漁具)가 든 망태기를 둘러메고 어디에선가 쏟아져 나올 것 같은 거리다. 네모난 돌바닥 엔 생선을 실어 나르는 마차가 덜거덕거리며 지나가는 소리도 귀울림으로 온다. 생소한 길인데 언젠가 자주 와서 걸었던 곳 같기만 하다.

내 고향 바닷가도 이랬지. 거기에 단발머리 로사도 있었어. 뾰족 종탑의 시골 성당에서 첫 영성체를 했지. 로사는 머리에 하얀 장미꽃 화관을 썼었 지. 예뻤어. 그녀가 지금 간암 이식수술을 기다리느라고 투병생활을 한다. 미라처럼 마른 몸에 배가 항아리처럼 됐어. 복수가 차서야. 그 물을 빼내는 고통이 엄청나대. 울부짖는 아내를 차마 못 보고 행길로 나선 적이 한두 번 이 아니었다. 거리에는 낚시점이며 이발소와 골동품상, 세탁소…, 시계 수 리점에서는 뻐꾸기 소리가 문틈으로 새어나온다. 미장원 유리창에선 세기 의 미녀 사진이 환하게 웃으며 내다본다. 한때 좋아하던 허리우드 배우 킴노 박, 그레이스 케리… 노인은 고개를 돌려 다음 집을 본다. 윈도우엔 23세기 부동산이란 글씨가 금테를 두르고 번쩍인다. 그 금테 두른 글씨는 좀전에 본 걸 또 본다. 정오의 해가 골목길의 그림자를 걷어 갈 때도 보았다. 도대체 23 세기 부동산이 몇 개란 말인가. 노인은 그 골목길을 몇 바퀴째 빙빙 돌고 있 다는 생각을 못하나 보다. 23세기의 부동산이라…? 지금이 몇 세기인가? 21 세기인가 22세기인가? 혼란스럽다. 23세기라면 2세기를 껑충 뛰어넘지 않 았나. 이 간판 글씨대로라면 그는 지금 미래로 와 있게 되는 것이겠다. 그 미 래의 쇼윈도에는 자신이 방금 걸어 내려온 언덕길이 반사된다. 트리니티 병 원건물이다. 2층 목조건물은 하얀 페인트에 녹색트림을 해서 산뜻하다. 그 안의 호스피스센터를 레지오 단원들이 수도 없이 방문했다. 에덴의 동산처 럼 아름다운 정원. 떠나는 사람과 영원한 이별로 눈물짓는 가족들. 그 방에서의 시간은 필연적이며 잔인했다. 세월은 해풍처럼 지나간다. 파란 하늘엔 흰 구름 몇 점이 두둥실 떠돌고 샤갈의 화폭이 함께 흐른다. 아내 로사는 통치마를 입고 미소를 지으며 4D라는 이름의 우주선을 타고 날아갈 것이라고 했다.

"왜 그런 소리를 해."

노인은 짐짓 역정을 내고 길로 나선 적도 있다.

"아직은 병시중 드는 데 지치지도 않았어."

노인은 돌아서기 전에 23세기 부동산 유리창에 비친 더 높은 언덕 위의 마을을 본다. 완구점 선반 위에 진열된 장난감 같은 트랙 홈의 풍경이다. 롱비치시(市) 한 옆으로 비켜선 산동네가 미니 도시 시그널 힐(Signal Hill)이다. 사거리의 길을 건너기 전에 파랑과 노랑, 그리고 빨간색 신호등이 시그널 아닌가. 그 색들은 질서의 상징이다. 힐 정상에는 철탑 안테나가 하늘의 축처럼 허공을 찌르고 서 있다. 저게 4D우주에서 오는 전파를 쉼 없이 교신하고 있겠지. 그러나… 노인은 그 사이클을 모른다. 그걸 아는 데 시간이 더 필요하겠지만, 조급할 건 없어. 노인은 무아지경으로 시그널과 사이클의 질서 속에 빠져 있는 것 같다.

"내가 미로에 빠졌는가? 지나간 길을 또 지나가고 있어."

그가 23세기 부동산 윈도우 앞에 또 서 있을 때다. 생강꽃 향이 해풍을 타고 슬그머니 후각으로 들어온다.

"부동산에 관심이 있으세요?"

23세기 문 안에서 나온 듯한 여인이 마주 서 있다. 연분홍 머플러를 길게 늘인 여인은 노인을 마주 바라본다. 그녀는 눈가에 잔주름을 지으며 곱게 웃고 있다. 노인은 뒷짐 진 손으로 허리를 폈다. 생강꽃 향의 주인공인가보다.

"집을 보고 있는 중이지요."

노인은 뜬금없이 집을 본다고 말했다. 길을 잃었다는 말을 하고 싶지 않아서인가보다.

"어떤 집이에요?"

"글쎄…. 글쓰기에 좋은 집이랄까…."

노인이 생각한 집은 아내 로사와 자신이 영원히 살 집을 생각하는 것 같다. 그는 이처럼 비현실적인 말을 불쑥 하고 멋쩍어 땅을 본다. 백양처럼 하얀 머리가 실바람에 일렁인다. 이 여인을 어디에서 보았을까…? 품위 넘치게 좋은 인상이다. 백제와당 안에서 미소 짓는 여인 같아…. 그래서일까…?

"글 쓰시는 분에게 가장 적합한 곳을 알고 있어요."

여인이 명함을 내밀며 말했다.

"어떤 곳이 글쓰기에 가장 적합한 곳인가요?"

그는 미소 짓는 여인을 힐긋 보고 고개를 숙여 돋보기 아래로 명함을 본다.

"공기 맑고 조용하며 경관이 아름답고 산책하기 좋으면 글쓰기 좋은 곳이 아니겠어요."

명함은 23세기 부동산 회사 씨이오 에리카 신이란 이름이 금빛 글씨로 빛나고 있다.

"안평챕니다."

노인은 자기를 소개하면서 에리카 신이란 이름보다 23세기의 여인이 기억하기에 더 좋다고 생각한다.

"어머. 선생님. 가람이란 소설을 읽은 기억이 나요."

안평채 노인은 쓸쓸히 대답한다.

"요즘은 안식년을 보내고 있죠. 극심한 통증으로 아파하는 아내를 바라보고 있노라면 집중이 안 되었지요. 가슴이 답답하고요."

23세기의 여인은 그런 말을 하는 노인을 연민으로 바라본다.

노인은 그런 7년 동안 집중을 못 했지요. 라고 말하고 싶었지만, 빙긋이

웃어보였다.

"제가 모실 게요."

그녀는 함빡 웃음 지으며 앞서 걸었다. 안평채 노인은 그녀를 따라 골목길에서 나와 하늘높이 솟은 유칼립투스 그늘이 누워 있는 주차장으로 들어섰다.

"산책하기에 너무나 좋은 날이에요."

노인은 그녀가 상대방의 마음을 편안하게 해주는 그런 인상이란 생각이 들었다. 그녀는 차문을 열어주며 또 활짝 웃었다. 로사는 부여 쪽으로 여행을 갔다가 백제와당의 여인 같은 성모상을 선물 받아왔다. 봉쇄 수도원의 수녀님들이 흙으로 빚을 것이란다. 23세기의 여인은 차문을 연 채 노인이 오르기를 기다리며 말한다.

"저 언덕 위엔 기막힌 공원이 있죠. 선생님이 거길 좋아하실 거란 생각이 드네요.

"어떤 공원인데요?"

그녀는 자동차의 시동을 걸었다. 차는 여인의 숨결처럼 가볍게 흔들렸다.

"거기에선 온갖 가시적 세상이 다 보이거든요."

여인은 백에서 선글라스를 꺼내 썼다. 차안은 매물로 내놓은 빈집처럼 깨끗하다. 가죽 의자의 향도 좋다. 그는 투명한 수족관에 들어앉아 밖을 내다보듯 차창 밖을 바라본다. 23세기 여인의 차에 앉아서 창밖을 보는 기분은 꼭 타임머신에 앉은 느낌이다. 시그널 힐로 오르는 길은 가파른 나선형이다.

"저 위에 오르면 맑은 날 카타리나 섬이 보이지요."

차는 호스피스센터가 있는 병원 옆을 먼발치로 지나쳐 간다. 노인은 여인의 선글라스에 비친 자신의 모습을 얼른 바라본다. '마른 대추알처럼 주름이 많군'. 노인은 속으로 중얼거렸다.

"가 보셨지요. 그 섬에."

그녀는 언덕 위로 차를 부드럽게 몰았다.

"가봤죠. 참 아름답더군요."

"그 섬으로 가는 뱃길이 더 좋아요. 바닷바람이 머리를 휘날리게 하죠. 하
얀 물살에 돌고래들이 달리고…. 갈매기가 따라오고…."

부드럽게 달리던 차는 회전목마처럼 어지럽게 돈다.

그는 선글라스로 가려진 그녀의 눈 쪽을 다시 바라봤다. 그린 색 선글라
스에서 세상이 가득히 흔들렸다. 그녀는 그의 시선을 의식한 듯 고개를 살짝
돌렸다. 진주 이어링이 귓불과 목선을 돋보이게 했고, 생강꽃 향은 그 이어
링에서 나오는 듯 했다. 그는 영화에서 본 장면을 생각했다. 당신에게 입 맞
추고 싶어요. 라는 말을 했다가 뺨을 맞는 하버드생의 이야기다. 시선을 돌
렸다. 착륙할 때의 비행기 창으로 땅위 아래가 보이듯 바닷가 마을이 차창
뒤로 흘러가고 있다. 그는 머리를 흔들어 안 떠오르는 생각을 떨쳐 버렸다.
그럴수록 떠오른 반추 한 토막. 아내 로사도 귓불 뒤 목선이 아름다웠다.

"카타리나를 여러 번 가 보셨오?"

"그 섬의 별장을 매매에 성사 시킨 적이 있죠."

"별장이요…?"

"네 별장."

"그런 건 비싸겠죠."

"아니 별로…. 그 섬에 좋은 별장 하나 나왔어요."

그도 젊은 시절엔 깊은 산속의 냇가에 별장 하나를 샀으면 했다.

"바다보다 산을 좋아했다오."

그가 말했다.

"밤바다를 내려다보세요."

"섬에서 말이오?"

"별장에서요."

"어떤데요?"

"천개의 촛불을 호수 위에 띄어 놓은 것 같지요."

"하늘의 별빛이요?"

"요트의 불빛이죠."

"아, 흰 돛단배."

"거긴 환상적이지요."

"그럼 밤에 가 봐야겠군."

"신사는 밤을 좋아한다."

그녀는 깔깔 웃었다. 헛허 하고 노인도 따라 웃었다.

그들은 잠시 침묵했다. 23세기 부동산 씨이오의 차는 아직 칠 부 능선쯤 오르고 있다.

"그런 별장에서 베스트셀러를 쓰셔야지요."

그녀가 침묵을 깼다. 차창 밖 언덕 주변엔 이름 모를 들꽃들이 피어 있다. 바닷바람이 그것들을 가만 두지 않고 흔들어대고 있다. 이름 모를 새소리가 그들의 차를 따라오는 듯하다. 피클러의 음향이다.

"우리가 칠층산을 오르는 듯한 느낌이네요."

"아. 칠층산."

"네 칠층산."

"어떤 산인데…?"

"이 세상엔 없는 산이지요."

"그런 산도 있나요."

"단테의 신곡에 나오는 정죄의 산이래요."

"천당의 문턱이란 말이군."

"그 책은 서구에서 현대의 고백론이라는 평을 받고 있기도 하답니다."

안평채 노인은 그녀가 대단한 독서가이기도 하다는 생각이 들었다. 노인

은 그 책 저자인 토머스 머턴이 약관의 나이에 시인이며 평론가이며 박사학
위를 받은 영문학자이며 컬럼비아대학 교수의 위치에서 하루아침에 가장
청빈하고 혹독한 고행을 하는 트라피스트 수도원으로 들어간 신비의 사나
이이며, 칠충산을 비롯해 많은 저서를 남긴 후 평화를 위해 월남전 반대 운
동을 하러 동남아에 갔다가 호텔 방에서 전기면도기에 감전사했다는 말과
미국의 씨아이에이가 암살했다는 풍문이 있다는 이야기를 하려다가 말았
다.

"현대인들은 고백이란 말에 인색한 것 같아요."

그녀는 힐탑 공원 주차장에 차를 대면서 말했다.

"고백에 인색하다니요?"

노인이 되물었다. 그녀는 또 깔깔 웃었다.

내리셔야죠. 여인이 말했다.

"고백할 게 없다는 말은 자신의 내면을 말할 게 없다는 뜻인 것 같잖아요."

"죄에 대해서 말인가."

"아니, 사랑에 대해서요."

"그거 말 되네. 그러나 만나자 마자 사랑을 고백할 사람은 없잖아요."

안평채 노인은 슬며시 비약해 보았다.

"영화에선 그렇게들 하더군."

"선생님의 소설인 가람에서도요…."

그녀의 화술은 만만치는 않다.

"가람은 강이란 뜻이겠죠?"

"지금은 안 쓰는 고어가 됐다오."

그는 속으로 그녀의 말에 동의했다.

"사랑해도 사랑한다는 말을 안 하는 사람. 특히 동양 남자들이 그렇잖아
요?"

그녀는 또 깔깔대며 웃었다. 웃다가 그의 코앞까지 얼굴을 가까이 대고 그의 눈을 바라보고 서 있다. 방금 만난 그에게 포옹을 하고 키스라도 해 달라는 의도일까. 뭘까. 안평채 노인은 무안한 생각이 들어서 고개를 돌려 바다 쪽을 보며 외면을 할 수밖에 없었다. 바닷가의 도시와 하늘이 맞닿은 망망대해가 한눈에 들어 왔다. 그는 나도 동양 남자 중에 하나니까 하고 생각하다가 그의 주변 사람들을 머릿속으로 그려봤다. 서양인들은 시도 때도 없이 사랑한다는 말을 해댔다. 심지어 호스피스에서 의식이 없는 사람에게까지 사랑한다는 말을 수없이 해댔다. 노인은 사랑이란 말을 아끼며 아내 로사의 고통에 동참해보지 않은 자신을 자책한 적이 한두 번이 아니다. 긴병에 효자 없다고 자신도 너무 힘이 들었다. 갈매기가 언덕 높은 곳까지 날아와 기류를 타고 있다. 그는 자유를 생각했다. 아내는 자유로워지려고 지독한 고통을 참을 수 있게 해주신 하느님께 감사한다고 했다. 난 언제나 자유롭게 내 안의 말을 할까? 노인은 23세기의 여인이 실존인물일까 하는 객스런 생각을 하다가 지워버렸다. 아내는 간 이식수술을 성공적으로 끝냈다. 피가 마르는 13시간의 수술이었다. 간 제공자는 태어나면서 불구가 되어 휠체어를 타던 60대 노인이었단다. 좀 젊은 사람의 간이었으면 좋았을 걸 하는 욕심이 부초처럼 마음속으로 떠돈다. "요즘은 60대면 중년입니다. 그는 누구보다 깨끗한 간을 유지하고 있었지요." 담당의사가 노인의 마음속을 빤히 들여다보고 있는 듯 말했다.

"자, 이제 이 도시의 역사를 보실까요."

그녀는 관광안내원처럼 말한다. 강렬한 햇빛이 팜나무 사이에서 어른거린다. 공원 안은 한적하다. 파란 잔디가 시원스레 펼쳐져 있고 팜나무 군락 주변엔 바비큐 시설과 벤치가 늘어선 피크닉 공간이 설치되어 있다. 눈이 부신 땡볕의 잔디 위엔 두 남녀가 일광욕을 즐기는 모습도 보인다. 노인은 먼바다 쪽으로 시선을 돌렸다. 유람선과 화물선들이 점점이 떠 있고 그 사이로 작은 요트가 느린 동작으로 흘러가고 있다. 시원한 해풍이 옷깃으로 스며든다. 로사는 이식된 간에 대한 거부반응을 억제하기 위해 면역억제 치료와 감염의 위험이 증가할 우려 때문에 격리 치료가 필요하단다.

"여길 보시죠. 이 도시의 역사가 여기에 가득 하답니다."

그녀가 가리키는 곳을 보니 공원 중앙에는 대리석 구조물이 당시를 재현하고 있다.

"인디언들이 살 때 사냥하는 모습이에요."

또 다른 구조물엔 채마밭을 가꾸는 동양인들과 메뚜기 기름펌프에서 일하는 멜빵바지의 노동자가 커다란 렌치를 메고 있는 모습이 양각되어 있다. 로사는 수술 당시 너무 허약하여 응급실에서 남보다 더 오래 특별 치료를 받아야 했다. 노인은 마스크를 쓰고도 접근이 조심스러웠다. 젊어서 폐쇄 공포증을 경험하여 같은 공간에 오래 있으면 숨이 막힐 것 같았다. 그러면서 작가생활을 어찌 했는지 알다가도 모르겠다.

"이곳에 살던 인디언의 세대가 지나가고 나서 동양인들이 이 능선에서 채마밭을 하며 살았답니다. 그러다가 20세기 초엔 오일이 발견되고 그걸 다 퍼올린 지금은 이처럼 주택단지를 조성하고 있답니다. 자 이제 산책로를 한 번 돌아보실까요."

그는 때 아닌 관광객이 되어 그녀의 해설을 들으며 걸었다. 공원 뒤쪽엔 차량이 들어갈 수 없게 철책 게이트가 바리케이드처럼 길을 막았고, 그 양옆으로 사람만이 다닐 수 있는 작은 출입구가 터져있다. 그들은 그 길로 들어섰다. 유칼립투스와 멕시코 버드나무 같은 키 큰 나무들이 산비탈에 밀림을 이루었고 그 숲속에서 피클러 새소리가 난다. 언덕의 7부 능선쯤 해서는 카우보이의 모자챙처럼 산허리를 삼백육십 도로 돌아가는 산책로가 이어져 있다. 그들은 은빛 아베크족처럼 피클러 새소리를 들으며 그 길을 걸었다.

"여기에서는 남가주 전체를 한눈으로 보이도록 길이 설계되어 있지요."

그녀의 관광 안내는 다시 이어졌다.

이 산책로는 입구와 출구가 같아서 360도를 돌아 다시 온 곳으로 가게 되어 있지요. 다시 온 곳으로 돌아가게 된다는 말에 그는 영성적인 느낌을 받았다.

"엘에이 카운티 전체를 한눈에 볼 수 있다는 얘기지요. 저길 보세요. 저 눈높이 위로 보이는 저 산이 가브리엘 산맥이지요. 이곳에 비가 올 때 저 위에는 눈이 온답니다. 그 산 아래로 이스라엘의 시온성같이 솟은 로스앤젤레스의 다운타운 마천루들이며, 조금 왼쪽으로 서 있는 빌딩 숲들이 샌추리 시티지요."

산책로는 아주 한가했고 그 위쪽으론 아름다운 베란다를 가진 주택들이 처마를 맞대고 늘어서 있었다. 아내 로사는 응급실에서 상태가 좋아져 일반병실로 옮겨졌다. 그리고 집으로 퇴원했다. 병원에선 퇴원을 허락하면서 많은 주의사항을 설명했다. 장기 이식수술을 받은 환자는 면역 억제로 인한 감염의 위험이 높다. 따라서 개인위생이 중요하다. 많은 사람이 모이는 곳을 피하는 게 좋다. 부득이 할 경우에는 마스크를 해라. 외출 후에는 손을 잘 씻고 독감에 걸리지 않도록 해야 한다. 특히 폐렴은 치명적으로 생명을 위협한다.

"저기가 유명한 롱비치 비행장에지요."

노인은 고개를 돌려 광활한 비행장 활주로를 내려다봤다. 덩치 큰 점보제트기가 굉장한 소리를 내며 공중으로 날아오르고 있다. 저건, 기류를 타고 제트엔진의 분사력으로 떠오르는 것이란 과학적 이론을 알면서도 육중한 몸체를 하늘에 띄우는 모습이 신비하기만 하다. 세상에 신비함을 말하자면 자연의 신비는 정말 오묘하다. 겨울 나뭇가지에서 싹이 솟아나고 꽃이 피는 일이며 메마른 땅에 수분을 주면 무에서 생명이 되어 피어나는 화훼(化卉)들. 산책로 양옆으론 온갖 들꽃들이 피어나 있었다.

"신 사장님은 부동산 브로커 아니요. 그런데 집에 대해서는 아직 한마디 도 안하고 관광 안내만 하니 어찌된 일이지요?"

안평채 노인은 의아하다는 듯이 물었다.

"선생님. 변두리를 쳐서 중앙을 울린다는 말 아시지요. 중요한 건 집보다 주변 환경이지요."

그녀는 관광 안내를 계속했다.

"저 아래 바다로 향하는 길 양옆으론 밑도 끝도 없이 펼쳐져 있는 평야가 서민 주택가이지만 옛날에는 그곳이 모두 오렌지 밭 아니면 빈들이었답니 다. 이곳은 1900년대 초에는 검은 황금이 펑펑 쏟아지는 유전이 발견되면 서 달러를 끌어올렸던 곳이지요. 그런 펌프 몇 개만 있어도 대저택에서 호화 롭게 살 수 있을 것입니다. 그래서 미국은 복 받은 나라라고 하지만, 아마 그 당시 유색인종이 땅을 살 수 있었다면 그 메뚜기 펌프는 모두 동양인들 것 이었을 것이고 거부가 된 중국인, 일본인, 한국인들이 캘리포니아 주를 몽 땅 사들였을지도 모르겠어요. 지금은 그 기름도 다 퍼내서 시그널 힐 언덕은 주택가로 다시 태어났답니다.

"참으로 격세지감이군요."

그는 그 한적하고 꿈길 같은 산책로를 걸으며 연기가 펄펄 나는 토랜스의 공장 굴뚝무리를 한눈에 보고 그 왼쪽으로 누워있는 여성의 둔부 같은 로링 힐스도 본다. 그녀는 계속 말의 봇물을 터트린다.

"로링힐스가 여기에서 보기에는 나무 하나 없는 민둥산 같지만 그 골짜기 엔 청설모며 사슴들이 뛰어놀고 공작새들이 날아드는 숲속의 저택들이 가 득 들어찬 동네랍니다. 스컹크도 있어요. 적이 나타나면 독한 방귀냄새를 풍겨서 자신을 방어하는 짐승 아시죠. 여기 이 언덕에도 많아요."

그는 의사가 아내 로사에게 방귀가 나왔냐고 여러 번 물어본 일을 기억한 다. 여러 날 가스가 안 나와서 고통스러워하던 일도 추억이 되었다.

그녀의 해설은 계속 되었다. 대부분이 안평채 노인에게 새로울 것이 없는 내용이지만 대화를 위해 계속되는 그런 이야기로 듣는다. 산 페트로 항. 온 세계의 화물선들이 모두 와서 짐을 부리는 곳이란다. 한진 상선의 카고 선박도 컨테이너를 가득 싣고 몇십 채씩 정박되어 있단다. 붉은 색칠의 골리앗 크레인이 이 삼나무 숲처럼 보인다. 그 옆에 지금은 호텔을 겸한 관광의 명소가 된 왕년의 여객선인 퀸 메리호도 보였다.

"그런데 선생님, 그 배 어느 부분에 유령이 나타나는 곳이 있답니다. 객실에서 무도회장이 있는 곳으로 가는 층계 근처 하고 또 객실로 향하는 복도라고도 하고요. 아무튼 유령이 출몰한다는 그곳은 새로운 관광 상품이 되어 주말이면 만원사례의 성황을 이루기도 하지요."

"오호…."

안평채노인은 그녀의 말을 들으며 62층 빌딩이 서있듯 바다에 떠 있는 퀸 메리호를 바라봤다.

"사람들은 공포의 대상으로 삼으면서도 유령 체험을 해보고 싶어 안달을 한다니까요. 등골이 오싹하고 머리끝이 하늘로 솟아오르는 공포를 체험하기를 좋아해요. 선생님은 유령에 대해서 어찌 생각 하시나요?"

"글쎄 영의 세계가 있는지에 대해서는 잘 모르겠어요. 그러나 살아가면서 신비스런 사건은 종종 경험하지요."

"어떤 신비의 세계요. 선생님도 그런 경험을 하셨나요."

그녀는 어느새 안평채 노인의 겨드랑이 사이로 손을 넣어 자연스레 팔짱을 끼며 말했다. 그들은 언덕 아래가 내려다보이는 벤치에 나란히 앉았다. 그리고 안평채 노인은 그가 겪은 신비의 에피소드 하나를 얘기하기 시작한다.

"저 아래 비행장 너머가 바로 지금 내가 사는 동네이기도 해요. 옛날엔 그 일대에 가내공업이나 다름없는 군수부품을 만드는 공장들이 많았지요. 이민 초기에 나는 선반공이 수입도 괜찮아 안정된 생활을 할 수 있다는 정보를 들었죠. 군대 생활을 할 때 병기학교에서 선반 기술을 조금 배운 바가 있어요. 한국 사람은 눈썰미가 좋아 들어가서 배우며 일하니 걱정할 것 없다는 이민 선배의 말을 믿고 나선 것이지요. 당시는 차도 없어 버스를 타고 무작정 그 동네로 갔어요. 견습공을 뽑는 공장을 찾았으나 모두 고개를 흔들 뿐이었지요. 적어도 기계공 경력 삼년은 있어야 한다는 것이에요. 그 경력을 인정해줄 근거를 가져오라는 것입니다. 해가 서쪽 하늘을 붉게 물들 때쯤 나는 퉁퉁 부은 발을 끌며 집에 가서 3년 경력의 거품 이력서를 다시 작성하고 이민 선배 선반공에게 추천서를 부탁한 후 다시 와야 하겠다는 생각을 하며 버스 정류장을 찾다가 길을 잃었지요. 거기는 빈민굴은 아니지만 가난한 사람들이 사는 듯한 곳이지요. 이발소가 있고 세탁소며 시계방과 전당포, 라디오 수리점이 있는 그 골목길을 한참 헤매다가 찾아들어 간 곳이 슈거스 위트 사롱(Sugar Sweet Saloon)이란 간판의 주점이었지요. 목이 몹시 탔어요. 시장기도 심했고… 내가 그 곳을 들어서자 카운터에서 술을 마시던 노랑 수염들의 시선이 내게 쏠리더군요. 그때만 해도 동양인들이 거의 없었던 때이지요. 나는 그 시선에 눌려서 우물거리다가 거긴 백인 전용 주점인가보다 생각하며 도로 나오려는데 카운터 안에 있던 바텐더가 주르르 따라 나오데요. 구릿빛의 작은 키에 배가 통통히 나온 그가 인디언인 줄 알았지요. 나는 신변의 위험을 느끼며 파랗게 질렸지요. 그런데 그 사람이 처음엔 영어로 아류 코리언? 하고 묻더군요. 그렇다고 했지요. 그는 손을 내밀며 한국말로 자기 이름은 챠리라 하며 반가운 표정을 짓더군요. 그리고 나를 카운터로 안내하더니 내게 시선을 집중시키던 그 좀비 같은 백인들에게 유창한 영어로 내가 자기의 베스트 프렌드라고 소개를 했어요. 그러자 그 백인들이 갑자기 표정들이 환해지더니 내게 악수를 청하고 술을 한잔씩 권하는 것이에요. 나는 챠리에게 내가 한국에서 소설가였는데 이민을 와서 일자리를 구하러 다닌다고 했지요. 그렇다면 잘 됐다. 자기가 날 도울 테니 나도 자기를 도우라고 한후 신바람이 나서는 내게 별아별 종류의 술을 한 잔씩 따라 주면서 터진 봇물처럼 자기 이야기를 시작하는 거 있지요.

우선 그는 한국말이 하고 싶어서 미칠 지경이었다고 하면서 자신이 미국에 온 이야기부터 쏟아 놓기 시작했어요.

"육이오 때 열두 살이었지요. 철원에서 피란을 오다가 부모님이 모두 폭격으로 돌아가셨지요. 고아가 된 나는 거지처럼 돌아다니다가 마이클이라는 미군 상사를 만났지요. 그는 부대 목수간에서 판자를 얻어 구두통을 만들어주며 나더러 슈샤인 보이가 되라며 구두 닦는 법까지 가르쳐 주었지요. 그걸 메고 부대 철조망 밖에서 구두닦이 생활을 하며 빵부스러기를 얻어먹으며 살았지요. 마이클 상사는 어느 날 나더러 부대 안에 들어와 자신의 하우스보이가 되라고 하더군요. 그래 나는 마이클 상사의 하우스보이가 되어 그의 막사에서 그와 함께 살면서 버터 바른 빵과 햄버거와 초콜릿을 실컷 먹게되었지요. 마이클 상사는 내게 찰리라는 이름을 지어주고 그가 미국으로 돌아 올 때 자기의 양아들로 삼았어요. 그리고 그가 제대를 하고 이 사롱을 하기 시작했지요. 나는 이곳에서 아버지의 덕으로 고등학교엘 다니다가 이 사롱에서 일을 하게 되었지요. 내가 대학에 들어갈 때쯤 해서 아버지는 뇌졸중에 걸려 반신불수가 되셨지요. 그래서 나는 대학 가는 것을 포기하고 아버지를 돌보면서 이 사롱을 운영하기 시작했어요. 이 사롱의 손님들은 대부분 아버지의 전우들과 그 가족들이지요. 그리고 이 지역에서 공장 일을 하는 사람들이고요. 아버지는 휠체어를 타시고 이곳에 나와 그들의 대화를 듣는 걸 좋아하셨어요. 그분은 뇌졸중으로 말은 잘 못해도 들으시는 것은 이상이 없으셨나 봐요. 그렇게 하루를 친구들의 얘기 듣기를 좋아하시며 십년을 지내시다가 돌아가셨지요. 그러는 사이에 난 결혼을 했지요. 눈이 파란 금발의 여인이지요. 아버지의 사촌동생의 딸이오. 백인인 그녀는 날 바나나라고 불렀죠. 그게 동양인을 낮추어서 부르는 말이란 것을 안 다음 그녀에 대해서 관심이 없어졌지요. 난 오후 2시부터 새벽 2시까지 일을 하는 데 그녀는 아침부터 술 마시고 담배피우고 쇼핑하면서 하루를 보내요."

"그의 그 다음 얘기는 내가 너무 취해서 기억을 못 했어요. 그가 내 술잔에 자꾸 술을 부어 주었거든요. 나는 집으로 어떻게 왔는지도 기억을 못 했지요. 집사람 말로는 새벽에 누군가의 차를 타고 왔다는군요. 아마도 챠리가 새벽 2시에 사롱 문을 닫은 다음 자기 차로 날 태워다 주었겠지요. 공장에 취직을 하고 싶다고 했지요. 내일 낮에 우리 사롱에 오시면 우리 손님들 중에 그런 공장하는 사람들이 많거든요. 찰리가 그런 말을 했는데 다음에 거길 못 갔지요. 그 사롱을 못 찾았기 때문이지요. 그게 신비 중에 하나이지요. 그 다음날 난 그 사롱을 찾으러 나갔으나 찾지 못했지요. 윌로 팍의 골목을 모두 뒤졌지만 슈거스위트 사롱은 어디에도 없었어요. 전화번호부를 뒤져도 없었지요. 그러고 보니 챠리의 모습이 영락없이 거울에 비친 내 모습 같기도 했다 이거지요. 그런데 또 하나 신비한 것은 그가 내게 이야기해준 그 내용은 양아버지라는 스토리만 다를 뿐 내 소년시절의 이야기와 똑 같다 이거지요. 그래도 난 챠리를 다시 만나보려고 슈거스위트 사롱을 찾으러 다녔지요. 챠리가 하다만 얘기를 마저 들어야 하거든요. 난 이곳에 정착하면서 30년간 그 사롱을 찾았지요. 그 30년간은 미망의 시간이었고요."

안평채 노인은 벤치에서 일어났다.

"아마 어쩌면 부두 노동자의 마을에도 그런 사롱이 있는 것 같아요."

"그럴지도 모르겠군요. 그게 어디쯤 있을까?"

"저쪽 저 아래를 보세요."

그녀의 관광 해설은 다시 시작이 되었다.

"저길 보세요. 뉴포트비치와 캔쿤 바다 빛처럼 파란 피라밋 모양이 보이지요. 저게 유명한 롱비치 주립대학 건물이지요. 제가 거기에서 미국의 부동산법을 공부했지요.

비정규 코스로 문학도 했고요. 시학도 강의를 들었어요. 자, 그럼 이제 롱비치시의 명물 전차를 보실까요. 우리 언제 저 전차를 타 봐요. 저 전차는 물론 롱비치 시를 둘러보기 위한 관광전차지만 여드름투성이의 소년이 미지의 소녀를 기다리는 광화문통 비각소 앞 원효로행 전차 정류장을 추억 속에서 건져 올려 보세요."

이 말을 하고 그녀는 또 깔깔 웃었다.

"어떻게 알았지요. 내가 그 원효로행 전차를 자주 기다리고 있었다는 걸."

노인은 그녀의 말을 농담으로 받았다.

"그때 그 소년을 만나려 했던 그 여학생이 지금 귀밑머리가 희끗해져서 선생님의 코앞에 와 있네요. 그때는 아버지의 금족령이 내려서 거길 못 나갔지요."

"그때 그 소녀를 기다리느라고 지각을 너무해 정학을 맞은 적이 있지요."

안평채 노인은 짐짓 연극대사를 지어서 읊었다.

"그러셨군요. 불쌍해라 그리고 반세기가 흘렀네요."

그녀는 다시 그에게 팔짱을 끼고 머리를 어깨에 기댔다. 생강 꽃 향기가 마음속으로 스며들었다. 가슴 두근거림이다. 이 나이에도…. 노인은 먼 하늘은 바라본다.

"이제 바다로 가는 길을 보세요. 바다로 가는 길은 옛날에 가난한 사람들이 사는 마을처럼 모든 게 후진 풍경입니다."

그는 가난이란 어휘 속에 애증의 편견이 있다고 생각했다. 가난한 나라에서 가난한 집안에 태어나 가난으로 자란 그는 운명처럼 부를 피해 살아온 듯했다. 그는 화려한 힐턴호텔이나 무역회관 같은 마천루가 늘어선 길을 피해 가난한 부두 노동자 마을이나 어부마을 같은 옛길을 가 보고, 거기에서 헤매고 있었나보다. 가난과 청빈의 길. 거기에는 그가 30여년을 찾아 헤맨 슈가

스위트 사롱이 있을 것 같기만 했다.

"제가 거길 안내할까요. 그 달콤한 사롱이 있을 것만 같을 곳을 알아요.

"아니, 거긴 나 혼자 가야 해요."

노인은 23세기의 여인과 헤어지기 전에 매물로 나온 집을 보자고 독촉했다. 그녀는 산책로에 난 샛길을 따라 오르더니 전망 좋은 하얀색 이층 건물로 노인을 안내한다.

"아, 호스피스 병원."

노인의 눈이 밝아졌다. 아내 로사는 악성 종양이 폐로 전이되어 폐 부분 절단 수술, 폐 이식수술 그리고 당뇨로 인한 신장 투석으로 고통스러운 투병생활을 이겨낸 아내. 그런 절망적인 투병기간이 7년이나 걸렸다. "성모상 있지요." 백제와당의 미소 같은, 봉쇄 수녀님들이 흙으로 빚은 성모상을 말하는 것이었다. "난 안 가져가겠어요. 당신이 잘 모시고 있다가 가져오세요."

안평채 노인은 23세기의 여인이 안내해준 그 아름다운 정원의 샛길로 돌아 소성당으로 들어가 있어야 할 자신을 의식한다. 그리고 조그만 감실에 앉아 진한 장미의 향을 체험한 생각을 기억한다. 그녀는 70세 되던 해에 호스피스의 소성당 감실에 장미의 향기를 봉헌하고, 달콤한 슈거스위트 사롱에 먼저 가서 기다리고 있을 것이라고 했다. 노인은 그 미래 일이 필연이라 생각한다. 또 자신을 닮은 챠리가 카운터에 서서 향기로운 칵테일을 사람들에게 봉사하고 있는 모습도 보인다.

노인은 23세기의 부동산 여인에게 작별인사를 하려고 돌아섰다. 순간, 여인은 보이지 않고 그곳에 낮은 촉수의 감실 등이 가물거린다. 이어서 노인은 느낀다. 엄청난 밝기의 분광 속에 하나가 되는 자신을 본다.

개구리들의 합창

이순(耳順)이 다된 그녀는 아직 중년의 완숙한 미를 지니고 있다. 이건 그녀가 내 누님이어서 하는 얘기는 절대로 아니다. 누님은 어려서부터 예쁘다는 소리를 밥 먹듯이 들으면서 자랐다. 그때 아버지가 완고한 양반가문의 후예만 아니었어도 그녀는 미스코리아에 나가 진으로 뽑혔을 것이고 또 미스 유니버스에 나가 상위랭킹에 들었을 것이 틀림없다. 그렇게만 됐다면 누님은 영화배우나 탤런트 아니면 인기 모델이 되어 대 스타로 저명인사가 되었을 것이다. 그런데 아버지의 어이없는 보수성이 내 마음을 안타깝게 만들었다. 그런 누님의 미소가 또 일품 중에 명품이다. 그 옛날 대갓집 기와 마구리에 새겨진 백제 여인의 미소는 우리 누님을 모델로 삼았다고 해도 거짓이라고 할 사람이 없을 것 같다.

이것도 그녀가 우리 누님이 되어서 하는 소리는 결코 아니다. 우리 누님이 어머니 대신 나를 키웠고 또 공부까지 시켰다고 해서 하는 소리는 더욱 아니다. 이는 누구보다 매부가 인정하는 사실이다. 매부는 사람도 좋지만 생각하는 것이 올바른 사람으로 잘 알려진 분이다. 그런 매부가 지금은 비명횡사를 해서 안 계시다. 그 사연일랑 나중에 자세히 하기로 하고, 어쨌든 그

사건으로 해서 내 눈엔 우리 누님이 더 애련하고 아름다워 보이는지도 모르겠다. 그런데 인물과는 달리 누님의 손은 '아니올시다'로 생겼다. 동생된 입장에서 사랑하는 누님의 신체부분을 험담하는 것 같아 민망스럽지만 정직하게 말하자면 누님의 손은 체격에 비해 엄청나게 크기도 하지만 굵은 손가락 마디에 마른나무 껍질처럼 거친 손등의 주름살… 그런 누님의 손을 보고 있노라면 그냥 눈물이 쏟아질 것 같아진다. 매부도 살아생전에 그런 누님의 손을 잡고는, "미안하오. 내 죄가 크오." 하면서 눈물을 글썽이는 모습을 여러 번 보았다.

나는 지금 그런 누님의 손을 보고 있다. 그리고 누님의 손과 접속을 하는 수많은 다른 손들도 보고 있다. 검은 손과 누런 손, 하얀 손, 때가 덕지덕지 묻은 손, 상처 난 손, 손가락이 절단된 손, 유치한 그림이 문신된 손, 그리고 피 묻은 손!

아침 해가 나뭇가지 사이로 떠오르고 있다. 아이비 담쟁이로 반쯤 덮인 목조 건물은 공원관리사무소이다. 그 건물 옆 공터에 우리는 밴을 세우고 뒷문을 활짝 열어 놓았다. 그러면 공원 안쪽에 늘어선 자카란다 나무 뒤에 그림자처럼 붙어 있던 무숙자들이 여기저기에서 서서히 움직이며 나온다. 그리고 긴 행렬로 줄을 선다. 그들 앞에서 누님의 큰손이 부지런히 움직인다. 큼직한 콜라 상자에 가득 들어 있던 샌드위치 봉지가 누님의 손에서 그들의 손으로 전달된다. 콜라 상자는 한국의 사과상자 만하다고 하면 비슷할 것이다. 나는 누님의 손에서 빵이 옮겨지는 무숙자들의 손을 바라보고 있다. 손과 손은 질서정연하게 움직인다. 나는 그 손 하나하나를 빠트리지 않고 관찰한다. 가끔씩 누님의 표정도 살펴본다. 누님은 말없이 백제 여인의 미소로 빵을 전달한다. 무숙자들은, 땡큐우,라는 말보다 하느님의 가호가 있기를… 이란 말을 더 잘 쓴다.

하느님의 가호라…. 그 말이 날 미치게 만든다.

토요일 새벽이면 누님과 나는 큼직한 콜라 상자 세 개로 가득 채운 샌드위치를 만들어서 무숙자들이 모이는 공원으로 나간다. 계란과 햄과 치즈 그리고 토마토와 양상추가 곁들인 샌드위치다. 누님과 나는 이걸 만들기 위해 새벽 네 시에 일어난다. 빵을 받아먹는 무숙자들의 말이긴 하지만, 우리가 나누어주는 샌드위치는 맛이 너무 좋아 입안에서 살살 녹는단다. 어떤 무숙자는 이 빵을 얻어먹으려고 토요일 아침을 손꼽아 기다린단다. 이 빵 맛이 소문나서 먼 곳에서 시간 맞추어 오는 무숙자들도 많단다. 그런 소리를 들을 때마다 우리는 샌드위치를 몇 봉씩 더 만들어 가지고 나온다. 신기하게도 준비해온 빵은 남지도 모자라지도 않는다. 우리는 공원에서 비둘기에 먹이를 뿌려주는 사람이나 나뭇가지에 새 모이통을 매달아 주는 사람들을 만나기도 한다. 그들도 가끔씩 우리의 샌드위치를 받아먹는다. 누님이 수고한다고 주는 것이다. 미국인들은 거절을 할망정 사양은 별로 안 하는 성격이다. 그래서 주면 받아먹는다. 그들의 얘기로는 봉사로 하는 일은 한 번 시작을 하면 결코 중단할 수 없게 된다는 것이다. 남에게 베푼다는 것에 행복감을 느껴본 사람은 다른 것에는 취미를 붙이질 못한다는 말도 했다. 그래서 그 일 때문에 노후에 여행 한번 못해보고 생을 마치는 사람도 있다는 것이다. 미국에는 제 몸값을 못하는 사람도 많지만 또 이렇게 남을 위해서만 살다가 가는 사람도 많다.

유월의 아침 공기는 향기롭다. 공원 안에 줄지어선 자카란다 나무에서 풍기는 향내가 보라색 아침을 만들어내고 있기 때문이다. 보라색이 이토록 아름답다는 것을 예전엔 미처 몰랐다. 온화한 기후, 봄날의 마로니에 공원을 연상케 하는 자카란다 공원에 들어서며 우리 오누이는 이런 대화를 나누었다.

"올해는 자카란다가 더 곱게 피었구나."

"다른 해보다 비가 많이 왔기 때문인가 봐요."

"흑인들이 보라색을 좋아해."

"왜 그럴까요?"

"검은색과 잘 어울리잖아."

"왜 흑인들 중엔 무숙자가 많은 거지…?"

"흑인들이 주장하기로는 백인들의 편견 때문이라잖아."

"백인들 말로는 흑인들의 게으른 노예근성 때문이라고 하고요."

"사람 나름이지 않니. 매부 말로는 흑인들이 피 흘리며 찾은 자유의 혜택을 지금 우리들이 누리고 있다했어. 60년대까지만 해도 백인전용학교나 식당엔 유색인종이 못 들어갔었지. 백인들 눈에는 우리도 유색인종이야. 그땐 교회에 들어가는 것도 거부당한 지역도 있다 했어. 백인 이외의 인종은 땅도, 집도 물론 가게 같은 것도 살 수가 없었어. 그때가 바로 엊그제야."

누님의 얘기를 들으면서 매부가 민권운동 하는 사람들과도 친분을 갖고 계셨다는 생각이 들었다. 그분은 충분히 그럴 분이다.

나는 차를 세우며 누님께 말했다.

"어쨌든 범죄는 안 되는 거지요!"

누님은 만개하여 아침 햇살에 반짝이는 자카란다 숲을 바라보며 침묵했다. 그녀의 눈은 젖어 있었다.

우리가 공원에서 무숙자들에게 샌드위치를 나누어 주기로 한 것은 순전히 돌아가신 매부 때문이다. 어려서 조실부모한 나는 맏누이 밑에서 성장했다. 나의 맏형 노릇을 하던 매부는 그때 고등학교 선생님이셨다. 교원 노조 운동을 하시게 된 매부는 당시에 의식 있는 지성들이 다 그랬던 것처럼 공안 정국의 블랙리스트에 올라 감옥을 들락날락 하시었다. 나 역시 학생운동에 가담하게 되었고 손에 땀을 쥐게 하는 도피와 검거 그리고 무협의 석방, 이런 생활을 반복했다. 우린 그렇게 첩보영화의 주인공 같은 생활을 계속 하며 살았었는데 그 길은 가난으로 연결될 수밖에 없었다. 누님은 우리 두 사람의 옥바라지와 어린 두 남매와 먹고살기 위해 손발에 땀이 마를 새가 없었다. 그리고 우리는 달동네에서도 제일 후진 곳에서 살아야만 했다. 가난은 남루에 지나지 않는다지만 가난으로 인한 고통은 정말 참기 어려웠다.

광복절 특사로 풀려난 매부는 취직 길이 막혀 버렸다. 고문의 후유증으로 공사판의 막노동도 불가능했다. 그때 우리는 굶기를 밥먹듯 했다. 불기 없는 단칸방에서 생라면 한 개를 반으로 쪼개어 어린 조카 남매에게 나누어주는 누님은 눈물 대신 미소를 보여주었다. 그런 상황에서 나는 더 이상 학업을 계속 할 수가 없었다. 나는 고사하고 어린 조카 두 남매의 장래가 암담하기만 했다. 매부네 가정은 가난을 피해서 그리고 두 자녀의 미래를 위해서 기회의 나라 미국으로 향하는 이민선을 타기로 결정했다. 운동권 출신 국회의원의 주선이었다. 나는 군에 자원입대를 했다. 매부네 직계가족이 아닌 나는 어차피 그 이민 대열에 함께 할 수가 없었기 때문이기도 했다.

내가 군 생활을 마치고 공사판에서 잡역부 노릇을 일 년쯤 할 때 매부네는 이민 생활의 산전수전을 한참 겪은 후 로스앤젤레스 남쪽에 위치한 흑인 동네에 작은 마켓을 구입하게 되었다. 매부는 나를 떼어놓고 간 것이 늘 마음에 걸린다는 편지와 함께 유학생 신분으로 나를 초청했다. 마켓에서 자기의 일을 거들면서 학업을 계속 하라는 것이다. 그래서 나는 매부네 가족에 합류하게 되었다. 그 사이 조카 남매는 대학생이 되어 부모와 떨어진 동부에 가 있었다.

미국에 도착하는 첫 토요일이었다. 새벽 동트기 전인데 누님과 매부는 식빵을 산같이 쌓아놓고 샌드위치를 만들고 있었다.

"가게에서 팔다가 시효가 지난 빵은 제조회사에서 회수해 가거던. 그걸 어떻게 할 것인가고 물었지. 폐기처분한다는군. 아직도 먹을 만한 것이야. 치즈와 햄도 마찬가지지. 동네 공원엔 무숙자가 많거든. 배고픈 고통. 그건 당해본 사람만이 아는 거 아니냐. 회사측과 교섭을 해 봤지. 좋다하더군. 폐기처분하는데도 경비가 들거던."

그사이 매부는 몸이 많이 좋아졌다.

"오늘 나와 함께 공원에 가 보자."

샌드위치를 싸는 두 부부는 신이 나 있었다. 오랫동안 그 일을 하여서인지 그들의 손은 기계처럼 능숙하게 움직였다. 희희낙락이라고 할까, 그들의 표정은 행복해 보였다. 그들이 움직이는 손에는 정성이 가득 들어 있어 보였고 백제 와당의 연인 같은 누님의 미소는 여전히 신비스럽기만 했다.

"가게를 열기 전에 이 일을 한탕하고 나면 온종일 기분이 날아갈 것처럼 좋다니까."

누님이 다 싼 샌드위치를 콜라 상자에 담으며 말했다.

"그래서 토요일은 가게문을 한 시간 늦게 열지."

매부가 샌드위치를 싸느라고 어질러 논 부엌을 뒤처리를 하며 말했다. 나는 매부를 도와 빵 담았던 봉지며 계란껍질, 햄을 쌌던 비닐들을 쓰레기통에 넣었다.

"그래 함께 가겠니?"

매부가 다시 내 의사를 물었다.

"그럼 가야지요."

"고맙구나."

누님이 나를 모정이 넘치는 눈빛으로 바라보며 말했다.

"고맙긴요. 누님과 매부가 가는 곳이라면 어디라도 따라가야지요. 더구나 좋은 일을 하러 가시는데 안 따라 가면 되겠어요."

나는 진정한 마음으로 기꺼이 승낙했다. 그러면서 매부 내외가 인생을 참으로 선하게 산다는 생각을 했다. 바쁜 시간을 틈내서 무숙자와 같은 부랑인들에게까지 신경을 쓰는 그들의 삶이 훌륭하게 보였다.

매부가 모는 밴 차는 시원하게 뚫린 새벽길을 달렸다. 이른 아침이라 길에는 사람의 그림자도, 지나는 차들도 별로 없어 보였다.

"길이 참 조용하네요."

뒷좌석에 앉은 나는 매부에게 말했다. 차안에는 빵 냄새가 가득 차 있었다.

"토요일 아침에는 언제나 조용해."

누님이 내 말을 받았다.

"처남, 지금 기분이 어때?"

"아주 좋은데요. 상쾌해요."

"조용한 아침을 달려서도 좋지만 내 것을 남에게 줄 수 있다는 마음이 행복감을 가져다주는 것 같아. 이런 기분을 천금을 주고도 못 사지. 그런데 말이야 저들중 상당수가 약물 중독자야. 이건 그냥 상식으로 알아둬."

"약물 중독자라면…. 알콜 중독 같은 것을 말하는 것이겠죠?"

"물론 알콜 중독자들도 있겠지. 그러나 그보다 더 큰 문제는 드럭(마약) 중독자들이지. 드럭 하면 우리는 마리화나 아니면 헤로인을 상식적으로 알고 있지. 그런데 중독자들에게는 점점 더 강력한 것이 필요하게 되고 돈에 눈먼 사람들은 그게 인체에 해롭거나 말거나 만들어 내지. 헤로인이나 크랙, 스피드라는 마약도 사람을 망치지만 그보다 더 강력한 약이 있어 문제라고. 액스타시라는 약은 헤로인, 크랙, 스피드가 혼합된 효능을 갖고 있어. 환각작용이 더 강력하게 일어나고 단 한 번의 시도로 중독이 되고 중독이 됐다하면 순식간에 뇌수가 황폐해 버린다구. 장난이라도 한번 맛들이면 다시는 헤어나질 못해. 무숙자들 중에는 상당히 성공했던 사람들도 있어. 그들에게 집이 없는 이유는 폐인이 된 자책감에서 가출을 해 버린 경우야. 뇌가 손상돼 기억상실증으로 집을 찾지 못하는 사람도 있고… 그들에게 빵과 약을 양손에 갈라 들고 선택하라면 열이면 열 약을 택한다. 그들은 약이 떨어지면 무슨 짓을 해서라도 약살 돈을 장만하고 또 환각에 빠지면 어떤 짓이라도 서

습없이 저지른다구."

매부가 들어보지 못한 약 이름을 열거하며 중독자 카운슬러처럼 얘기한 이유는 호기심으로라도 내가 그걸 시도해 보지 않을까 염려해서인 것 같다.

"미국은 자유의 나라지만 참으로 무서운 사회이기도 하단다"

누님도 매부가 드럭에 대한 얘기를 하는 이유를 눈치챈 듯하다. 나는 말 없이 낯선 풍경의 차창을 내다보고 있었다. 그날도 공원에는 보라색 자카란 다가 활짝 피어 있었다. 우리 밴이 공원으로 들어서자 사람들이 그 앞으로 몰려들었다. 누님과 매부는 밴차의 뒷문을 열어놓고 샌드위치 봉지를 일일 이 집어서 그들에게 나눠주었다. 나는 그들을 바라보며 속으로 저것들도 인 간인가 생각했다. 주제꼴이 엉망인 노숙자들은 빵을 받아서 일순 먹으며 온 곳으로 되돌아간다. 흑인 집결 도시여서 그런지 대부분이 흑인인 그들은 더 럽기도 하지만 어디에서도 맡아보지 못한 독한 악취를 풍기며 쉴 새 없이 주 변을 두리번거린다. 그런 모습엔 어떤 범죄의 냄새가 숨겨져 있는 것 같기도 하다. 범죄의 냄새는 얼마 후에 우리를 비극의 무대에 서게 하였다.

매부는 작은 가게라고 했지만 내가 보기에는 중급 슈퍼마켓 정도는 되는 것 같다. 그는 내게 물건 진열하는 법부터 가르쳐 주었다. 냉동창고에서 냉 동 진열대로 음료수를 옮기는 순서도 가르쳐 주었다. 맥주와 콜라는 냉동창 고에서 바로 냉동진열대로 옮겨지게 되어 있었다.

"우리 가게는 이 동네 사람들의 냉장고라고 생각하면 돼."

매부 얘기로는 이 동네 흑인들은 너무 가난하여 냉장고를 살 돈도 없을 뿐만 아니라 그런 걸 가질 필요도 안 느낀단다. 냉장고가 있어도 물건을 재 놓고 살 형편이 못 되기 때문이란다. 그래서 맥주도 한 병 콜라도 한 병, 한 병씩 낱개로 사러 오기 때문에 온종일 마켓을 드나드는 사람들이 많고 여기 에 오는 손님들은 모두 단골들이라는 것이다. 카운터 쪽에서 누님이 어떤 흑 인 청년과 길게 이야기하는 것이 진열장을 통해서 보였다. 흑인 청년은 껄껄

거리며 웃기도 했다. 누님은 역시 백제 여인의 미소로 상대했다.

"외상을 달라고 졸라대는 것일 게야."

매부는 멀리서도 그들의 대화가 들리 듯이 말했다.

"어떻게 아시죠. 매부."

"단골의 삼십 프로는 외상 손님이거든."

"그래요? 보기보다 신용들은 잘 지키는 모양이죠?"

"외상값을 못 갚는 사람도 있긴 하지. 처음에는 외상값을 못 받으면 안달을 해댔었지. 큰 소리로 다투기도 했고… 그러나 지금은 신경 안 써. 돈이 없는 저들이 외상을 안 주면 도둑질을 해 가거든. 돈은 없고 먹긴 해야 할 테니까 훔쳐 가는 거야. 좀도둑은 막을 수가 없어. 예방을 해야지. 그들은 외상을 안 주어도 결국 우리 가게에서 필요한 물건을 가져가지. 그럴 바에야 외상을 주면 받을 확률이 있지 않겠나. 그렇게 생각하니 마음이 편해지는 거야. 엘에이(LA) 폭동 때 한국인 상점이 구십구 프로가 털리거나 불에 타 버렸지. 그런데 우리 가게는 아무런 피해도 없었어. 단골손님들이 지켜 주었거든. 감사할 일이지. 그런데 우리 가게가 없어지면 자기들의 냉장고가 없어지게 되거든. 그러니 지키지 않을 수 없었겠지."

원래 말이 없던 매부였는데 그 날은 대화에 주린 사람처럼 끊임없이 말을 해댔다. 그때다. 누님이 있던 쪽을 보니 말을 많이 하던 청년은 갔는지 보이지 않고 대신 험상궂게 생긴 자가 누님의 머리에 권총을 겨누고 있었다. 나는 순간적으로 그쪽으로 발길을 돌렸다.

"처남! 꼼짝 하지 말고 그 자리에 서 있어!"

등 뒤에서 매부의 외침이 들렸다. 주춤하던 내가 다시 한 발 나서려는데 내 앞에 매부가 와서 막아선다. 전광석화와 같은 동작이었다. 동시에 총소리가 들렸다. 두 방 세 방! 매부는 나를 얼싸안은 채 늘어졌고 누이의 얼굴은 창백하게 변했다.

매부는 구급차가 오기 전에 숨을 거두셨다. 그는 나를 살리려 하다가 돌아가신 것이다. 그러니 내 마음이 오죽 아프겠냐 이 말이다. 수사관이 와서 누님에게 여러 가지 질문을 해댔다.

"얼굴엔 험상궂은 가면을 써서 잘 모르겠어요. 아, 특색이라면 손등에 보라색 하트가 커다랗게 그려져 있었죠. 권총을 잡은 쪽 손이기에 분명하게 봤어요. 인지와 검지 사이에 반으로 깨어진 하트 모양이 손을 움직일 때마다 오그라들었다가 펴졌다 하는 괴이한 모양을 하고 있었다구요."

그런 저런 정보를 주었건만 경찰은 범인을 잡지 못했다. 매부의 장례식은 오랜 동안에 걸친 부검검사를 마친 후 치르게 되었다. 장례식에 조문객들이 인산인해를 이룬 것으로 보아 살아생전에 매부의 행적이 의로웠다는 것을 짐작할 수 있었다. 흑인 문상객들도 많이 왔다. 아마 가게의 단골들은 모두 온 것 같다. 가게 앞에는 꽃다발이 산처럼 쌓이고 그 앞 보도에는 수십 개의 촛불들이 꺼질 줄을 몰랐다. 모두 단골손님들이 가져다 놓은 것이다. 입관식 때 나는 매부의 관을 잡고 어린아이처럼 울었다. 매부와 같은 사람을 이처럼 일찍 불러 가신 하느님의 의도가 무엇인지 알고 싶었다. 그분이 착각을 하신 것일까? 아니, 이런 경우는 사탄의 장난일 것이다. 나는 이를 악물고 분노했다. 사탄의 하수인을 잡을 수만 있다면 어떤 희생이라도 치를 수 있을 것 같았다. 그리하여 이 땅에서 매부같이 억울한 죽음이 다시는 없도록 깃발을 들어야 할 것이란 생각을 굳혔다.

누님은 나와 함께 매부가 하던 일을 계속 하고 싶어했다. 그것은 내가 바라던 바이다. 동부에서 공부하는 두 남매의 뒷배를 봐주며 살아가려면 우선은 그 방법이 가장 적절한 것 같기도 했다. 그래서 우리는 그 마켓을 평소와 다름없이 운영하고 또 무숙자에게 빵을 나누어주는 일도 계속 하기로 했다. 조카들은 자신들이 학업을 중단하고 어머니를 편히 모실 테니 이제 마켓 일 같은 것은 그만 두시라고 애원했다. 누님은 특유의 미소로 그들을 설득해 돌려보냈다. 경찰은 여전히 범인을 못 잡았다.

그 공원엔 자카란다 꽃이 세 번이나 피고 졌다.

"난 당신들이 왜 이 일을 극성스레 하는지 안다구."

그날도 내가 빵을 나누어주는 누님의 손을 보고 있는데 흑인 특유의 허스키 음성이 귓전으로 지나갔다. 바라보니 밤송이 같은 곱슬머리가 산발이 된 채 거름통에 빠졌다가 나온 듯한 냄새의 여자 홈레스가 샌드위치를 받아가며 빈정대듯 한 말이었다. 30대 중반쯤 될까… 꾸부정하니 오랑우탄 영락 없는 낯선 얼굴이다. 필경은 마약중독자일 것이다라는 생각이 들었다. 누님은 다음 줄에 선 무숙자에게 빵을 건네주려다가 말고 그녀를 바라본다. 사실 우리는 서로가 내놓고 말은 하지 않았어도 빵을 나누어 주면서 손등에 새겨진 하트문신의 용의자를 찾고 있었다. 그가 무숙자일 것이란 귀띔을 단골 중에 한 사람에게서 들었기 때문이다. 오랑우탄이 빵 봉지를 뜯으며 말을 잇는다.

"당신 남편을 쏜 자에 대한 정보를 알려고 이러는 것이지…?"

"우린 매부가 돌아가시기 전부터 이 일을 해 왔소."

내가 나서며 그녀를 꾸짖듯 말했다.

"그럼 아니란 말인가요."

"우린 당신이 기저귀 찰 때부터 이 일을 했다구. 그런데 감히!

나는 열을 올렸다.

"God Bless you (하느님의 가호가 있기를)"

오랑우탄은 입가에 흘러나오는 양상추를 손등으로 문질러 땅바닥에 휙 뿌리며 말했다. 그들에겐 갓 브레스 유가 입버릇이 되었나 보다. 누님은 아무 말 없이 샌드위치를 나눠주고 있었다.

"이대론 천년이 가도 경찰이 범인을 못 잡을 껄. 아니, 안 잡는 것이겠지…."

그녀는 누님의 손에 든 샌드위치 봉지를 하나 더 낚아채듯 받아 가지고 어린이 놀이터 쪽으로 휭 하니 간다.

나는 그녀의 뒤를 따라 나섰다.

"상호야…!"

난 누님이 다급하고도 긴 여운으로 부르는 소리를 귓등으로 흘렸다. 이 시간에 공원 안은 어디에나 조용하다. 미끄럼틀 뒤쪽에 정글 놀이가 있고 그 오른쪽엔 어린이 야구장이 있다. 이제 조금 있으면 동네별 어린이 야구팀들이 몰려들 것이다. 그리고 아이들 떠드는 소리와 어른들의 열띤 응원 소리가 조용한 공원 안에 활력을 불어넣을 것이다. 누님 말로는 매부가 살아생전에 어린이 야구 토너먼트가 벌어지는 날엔 이곳에 들러 소다수 박스를 놓고 가곤 했다는 것이다. 그래서 나도 매부의 뜻이라며 음료수 박스를 기부하기도 했다. 그들은 모두 좋아했고 누님 가게를 칭찬했다. 꼬마 선수들의 부모는 자신의 아이가 에릭 밀턴이나 조 메이스 같은 대 선수가 됐으면 하는 사람도 있을 것이다. 개중에는 박찬호나 김병현 같은 투수를 희망하는 어린이도 있을 것이다. 그러니까 여긴 인간의 꿈과 인간의 좌절이 함께 생존하는 그런 공원이기도 한 것이다. 정글 놀이 왼쪽엔 공중 화장실이 있다. 오랑우탄은 그 공중화장실 쪽으로 가고 있었다. 나는 발걸음을 빨리 해 가며 그녀를 불렀다.

"엑스큐스 미, 실례합니다."

공중화장실은 콘크리트 건물로 되어 있다. 그리고 육중한 철문이다. 그래서인지 가끔 공중화장실 안에서 강간사건이 일어나곤 한단다. 한적한 곳, 육중한 철문 안이라면 강간 상습범에게 끌려 들어가 무슨 짓을 당해도 속수무책일 것이다. 내가 건물 모퉁이를 돌아서자 그녀는 여자 화장실 앞 장미화단에 기대 서서 나를 기다리고 있었다. 먼 발길 앞에서 살이 통통히 찐 다람쥐 두 마리가 서로 희롱하며 달음질로 뛰다가 나무 위로 기어오른다. 내가 다가서자 그녀는 말없이 손을 내민다. 돈을 달라는 제스처인 것이다. 나는 두말 없이 주머니에서 일 달러짜리 한 장을 꺼내 그녀의 손바닥에 놔주었다. 그녀는 눈을 흘겨 흰자위를 드러내 보이며 고개를 살래살래 흔든다. 정보 값이 적다는 표시일 것이다. 나는 십 달러 짜리 한 장을 더 얹어 주었다.

"힌트는?"

그녀는 엷은 미소 지으며 말했다. 그 미소 뒤에 그녀의 눈은 아침이슬로 젖어 있는 게 보였다. 나는 왠지 그런 그녀의 표정에서 실향민의 우수 같은 걸 느꼈다.

"범인의 손등엔 보라색 하트가 문신돼 있소."

"깨어진 하트…?"

"그렇소."

그녀는 손가락 두 개를 꼬아 보인다. 그것은 행운을 빈다는 뜻이다. 그러더니 뒷걸음질로 여자 화장실 안으로 들어가고 있었다. 검은 입술에 흰 이를 드러낸 그런 미소가 화장실 문 뒤로 사라져 가는 것을 보며 나는 소리를 쳤다.

"범인에 대한 정보는 어쩌고…!"

그러나 내 소리는 그녀가 들어가고 난 뒤에 자동으로 닫쳐지는 철문에 가서 부딪치고 말았다. 나는 그녀가 사라진 철벽같은 화장실 문을 바라보고 서 있을 수밖에 없었다. 자타란다 꽃잎 하나가 허공을 맴돌다가 발 앞에 떨어졌다. 그녀가 화장실로 들어가며 던진 미소는 나를 따라 오라는 신호이었을까? 그래서 우수 어린 표정을 지어 보인 것일까. 그 안으로 따라 들어오라고…. 나는 떨어진 꽃잎을 집어들고 이리저리 살펴보았다. 아직은 떨어질 때가 안 된 꽃잎이 웬일일까. 꽃잎은 보라색이 아니라 푸른색이었다. 오, 그래서 떨어진 것일까. 돌연변이… 주위는 아직도 조용하다. 누님이 계신 곳은 화장실 건물 뒤쪽이다. 그래서 누님과 나는 서로 상대를 바라 볼 수가 없었다. 주변을 또 돌아보았다. 새벽 벌새가 자카란다 꽃잎에서 꿀을 쪼아먹느라고 왱왱거린다. 팔랑개비보다 더 빠르게 돌아가는 날갯짓이 풍뎅이만한 고놈을 허공에 머물게 한다. 그 작은 날개바람으로 싱싱한 꽃잎을 떨어트렸나 보다. 자카란다 꽃잎은 보라 일색이 아니라 푸른색이 꽤 많이 섞여 있기도 하다. 다만 보라가 많으니 모두 보라색으로 보인 것이다. 화장실로 들어간 오랑우탄은 나올 줄을 몰랐다.

이럴 때 나는 어찌해야 하나. 무슨 대 발견이라고 자카란다 꽃잎을 분석하고 서있는 나 자신을 생각하니 매우 의아스럽기까지 했다. 무숙자들 이외에는 다른 인적이 없는 새벽 공원에 누님을 혼자 놔 둔 채 여기에 와 있는 나를 돌아보고 스스로 놀라기도 했다. 그런 생각을 하면서 또 한편으로 내가 여자 화장실로 흑인 여자 무숙자를 따라들어 갔다가 성 폭행범으로 누명을 쓰거나 강간을 당하면 어쩌나 하는 기우가 머리에서 와글거리며 난리를 친다. 꽃잎에서 꿀을 쪼고 있던 벌새가 허공으로 핑 날아올라간다.

좀처럼 나오지 않는 그녀는 어찌 된 것일까. 정보를 주겠다는 그녀를 더 기다려야 하나. 매부 같으면 이럴 때 어찌 했을까? 내가 해결하지 못하는 갈등의 순간에 왜 매부를 끌어넣는 것일까. 매부 같으면 누님 곁에서 그녀의 안전을 보살피고 있을 것이다. 순간적이나마 남의 목숨을 지키기 위해 자신을 던진다는 것, 그런 행동은 위대한 사랑의 힘이 아니고서는 할 수 없을 것이다. 범인을 잡아야지 그 생각이 내 머리를 찍어누른다. 난 눈 질끈 감고 운동권 출신답게 여자 화장실로 뛰어 들었다. 그 안에서 오랑우탄이 내 머리에 권총을 들이대려고 기다리고 있을 것 같기만 하다. 등줄기에선 벌레가 기어가듯 진땀이 흐르고 있었다.

그런데 이게 어찌된 일인가. 불행 중 다행이랄까 그녀는 거기에 없었다. 화장실 안에 환기통으로 뚫어 놓은 구멍이 있다는 걸 나는 몰랐었다. 눈 시퍼렇게 뜨고 사기를 당하다니… 그냥 웃음이 나온다

"내가 부르는 소리가 안 들렸니?"

누님은 나를 몹시 걱정하고 있었나 보다.

"절대로 위험한 일을 했어. 절대로…."

누님은 흥분을 감추느라 눈물까지 흘리신다.

마켓이 제일 한가한 수요일 오후였다. 누님은 두 손을 마주잡고 눈을 감은 채 앉아있었다. 나는 안다. 이럴 때 누님은 심중에 일고 있는 거친 파도 같은 마음을 잠재우려고 기도를 드리고 있는 중일 것이다.

매부가 돌아가신 집안에 가장 큰 변화는 생명공학을 전공하던 아들이 신학대학교로 전학을 했고 매스컴을 전공해 앵커우먼이 되겠다던 딸이 휴학계를 내고 법률그룹의 조사원으로 취직을 한 것이다. 그런 일들이 누님의 마음속에 거친 파도가 되어 있는 것이다.

"삼촌. 과학이 복제인간을 만들어내면 뭐 하나요. 신이 생명을 거두어 가면 그만인 것을… 그래서 저는 신에 대한 공부부터 하기로 했어요."

조카는 장거리 전화로 자기 생각을 말했다. 나는 조카의 생각에 대해서 긍정도 부정도 말해 줄 수가 없었다. 인생에 대해서라면 나도 모르는 것이 많기 때문이다. 그러함에도 지금 내 마음속에는 매부의 죽음이 이율배반적이라는 생각으로 가득 차 있다. 이 땅에 평화를 주려는 신이라면서 왜 이 사회에 필요한 사람을 먼저 가게 하나. 나는 아픈 마음으로 누님을 바라봤다. 미치도록 매부가 보고 싶다. 내 마음이 이럴진대 누님은 어떻겠나. 누님도 내 시선을 인식했나 보다. 나를 마주 바라보더니,

"지난 토요일 빵을 나누어주다 그 손을 본 것 같아."

"그 손이라니요?"

"하트가 그려진 손."

"매부를 쏜 그 손?"

"그래. 그 손…."

누님은 나를 똑바로 바라보다가 고개를 돌린다.

"정말! 그럴 이가… 나도 함께 빵 받아 가는 손을 봤는데…."

"네가 그 흑인 여자를 따라 가고 얼마 후에 나타났어."

"그런데 왜 이제 그 얘기를 하는 거요. 삼일이나 지났잖아요!"

"매부가 가시던 그때가 생각나서 정신이 아득했어. 그리고 우린 그 여자 말대로 봉사를 하려고 빵을 나누어 준 게 아니라 그걸 미끼로 범인을 찾고 있었잖아."

"당연하죠. 범인을 잡아야 하니까."

"우리가 이러는 것은 매부의 뜻과 다를 꺼야."

"어쨌든 경찰에 신고부터 해 봅시다. 지금 범인을 잡은 건 아니잖아요"

"여자 화장실로 그런 여자를 따라가다니…?"

누님은 아직도 내가 분별없이 한 행동에 관한 일을 생각하고 있나 보다.

"파렴치범으로 잡혀갈 수도 있어."

"그녀가 사기 치고 도망가는 걸 잡으려고 했어요."

"정숙이도 학교를 그만 두고 법률그룹에 조사원으로 들어갔어."

나는 누님이 이토록 흥분상태를 겉으로 나타내는 것을 본 적이 없다.

"그건 뭘 의미 하냐! 매부의 살해범을 우리 손으로 잡겠다는 의지 아니겠냐…! 살인범을 잡는 것보다 난 느이들이 더 소중해."

"염려 마세요. 잘 될 꺼에요."

나는 이렇게 막연하게 누님을 위로할 수밖에 없었다.

"그럼 잘 돼야지. 우리 모두 잘 돼야 하지 않겠니. 그게 매부의 뜻이고…."

누님은 늘 하시던 그 신비의 미소로 표정을 바꾸시며 카운터 위의 오디오를 켜신다. 나나 무스커리(Nana Nouskouri)의 노래가 나온다.

"매부가 50회 생일 선물로 사준 거야. 노래 좋지."

누님은 그 씨디 선물 얘기를 여러 번 했다. 나도 그녀의 노래를 퍽 좋아한다. 영혼을 흔드는 듯 애절한 노래가 그녀 특유의 가냘픈 음폭으로 이어진다. only love can make memory… 사랑만이 추억을 만들 수 있다네… Good-by truth love… 안녕 참 사랑아….

이때 경찰이 찾아왔다. 애덤 잔슨, 강력 사건의 담당 수사관이다. 매부 살해범이 자수를 해 왔다는 것이다. 그는 죄의식 때문에 마약중독자가 됐고 또 병이 깊어졌단다. 경찰은 감옥 대신 그를 병원에 입원시켰다는데 가망이 없어 보인다고 했다. 그래도 사건을 마무리 지어야겠기에 가능하다면 용의자를 보고 피해자 진술을 해 달라는 것이다. 누님은 시간과 장소를 통보해 달라고 짧게 말했다. 그리고 두 손을 모은 채 석고상처럼 움직일 줄을 몰랐다. 나나 무스커리의 노래는 슈벨트의 아베마리아로 이어졌다.

그 주말에 우리가 그 공원에 가서 샌드위치를 나누어주며 보니 손등에 깨어진 하트 모양을 문신의 손이 몇몇 개인지 셀 수도 없이 많아 보였다. 이전엔 왜 그걸 못 봤을까? 참으로 알다가도 모를 일이다. 그들은 하느님의 축복이 있길 빈다고 반복해 중얼대며 빵을 받아갔다. 우리도 빵을 주며 하느님의 축복이 있기를 기원한다고 했다. 이때 마지막 빵을 받아간 사람 뒤에 우랑우탄이 서 있다. 나는 긴장된 표정으로 그녀를 노려봤다.

"알아요. 당신들 마음…!"

그녀의 눈은 흠뻑 젖어있었다.

"잭을 자수시키기 위해서 마지막으로 엑스터시를 사 먹였죠. 그 약을 살 돈이 필요했거든요. 제 보이프렌드죠. 잭은 너무 착한 사람이었어요. 갱단에 가입되면 신고식으로 강도질을 해야 되죠. 살인할 마음은 없었대요. 미안해요."

그녀는 손으로 자신의 얼굴을 가리고 흐느껴 운다. 누님이 그녀를 감싸 안아 진정시켜 준다. 그녀는 울음석인 음성으로 말을 이었다.

"오늘 손등에 하트 문신을 한 사람들이 많이 왔죠. 모두 잭의 부라더 후드

(Brother-hood, 형제애로 뭉친 갱단)들이죠. 단체로 사죄하러 온 사람들이에요."

　오랑우탄을 감싸안은 누님의 어깨가 심하게 떨리는 게 보인다. 햇빛이 자카란다 꽃잎 사이로 떨어지며 넓게 퍼진다. 그 가운데를 뚫고 어린이 야구단들이 뛰어들고 있다. 개구리울음의 불협화음처럼 재잘거리며 떠드는 아이들의 소리가 공원 안으로 가득 퍼진다.

미란다의 납치 이벤트

　어두운 산길이다. 전조등 앞에서 흐린 빛으로 날아다니는 안개가 시야를 엄청 방해한다. 2분쯤 가면 보인다 하던 공중전화부스는 30분을 헤매서야 힐끗 보인다. 삼나무와 측백나무가 빽빽하게 들어찬 꼬불꼬불한 산길이라 시간이 더 걸렸을 것이다. 공중전화 박스는 검은 손을 내미는 좀비 같은 나뭇가지에 눌려서 숨을 죽이고 서 있다. 투명한 소재로 되어서 지나 칠 뻔했다. 나는 그 옆 비탈진 곳에 차를 세운다. 전화부스 건너에는 낡은 주유 펌프가 보인다. 그 앞에 산동네의 살롱과 미니마켓의 간판이 보인다. 건물은 낡아서 유령의 집처럼 무너질 듯이 버티고 서 있다. 실내는 캄캄하다. 간판 옆에는 촉수 낮은 보안등이 새벽안개를 뿌리고 있다. 찬 공기가 셔츠 깃을 열고 뼛속으로 스며든다. 총 맞은 금발 여인 미란다 카오스에게 재킷을 벗어 덮어주고 달려왔다. 한기가 온몸을 마비시키는 듯하다. 전화부스 주변 분위기엔 전율로 가득하다. 머리끝으로 올라간다.

　셀 폰이 나온 뒤부터 공중전화는 박물관에나 있어야 할 고물이 된 줄 알았다. 그런데 이런 산중외딴 곳에 공중전화부스가 있다니 시간을 한참 거꾸로 되돌아간 느낌이 든다. 반딧불 같은 작은 빛이 어디선가 전화부스 안에 들어가 있다. 긴급구원의 전화… 떨리는 손가락을 더듬어 버튼을 두드린다. 신호가 뚜르르 전파음을 탔다. 입속이 바짝 말라 있다. 눈을 감는다. 도대체 어둠이란 왜 생겼지? 밤눈이 어두운 내가 프리웨이를 엉기듯이 운전을 하면서 불평을 하면 사별한 아내 말자가 생전에 하시는 말씀이 있었다. 조물주는 하늘의 별을 보라고 어둠을 만든 거야. 그 참 명언이었다. 밝은 날엔 별이 안 보인다. 그렇다고 하늘에 별이 없는 건가? 그건 아니다. 한술 더 떠서 말자는 난 이담에 하늘의 별이 될 꺼야. 그리고 술독에 빠진 듯이 어리바리한 당신을 지켜 줄 거야. 농담처럼 진담으로 했었다.

그런 아내 말자가 떠난 지 3년이 되어도 밤하늘을 보면 어느 별이 말자인 줄 모르겠다. 그녀가 아직 제자리를 못 찾아 하늘의 별이 못 되었을까? 말자처럼 착한 아내는 분명 하늘의 별이 됐어야 할 것이다 그런데 사실 따지고 보면 그게 어째서 안 보이냐 하면…. 아내 말자를 떠나보내고 딱 삼년 만에 딸 같은 나이의 색시미녀 미셸과 재혼을 해서 나사 푹 빠지게 살고 있기 때문일 것이다. 그러니 엑스아내 말자가 별보다 더 큰 아침 해가 됐어도 보이겠느냐. 게다가 새 아내 미셸은 다섯 자리 수의 빌딩재벌이다. 난 그보다 한참 아래지만 점포 열댓 개의 오층 빌딩 오너이지만, 내가 그 빌딩의 오너가 된 건 엑스아내 말자가 일등 공신이었다. 말자는 정말 평생을 손톱이 닳도록 일을 했다. 그런데 참으로 애석하게도 말자는 환갑도 되기 전에 벌어 논 달러의 혜택은 한 푼도 못 받아보고 유방암으로 세상을 떠나갔다. 그것도 병원비 절감을 하다가 종양이 전신에 퍼지는 말기가 돼서야 입원을 하게 되었다. 그 착한 아내 말자는 나에게 늘그막하게 로맨스그레이 좀 하다가 따라 오라고 먼저 간 것 같았다. 그녀야말로 열녀춘향이 더하기 효부임에는 틀림없다. 나는 젊은 아내 미셸과 즐기다가도 말자에게 미안해서 착한 아내 말자가 부디 하늘의 별이 됐으면 좋겠다며 늘 기원을 했다. 새장가 잘 갔어. 당신은 여복 있는 사람이야. 헌데 당신은 그 여자의 몇 번째 남편인지 알고 재혼하는

67

거야? 하고 말자가 한마디 할 것 같아 귀가 따가웠다. 그런 양심의 소리는 눈 딱 감고 못들은 척 했다. 대화가 통하는 여인과 모텔에 가는 건 말 안하겠다. 호화판 재혼식을 또 뭐야! 과거는 묻지 말자. 현재가 중요하지. 나는 스스로 나를 변명하며 살고 있다.

토요일은 회사 문을 일찍 닫는다. 그 오후 시간이 얼마나 좋은지 새 아내 미셸의 표정을 보면 알겠다. 평일에도 우리는 새벽에 백 나인 골프치고 사우나를 거쳐 해장 커피 마시며 일간신문 훑다가 은행에 돈 들어오는 소리를 듣는 게 하루 일과였다. 요즘은 주말 오후시간을 어찌 즐길 것인가 설레는 기대를 하며 산다. 새로 나온 영화구경을 갈까? 감미로운 음악이 나오는 식당에서 만찬을 즐길까? 모래알 반짝이는 태평양 바닷가를 걸어볼까? 시간은 내게 젊은이로 되돌아오게 한 것 같은 착각을 일으키게 한다. 퇴근하자마자 집으로 직행해서 샤워하고 맥주 한 잔 마시고 비디오 연속극 앞에서 드라마를 보는 둥 마는 둥 하며 그거 있지? 말 안 해도 아는 거. 미셸도 정력에 좋다는 음식을 잘 챙겨 대령했다. 그 뿐인가. 인생은 60부터야. 새 아내 미셸이 잘 익은 체리 빛 입술로 나의 숨결 앞에서 속삭였다. 그 말이 미치게 좋았다.

딱 두 편만 빌려 가자. 많이 빌려가야 보지도 않을 거, 그날도 집으로 향하는 도중에 한국 비디오가 있는 몰로 들어섰다. 요즘은 인기 짱의 연속극들이 많이 나왔다. 그런데 아내 미셸은 그 인기 최고의 연속극은 제쳐놓고 비명이니, 스토커니, 알리바이 하는 미스터리 영화에 마니아가 된 듯 했다. 비디오 대여점 안에는 줄이 길지 않았다.

나는 파킹장 한 옆에 비스듬히 차를 대놓고 시동을 걸은 채 앉아 있었다. 아내 미셸은 빨리 다녀온다며 비디오 가게로 뛰어갔다. 나는 새 아내의 뒷모습이 하드코 섹시배우 못지않다고 생각하며 눈을 감았다. 18년 차이의 억대 재벌 이혼녀와 재혼한 지 3개월째…. 나는 요즘 내가 무리하는 것이 아닌가? 하는 생각을 여러 번 했다. 부부사랑 알약을 장복하면서까지였다. 그러나 새 아내의 정력은 밤을 새우고도 남아도는 것 같았다. 그래선지 아까부터 눈이 따가워서 자꾸 깜빡이다 보니 스르르 감겨졌다.

눈을 잠깐 붙이고 있는데, 실체인가 잠결인가 몽롱한 가운데 탓타…타! 독립기념일에 불꽃놀이 터지는 소리가 몇 번 들렸다. 난 그냥 무심코 들었다. 그런데 차의 왼쪽 뒷문이 열리는 소리가 났다. 힐끗 보니 육척장신의 사나이가 007가방을 들고 뒷좌석에 오르려고 몸을 숙이는 순간이었다. 내가 뭡니까? 라고 물으려는데 이어서 타탕! 하는 연속음과 함께 그 사내는 차 옆으로 가서 비틀거리다가 꼬꾸라지는 게 보였다. 순간 나의 시선은 비디오 가게 안을 보게 되었다. 아내 미셸은 카운터 앞에 몇 명이 줄서 있는 그 가운데 서서 옆 사람과 수다를 떨고 있었다. 나는 차 앞에 쓰러져 있는 사내에게 시선을 돌렸다. 그가 손을 뻗쳐 바르르 떨며 가드레일을 잡고 일어서려고 애를 쓰고 있었다. 이럴 땐 재빨리 스마트 폰을 꺼내 경찰에 신고를 해야 마땅할 것이다. 그래야 한 시민으로서의 의무를 다하는 행위가 아닌가. 그런데 그 순간 온 몸의 피가 모두 식어가는 느낌이었다.

나는 의자에 납작 엎드렸다. 어디선가 총알이 또 날아올 것 같아서였다. 바로 이때다. 옆자리 조수석 문이 벌컥 열렸다. 힐끗 보니 금발의 서양여자가 올라탔다. 그녀는 문을 세차게 달며 소리쳤다. 빨리 가자. 렛스고오. 나는 금발의 바른손이 핸드백 속에 들어가는 것을 봤다. 옛날 시골 농부의 꼴망태처럼 생긴 큼직한 가죽 핸드백이었다. 그 순간 등줄기에서 발 빠른 벌레가 기어가는 걸 느꼈다. 식은땀이었다. 그 핸드백 속에 찔러 넣은 손엔 분명 권총이 들려 있을 것 같았다. 이 여자가 총을 쐈나 하는 생각이 들 때였다. 어서 밟아! 대갈통을 날려버리기 전에…! 금발은 어깨까지 늘어진 생머리를 출렁이며 목청을 높였다. 고함이 아니라 비명에 가까운 외침이었다. 렛츠고오!!! 저 악당들이 날 죽이려 해! 당신도 물론 죽일 걸. 금발은 비명처럼 소리 질렀다. 허스키 섞인 그녀의 목소리는 엽기적이기까지 했다.

이때 차 뒤쪽에서 또 탕…! 하고 총소리가 났다. 동시에 나는 재빨리 기어를 바꾸고 액셀레이더를 밟았다. 용수철이 튀는 동작이었다. 차는 총알처럼 파킹장을 빠져 나갔다. 나가며 비디오 가게를 힐긋 보니 새 아내 미셸이 막 문턱을 나서고 있었다. 나는 순간적으로 브레이크를 밟았다. 금발은 빨리! 하고 또 소리를 쳤다. 난 액셀레이더를 또 밟았다. 차는 찢어지는 쇠 마찰음을 내며 그라나다 힐의 발보아 길을 달려 나갔다.

섹시미녀 새 아내여! 난 지금 납치되어 가는 중이라구. 금발의 서양여자에게 강제로 끌려가는 중이야. 라는 입속말을 외치며 내키지 않은 속력을 냈다. 이 서양여자가 나의 머리에 권총을 들이댄 것도 아니고, 그저 핸드백 속에 손을 쑤셔 넣으며 빨리! 영어로 쌍소리를 질렀을 뿐인데 어처구니없게도 식은땀을 흘리며 납치되어가고 있는 중이라구. 빈말이라도 못가겠소! 라고 반항 한 번 못 해보는 나였다구. 내가 차를 무섭게 돌진시켜 나아가며 한 생각은 새 아내가 비디오를 한 아름 안고 나와서 남편을 찾다가 없으면 어쩔 것인가 하는 우려였다. 아내는 잠시 그 자리에 서성이며 나를 기다릴 것이다. 그리고 생각할 것이다. 내가 기름을 넣으러 갔거나 자판대 신문을 빼내러 갔겠지 하고. 그러나 10분이나 20분쯤 지나도 내가 나타나지 않는다면 뭔가 이상한 느낌이 들 것이다. 그리고 아니, 이 양반이 그새를 못 참아서 어디로 가 버렸담! 하면서 속상해 할 것이다. 한 시간이 되어도 안 나타나면 그럼 어쩔까? 차는 무서운 속력으로 허공을 뚫고 나갔다. 아내는 버스나 전철 같은 대중교통 수단이 없는 이곳에서 집에 어찌 갈 것인가. 엄지손가락을 공중에 흔들어 해결할까? 그것은 매우 위험한 짓일 텐데….

신은 인간에게 영점 일초 사이에 지구의 몇 바퀴를 돌 정도로 많은 생각을 할 수 있는 능력을 준다더니…. 그 증거로 나는 파킹장을 돌아 나가는 순간에 별의별 생각을 다 했다. 아내가 행여 자신의 새남편이 납치되어가고 있는 상황을 꿈에라도 알 수 있을지? 글쎄…? 나의 아내는 워낙 영리한 여자니 그런 추리를 할지도 모를 것이다. 그러면 그 즉시 경찰에 신고를 할 것이다. '키드 네핑! 납치사건이 벌어졌어요. 도와주세요. 빨리!' 하며 울고불고 법석을 떨 수도 있겠다.

앗…! 조심해! 옆자리의 금발이 외마디 비명을 질렀다. 동시에 핸들을 틀었다. 간발의 차이로 쌔앵…! 하며 옆으로 지나치는 탱크와 같은 사막용 지프였다. 순간 그 차가 또 달려들었다. 마치 투우사를 향해 달려드는 스페인 황소 같았다. 내 차의 몸통이 찍…. 긁히며 이 갈리는 소리를 냈다. 등골이 오싹했다. 핸들에 힘을 주고 힘껏 밟았다. 차 두 대가 지그재그로 이 갈리는 소리를 내며 길을 달렸다. 쇠와 쇠가 긁히면서 불똥이 창문 밖에서 튀어올랐다. 더 밟아요! 저 차라구. 우리를 뒤쫓아 오는 차라구요! 잡히면 당신과 난 죽어! 나는 체중 전체를 오른발 끝에 집중시켜 액셀레이더를 세게 밟았다. 차는 총알처럼 달려 다른 차들 사이를 앞질러 빠져 나갔다. 내 차는 몇 년 넘은 구형이지만 성능 좋기로 이름난 머세데스 벤츠다. 그 좋은 차가 무자비하게 긁히고 있었다. 생각을 하면 눈물이 날 지경이었다. 그러나 차가 목숨보다 귀하진 않다. 헌데 참으로 신통한 것은 내가 이토록 밤 운전을 잘해 본 적이 없었던 것 같다. 이런 속도로 달리면 도대체 몇 킬로의 시속일까? 더 빨리요. 더 빨리! 하고 금발은 노래를 불렀다. 뒷거울을 보니 추격차가 악착같이 따라 오고 있었다.

우리의 차는 엘에이 카운티 북쪽에서 동서로 가로지르는 210번 프리웨이로 들어선 지 오래 됐다. 이렇게 큰 길로만 가면 우리는 얼마 못 가서 끝장이야. 금발은 성미 급하게 말을 찔렀다. 저 사람들은 프로들이야. 앗! 저것 봐요. 또 따라왔잖아. 내가 뒷거울로 보니 과연 탱크 같은 지프가 번갯불에 콩 구워먹는 속도로 내 차 뒤를 바짝 따라붙고 있었다. 타타타! 연발 총소리가 귀 울림으로 날아 올 것만 같고, 총알이 등짝에 벌집으로 박힐 것만 같았다. 아니 언제 차가 한 대 또 늘었단 말이요? 내가 공포에 질려 금발을 보며 말

71

했다. 갓 뎀! 당신 길을 잘못 잡았어. 오마이 갓 어쩌면 좋아…! 금발은 엉덩이를 들었다가 놨다가 하며 안절부절못했다. 당신이나 나는 지금 도망자의 신세예요. 도망자가 큰길로 달리면 어쩌자는 거예요. 도망자는 어디까지나 피해 다니는 사람들 아니에요. 피해 다니는 사람은 도망자답게 어둠침침한 곳이나 미로와 같은 골목길로 달려야지. 그러니 으슥한 길로 가요. 금발은 우리들이 도망자라고 했다.

도망자? 금발이 나에게 도망자라는 소리를 하는 게 이상했다. 나는 금발이야 말로 도망자이며 나 자신은 금발에게 납치되어 가는 피랍자인데 어찌하여 도망자들이라고 복수를 붙이는가. 이런 상황에서 말꼬리 잡고 따질 수도 없었다. 그렇다. 말을 조리 있게 따지자면 영어도 지금보다 엄청 잘해야 하는 걸 나는 알고 있다. 새 아내 미셸이라면 영악하게 따지겠지만…. 미셸이 함께 동행 못하는 게 아쉽기만 했다. 하긴 누군가에게 쫓겨 가니 도망자일 수밖에 없겠다. 헤리슨 포드가 나오는 도망자라는 영화에서도 꼭 죄를 진 자만이 도망 다니는 것은 아니잖은가. 그것은 운명의 장난일 수도 있겠다. 운명아. 너는 어찌하여 나를 졸지에 도망자로 만들었단 말이냐. 나는 폭력 영화의 주인공이 된 듯이 차를 거칠게 몰았고, 추격자는 자신의 차에 범퍼가 맞닿을 만큼 가까이 왔다가 멀어지고, 또 다가오고 있었다. 이거야 말로 필사의 도망과 추격인데 언제까지나 이렇게 도망만 칠 수 만 있겠나. 옛날 말에 공격이 최대의 방어라 했다. 사실 나는 저 추격자들에게만 쫓기는 게 아니다. 우리 인간은 누구나 세금에, 기름 값에 쫓기고 잘 모르는 미국 법에 쫓기고…. 도덕, 질서에 쫓기고….건강식으로 잘 찾아먹어 나이에 비해 건강이 좋아서 욕정에 쫓기고…. 이러구 저러구. 여인의 향기를 못 참아내는 노망 사내가 바로 나 아닌가. 나야말로 참 많은 것에 쫓겨 가고 있다. 그런데 지금 미지의 악당들에게까지 쫓기니 이럴 바에는 그냥 브레이크를 팍! 밟아 뒤쫓아 오는 추격자와 꽈당 탕 충돌해가지고 저 죽고 나 죽고 하면 어떨까

하는 생각도 들었다. 죄 없는 사람을 쫓는 악의 무리가 이 세상에서 없어진다면 그런 무모한 행동도 해볼 만한 일이 아닌가? 진정 악의 무리를 쳐부수는 순간이 바로 순교자가 되는 게 아닌가. 그런데, 순교자니 애국자니를 외치는 자들은 바보들이라는 게 나의 평소 지론이다. 조물주는 인간에게 잘 먹고 잘 살라고 생명과 자연, 삼라만상의 모든 것들을 주었거니와 그런 바보짓으로 자기 몸을 희생한들 이 세상의 악이 사라지겠는가. 이 세상의 불평등이 교정이 되겠는가. 자유가 방종으로 가는 지름길이요 평화가 독재자를 부르는 신호탄이란 게 나의 평소 주장이다. 그러니 꽈당 충돌은 액셀레이더에서 브레이크로 발을 한 치만 옮겨 밟으면 간단히 끝나지만, 그런 건 나의 생각일 뿐 진정한 마음은 아니듯 발이 말을 듣지 않을 것이다. 그럴 때 진정한 내면의식은 완전히 마비되어 몸과 한편이 되는 것에 동의하지 않고 있다.

바로 이때 금발은 지금까지 핸드백 아가리에 찌르고 있던 오른손을 팍-. 뽑아내는 게 보였다. 나는 옳거니! 이제 권총을 뽑아 뒤차에 응사하려는 구나 생각을 하고, 나도 왕년에는 개병대 출신에 특등사수라는 별칭을 듣던 인물이다. 하면서 금발에게 헤이, 권총 한 자루 더 있으면 나도 거들겠다,라고 말하려는데 쫘르르르…. 하는 소리가 들렸다. 고개를 힐끗 돌려 보니 그녀가 꺼내 든 것은 권총이 아니라, 양손을 겹쳐 쥐면 그 손아귀 안에 적당히 감춰질 크기의 작은 비디오카메라였다. 금발은 그걸 꺼내 들더니 쫘르르… 소리를 내며 촬영을 시작하는 거였다. 차 뒤꽁무니로부터 시작해서 빙글 돌아가던 카메라가 내 옆모습에 와서 멎더니 한참을 돌아가고 있다. 무지 긴장이 되어 찌그러진 군고구마가 된 상판을 클로즈업 해 찍어서 뭣에 쓰겠다는 건지…? 그런데 미칠 일은 나의 얼굴을 한참 찍고 있던 금발이 치즈 하라는 거였다. 이 판국에 얼굴을 클로즈업해서 찍으면 무엇하겠다는 건지? 금발은 다시 한 번 말했다. 치즈 하며 여길 봐요. 치즈가 아니라 난 김치다. 김치야! 하면서 카메라를 봤다.

카메라에 달린 작은 조명등은 내 눈앞을 캄캄하게 했다. 바로 그 순간 꽝! 하는 굉음과 함께 차가 번쩍 요동을 쳤다. 헤이. 조심해! 오 마이 갓! 금발은 자지러졌다. 여유만만하게 비디오카메라를 휘두르던 그 모습은 온데간데없고 파랗게 질린 상태로 허리, 허리, 빨리 소리만 연발했다. 나는 오른 발에 힘을 더 주었다. 지금이 한낮이라면 땅을 차고 구르는 타이어의 마찰음과 함께 검은 연기가 풀… 하고 뒷거울에 보일 것이다. 날은 어두워져 가고 있었다.

아, 한순간인들 방심할 수 없는 인생살이와 같은 밤길의 고속도로의 달림이었다. 엊그제 풀커버의 트리플 에이(AAA)에 보험갱신을 얼마나 잘 했는지 모르겠다. 생명보험도 백만 달러짜리로 바꾸기를 잘했다. 젊은 새 아내 미셸을 위해 그 보험들이 모두 유효하기를 기원해야 할 것 같다. 그러나 돈이 문제일까? 하늘같은 남편이 살아서 돌아가는 게 백배 낫지. 젊은 여인이 거액을 가지면 그것으로 뭘 할까? 여왕같이 살까? 혈기왕성한 영계남과 환상적인 말 타기를 할까? 나는 오른발에 힘을 더욱 줘 액셀레이더를 밟았다. 차는 날아가는 세월처럼 달린다. 정체불명의 추격자가 언제, 어느 때 옆으로 스쳐가며 총알을 날릴지 모르는 상황에서 시간은 잘도 흘러갔다.

그때다. 저기 보이는 표시판 있죠. 표시판엔 앤젤레스 크래스트 하이웨이(Angeles Crest Hwy)라고 선명한 사인판이 보였다. 그 길로 들어서요. 금발이 빠르게 말했다. 뭐라고요? 내가 얼른 알아듣지 못하고 되묻는 사이에 그녀는 컴 온! 하더니 잽싸게 핸들을 낚아챘다. 차는 끼- 소리를 내며 커브길을 돌아내려갔다. 참으로 위험한 순간이었다. 차가 계곡 아래로 곤두박질하는 줄 알았다. 나는 또 한 번 식은땀을 흘렸다. 그 놈의 식은 땀. 체력이 많이 줄었나 보다. 그로부터 길은 꼬불거리는 산길이 됐다. 나는 땀이 흠뻑 젖은 손을 바지자락에 문질러가며 산길을 엉기듯이 운전을 했다. 조심해. 길 옆은 천 길 낭떠러지야. 저 아래로 굴러 떨어지면 우린 지옥에 가서도 못 찾을 거야. 그런 소릴 한 그녀는 깔깔대며 웃어댔다. 공포심이 극도에 달하면 돌아버린다더니…. 금발이 꼭 그런 것 같았다. 나는 금발이 미쳐버려 웃건 말건 앞만 보고 운전을 조심조심 했다. 오르락내리락 꼬불꼬불 산길.

여기가 어디쯤일까? 하이웨이인 '앤젤레스 크레스트'라고 쓰인 간판을 좀 아까 봤으니 로스앤젤레스 북방의 산가부리엘 산맥에 속한 천사의 숲이라는 국립공원 주변이 아닌가 싶었다. 여기가 어디쯤이오? 나는 깔깔거리다가 이젠 흐느끼듯 킥킥거리는 금발에게 물었다. 그녀는 숨을 몰아쉬듯 배를 움켜쥐며 말했다. 여기가 어디든 무슨 상관이에요? 다만 우리를 따라오던 그 차 말이에요? 그 차가 어디로 갔는지 알아요? 그냥 똑바로 가버렸어요. 우리가 앤젤레스 크레스트 하이웨이로 가는 좁은 길로 들어선 것을 못 보고 말았나 봐요. 그들이 우릴 쫓아오려면 다음번 톨게이트에서 내려 반대 방향으로 한참을 가다가 다시 방향을 바꾸어서 와야 하지요. 그 사이에 우리는 거미줄 같은 미로의 산길로 접어들었으니 무슨 수로 우릴 찾겠어요. 이 지역엔 수백 개의 삼나무 숲속 오솔길이 있죠. 그걸 어떻게 다 뒤지겠어요. 결국 우린 그들을 따돌린 거예요. 우린 이제 자유라구요. 얏호! 우와ー호! 그녀는 또 엉덩일 들썩이더니 갑자기 나의 목을 껴안고 뺨에 입을 맞추며 법석을 떨었다. 성숙한 여인의 머리향이 내 감정을 흔들었다. 내가 잠시 숨을 몰아쉬는 사이에 차는 벼랑으로 구를 뻔 했다.

"이제 우린 어디로 가야 하오?" 나는 이런 질문을 하고나서 자신이 이상해졌다고 생각을 했다. 이런 판국에 어디로 가느냐는 건 운전수 마음이 아니겠는가? 이치로 따진다면야 운전대 잡은 사람이 가고 싶은 곳으로 가다가 적당한 곳에서 이 여인을 내려주고 자신의 집을 찾아가야 되는 게 아니겠냐 이 말이다. 그런데 어디로 가야 되냐고 이 여인에게 묻고 있으니 이게 뭔가 잘못 되어가고 있는 게 아닌가 싶었다. 더구나 이 여인은 살상무기를 가지고 나를 위협하는지 어쩐지 확인도 안 했고, 비명에 가까운 소리를 질렀을 뿐인데 내 스스로 납치되어 간다고 판단하고 길거리에 아내를 팽개친 채 쫓겨 다니고 있는 게 아니냐 말이다.

나는 앞이 안 보여 하이 빔을 켠 채 중앙선이 없는 길을 따라가며 그녀의 대답을 기다리고 있었다. 어디로 갈 것이냐고 물었나요? 영맨. 금발여자가 내게 영맨이라고 했다. 그녀가 내게 영맨이라고 한 그 말 한마디에 긴장이 확 풀리는 듯했다. 나이로 따지면 환갑 진갑 다 지났다만 겉모양으로는 젊어 보이는 사내가 나라고 사람들이 말하고 있다. 허긴 난 아직 삼십 대의 정력을 갖고 있다. 난 아직 밤이 새도록 사십 대의 새 아내와 부부의 맛을 즐기고 있다. 그 비밀을 말하라고 한다면 나의 천복이다라고 말할 것이다. 영맨이라고…. 난 마음이 풀어져 금발을 바라봤다. 금발도 나를 똑바로 봤다. 차안이 어두워서 윤곽만 보이지만 그녀의 푸른 눈은 불꽃이 피는 듯 이글거릴 것이고, 그리스 조각처럼 반듯한 콧날이며 약간 헤픈 듯 처진 입술이며 계란형 볼이 한마디로 그녀는 돌피 인형 같은 서양 미녀일 것이다. 이름이 뭐에요. 영맨. 그녀가 내게 또 영맨이라고 했다. 조치오. 난 거짓이름 조치호를 말해 줬다. 조… 뭐라구요…? 조 뭐에요? 조치오! 내가 또 조치호를 말해줬다. 발음이 잘 안 되네요. 그냥 조오지라고 할 게요. 난 미란다. 미란다 카오스에요. 아까 촬영을 하다가 보니 영맨 조오지는 동양인치고 매력적으로 생겼네. 말도 잘 듣고…. 사랑스러워. 금발미녀 미란다 카오스는 깔깔 웃었다. 난 그녀가 날 치켜세우는 줄 알면서도 기분이 좋아졌다. 특히 서양여자의 흐느끼는 듯한 허스키 음색은 색시하고 신비롭다. 아마도 크레오파트라의 음성이 그러했을지도 모르겠다.

어둠속의 삼나무 숲길은 두 갈래 세 갈래로 갈라졌다. 난 여기가 처음 가는 길이오. 그러니 큰 길로 나가는 방향을 알면 가르쳐 주시오. 난 짐짓 무뚝뚝하게 물었다. 내가 가리키는 방향으로만 가요. 우린 이 기회에 추격자들의 손에서 완벽하게 벗어나야 하겠어요. 나는 미란다 카오스가 말하는 데로 순순히 그녀가 가리키는 손가락 끝의 방향대로 핸들을 돌렸다. 나는 속도를 늦추며 물었다. 그런데 우리를 추격해 오던 놈들은 어떤 악당들이오? 내게는 처음부터 궁금했던 것을 물어볼 마음의 여유가 생겼나 보았다. "데스티니(Destiny)…!" 그녀가 짧게 말했다. 데스티니. 그건 운명이란 말 아닌가? 그 정도의 영어단어를 난 안다. 운명이 자신을 추격해 오고 운명이 자신을 납치한다? 그렇담 운명이란 과연 어떤 의미란 말인가. 지금 운명이라 했소? 내가 운명에 대한 언어적 의미를 생각하며 되물었다. 어렵게 생각 말아요. 운명이란 이름의 마피아들이야. 미란다 카오스는 또 비디오카메라를 뺨에 대며 가볍게 말한다. 나는 영화 대부에서 마피아들의 잔혹성이 떠올렸다. 난, 그렇담 그들의 추격을 피할 수 없겠네, 하고 미란다 카오스를 떠 봤다. "당신 이름이 뭐예요?" 그녀는 비디오카메라를 내 코앞에 대며 엉뚱하게 내 이름을 다시 물었다. 나는 금발미녀 미란다 카오스의 긴 호흡에서 진한 성적 유혹의 냄새가 풍긴다고 생각했다. 유어 내임? 그녀가 다시 한 번 입김을 내 품었다.

조치오. 나는 또 이렇게 대답했다. 아, 조오지. 내가 내 본명 유명호를 아니 대고 조치오라 엉뚱한 이름을 댔는지 그 이유가 있다. 이럴 땐 제법 내 머리가 잘 돌아갔다. 정체불명의 쫓기는 여인에게 자신을 존재를 숨겨야 하겠다는 생각 때문이었다. 그녀도 나처럼 자신의 존재를 솔직히 밝히지 않았다는 생각이 들었다. 왜냐하면 미란다는 영화 콜렉터에 나오는 여주인공의 이름이다. 그녀는 나비수집가에게 납치되어 감금생활을 하다가 끝을 맺는다. 그토록 자유를 갈망해서 밖에 나오고 싶어 하던 그녀는 문이 활짝 열렸을 때는 움직일 수가 없는 몸이 된다. 어쩌면 그녀에게는 영오의 자유만이 허용되는 그런 운명이 주어졌을 뿐일 것이다. 카오스란 그녀의 성은 혼돈이란 의미란 것도 나는 안다. 그러함에도 불구하고 금발 미녀인 미란다 카오스와의 도망이 나를 혼란시키고 있음이 분명했다.

우린 어디로 가고 있는가? 이제쯤 경찰에 신고를 해야 되는 게 아니오? 나는 주머니에서 셀 폰을 꺼내며 말했다. 그러자 미란다 카오스는 펄쩍 뛰며 내손에서 폰을 빼앗아 차창 밖으로 던져 버렸다. 중국무술의 고단자처럼 빠른 동작이었다. 나는 차의 속력을 줄이며 소리를 쳤다. 이게 뭐하는 짓이오! 영맨 조오지. 이런 문제는 경찰이 해결할 사건이 아니에요. 그녀가 속삭이듯이 허스키 음성을 깔았다. 이건 또 무슨 소리인가? 미국 경찰을 몰라서 하는 소리에요. 저런 조직 속에는 경찰 간부들이 꼭 끼었다구요. 그 말에는 일리가 있어 보였다. 영화에서도 악당들의 조직 중에는 경찰이 개입된 것을 한두 번 본 것이 아니었다.

걱정 말아. 잘 될 꺼야. 미란다 카오스는 비디오를 돌려대며 걱정 말라는 말을 되풀이했다. 나는 이 여인을 차에서 내리게 하고 내 의지대로 가다가 경찰에 신고하고 집을 찾아 가야 한다는 생각을 하기 시작했다. 그러면 이 여인을 어찌 내리게 해야 하는가? 소릴 칠까? 아니면 격투를 할까? 여인이 권총은 갖고 있을 것이다. 그런데 이 여인과 격투를 해서 내가 이길 수 있을까? 서양 여자들은 아름답기도 하지만 억세기도 하다. 게다가 서양 여자의 보통 체격이 동양 남자의 큰 체격과 맞먹는다. 얼굴은 조막만 한데 엉덩이와 가슴사이즈는 헤비급인 체형이 서양 여자다. 이런 생각을 하자 나는 또 긴장이 온 몸에 퍼지고 식은땀과 함께 전신이 떨리기 시작했다. 이제는 요염한 그녀의 샴푸 향도 내 의식에서 사라진 듯 했다. 차를 세워요. 비디오카메라를 뺨에 대고 클로즈업해서 돌리던 그녀가 부드럽게 말했다. 그리고 오, 불쌍해라. 영맨 조오지. 그동안 너무 긴장했군요. 잠시 쉬어야 하겠어요. 이제부터 내가 운전할 게요. 우리가 편안히 쉴 수 있는 숲속 오두막집을 내가 알고 있어요. 우리 그리로 가요.

서양 여인들의 간지러운 애교는 사람의 마음을 녹인다. 그녀를 차에서 내리게 하겠다는 나의 생각은 양지쪽의 봄눈 녹듯이 사라졌다. 산속 오두막에서…. 그 말이 수컷들이 상상하는 그런 화면으로 내 의식이 전환되어 버렸나 보다. 난 무의식 상태에서 그녀의 의견대로 따라가고 있는 자신의 행동을 모르고 있었나보다. 원칙적으로 운전석을 바꾸려면 두 사람 모두 차에서 내려 반대쪽 차문을 열고 타면서 자리바꿈을 해야 한다. 그런데, 산길인데다가 밖이 어두워서인지 미란다 카오스는 일단 의자를 뒤로 밀어내어 공간을 넓힌 후에 나의 무릎 위에 올라앉는다. 뭉클 하고 그녀의 맨살 엉덩이가 내 허벅지 위에서 꿈틀거린다. 자연스럽게 그녀의 가슴부위로 간 내 손에 힘이 들어간다. 미란다 카오스는 내 무릎 위에서 엉덩이를 잠시 휘졌더니, 손이 차네요. 하며 부드럽게 내 몸을 밀어냈다. 우리는 자연스러운 몸짓으로 자리를 바꾸었다. 미란다는 운전석으로 가고 나는 그녀의 엉덩이 밑으로 해서 옆자리로 간 것이었다. 그녀의 금발에서 풍기는 샴푸 향이라든지 목덜미의 스킨십이라든지 그 순간이 오래 기억될 것만 같았다. 밤바람이 차창을 흔들었다. 창틈으로 칼바람이 스며들었다. 오한이 나서 떨리는 그 판에도 이성에 대한 감각만은 생생하게 동물적 작동을 하는 모양이었다. 어제 먹은 사랑의 묘약이 아직 효능을 유지하는지 아래 감각이 살아나는 걸 느꼈다.

금발의 미란다 카오스는 운전대에 자리를 고쳐 앉더니 핸드백에서 작은 병을 꺼내고 알약 두 개도 꺼낸다. 하나는 자신의 입에 넣고 다른 하나를 나에게 내민다. 조오지 영맨 지금 긴장되어서 떨고 있군요. 손도 얼음처럼 차가워요. 자, 안정제예요. 입에 넣고 삼켜 버려요. 한결 나아질 테니. 나는 알약을 받아 이걸 삼키면 안 될 텐데…? 하는 망설임 없이 입에 넣고 꿀떡 삼키면서, 아…! 했지만 이미 늦었다. 미란다 카오스를 바라보니 그녀는 입에 넣은 알약을 혀끝에 밀어낸 후에 나를 바라며 미소를 띠고 있었다. 아…! 정말. 그로부터 내 육신은 천길 벼랑으로 떨어지듯 했고, 의식이 곤두박질했다가 롤러코스트처럼 솟았다가 정지된 시간 속으로 빠져 버렸다. 그런데 이럴 때는 이 세상의 모든 시간과 공간도 함께 정지되었으면 얼마나 좋겠는가.

그러나 세상은 그렇지가 않다. 나의 의식이 정지되어 있는 동안 많은 사건들이 시간과 공간에 휩싸여 흘러갔을 게다.

양철지붕에 소낙비 퍼붓는 소리 같기도 하고 샤워 물소리 같기도 한 음향이 나를 다시 소생시켰다. 눈을 떠 보니 낯선 방 한가운데 놓인 긴 의자에 내가 누워있었다. 벽 너머에선 진짜 샤워하는 소리가 났다. 이게 어찌된 일인가? 끊어진 필름을 잇듯 정지되었던 의식을 되돌려 봤지만 그 순간은 프린터가 없는 백지상태로만 남아있었다. 낯선 방에는 처음 보는 가구들 뿐, 억지로라도 낯익은 게 없나 눈을 돌려봤다. 그때 나의 시선에 들어오는 낯익을 물건이 하나가 있었다. 탁자 건너 의자에 놓여있는 미란다 카오스의 핸드백이었다. 나는 잽싼 동작으로 핸드백 쪽으로 갔다. 그 속에 있을지 모를 자동차 열쇠나 권총을 찾으려는 것이었다. 내가 핸드백을 막 뒤지는 순간이었다.

바로 그때다. 언제 멎었는지 샤워 소리가 멎었고 조오지 영맨! 하는 허스키 목소리가 들렸다. 내가 소리 나는 쪽을 바라보니, 미란다 카오스가 화장실 문 옆의 벽에 기대서 있는 게 보였다. 그곳엔 이상하리만치 조명등이 밝게 켜 있었다. 그런데 미란다 카오스는 벌거벗은 알몸 그대로였다. 이리와 봐요. 조오지 영맨! 미란다 카오스는 벽에 기대선 채 나를 속삭이듯이 나직하게 불렀다. 잘 익은 복숭아처럼 부풀은 가슴, 완만하게 패인 허리곡선 그리고 비너스의 동산 위에 소복한 금빛 수풀은 평소 같으면 나의 눈을 황홀하게 했을 것이다. 지금은 그럴 상황이 아니다. 그러함에도 불구하고 여인의 몸매는 아름답다. 여인의 몸매는 예술이다. 여인의 몸매는 신비의 성이다. 그래서 조각가 미켈란젤로나 로댕을 사람들은 존경하나보다. 그 사람들은 아름다운 연인을 더 아름답게 창조시킨 사람들이기 때문일 것이다. 그런데 이구아나의 폭포수로 뛰어오르는 물고기 같은 몸매의 미란다 카오스가 나를 다시 한 번 부른다. 이번엔 음성이 떨리고 있었다. 불타던 눈동자도 풀어져 보였다. 나는 감히 그녀 앞에 다가서지 못하고 그냥 뒷걸음질을 하듯 하면서 "왜 부르시오?" 하면서 얼굴을 돌려 외면하는 자세를 취했다. 나 말이죠…. 영맨 조오지. 착한 조오지. 나… 나!!!" 그녀는 말을 더듬었다. 나는 머리를 하얗게 비우고 나…. 그 다음 말을 기다렸다. 순간이 좀처럼 시간이 흐르지 않는 듯 했다. 나는 마른 침을 삼키며 그녀를 바라봤다. 그녀의 젖은 머리칼은 굽실거리며 그녀의 하얀 목선 위로 흘러내렸다. 그녀의 키는 나보다 약간 작은 5피트 7인치쯤 되어 보였다. 서양 여자치고 아담한 체구라 할까? 나의 상상력은 구름을 타고 세상을 유희하는 듯 했다.

나…. 나말이죠. 총 맞았어. 나는 내 자신의 귀를 의심했다. What? 지금 뭐라고 했소? 나, 총…, 총 맞았다구. 그 말을 한 미란다 카오스는 미끄러지듯 그 자리에 주저앉았다. 그녀가 기대고 섰던 하얀색 벽은 방금 물감 찍은 큰 붓으로 내려긋듯이 위에서 아래로 쭉 빨간 선혈의 핏자국이 나 있었다. 그 순간 나의 머리칼이 모두 곤두서서 공중부양을 하는 것 같았다. 미란다 카오스가 소리를 쳤다. 지독한 악몽 속에서 지르는 비명처럼 소리는 쥐어짜면서 나왔다. 살려줘요!!! 내가 그녀를 다시 쳐다보니 미란다 카오스는 간절한 눈빛으로 나를 바라보고 있었다. 어떻게…? 어디를 총 맞았소? 어디 부분에 총을 맞았다는 게 어째 문제일까? 오늘날의 총은 급소를 맞지 않았어도 치명상을 당한다는 걸 나는 알고 있었다. 등에…. 금발은 더욱 까불어지고 있었다. 어느 쪽 등인데…. 내가 미란다 카오스금발의 등 쪽을 보려고 어깨를 잡으려 하자 그녀는 발랑 자빠지며 나를 빤히 올려다봤다. 그녀의 파란 눈빛은 깊고 애절했다. 전화를 걸어주세요. 조오지 영맨. 어디에다가 전화를 걸지? 구급차를 불러 주셔야죠. 아참, 내 정신. 나는 정신이 어릿하고, 식은땀이 등줄기에서 흘러내렸다. 이 앞길로 2분만 내려가면 편의점 가게와 주유소가 있어요. 거기에 공중전화가 있을 거예요. 여긴 전화가 없고? 없어요. 미국엔 어디에나 전화가 있던데…. 어서 가요. 조오지 연맨. 미란다 카오

81

스가 몸을 떠는 것을 보고 나는 재킷을 벗어서 그녀에게 덮어주고 돌아 섰다. 조오지 영맨. 내가 문턱에까지 갔다가 돌아서자 미란다 카오스는 자동차 열쇠를 가져 가셔야죠 한다. 화장실 싱크대 위에 있을 거예요. 조심하세요. 그 화장실 창문으로 총알이 날아온 것 같아요. 그녀는 총 맞은 사람답지 않게 거침없이 얘길 했다.

그런데 그 말을 들은 나의 다리는 천근같이 무거워지고 떨렸다. 화장실 문고리를 잡는 손도 덜덜 떨렸다. 입은 마르고 침은 끈적거렸다. 내가 그 문을 여는 순간 그 안에 있던 어떤 운명의 사건이 나에게 덮칠 것만 같아서였다. 나는 벼랑 끝에 선 느낌으로 화장실 문고리를 잡고 움직일 줄 몰랐다. 조오지 영맨 어서 가서 날 살려줘요. 금발이 재촉했다. 나는 두 눈을 질끈 감고 화장실 문을 열었다. 화장실 안은 캄캄했다. 나는 벽을 더듬어 전등 스위치를 찾았다. 금방이라도 권총자루 같은 둔기가 날아들어 나의 머리통을 강타할 것만 같았다. 전등이 켜지자 싱크대 위엔 그녀의 옷이 차곡차곡 개어져 있었다. 맨 위엔 흰색 브래지어와 빨간색 팬티가 호수 위에 핀 연꽃처럼 올라앉아 있었다. 나는 열쇠를 찾기 위해 금발의 속옷을 하나씩 제쳐야 했다. 그때마다 여인의 향기가 풍겨 올랐다. 나의 후각은 절대 절명의 상황도 모르고 예민한가 보았다. 열쇠는 그 옷들 맨 아래쪽에 있었다.

나는 열쇠를 집어 들고 뒤도 안 돌아보고 돌아섰다. 욕조 커튼 뒤나 화장실 문 뒤에 아직도 괴한이 숨어 나를 노리고 있다는 생각은 떨쳐 버릴 수가 없었다. 나는 문을 박차고 나왔다. 밖은 어두웠다. 나뭇가지를 흔들어대는 바람이 나의 뺨을 때릴 때 나는 정신이 번쩍 나는 듯했다. 밤안개가 매캐한 냄새를 풍겼다. 어둠의 주차장엔 차가 한 대 덩그러니 서 있었다. 어젯밤에 상처투성이가 된 나의 애마 벤츠 450이다. 시동은 잘 걸렸다. 나는 총 맞은 여인. 벌거벗은 여인을 뒤로 한 채 액셀레이더를 힘껏 밟았다. 차는 공포에서 벗어나려는 나의 마음을 헤아리듯 잘 달려 나갔다. 이제 2분 거리에 있다는 공중전화에서 미국의 응급전화인 911을 돌려 그간에 일들을 신고하고, 그리고 나는 밝은 전등아래 가서 지도를 펴 놓고 집을 찾아가면 그것으로 오늘의 해프닝은 끝날 것이었다. 마치 푸른 호수에 조각배 지나간 자리의 백일몽 같은 사건은 끝이 날 것이었다. 사실 이럴 때는 내비게이션이 있으면 좋으련만 나의 벤츠 450은 구형이라 그런 게 없었다. 미란다 카오스의 말대로 경찰에 신고를 해 봤자 증인으로 출두해 시끄럽고 잘못하면 악당들에게 보복당할 수도 있겠다. 이 넓은 미국 땅에 난쟁이처럼 작은 동양인 하나가 벌레만이나 하냐. 어처구니없이 말려든 도망자의 신세도 이 순간으로 끝이구나. 그러면 평소처럼 빌딩관리 하면서 은행에 들어오는 돈 소리들 들으며 아침 일찍 골프장에 가서 한 바퀴 돌고, 해장국이나 맥도널드 커피 마시고 사우나에 가서 몸 풀고, 일요일엔 교회에 가서 엉거주춤 봉사하는 척 하다가 공짜 밥 먹고, 그냥 그렇게 여유 있는 소시민으로 살아가면 그만이다. 그러나 그런 생각은 나의 희망사항일 뿐이었다. 운명의 여신은 한 번 꼬인 매듭을 순순히 풀지를 못하게 한다.

공중전화부스 안은 낡은 술집에서 나는 냄새로 가득하다. 취객들이 전화통에 매달려 무슨 짓인들 안 했겠나. 투명한 소재로 만든 벽면은 애환의 얼룩이 가득 묻어 있겠지. 그 한가운데에 맥주도 엎지르고 침도 뱉고 오줌에 눈물 세례와 토악질 등 온갖 수모를 당했을 전화통이 가엾게 걸려있다. 그런 악취 가득 묻은 전화기가 하도 낡아 기능을 제대로 될까 걱정이다. 나는 바퀴벌레를 만지듯 수화기를 들었다. 신통하게도 통화는 명쾌하게 이루어진다. 헬로. 하우 메아이 핼프 유? 전화통 속에는 설명이 안 되게 상냥한 음성이 들어있다. 여기, 큰일이 났소. 빨리 와서 도와주시오. 처음 한마디는 단숨에, 거침없이, 순조롭게 진행되는 듯했다. 그런데⋯. 영어가 유창하지 못한 것도 통화의 어려움이지만, 언변이 모자람도 문제다. 나는 전화 속의 여인과 이런 내용의 통화를 한다.

　여기… 한 여자가… 총에… 맞았소. 이름하고 전화번호를 대요. 총 맞아… 죽어… 가는 여자가 있다구요. 무슨 말인지 잘 모르겠어요. 여자가 총에 맞았다니까요. 컴 다운, 진정하고 얘길 해요. 여자가 어찌 되었다구요? 전화통 속의 음성은 높아졌다. 여자가 총을 맞았…다구요. 침착하고, 내 얘길 잘 들어요. 이름과 전화번호를 먼저 대라구요. 아…, 전화는… 없구요. 그 여자의 이름은 미란다, 미란다 카오스래요. 당신의 이름과 전화번호를 대라구요. 모르겠는데요. 이름과 전화번호를 모른다구요? 선문답하냐!!! 나는 화가 나서 한국말을 송화기에 던진다. 횟—! 뭐라구! 총 맞은 여자를 신고하는데 왜 그런 걸 구지레하게 물어봐!!! 신고의 규칙이에요. 이름과 전화번호부터 대요. 아, 이름은 조치오. 전화번호는 모르겠어요. 기억이 안 나요. 미스터 조 마음을 안정하고 내가 묻는 말을 잘 듣고 대답해요. 나는 처음엔 정말로 내 전화번호를 기억하지 못했다. 그게 다행인 게 자신의 이름과 전화번호를 사실대로 말 안함으로써 이 사건에 말려들지 않아도 될 것만 같아서였다. 전화통에선 다시 질문이 쏟아져 나온다. 좋아요. 미스터 조. 그럼 당신 아직도 총을 갖고 있어요? 총이라니요??? 총은 내가 쏜 게 아니오. 당신이 쐈냐고 묻진 않았어요. 그렇…군요. 미안합니다. 그럼 누가 총을 쏘았죠? 그건…모르겠는데요.

　그런 대답을 하면서 나는 소스라치게 놀랐다. 무심코 손을 넣어본 바지 주머니에 묵직한 게 잡히는 것이다. 꺼내 보니 손바닥 안에 쏙 들어가는 작은 권총이다. 이게 언제 주머니에 들어갔지? 생각해 보니 정신없이 그녀의 핸드백을 뒤질 때 꺼내 넣은 것 같기도 하다. 그 여자는 아직 살아있어요? 전화통 속에선 계속 대화를 하잖다. 내가 떠나올 때까진 그랬소. 안녕하고 인사까지 했어요. 나는 묻지 않는 말까지 해주고 있다. 어디에 총을 맞았죠? 등판이래요. 구급차를 보내줘요. 여자가 알몸으로 있어서…. 여자가 알몸으로 있었어요? 그래요. 왜 벗었죠? 그걸 내가 어찌 알겠소. 빨리 구급차나 보내요. 구급차는 이미 떠났어요. 공중전화 번호엔 위치 확인이 되어있거든요.

아, 그렇군. 전화통 속의 여인은 질문을 계속 해왔다. 나는 전화통을 잡은 채 밖을 내다봤다. 노란색 보안등 불빛 속에선 괴기스런 안개가 바람에 날리고 있다. 그로 인해 하늘의 별은 보이지 않는다. 앗!!! 대화를 오래 끌면서 날 잡아놓으려는 것이로구나. 그런 생각이 들자 등골이 오싹해진다. 사실 나도 이 사건의 피해자다. 총 맞은 건 어찌 알았죠? 전화기 속의 그녀가 말을 이었다. 총 맞았다구. 당신이 확인한 건 아니죠? 피가 나온 걸 봤죠. 피가 나왔다구요? 어디에서요? 화장실 벽면에서요. 화장실벽에서 피가 나와요? 그래요 화장실 벽에 피가 나왔어요. 벽에서 피가 나왔어요? 전화통이 이상하다는 듯이 되묻는다. 그녀와 당신은 무슨 관계죠? 그녀가 절 납치했죠. 납치라 했나요? 그건 왜죠? 모르죠. 쫓기는 여자였어요. 쫓기는 여자가 당신을 납치해요? 그렇다니까요! 운명에게 쫓기고 있었지요. 뭐라고요? 운명이라고 했나요? 운명이란 이름의 마피아들이래요. 당신 아직 권총을 가지고 있어요? 그런 것 같은데요. 내가 불쑥 대답을 하고나서 이런 경우에도 진실은 말하지 말아야 하는 게 아닌가 하는 생각이 들 땐 이미 말이 입 밖으로 나온 후다.

나는 놀라서 전화를 끊어버린다. 복잡한 생각이 나의 머릿속에서 와글거린다. 구급차를 부르는 신고만 해주고 그냥 집으로 가려던 나였다. 그런데 왜 그걸 실천할 수 없게 된 것일까. 미란다 카오스 금발이 피를 많이 흘리며 죽어가는 모습이 선명하게 떠오른 때문일까. 그녀가 죽어 버리면 나 자신이 살인자의 누명을 쓰게 될지도 모른다는 생각 때문일까. 그 오두막집엔 나 자신의 지문과 흔적이 여기저기 있을 것이다. 자신의 자동차가 파킹되어 있던 주차장엔 자동차의 바퀴자국도 있을 것이다. 경찰이 네가 쐈냐? 할 때 벌써 나 자신이 용의자가 된 것인지 모른다는 생각이 들었다. 동양 남자가 백인 여성을 으슥한 산속으로 납치해서 옷을 홀랑 벗기고 성폭행을 하려다가 죽여 버렸다. 그런 계획적인 살인범은 캘리포니아 법으론 사형일 것이다. 그래서도 여자를 살려야 한다는 생각이 든 것이었을까? 환갑진갑 다 지난 나이에 새파랗게 젊은 아내와 재혼을 해서 꿈같이 사는 도중에 강간 살인범이 되어 사형을 받는다면 인생이 너무 억울하다. 그런 운명을 벗어나는 방법은 그녀를 살리는 일인 것 같다.

　나는 차를 돌려서 온 길을 달린다. 실오라기 한 가닥 걸치지 않은 알몸의 미란다 카오스의 모습이 나의 머릿속에 영상으로 가득하다. 그런데 큰일 날 일이 생겼다. 산길이란 나뭇가지처럼 위로 올라갈수록 그 가지가 여러 갈래로 되어있다. 나는 어느 가지의 길로 내려왔는지 그걸 모르겠다. 더구나 내려올 때 너무도 성급히 굴어 지형지물을 잘 봐 두지도 않았다. 물론 주변이 캄캄하고 안개가 자욱이 끼어있었다. 또한 나는 다시 돌아갈 생각이 없었기 때문이기도 하다. 나는 망망대해에 난파선을 탄 느낌이다. 더욱 환장할 일은 금발의 미녀 미란다 카오스가 죽어버린다면 어쩌지 하는 조바심이다. 신고를 받은 사람들도 그렇지. 이런저런 일이 벌어졌다 하면 그 사건을 받아 처리하면 그만이지 나더러 총을 가졌냐는 둥, 네가 쏘지 않았냐는 둥 별소리를 다해 나를 혼란시킨 저의가 뭐냐 이 말이다. 혹시 그들이 진짜 경찰일까? 하는 생각에 머물자 나는 더 큰 혼란에 빠져 드는 것 같다. 차라리 추격자가 있을 때, 신바람 나게 달리면서 도망치던 그때가 행복하지 않았나 하는 착각도 든다. 혼란상태에서 길마저 잃은 나의 눈엔 길은 있으나 보이지 않는 길, 길 없는 길에서 헤매고 또 헤매고 있는 것 같다. 그러나 새벽이 되기 위해선 가장 어두운 밤이 있다는 우주의 질서를 생각하며 높은 전조등을 켠 채 온 길을 또 돌고 간 길을 또 가며 길을 찾고 있다. 그 오두막에서 그녀가 죽고, 언젠가 어느 누구에게 발견이 되어 신고가 되고 수사관이 지문과 족적을 찾아내 나를 체포하고 그 다음 일급살인자가 되어 기소되고 돈 많은 젊은 아내는 울고불고 하며 안타까워 하다가 알몸의 여인을 죽였다는 대목에 가서 배신자! 하고 얼굴에 침을 뱉을 것이고… 나의 생각은 자꾸 부정적인 곳으로만 흐르고 있다. 어쨌든 죽어가는 여인을 팽개치고 신고를 핑계로 달려 나온 나 자신의 행동은 옳지가 않은 것 같다.

이건 양심의 문제이고 인류애의 문제이기도 하다는 생각이 생각에 꼬리를 문다. 인간을 사랑하라! 미란다 카오스 금발이 나를 강제로 끌고 가긴 했어도, 하룻밤 만리장성을 쌓진 않았어도, 그녀와 밤새도록 함께 도망자의 전우애를 지낸 인연인데 팽개치듯 달아나온 내가 할 말이 있겠는가. 사실 양심선언대로 말하자면 그녀가 알몸인 채 샤워장에서 나오며 이리와 봐요. 조오지 영맨. 했을 때 나는 자기와 함께 섹스를 나누자는 유혹으로 받아들였다. 그 유혹을 기쁜 마음으로 받아들였려고 했는데 총 맞았다 했을 때의 실망감은 차라리 분노일지도 몰랐다. 공포는 그 다음에 일어난 감정이었다.

나는 지금 너무나 어두워 별빛마저 보이지 않는 곳을 헤매고 있다. 골짜기를 돌고 돌아 다시 제자리로 오는 환상방황 같은 상태에 빠진 것이었다. 이러다가 휘발유가 바닥이 나도록 길은 없을 것이다. 없는 길이 아니라 못 찾는 길이다. 구원은 어디에 있는가? 아~. 그러고 보니 공중전화를 걸 때 숲속의 그 오두막의 주소를 안 가르쳐 주었다. 아니 못 가르쳐 주었다. 나도 그 주소를 모르지 않은가. 그러면 구급차는 어디로 갈 것인가. 길도 잃고 신고도 제대로 못하고 이럴 땐 잠시 제 자리에 서 있어 봐야 하는데 마음의 초조함은 사람을 자꾸 달리게 만드나보다.

그런데 헤매고 또 헤매다 보니 공중전화 걸던 곳으로 다시 돌아오게 되었나 보다. 그때쯤 산마루에서 먼동이 터오고 있는 낌새가 느껴졌다. 어느 곳이건 산에선 먼동이 터오기 전엔 소리의 하모니부터 시작을 한다. 그건 바로 산새들의 지저귐이다. 산속엔 별들의 속삭임이 새들의 지저귐으로 이어지며 먼동이 트기 시작한다는 말도 있다. 그것은 자연의 순리라고 한다. 그리고 뒤이어 오는 또 하나의 현상은 아침안개다. 산골짜기마다 퍼져 나오는 아침 안개와 새소리는 새벽의 장엄한 서곡으로 이어진다. 나는 차창을 조금 열고 지금껏 느끼지 못했던 이상한 기운을 마음껏 들여 마셔본다. 마음이 조금은 안정이 되고 맞은편 삼나무 뿌리 밑에서 가지 사이로 빛의 입자들이 솟아오르고 있는 듯이 보였다. 그런 가운데 땅에서 솟아난 듯 먼 시야에서 나무 둥치에 기대선 사람의 모습이 나를 바라보고 있다.

아니! 저건!!! 여명을 등지고 선 실루엣의 모습은 금발이 어깨까지 늘어진 미란다 카오스 여인이다. 그녀는 나의 재킷을 아직도 어깨에 걸치고 있다. 나는 눈을 부비며 자석에 끌리듯이 그 앞에 가서 차에서 내렸다. 아침 미풍에 머리가 분수처럼 날리는 그 모습은 분명 미란다 카오스 금발이다. 그녀가 살아서 여기까지 온 걸까? 죽어서 유령이 되어 여길 온 걸까? 나는 그녀를 향해 섰고, 그녀는 나를 향해 말을 한다. 구급차는 어찌된 것이죠? 나는 말을 더듬는다. 구…구급차. 시…신고를 했는…데, 구급차는 이미 떠났다 했소. 그보다 유 오케이? 나야 괜찮죠. 총 맞았다는 것은 쇼였거든. 쇼라니 무슨 쇼? 그 오두막의 하얀 벽에 개칠한 피는 빨간 페인트였으니까 쇼였죠. 당신은 착하고 순진하고 매력이 넘쳐요. 조오지 영맨. 그녀가 어깨에 걸치고 있던 나의 재킷을 벗어 내게 입혀주며 말을 이으려다가 멈췄다. 저 앞의 언덕너머 숲길에 여러 대의 차들이 강한 라이트를 켠 채 달려들고 있는 게 보였기 때문이다.

악당들의 차? 나는 맥이 쭉 빠져 비틀거린다. 멀쩡한 미란다 카오스가 나를 부축해 준다. 난 금발의 품에 안겨서 말한다. 지금 차에 타요. 우리 다시 도망치기 시작해요. 미란다 카오스는 내 귀에 입술을 대고 속삭인다. "이젠 너무 늦었어요. 꼼짝 말고 여기에 서 있어야 해요. 조지 영맨. 당신의 주머니엔 나의 작은 권총이 들어있을 거예요. 아직도 그게 있나요?" 내가 대답을 하기 전에 그녀는 나의 바지 주머니에서 그것을 꺼내 든다. 그리고 나의 손에 쥐여 주며 이렇게 말한다. 이건 진짜와 똑같은 모조품이죠. 라이터에요. 이걸 내 머리에 대고 날 인질로 하는 척 해요. 뒷짐 진 내 손에는 진짜 권총이 있답니다. 총구가 당신의 옆구리를 향하고 있죠. 그녀의 손에는 진짜 시커먼 권총이 쥐어있는 게 보인다.

주유소의 파킹장엔 라이트를 켠 차들이 늘어난다. 그들은 확성기로 총을 버리고 머리에 손을 얹고 나오라고 소릴 친다. 공중에선 몇 대인지 알 수 없는 헬리콥터가 떠돌고 있다. 경찰의 헬리콥터도 있겠지만, 취재진들의 것도 있을 것이다. 영맨 조오지. 한손으론 내 목덜미를 움켜쥐고 한손으론 가짜 총을 내 머리에 더 가까이 대고 서 있어요! 저들이 총을 버리라고 해도 그냥 서 있어요. 헬리콥터에서 나오는 조명등에 눈부셨다. 삼나무 그늘엔 좀비 같은 저격수들의 그림자들이 어른거린다. 우리는 완전 포위되어 있나보다. 미란다 카오스는 내 옆구리에 총구를 찌르며 부드럽지만 강하게 속삭인다.

조오지 영맨. 내가 어찌 살아났는지 궁금하시죠. 이쯤해서 사실을 알려드릴 게요. 난 당신의 젊은 아내에게 50만 달러를 받고 납치 쇼 이벤트를 성공적으로 끝내고 있어요. 그 증거물로 비디오도 찍었잖아요. 이제 경찰 저격병이 당신을 향해 방아쇠를 당길 것이에요. 참 착한 당신은 경찰 총에 맞아 죽게 될 것이고, 난 완전범죄. 당신의 젊은 아내는 당신의 빌딩과 백만 달러의 생명 보험료를 챙기는 샴페인을 터트릴 거구요. 참, 이제 당신은 더 이상 운명이란 이름에서 도망치지 않아도 될 것이에요. 안녕.

난 미셸이 남편의 청부살인을 의뢰했다는 말이 믿어지지 않아서 하늘을 쳐다본다. 새벽하늘은 깊고 푸르며 투명하고 깨끗하다. 이때다. 삼나무 숲에선 방금 떠오른 해가 나의 눈동자에 정면으로 떨어진다. 순간 나에겐 해처럼 크고 눈부신 왕 별빛 이외에 아무것도 보이지 않는다. 그냥 편안하기만 하다.

반딧불 투어

　언제부터인가 오대인의 의식 속에 발광체 벌레가 한 마리 살고 있다는 생각이 들었다. 그것이 반딧불인지는 알 수 없지만 자꾸만 밖으로 나오려고 꼼지락거려 몸이 근질근질했다. 엊그제 오대인과 같은 녀석 하나가 죽어서 개똥벌레로 환생했다는 풍설에 그놈이 바로 그 안에 있던 놈이 아닐까 하는 의구심이 지워지질 않았다. 바로 그날 밤하늘에 두 개의 빛이 어둠 속을 날아다니는 모습을 보았다. 한 놈은 그놈에게서 나간 것일 것이고 또 한 놈은 오대인의 의식 속에서 나간 놈일지 모르겠다. 그런 일이 정말 가능할까마는….

　캘리포니아 주의 126번 하이웨이 주변이다. 교수목(絞首木)이 간간이 늘어진 이 길은 그 옛날에는 황금을 캐러가는 일확천금의 사람들로 붐볐고, 말도둑을 가로수에 매달았다는 얘기도 전설이 되어있다. 이 목매다는 나무가 지금은 아름드리 거목이 되어 차도 위로 기울어져 있다. 이차선의 좁은 길이지만 뉴홀에서 벤츄라로 질러가는 하이웨이여서 차량 통행수가 제법 있는 곳이다. 길 위 야산에는 오렌지 나무가 끝 간 데 없이 펼쳐져 있다.

　지금은 오렌지꽃이 한창인 6월이다. 오렌지꽃 향이 진하게 퍼지는 그런 속을 유틸리티 지프 한 대가 달린다. 그런데 자세히 보면 이 차는 달린다기

보다 갈지자로 비틀거리면서 헤매고 있는 중이다. 운전사가 곤드레로 취한 상태인 것이 틀림없어 보인다. 반대편에서 오는 헤드라이트가 끼익─ 브레이크 소음을 내며 피해 달아난다. 그 바람에 지프는 기우뚱하고 교수목 기둥을 겨우 비켜난다. 지프는 가던 길을 유턴해서 되돌아오고 다시 얼마만큼 가다가 또 돌아오고, 주정뱅이가 자기 집으로 가는 골목을 못 찾아 헤매듯, 개미 쳇바퀴 돌 듯 온 곳을 되돌아가곤 한다.

얼마 후에 앵─ 하고 경찰차가 주정뱅이의 차를 따라 붙는다. 캘리포니아 주 순찰대는 뒤통수에도 눈이 달려 있다. 으슥한 골목길이고, 산길이고 어디에서나 불현듯이 나타나곤 한다. 그런데 이건 그들의 신기에 가까운 정보망이 아니라 방금 전에 정면충돌을 면한 차가 셀폰으로 신고를 한 것이다. 앵앵거리며 뒤따라 오는 경찰 백차의 소리를 들었는지 말았는지 주정뱅이 차는 좌충우돌 가로수를 받을 듯 말 듯 헤매고 있다. 그때마다 뒤따라오는 경찰차의 헤드라이트에는 흙먼지가 풀풀 날아오르는 게 보인다. 주정뱅이 지프차는 여전히 인사불성으로 비틀거리고 있다. 또 한 대의 경찰차가 정면에서 앵앵대며 나타났다. 주정뱅이 차는 그 경찰차를 정면충돌할 듯 하다가 겨우 방향을 바꾸어 콘크리트 기둥 같은 교수목을 들이받고 한쪽 헤드라이트가 와장창 부서지는 소리를 내며 멈추어 섰다.

나뭇가지에서 잠자던 작은 콩새 떼들이 푸드덕 놀래 날개를 떤다. 차에서 내린 경찰들이 총부리를 들이댄다. 정지신호를 무시하고 달아난 무법자라 여차 하면 벌집을 만들 기세다. 미국의 도심 외곽은 폴리스(Police)가 아닌 셰리프(sheriff)가 치안을 담당한다. 한국에서 상연하는 서부영화에서는 셰리프를 보안관이라 번역했다. 금속으로 된 큼직한 별 마크를 가슴에 단 보안관의 대표적인 인물은 하이눈의 게리 쿠퍼일 것이다. 존 웨인이나 크린트 이스트우드도 별 마크를 단 대표적인 배우다. 그들이 총잡이 악당들을 물리치는 장면은 영웅적일 뿐 아니라 미국사회를 준법정신으로 올려놓았다. 그들의 정의감은 토끼 꼬리만 한 미국의 역사 속에서 살아있는 서사와 전설의 주인공을 만들어냈다.

지프에서 끌려 나온 사람은 문신투성이의 웃통을 벗어 제친 말 도둑놈 같은 그런 무법자가 아니다. 단정하게 검은 정장을 차려 입은 초로의 동양인 신사다. 이 사내는 한 손에 큼직한 꽃다발 묶음이 들려져 있다.

"손들어!"

"꼼짝 말고 그 자리에 서…!"

셰리프들이 소릴 쳤다. 그들의 음성은 떨렸다. 멀리서보니 사내가 들고 있는 묶음이 위장한 폭발물 아니면 장총쯤이라고 생각했나 보다. 미국 사회에서는 동양인을 믿지 않는 편견이 있다. 사내가 손을 들자 그들 중 하나가 재빨리 그의 손에 든 묶음을 가로채서 손전등에 비춰 본다.

"장미 다발이야."

셰리프 한 명이 장미 다발을 자동차 위에 올려놓고 몸수색을 한다. 다른 셰리프는 사내의 얼굴에 손전등을 비춰 본다. 막되 먹지 않은 인상의 사내는 잠시 눈을 찡그렸다. 그러나 곧이어 무대 위의 배우가 객석을 바라보듯 불빛 너머로 시선을 던져본다. 어둠이 깔린 오렌지나무 숲 속에서 풀벌레소리가 피어오른다.

"당신 술 취했지?"

셰리프 중에 하나가 물었다. 그의 영어 발음에 남미 악센트가 강했다. 사내는 차 위의 올려 논 장미 다발을 바라보다가 눈을 내리 깔았다.

"이 근처에서 아들이 죽었거든요."

사내는 입 속으로 말했다.

"당신 술 취했냐구…?"

또 한 셰리프가 음성을 높였다. 그는 흑인 특유의 갈라진 음성으로 말했다.

"아들이 죽은 자리에 꽃다발을 놔주려고…."

사내가 미숙한 영어 발음으로 말했다. 미국생활 10년이 넘어도 한인 타운 생활을 하면 어설픈 영어를 할 수밖에 없다. 셰리프 차의 무전기에선 쉴 새 없이 말이 흘러 나왔다. 순찰차들의 보고 사항과 본부로부터 이어지는 지시 사항이 숨 가쁘게 이어지고 있다. 셰리프들은 대답을 기다리는 듯 사내를 바라봤다.

"내가 취했다고…?"

사내는 버드나무처럼 흔들거리며 경찰들을 올려다봤다.

"그래요. 취해 보이는데…!"

갈라진 음성이 말을 받았다.

"약에 취했나?"

다른 차에서 온 백인 셰리프가 심문을 하듯 말했다.

"내 아들이 죽었거든…!"

사내가 훌쩍거리며 소리를 죽였다.

"아이 엠 쏘리."

남미 악센트가 사내의 검은 양복을 손전등으로 훑어보며 말을 이었다.

"아들이 죽어서 마신 건 이해하겠는데, 음주운전은 법에 위배돼요."

갈라진 음성이 사무적으로 말했다.

"우리는 당신과 또 다른 운전자를 보호하기 위해서 당신을 연행해야 되겠소. 알코올 측정기를 불어 보겠오?"

셰리프들은 아들이 죽었다는 말에는 아무런 관심을 두지 않는 듯 했다. 사내는 휘청거리며 땅만 바라본다. 분명 싫다는 거부의 몸짓이다. 한동안 침묵이 흘렀다.

"아니면…. 열두 발작을 똑바로 걸어 보겠소?"

흑인 셰리프가 재촉을 했다.

"…열두 발짝이요? 열두 발짝… 그거야…. 새 발의 피지. 새 발의 워커야."

사내는 그들이 알아듣지 못하는 한국어로 중얼거렸다. 또 그는 싫었지만 보안관들에게 반항을 해 봤자 공무집행 방해죄만 더 추가된다는 이 나라의 법을 잘 알고 있는 듯 했다. 셰리프들은 뒤로 물러서서 사내가 걸을 수 있도록 공간을 열어줬다. 등 뒤로는 바람을 일으키며 자동차의 불빛들이 어지럽게 질주했다. 자정이 넘은 시각이었다. 나무 그림자 아래에서 벌레들이 날아들었다. 헤드라이트 불빛을 보고 몰려드는 부나비들이다.

"성호야…!"

두어 발짝 걷던 사내는 더 이상 나아가지 못하고 서서 하늘을 본다. 끝이 안 보이게 펼쳐진 오렌지나무는 어둠 속에서 한 덩어리의 커다란 검은 물체로 보였다. 늦게 뜬 그믐달이 밤안개 속에서 희미하다.

"내 아들이 죽었어. 바로 여기에서. 아니, 저쪽에서…. 저 길바닥 위에서….내가 죽였지…."

사내는 어둠을 향해 뛰쳐나갔다. 비틀대며 몇 발짝 뛰다가 고꾸라졌다. 셰리프들은 어이없다는 표정으로 서로를 바라보다가 사내의 뒤를 쫓는다. 그 중 갈라진 음성이 사내를 덮치며 팔을 거칠게 뒤로 꺾어 수갑을 채운다.

"내가 죽인거나 마찬가지야!"

"당신을 음주운전으로 체포한다. 묵비권을 행사해도 되고…."

미란다의 법칙은 사내의 귀에 들어오지 않았다.

"꽃다발…. 내 아들에게 주려는 꽃다발…!"

사내가 소리쳤다.

셰리프는 그를 불빛 번쩍이는 경찰차 안으로 밀어 넣었다.

"성호야…!"

사내는 어두운 길바닥을 보며 아들의 이름을 불러본다. 경찰차는 앵-하고 달려 나간다. 차 위에 올려놨던 꽃다발이 땅에 떨어져 뒹군다. 그들 다음으로 오는 트럭의 육중한 바퀴 아래서 장미다발이 뭉개진다. 그사이에 끼어 있던 하얀 안개꽃도 잎들이 산산조각으로 부서지며 흩어진다. 다른 경찰차도 서서히 움직인다. 사내를 태운 경찰차는 타임머신이 되어 달려가고 있다. 사내는 그 뒷좌석에서 의식이 몽롱해 혼란스러워지기 시작한다.

"아빠!"

"왜에…."

"어디로 가시는 거예요?"

"네가 다시 태어날 수 있는 곳으로 간다."

"거기가 어딘데요?"

"오렌지나무가 울창한 곳이란다. 거기에 그림 같은 집 한 채가 있어. 시설은 세계적이래. 몇 개월만 지내다가 오너라."

"학교는 어떻게 하고요?"

"거기에 학교도 있어."

"안 돼요 아빠. 그 학교에선 일류대학에 못 가요."

"금년엔 어차피 일류대학에 가긴 글렀다."

"왜요? 전 갈 거예요."

"아빠 말을 들어."

"아빠아!"

소년의 백짓장 같은 얼굴이 얼음처럼 차가워 보인다. 눈물을 주르르 흘렸다. 사내는 가슴이 메어질 것 같았다. 손을 내밀어 소년의 손을 잡았다.

"네가 어쩌다가 이리 됐냐…!"

사내는 탄식을 했다. 소년은 사내의 손을 뿌리쳤다. 이민생활 십여 년을 허둥대며 보낸 세월의 대가였나 보다. 먼 곳으로 시간의 수레바퀴가 역류하고 있는 것 같다. 사내는 눈을 감았다.

그의 이민 생활은 미국에 와서 처음 찾은 직장인 병원 청소부에서 시작했다. 그가 맡은 구역은 정신과 병동이었다. LA 서북쪽 중산층 동네에 위치한 이 곳은 말이 정신병동이지 휴양지의 리조트였다. 경미한 환자들만 있는지 출입문만이 봉쇄되어 있고 그 안에서는 환자들이 자유로웠다. 정구장과 수영장, 도서실, 컴퓨터 방과 당구장까지 갖춘 그 병동은 침실이 일인 일실의 호텔 방이나 다름없었다. 취직 며칠간은 마음씨 좋아 보이는 뚱뚱이 남미계 아줌마인 로사와 함께 일을 했다. 그녀에게 인수인계를 겸한 교육을 받은 것이다. 너는 참 행운아다. 이 병동의 하우스키퍼(그녀는 청소원을 하우스키퍼라고 했다)는 편하거든. 잔소리하는 사람이 없는데다가 언제나 깨끗해서 별로 할 일이 없어. 난 오전에 일을 얼른 해놓고 오후에는 늘 종업원 식당에서 간식을 먹으면서 핸드폰으로 종일 남자친구와 수다를 떨면서 보냈단다. 그녀는 세 번째 이혼을 했으며 그사이에 다섯 아이를 키운다 했다. 그 여인은 얼굴 근육을 많이 움직이며 말을 했다. 거짓말을 잘하는 여인이 얼굴 근육을 잘 움직인다는 속설이 있다. 그녀의 얘기를 들으며 그토록 좋은 자리를 왜 그에게 인계를 할까 하는 의아심이 들었지만 그녀의 말대로 하루를 조용히 생각하며 지낼 수 있어서 좋았다. 그는 진공청소기로 카펫의 먼지를 빨아들이며 지난날을 반추해 봤고, 또 안개 속 같은 미래도 더듬어봤다. 거기에서 만난 여인이 흑진주의 모델 나오미 킴벌 같은 제니퍼였다. 청소부 취직 일주일째 되는 날이다. 창으로 밀려드는 유칼립투스 향기가 은은하게 퍼지는 방을 청소를 하고 있는데, 이 흑진주 여인이 들어 왔다. 정구채를 든 그녀의 짧은 스커트 사이에서 청동빛 다리가 조각처럼 빛은 내고 있었다. 그녀는 유난히 하얀 이를 보이며 웃었다.

"하이, 당신 한국인이지요…?"

그녀가 말을 걸어 왔다. 그도 함께 미소를 지어 보이며 고개를 끄떡였다.

"중국과 일본 그리고 한국인을 식별하기가 어렵다고들 하는데 난 단번에 알아 볼 수 있어. 올케가 한국 여인이거든요. 그래서 나도 한국엘 가봤어. 남해를 거쳐서 제주도엘 갔었지요."

그녀의 음성은 씨엔엔 방송의 아나운서 같았다.

"한국은 아름다운 나라고 사람들은 모두 친절해요. 한국 남자들은 모두 미남이거든요."

그녀는 민망할 정도로 얼굴을 가까이 대고 듣기 좋은 발음으로 말을 했다.

미국 여자들의 친절미는 경탄을 할 정도다. 이런 여인이 어찌 하여 정신 질환자라고 하는지 이해를 못할 지경이었다.

"이름이 뭐예요?"

그녀는 키스라도 해 달라는 듯 눈을 지그시 감으며 말했다.

"오대인…! 마이 네임 이즈 오대인."

그는 뒤로 한 발짝 물러서는 느낌으로 그녀의 긴 속눈썹을 보며 대답했다.

"오 대니…!"

그녀는 '인' 자 발음을 '니' 자로 말하면서 손을 내밀었다.

"제니퍼예요. 오 데니 보이."

흑인의 피부는 부드럽다는 말은 들었다.

"전 영어 선생을 했지요. 영시를 가르쳤어요. '나를 보세요. 내게 뭐든 요구하세요. 저는 당신 발아래서 바스락거리는 가랑잎이어요.' 마야 앤젤루(Maya Angelou)의 시지요. 영어를 배우겠다면 기꺼이 가르쳐드리죠."

그녀가 또 웃었다. 보라색 립스틱을 발라서인지 하얀 이가 더욱 돋보였다.

"나도 선생을 했지요. 한국에서는…."

그는 창밖을 바라보며 말했다. 여인의 음기 어린 체취가 그의 건강한 하체를 달아오르게 했다. 이민 온 후로 정상적인 부부생활을 못해본 그였다. 호기심과 이성 본능이 그의 가슴을 뛰게 했다. 반쯤 열린 커튼 사이에서 황색 장미가 바람을 타고 있었다.

"부탁이 있어요."

제니퍼가 가쁜 숨결로 속삭이듯 말했다.

그는 오케이 하면서 흑인이 보라를 좋아한다는 것을 느낌으로 알았다. 사우스 센트럴, 피코 길의 남쪽은 온통 보라색이다. 간혹 중남미계의 인종이 섞여 있긴 해도 거기는 흑인 밀집지역이다. 그녀가 알려준 마켓은 말틴 루터킹 부르버드 뒷골목에 있었다. 그녀가 써준 쪽지를 내밀자 엉덩이에 300파운드쯤 되는 살덩이가 움직이는 여종업원이 탁자 밑에서 담배 한 갑과 작은 봉지에 싼 물건을 꺼내 줬다. 그는 심부름을 하는 물건이 무엇인가 궁금했다. 담배는 말보르였는데 묘하게도 마켓 봉지 속에는 어린아이용의 고무젖꼭지가 들어 있었다.

다음날 아침 청소를 하는 중이었다. 그녀는 정구라든가 수영 같은 오전특별 활동에 참여하지 않았나 보다. 젖꼭지를 질겅질겅 씹으며 침대 위에서 풀어진 눈으로 그를 바라보고 있었다.

"어디가 아프신가요?"

그가 의아해서 물었다. 그녀의 보라색 입술 속에서 하얀 이가 기묘하게 웃었다. 그 모습이 프레이보이지의 모델처럼 섹시하다고 느꼈다. 그녀가 권총 방아쇠를 당기는 시늉으로 손가락을 까딱거리며 그를 불렀다.

"오 데니 보이. 이리와 봐요."

그가 머뭇거리자 그녀는 알몸인 상체를 일으키며 다시 손가락을 움직였다. 그가 달아오르는 몸을 자제하려고 짐짓 못 본 척 돌아서자 그녀는 깔깔대고 웃으며 베개를 집어 던졌다. 그녀가 또 한 번 이리와 봐요, 했으면 그는 진공청소기를 밀쳐놓고 달려갔을지도 모르겠다고 생각했다. 그녀가 던진 스펀지 베개에선 풀잎 타는 냄새가 풍겼다. 그는 마리화나 냄새일 것이라 생각했다. 그녀가 달려 나와 문을 가로막았다. 출렁거리는 청동 색 젖가슴이 코앞으로 다가왔다. 이 귀여운 멍청아! 그녀는 눈을 지그시 감고 다시 내게 오라고 팔을 벌렸다. 그녀의 마른 입 속에서도 풀잎 타는 냄새가 풍겼다. 그녀의 눈은 붉게 충혈되어 있었다. 그는 어찌 할 바를 모르고 밀랍인형처럼 서 있었다. 그 순간이다. 두 명의 건장한 남자 간호사가 문을 박차고 뛰어들었다. 나중에 안 사실이지만 환자의 방마다 모니터가 간호사실로 연결이 되어 있었다. 그는 식은땀이 흘렀다. 제니퍼가 갑자기 소릴 쳤다.

"저 놈이 나를 강간하려고 했다고요."

간호사는 그녀에게 소매가 긴 광목가운을 입혔다.

"저놈이 내 아들을 죽인 놈이야."

그녀는 발작을 했다. 간호사는 긴 소매를 꼬아 묶어 그녀를 보호했다.

그 며칠 후 경찰이 그를 찾아 왔다. 제니퍼에게 마약을 배달해준 혐의를 받고 있다는 것이다. 그는 담배는 사다 준 적은 있어도 마약을 배달해 준 적이 없다고 했다. 경찰은 범죄 기록이 없고 혐의는 있어도 증거는 없다면서 그를 잡아가진 않았다. 그 대신 경위서를 쓰고 지문 날인을 하라는 것이다. 그는 경찰이 시키는 대로 했다. 그런데 병원 측에서 해고를 당하고 말았다. 병원 규칙을 어겼다는 것이다. 원래 그 병동 환자의 심부름을 하려면 담당 의사의 허락을 받아야 한다는 것이다. 그에게 그런 규칙을 일러준 사람이 아무도 없었다고 따지고 들자 이력서를 쓸 때 사인해 낸 서류가 바로 규칙을 준수하겠다는 서약서라는 것이다. 영어도 서툰데다가 어려운 낱말로 가득한 규칙서를 자세히 읽지 않은 것이 실수였다. 첫 직장에서 쫓겨난 오대인 선생은 한동안 고생을 했다. 아내가 벌어오는 봉제 공장의 수입만으로는 네 살 난 아들과 세 식구의 입에 풀칠하기만도 모자랐다. 기회의 나라 미국에서 굶어 죽게 됐다면서 아내는 눈물을 지었다. 무엇보다 제니퍼란 흑인 여자의 심부름을 해주다가 쫓겨났다는 사실을 알고 나서 지은 슬픈 표정은 좀처럼 펴지지가 않았다. 봉제 공장 일은 그녀의 다리를 만성 신경통으로 아프게 했고 진통제가 없으면 잠을 못 이루는 밤도 있었다.

오대인은 그 후 페인트 공 보조, 배관공 보조, 정원사 보조 등 여러 직업을 전전하다가 지붕 수리업에 정착하게 됐다. 여기에도 처음엔 잡역부로 들어 갔다. 지붕 위는 해를 가릴 데가 없다. 섭씨 38도를 웃도는 땡볕에서 종일 움 직이기란 정말 힘들다. 사람의 의식 구조란 참으로 신기한 것이다. 선비사 상이란 또 쓸데없는 자존심만 키워주는 보수주의 환상이다. 세습적으로 선 비의 일을 하다가 노동판으로 끼어드니 신분하락의 느낌을 떨쳐버릴 수가 없었다. 대부분의 한인들의 이민생활이란 그래서 어려운 것이다. 신분 하락 의식이 사람을 미치게 한다. 자기보다 아랫사람이 없다는 것도 사람을 미치 게 하는 것이다. 오대인도 그런 정신적 혼란에 빠져 한동안 직업을 못 찾은 것이다. 지붕 위에서 하는 노동은 바닥보다 위라는 공간의식 때문인지 마음 에 들었다. 삼층쯤 되는 지붕 위에 올라가 있으면 등산을 해서 바위산 정상 에라도 올라선 기분이 들기도 했다. 물론 더 높은 지붕 위엘 오르면 고소공 포증이 일기도 하지만 그 스릴을 느끼는 맛도 스트레스가 해소되는 듯 했다. 일이 끝난 다음 지붕 위에서 장엄하게 펼쳐지는 저녁노을을 보는 느낌이며 고향상실의 흘러간 노래를 부르는 맛도 매력을 느끼게 했다. 때로는 지붕 위 의 바이올린이란 뮤지컬 영화의 주인공이 된 듯 착각에 빠져들기도 했다. 고 향을 떠나 산다는 것은 이유 없는 슬픈 감정을 품고 사는 것이란 생각이 든 다.

　미국엔 나무지붕이 많았다. 레드우드(Redwood)란 삼나무 송판으로 된 기와를 얹은 지붕은 여름에 시원하고 겨울에 따뜻한 장점이 있다. 그러나 근 처에서 일어난 화재에 불똥이 튀면 걷잡을 수 없는 재난을 맞게 되기도 한 다. 2월경에 산타아나의 거센 바람에도 나무기와는 날아가기가 쉬워서 일 년에 한번은 고쳐야만 했다. 그래서인지 일감은 늘 있으며 힘든 노동이기에 보수도 괜찮았다. 그는 일이 힘에 부쳐 밤마다 끙끙 앓으면서도 괜찮은 보수 와 일이 끝나고 지붕 위에서 한 곡조 뽑는 맛에 그 일을 10년간 계속하게 되 었다. 세월은 꿈꾸는 자의 것이란 말도 있듯이 그도 아메리카의 꿈을 맛보게 되나보다 했다. 꿈은 모든 것을 가능케 한다고 했다. 그 사이 잡역부에서 기능공의 조수로 그리고 기능공으로 그리고 작업반장으로 승급이 되었다. 재작년부터는 사장영감 필리스가 은퇴를 할 때 아예 그 회사를 인수해 버렸다. 그쯤 해서 아내도 봉제 공장 일을 그만 두고 그의 회사에서 전화로 주문을 받으며 행정 일을 도왔다. 회사는 잘 되었다. 멕시칸 일꾼이 3명에서 5명으로 또 임시직까지 10명으로 늘어났다. 상해보험과 후생복지를 위한 원천과세, 주급 계산 등 행정 일도 만만치 않다. 영어가 딸리는 한인들이 그의 회사에 일감을 맡기는가 하면 또 노스리지 지진 이후 나무기와를 시멘트 기와로 바꾸는 집들이 늘면서 바쁜 시간을 뛰면서 돈을 벌었다. 그는 집도 사고 좋은 차도 샀다. 고등학교에 다니는 아들 녀석이 공부를 잘 해서 그런 상태로만 나가면 일류대학은 문제없이 들어갈 것이다. 그는 아들에게 고급 스포츠카도 사 주었다.

그의 꿈은 고고학자가 되는 것이란다. 세계적인 고분이며 유적지 탐사를 직접 해 보는 것이다. 이런 상태로 안정이 되면 그 꿈도 결코 먼 곳에 있지 않아 보였다. 그는 교회나 장학재단에 기부금도 가끔 내주었다. 고고학 탐사를 할 때 그들 사회의 지원을 받아야 할지도 모른다는 속셈에서 미리 투자해 두자는 생각에서였다.

한번은 마약 퇴치센터에서 하는 자선 공연장엘 간 적이 있었다. 무대 위엔 마약을 쌓아놓은 사탄이 청소년들을 꼬드기고 있었다. 청소년 남녀들은 목걸이처럼 생긴 줄에 달린 고무젖꼭지를 빨며 빠른 음악에 맞추어 성적 행위를 하고 있었다. 해골왕관을 쓴 사탄은 그들에게 마약을 배급해 주고 청소년들은 그 마약을 받아먹으려고 사탄의 발밑에 엎드려 절하는 그런 라이브 파티를 하는 연극장면이었다. 한 소년이 내레이션을 했다.

"라이브 댄스파티에서 엑스타시 한 알을 먹었죠. 그건 스피드나 크랙처럼 도구가 필요치 않아 인기가 있죠. 그걸 하는 날에는 말로 표현할 수 없이 좋은 환각에 빠져들지요. 내가 마음만 먹으면 로버트 줄리아나 섹시 배우 누구와도 신나게 할 수가 있죠. 그런데 약 기운이 빠지면 무엇인가 물어뜯고 싶은 충동이 생깁니다. 그래서 나온 발상이 고무젖꼭지죠. 엄마 젖을 빨 때처럼 말랑말랑한 감촉이 성적 충동을 참을 수 없게 하지요. 그럼 또 약을 찾게 되지요. 그런 아이들은 모두 우등생들이었죠. 그러나 얼마 못 가서 그들은 중독자가 되어 낙제생으로 전락해 버리지요."

청소년들은 눈이 풀어진 채 몸을 꼬고 있었다.

그는 약간의 기부금 수표를 써 주고 극장을 나왔다. 이상하게 마음이 불안했다. 머릿속엔 우등생 아들의 생각으로 가득 했다.

그 여름에 그는 가족과 함께 멕시코 켄쿤(Cancun)에서 여름휴가를 즐기기로 했다. 관광 안내서에 의하면 유카탄 반도 동쪽에 자리 잡은 켄쿤은 세계에서 가장 아름다운 해변경관이라고 했다. 부메랑 모양으로 23킬로에 달하는 켄쿤 아일랜드는 여인의 섬 캐리비안 해와 니츠뻬이 호수에 둘러싸여 있다. 일 년에 200만 명 이상의 관광객이 휴가를 즐기러 오는 휴양지인 그곳은 다채로운 상점과 식당, 그리고 풍부한 마린 라이프가 흥미를 이끈다. 환상의 열대어와 함께 놀 수 있는 스노클링과 스쿠버 다이빙, 바다 밑 동굴과 난파선 위에서의 다이빙, 수상스키와 헤밍웨이가 즐겨 잡은 청새치 낚시, 그리고 폐허 속에서 침묵을 지키는 마야의 고대 유적지인 치첸잇자와 뚤룸, 코훈리즈…. 무엇보다 오대인 선생의 관심은 고대도시인 치첸잇자(Chichen-itza)의 관광이었다. 켄쿤에서 반나절 거리에 위치한 고대 마야 문명의 최대의 유적지인 치첸잇자는 서기 4세기부터 13세기까지 도시 국가로 번영했던 곳이란다. 높이 23 미터인 피라미드 카스티요는 그 전체가 마야의 역법을 나타내고 있다고 한다. 돌무덤으로 변한 고대 신전의 유적지는 인간 희생제물의 영령들의 기운이 아직도 서려있다고도 했다. 그들의 의식에는 영광스러운 희생제물이었을 것이다. 역사 선생 출신인 오대인은 마야 유적지를 보는 게 희망사항 중에 하나이었다. 그는 오래 전부터 켄쿤 여행 계획을 세웠다. 경비도 많이 들 것이다. 그가 흥분해 하는 것에 비해 가족들은 무반응이었다. 그로서는 섭섭하고 불안스러운 생각이 들기도 했다. 그래도 그는 가족 여행을 강행했다.

로스앤젤레스 공항은 언제나 붐볐다. 요즘은 테러 방지를 위해 공항의 검색이 보다 까다로웠고 오래 걸렸다. 짐 수속을 마치고 검색대를 통과하던 그가 무심코 바라본 아들의 주머니 소지품 중엔 고무젖꼭지가 있었다. 그는 기절하게 놀랐지만 일단은 모르는 척 넘어갔다. 그러나 흑진주 여인 제니퍼의 생각이 떠오르면서 여간 불안하질 않았다. 그녀가 침대 위에서 질겅대고 있던 고무젖꼭지…. 비행기는 환상의 청자색 캐리비안 바다 위를 날고 있었다. 아들놈은 제 어미 옆에 붙어 앉아 몸을 떨며 긴장되어 있어 보였다. 저 애가 중독자가 되었구나 생각하니 하늘이 무너지는 듯 했다.

"무덤 터에 깊숙이 들어가지는 마십시오. 그 속에서 알 수 없는 바이러스에 오염될 수도 있다는 속설이 있습니다. 부장자의 영이 살아 있는 곳이라고도 합니다."

관광 안내원은 유창한 영어로 농담처럼 해설을 해 주었다. 그러함에도 사람들은 그 토굴 속을 깊숙이 들어가 본다. 오대인도 사람들에 밀려서 음침한 기운이 감도는 고대 무덤 터인 피라미드 속을 들어가 보기도 했다. 나오면서 그는 재앙이 내게 달라붙으면 어쩌나 하는 불안의식을 꿀꺽 삼켜 버렸다. 아들녀석도 좁은 토굴 속을 깊숙이 들어갔다가 나왔다.

그는 켄쿤의 해양 라이프도 마야의 유적지인 치첸잇자의 관광을 하면서 내내 아들의 주머니 속에든 고무젖꼭지 생각뿐이었다. 저걸 어찌 한다…. 그들은 예정을 앞당겨서 돌아왔다.

"아무래도 전문의사의 도움을 받아야 되겠어."

그가 아내와 먼저 의논을 했다.

"그애가 어디가 아픈데요?"

"약물중독…."

"여보, 왜 말짱한 애를 마약중독자 취급을 해요."

"애들이 라이브 파티에 가서 엑스타시라는 알약을 먹는대요. 그거 한 알 속에 온갖 마약이 혼합되어 있어 효력이 막강하대요."

그는 말하다가 말고 그 옛날정신 병동에서 있었던 일을 생각하고 오싹하는 한기를 느꼈다.

"저도 알아 봤어요."

아내의 음성에는 독이 묻어 있었다.

"어떻게 알아 봤는데?"

"성호에게 물어 봤지요. 절대로 아니래요. 젖꼭지는 베이비 시트 하는 친구애가 놓고 간 것이래요."

"그게 왜 그애 주머니에 들어 있었냐 이 말이오."

"그앨 만나면 주려고 그랬겠지요."

아내의 말엔 거짓말의 냄새가 나는 듯 했다.

"그렇다면 얼마나 다행이오."

"성호에겐 입도 뻥긋 하지 마세요."

"그 약의 원료는 고양이를 자연사시키는 독약이래."

"아니라니까. 그 애는 아니에요. 내 말을 못 믿다니…!"

"단 몇 번으로 두뇌가 파괴된다 했어."

"그애는 밤 외출을 잘 안 하잖아요. 그런데 무슨 라이브 파티에요."

"그래도 잘 관찰해 봐요."

"그애가 아니라 당신이 이상하군요."

아내는 슬픈 표정이 지워지지 않으며 돌아섰다. 그는 아비의 권위로서, 아니 가장의 권위로서 중독치료 센터를 알아두어야 했다. 아내는 그런 오대인에게 냉소적이었다.

"당신이 그런 황당한 생각을 갖고 있는 한 우리 가정은 편할 날이 없겠지요."

그로부터 그녀는 아예 그와는 상대도 안 하려고 했다.

지붕 위에 올라가 낡은 나무 기와를 벗겨내고 새 기와를 깔아주는 일을 하면서 왜 그 생각이 지워지지 않는지 모르겠다. 그 해에는 산타아나 바람이 유난히 많이 불어 나무 기와가 날아간 집이 많았다. 그런 경우에는 보험으로 수리가 가능하므로 그의 사업은 더욱 바빠졌다. 따라서 아내의 사무실 일도 바빴다. 너무 바빠서인지 그녀도 아들 생각에 빠져들어서 인지 월급계산에 많은 오류가 생겼다. 빼먹은 사람, 준 사람에게 또 주고, 그러나 아무리 관찰을 해 봐도 아들 성호는 학교 공부와 숙제 그리고 특별 활동으로 바쁜 생활을 하는 것 같았다. 그는 가끔씩 아들 성호의 방을 들여다보았다. 그때마다 성호는 컴퓨터로 리포트 작성을 하거나 고전 음악을 듣고 있었다.

"고전 음악을 듣는 아이들은 절대로 문제성이 없대요."

아내는 아버지가 아들에게 부정적인 생각을 계속할까 봐서 신경이 쓰이는 가보다. 오이디푸스 컴플렉스라 해서 아버지와 아들은 늘 대립적이라고 했다.

"성호야. 뭐하냐?"

"음악을 듣고 있어요. 아빠."

"무슨 음악이야."

"비발디의 사계예요."

"내가 듣기에도 비발디의 사계 같았다. 비발디 음악의 특성은 우아한 주제와 유연한 리듬, 색채감을 짙게 그린다는 것이지."

그가 고전 음악에 대해서 아는 체를 했다.

"바흐, 쇼팽, 슈베르트와 더불어 바로크의 거장이래요."

아들은 한 수 더 뜬다.

"비발디는 원래 가톨릭 신부였는데 붉은 머리를 지녀 붉은 머리신부로 불렸대요. 미사도중에 악상이 떠오르면 이를 잊어버리지 않기 위해 미사도중엔데도 제대 방에 들어가 정신없이 악보 위에 적다가 미사 집전을 못 한 적이 여러 번 있었대요. 할 수 없이 담당 주교는 그를 베니스의 한 병원 안의 고아원 음악선생으로 임명했대요. 그 다음부터 마음껏 작곡을 하고 제자를 키워서 바로크 음악의 거장이 됐지요."

오대인은 아들이 고전 음악을 즐기는 것 뿐 아니라 작곡가에 대한 지식이 대단한 것에 놀랄 정도였다.

"아빠. 그런데…."

"왜에."

"저는 지금 혼자 있고 싶은데요…."

"그래에…."

오대인은 자신과 아들 사이에 교감이 안 되는 벽이 있다는 생각이 들었다. 세대 차이일 것이야. 그는 편하게 생각하려 해 봤다. 그런데 불안한 생각이 또 머리를 든다. 그 나이또래가 열광하는 모니카의 '폭풍이후'라든지 락앤롤의 제왕 지인 시몬스와 폴 스텐리를 듣지 않고 비발디의 사계를 듣고 있는 것에 대해 의아한 생각이 들었다. 그는 아들이 자신을 속이고 있다는 생각도 들었다.

"지금 왜 혼자 있고 싶은 게냐. 그 이유를 말해 봐라."

"지금 중요한 일을 하고 있거든요."

"그게 뭔데. 내가 알면 안 되는 게냐."

그는 분명 아들이 못된 짓을 하고 있다는 생각으로 가득 찼다. 그가 방으로 들어오면서부터 무엇인가를 의자 밑에 슬그머니 밀어 넣고 수건으로 덮어놓는 것을 봤다. 모르는 척 넘어가려고 했었으나 일이 이쯤 되면 그게 뭔지 알아내야 되겠다는 생각이 들었다.

"내가 알면 안 되는 게 뭐냐?."

그는 아들을 다그쳤다.

"아무 것도 아니라니까요."

"애비에게 감추는 게 뭐냐구!"

그가 흥분해서 소리쳤다.

"애비와 시소게임할 생각은 말아라. 오늘날 가정의 부조리가 뭔지 아니? 가장의 권위를 무시하는 것이야. 질서가 무너졌어. 그런 현상은 이민 가정에서 더 심화되고 있어."

그는 자제력을 잃고 아들의 의자 밑에 감추어진 물체를 노려봤다. 마약 파티 연극에서 본 장면이 선하게 떠오른다. 눈이 풀어져 발광을 하는 아이들, 내 아들이 저러면 어찌하나 하는 상상을 해 봤다. 그냥 패 죽여 버리지 하는 생각이 먼저 떠오른다. 그는 가슴이 답답했다. 창밖을 바라봤다. 웬일로 창은 커튼으로 절벽처럼 닫혀있었다. 그의 의식은 그 속에서 헤매게 되었다.

"선생님."

한 학생이 손을 들었다. 방학이 끝난 직후의 학생들은 모두 깜둥이가 되어 있었다.

"오대인 선생님."

역사 선생을 하던 시절의 오대인 선생에게 한 학생이 질문을 했다. 정규 수업이 끝나고 대학 입시를 위한 보충 수업을 하는 지루한 시간이었다.

"유리왕은 왜 그 아들을 죽였을까요?"

"네가 역사를 읽었나 보구나."

오대인은 학생들에게 이번 방학엔 삼국사기와 삼국유사를 읽으라고 권했다.

"그 안에는 무궁무진의 서사가 있단 말이다. 너희들이 문학을 하거나 그림을 그리거나 법학도가 되거나 정치를 하거나 미래를 감지하는 능력이 있어야 하거든. 그 능력은 역사의 이야기 속에 가득 들어 있단다."

그는 천장을 올려다봤다. 형광등이 수명을 다 했는지 껌벅거리고 있었다. 그는 관리실에 얘기를 해서 갈아 끼워 달라고 해야겠다고 생각했다. 유리왕의 얘기가 그의 생각에 맞물렸다. 일곱 모난 돌 위의 소나무 아래서 반짝이는 유물을 찾아들고 아버지를 찾아가 고구려의 2대 임금이 된 유리 왕. 그에게는 세 왕자가 있었다. 첫째 왕자 도절(都切)은 일찍이 죽고 둘째 왕자 해명(解明)이 태자가 되었다. 그 무렵 유리왕은 수도를 국내성으로 옮기었다. 해명은 고도에 머물고 있었는데 힘이 있어 무용(武勇)을 좋아했다. 그는 늘 숫돌과 다섯 자루의 칼을 차고 그의 위용을 자랑했다. 인접국 왕이 사신을 보내어 강궁으로 태자의 힘을 시험하려 하였다. 해명 태자는 그 활을 꺾어버리며 내 힘이 강한 것이 아니라 활이 약하다며 사신을 면박주어 돌려보냈다. 유리왕은 대노하였다. 이웃 사신에게 무례했다 하여 태자에게 스스로 자살할 것을 명하였다. 이에 태자 해명은 아버지의 명을 받들어 여진동원(礪津東原)에 가서 땅에 창을 거꾸로 꽂아놓고 달리는 말에서 몸을 날려 장렬히 죽었다. 태자 해명이 죽자 유리왕은 셋째 왕자 무휼(無恤)을 태자로 삼았다. 그가 바로 비련의 주인공 낙랑공주와 호동왕자의 이야기에 등장하는 대무신왕이다.

"적국의 사신에게 무례하게 굴었다고 아들을 죽여요?"

"개인이 아닌 나라를 위해서야."

한 학생이 선생님 대신 답변을 했다. 다른 학생이 선생에게 대들듯 말했다.

"호동왕자도 부왕 대무신왕이 죽어라 해서 칼을 물고 자결을 했잖아요."

"느이들은 그 사건을 어떤 관점으로 보느냐?"

오대인이 학생들에게 물었다. 한 학생이 손을 들었다.

고대 국가에선 아버지의 명이라면 어떤 것이라도 받드는 것을 영광으로 알았을 것입니다.

"바로 맞추었다. 왕 뿐 아니라 신의 세계에서도 그랬어. 인류를 구원하러 이 땅에 온 분도 아버지의 명을 영광으로 알고 십자가를 마다 안 했지."

또 한 학생이 물었다.

"사도 세자는요?"

"그건 좀 내용이 좀 다르다. 권력의 역학적인 부조리야. 사기에선 아비가 아비로서의 역할을 못 했고 아들도 아들로서의 역할을 못 했다고 평하고 있다."

그는 인권과 인륜이 파괴된 현 정권을 비판해 주는 것으로 강의를 끝냈다. 그런데 그 강의가 그를 교단에서 물러서게 했고, 미국 이민선을 타게 했다.

"고전을 듣는 아이가 자랑스럽지 않으세요."

어느새 아내가 방에 들어와 아들 편을 든다.

"고전 음악을 들으며 뭘 했느냐가 문제지. 그건 뭐냐? 네 의자 밑에 감춘 것!"

"… 아무 것도 아니에요."

아들은 울상을 짓는다.

"아무 것도 아니라면서 왜 감춰!"

"왜 이래요. 당신!"

오대인은 막아서는 아내를 밀치고 의자 밑에서 작은 상자를 끄집어냈다.

"이게 뭐냐? 이 속에 뭐가 들었어."

"버….벌레예요."

"벌레? 송충이 같은?"

"아니요. 딱정벌레요."

"딱정벌레가 어쨌게!"

그는 아들이 이상한 짓을 한다고 생각했고 그것이 영 못 마땅히 했다.

"이 벌레는 캄캄하게 해 주면 꽁무니에서 불이 켜져요."

아들은 상자를 책상 위에 올려놓고 수건으로 빛을 가려 보인다.

"오, 정말!"

그의 아내는 짐짓 신기하다는 표현을 과장했다.

"반딧불을 가지고 노는 것이 어쨌게요. 당신은 어린 시절에 이런 것 가지고 놀지 않았어요."

그는 자기도 모르는 사이에 어린 시절의 한 곳으로 빠져 들어갔다. 저녁이면 사람들이 마당에 멍석을 깔아 놓고 앉아서 삶은 감자, 옥수수를 먹으면서 얘기를 나누던 시절이 아득히 밀려든다. 아이들은 옥수수자루를 물고 밭고랑을 뛰면서 놀고, 밤나무 숲 속에선 개똥벌레가 꼬리에 불을 달고 날아다녔다.

"반딧불을 개똥벌레라고도 하지. 영어로는 파이어 프라이(Firefly)라고 하던가. 가난해서 등불이 없는 옛날 선비는 개똥벌레를 잡아서 종이봉투에 넣어 불을 밝히면서 책을 읽었단다. 그래서 장원 급제도 하고, 정승 판서도 되고… 미국에도 개똥벌레가 있는 줄은 몰랐다. 이 벌레로 뭘 하고 있었냐."

그는 멀쑥해서 한 발 물러섰다.

"그냥 놀고 있었죠. 불 끄고, 불 켜가면서…, 앞으로 생물학을 전공할 꺼거던요."

"생물학? 그럼 의사가 되겠다는 얘기냐?"

"봐서요."

그는 자신의 상상력이 빗나간 다행함과 현장을 못 잡은 것 같은 낭패감이 뒤섞인 심정으로 아들의 방을 나왔다. 그의 아내가 등 뒤에서 그를 윽박질렀다.

"당신이 그러고 나면 재가 얼마나 힘들어하는 줄 알고 계셔요?"

"저 애가 우리의 운명인 걸 어째. 소년원에 가봐. 갱단 애들과 어울려 약 먹고 살인을 한 애들이 우글거려. 그애들은 자기가 뭘 잘못한 줄도 모른다는 군. 그 중에 한국 아이들도 많아. 그 부모들을 생각해 봐. 그게 남의 일인가."

"우리 아들은 절대 그런 일이 없을 것이에요."

그녀는 돌아서서 울먹이며 말을 이었다.

"당신이 아들 의심하는 버릇을 버려야 해요. 가뜩이나 마음이 여린 애를 가지고서."

"됐어. 아니면 됐다구!"

그런 일이 있은 지 몇 달 후였다. 그는 오버타임을 하고 있었다. 낡은 나무 기와를 걷어내고 새로 깐 베니어판 위에 골탄을 먹인 검은 유지를 까는 작업을 하고 있었다. 한여름 땡볕이 수그러들면 금방 시원한 바람으로이어지는 시각이었다. 저녁노을이 하늘을 검붉게 태우는 장관을 보고 있을 때 아내에 게서 전화가 걸려 왔다. 연방마약수사반 경찰들이 집안을 뒤지고 있다는 것 이다.

"귀가 땅에 끌리는 개까지 데리고 와서 저 난리예요."

"성호는 어디 있소?"

그는 아들부터 챙겨야 한다고 생각했다.

"그애가 왜 문제가 돼요. 당신이 문제지."

"내가 왜 뭘 어쨌게?"

"성호는 친구 집에 들렀다가 온다고 했어요."

그가 하던 일을 팽개치고 집으로 달려가 보니 경찰은 이층으로 올라가는 계단 밑 카펫을 들어내고 있었다. 그들은 개가 냄새 맡고 짖어대는 곳에서 하얀가루가 든 봉지를 찾아냈다. 마약을 피우는 파이프 같은 도구도 함께 찾아 들었다.

"당신을 마약 불법소지혐의로 체포하겠소."

그들은 오대인의 손목에 수갑을 채웠다.

당신은 한때 마약운반을 한 혐의를 받지 않았소?

재판장은 두꺼운 서류뭉치를 들추면서 그에게 물었다.

"아니오."

그는 대답했다.

"증거물도 찾았고 범죄 기록도 있어요."

담당 검사가 말했다. 변호사는 보석을 신청했고 판사는 그것을 받아들이면서 보석금 오십만 달러를 때렸다. 그가 미국에 와서 땡볕의 지붕 위에서 번 돈을 모두 뺏어가겠다는 얘기다. 그는 보석금 회사에서 아내가 가져온 저당권 서류에 사인을 하고 감옥행에서는 일단은 풀려났다. 미국은 일급 살인죄가 아니면 이처럼 보석금으로 인신 구금은 제한하고 있다. 인권의 나라이기도 하지만 사실은 감옥이 늘 만원이기 때문이기도 하단다. 재판 날짜가 통보되는 대로 변호사와 함께 출두하면 되는 것이다. 담당 검사는 그 옛날 정신병원에서 흑인 여성에게 담배 심부름을 해준 사건을 마약사범 전과로 간주하겠다고 고집을 하는 모양이다. 문제는 누가 마루밑창에 코카인 봉지를 감추었느냐는 것이다. 그럴 사람은 성호밖에 없다고 그는 단정을 지었다.

"먼저 살던 사람들이 넣어 둔 것인지도 모르잖아요."

아내는 아들의 신변에 문제가 생길까 벌벌 떨었다.

"애들이 그곳에 가면 무지막지한 죄수들이 성폭행도 마구 한다잖아요"

아내는 그가 아들을 마약 사범으로 고발하고 자신이 빠져 나올 것을 염려하는 모양이다. 한심하고 섭섭한 생각은 나중 문제였다. 중독자인 아들을 그냥 방치해 둘 수도 없는 노릇이었다. 그의 일생일대 이토록 위기감을 느껴본 적은 없을 것이다. 그는 결단을 내렸다.

"성호야!"

"네 아빠."

"내게 말해라. 목숨을 걸고 네 편이 되어 주마."

"절 데리고 어디로 가시는 거예요?"

"오렌지 나무가 울창한 곳으로 간단다. 거기에서 몇 개월만 지내다가 오 너라."

"학교는 어떻게 하고요?"

"거기에 학교도 있어."

"안 돼요 아빠. 그 학교에선 일류대학에 못 가요."

"금년엔 어차피 일류대학에 가긴 글렀잖냐."

"안 돼요. 전 갈 꺼에요."

"고무젖꼭지나 빨고 앉아 벌레하고 놀면서 무슨 수로 일류대학을 가냐."

오대인이 버럭 화를 냈다.

"전 아빠를 이해 못 하겠어요."

"이젠 네가 대학에 들어가도 네 뒷배를 봐줄 힘이 없을지 몰라. 십오 년을 지붕 위에 올라가서 기와쟁이를 노릇을 했다. 남가주의 태양이 얼마나 뜨거 운 줄 아니? 헌 지붕을 벗겨낼 때 흙먼지는 또 얼마나 많이 나는 줄 아니? 그 런데 넌 집에서 뭘 했니? 공부 함네 하고 고무젖꼭지나 빨고 있었잖아. 개똥 벌레나 들여다보면서. 이제 난 능력이 없을지도 모른다. 네가 그 요양소에 들어가서 깨끗해진 다음 우리 집의 가장 노릇을 해야 되겠다. 내가 없는 동 안 엄마를 돌보고…. 안 그러면 나는 물론이고 네게도 미래는 없어. 우리는 물론 망하고 만다. 패배한 인생이 되고 마는 것이야."

그는 너무 흥분해서 무슨 말을 하는 줄을 모르고 소릴 쳐댔다.

"아빠, 전 아무 것도 한 일이 없어요."

"마루창의 그 코카인은 어찌된 거야?"

"무슨 코카인이요?"

"경찰들이 찾아낸 가루약 말이야."

"…?"

"엄마가 얘기 안 하든?"

"무슨 얘기요!"

"그만 두자. 네 엄마는 너를 마마보이로 만든 여자니까. 거기에 가서 신체 검사를 해 보면 당장 알 일 아니냐."

"아빠가 왜 날 그토록 미워하는 줄 모르겠어요."

"내가 널 미워하다니, 난 널 누구보다 사랑하고 있어."

"사랑한다면서 제 말은 믿지 못하시는 군요."

"널 믿지. 그러나 중독자의 말은 못 믿는다. 네가 아니라면 결백을 주장하기 위해 달리는 차에서 뛰어내릴 수 있겠느냐?"

그는 강압적인 방법을 써서 아들을 마약에서 건져주고 싶었다.

"아빠가 원하시면 하겠어요."

"그럼 뛰어 내리거라. 당장!"

그가 홧김에 소리를 쳤을 때 열린 문으로 바람이 휘몰아쳤다.

"사랑해요 아빠…!"

"아. 안 돼!"

그가 본 백미러에서는 공처럼 튀는 아들의 몸뚱이가 굴러온다. 그가 길옆으로 차를 대며 브레이크 페달을 밟았을 때는 아들의 몸은 달려오는 트럭에 받혀 하늘높이 솟아오르고 있었다.

"성호야…!"

그는 구급요원이 아들을 데려간 후 아들 성호의 모습을 보지 못했다. 사인이 밝혀질 때까지는 장례를 치를 수 없다는 게 수사기관의 대답이었다. 시체 해부를 해보겠다는 것이다. 시신을 조각조각 내며 검시를 한다는 것이었다. 아내는 그 자리에서 실신을 해서 응급실로 들어갔다.

그녀는 응급실에서 헛소리를 했다.

"성호야. 난 몰라! 넌 알고 있었지…. 내가…. 네 말을 왜 듣지 못했나 몰라….몰라, 몰라."

그녀는 하염없이 눈물을 흘리며 몸을 떨었다.

오대인 선생은 장의사와 응급실과 검시소를 뛰어 다니느라고 혼이 다 나갔다. 그는 이성으로 정신을 차리려고 벽에 머리를 수없이 찧어 박았다.

"미세스에게서 약물 반응이 나타났어요."

"그렇다면…?"

이번엔 하늘이 그의 정수리로 무너져 내렸다.

경찰차의 셰리프들은 비번 날 여자 친구들과 섹스 하던 이야기로 한창 화제가 달았다. 무전기 속에서는 사건 사고의 현황이 라디오의 중계방송처럼 이어지고 있다. 달리는 경찰차 창밖은 칠흑 같은 어둠 속이다. 오대인은 달리는 차창 밖의 어두운 공간을 응시하고 있다. 병나발을 불었던 선인장 술의 취기로 몽롱했던 정신은 좀처럼 맑아지지 않는다. 속은 이제 감각조차 없다.

"성호야…! 내가 잘못했다. 날 용서해라."

그는 차창 밖의 어둠을 향해 소릴 쳤다.

"시끄러!"

셰리프가 뒷좌석에 대고 소릴 친다. 자신들의 로맨틱한 대화에 방해가 되어서 감정이 상했나 보다. 오대인이 다시 차창 밖을 바라보니 어둠의 공간 저쪽에서 불빛 한 점이 날아오고 있다. 그건 필시 이 벌판 숲 속에서 길을 잃은 발광체 곤충 개똥벌레가 달리는 차의 헤드라이트를 향해 날아드는 것 모습일진대 그게 꼭 어둠 속을 헤매는 아들의 혼령 같다는 생각이 든다.

"성호야. 성호야!"

그는 목소리를 더욱 높인다.

"네, 아빠."

차창 밖의 개똥벌레는 윙— 하면서 차를 따라 온다. 이처럼 빨리 달리는 차를 따라 오려면 얼마나 날개를 재게 놀려야 할까… 그는 가슴이 메어지는 듯 안타깝다. 사람이 죽으면 다른 생물로 환생(幻生)한다더니 반딧불을 좋아하던 아들이 개똥벌레로 다시 태어난 듯하다. 그는 아들과 함께 있고 싶다.

"성호야 이리 들어올래."

"아빠. 그런데 유리창이 꽉 막혀 있잖아요."

벌레는 윙— 소리를 내며 창에 와서 부딪친다.

"그렇구나. 유리문을 열어주면 되겠구나. 잠깐만 기다려라."

오대인은 그럴 수 없이 부드럽게 말을 해줬다.

"아빠. 어서 문을 열어 주세요."

그러나 오대인 선생의 두 손은 뒤로 돌려져 수갑으로 묶여 있다.

"오냐. 내가 문을 열어 주마."

"아빠아. 아빠가 문 열고 나오면 안 돼요?"

"그래 내가 나가마."

언제부터인가 그의 의식 속에선 발광체 벌레가 자라고 있다는 생각이 들었다. 그놈이 밖으로 나오려고 왱왱거리는지 그의 몸 전체가 근질거렸다. 그는 몸을 비틀며 소리친다.

"이 문 좀 열어요.! 문 열어. 문 열어! 문 열어!"

그는 발광한다.

"컴 다운! Calm down(진정해!)"

운전석의 셰리프가 소리를 친다.

"아빠아."

"이 창문 열라구! 열어. 열어."

"쌋압. 갓떼밋! (Shut up. Goddammit.)"

셰리프가 또 소리를 친다. 어둠 속에서 아들의 혼령은 계속 윙윙대고 있다. 그의 내부에서 다른 벌레도 윙윙댄다. 오대인 선생은 머리로 유리창을 들이받는다. 차 유리는 쉽게 깨지지 않는다. 거미줄처럼 금이 간 유리창은 날선 유리조각들이 엉겨붙어있을 뿐이다. 그는 뒤로 몸을 젖혔다가 링 위에서 레슬링 선수가 박치기를 하듯 앞이마로 힘껏 차창을 받아버린다. 유리창이 우지끈 한다. 어둠 속에서 잠자던 칼바람이 거세게 차안으로 흘러든다.

"오 마이 갓.(Oh my God.)"

"유 크레이지.(You crazy.)"

셰리프들의 놀란 소리가 들린다. 한 셰리프가 무전기를 든다. 그는 다급하게 보고한다.

"음주운전 용의자를 연행하던 중 사고가 났음. 용의자는 달리는 차안에서 차창을 들이받았음. 깨어진 유리창에 머리 손상을 입은 듯함. 구급차를 빨리 보내주기 바람. 여기는 필모아 하이웨이선상임. 오버."

오대인 선생의 이마에선 피가 솟는다. 깨어진 차창은 피로 물든다. 한 셰리프가 트렁크에서 구급함을 들고 나온다. 또 한 셰리프는 손전등을 비춰 오대인의 이마에서 흐르는 핏줄기를 바라보고 서 있다. 구급함을 들고 나온 셰리프는 고무장갑을 끼면서 피투성이의 오대인의 머리를 어이없이 바라보고 서있다. 그들은 자신의 머리위로 두 마리의 발광체 곤충이 날아오르는 모습은 보지 못한다. 하얀 달빛이 오렌지 꽃그늘 위로 내려앉아 어둠 속에 날아가는 발광체 벌레들을 내려다본다.

구급차의 번쩍이는 불빛이 사이렌을 질러대며 달려오고 있다.

브리스틀콘 소나무

프리웨이에서 멀리 떨어진 외딴집에 한 노인이 살고 있습니다. 그는 매일같이 현관 앞에 나와 누군가를 기다리고 있답니다. 우편집배원을 기다리는 것입니다. 우편집배원은 매일 한 번씩 편지를 배달해 주고 갑니다. 그런데 왜 새삼스럽게 요즘에 와서 그를 기다리게 되었는지요.

그 이유는… 사실, 노인은 집배원을 기다리는 것이 아닙니다. 노인의 기다림은 집배원이 가져오는 편지였습니다. 아니, 노인의 기다림은 편지가 아닙니다. 노인이 기다린 것은 소식이었습니다. 먼 곳에서 오는 소식…. 그런데 요즘의 집배원은 광고지만 한 아름씩 가져옵니다. 오늘날 우리사회에서는 편지로 소식을 보낼 사람이 없어졌습니다. 요즘은 먼 곳에서의 소식이 인공위성을 타고 전화기를 통해 음성으로 옵니다. 아니면 이메일을 통해 모니터로 오기도 합니다.

노인은 귀가 어두워서 전화 소리를 잘 듣지 못합니다. 노인은 컴퓨터를 모르니 이메일도 모릅니다. 그래서 노인은 편지가 오기를 기다리고 있나 봅니다. 그보다도 사실, 노인에게 편지를 보낼 사람은 이 세상에 아무도 없습니다. 저는 이제 그 노인을 위한 소설을 이렇게 씁니다.

프리웨이에서 약간 떨어진 조그만 외딴집에 한 노인이 살고 있습니다. 실은 노인이 사는 집은 작고 외딴집이 아닙니다. 노인의 집은 그리피스파크 서북쪽 언덕위의 부촌입니다. 아래윗집이 모두 대저택이어서 노인의 집이 작은 외딴집 같아 보이는 것입니다. 코끼리 틈에 황소가 작아 보이는 것처럼 말입니다. 코끼리 틈이 아니라면 황소는 큰 동물로 보일 것입니다.

대저택들은 콘크리트로 담장을 높이 쌓아 올려서 마치 감옥의 담장 안에 사는 사람들 같습니다. 대저택에 사는 사람들은 대문이 각기 몇 백 미터 쯤 떨어져 있어서 옆집에 누가 사는지 잘 모릅니다. 가끔 산책을 하기 위해 대문 앞에서 이웃을 만나도 그냥 길을 지나가는 사람인 줄 압니다. 겨우 '하이' 하듯이 손을 흔들 뿐입니다. 그래서 노인은 외딴집에 산다고 생각합니다. 노인은 집 포치에서 건너편 산등성이 솔밭에 싱싱한 송이버섯처럼 솟아있는 그리피스파크의 천문대 지붕인 돔을 보는 것이 요즘의 일과 중에 하나입니다.

그리피스파크는 로스앤젤레스의 시립공원입니다. 울창한 숲이 많은 이 공원은 4천 에이커가 넘는 규모랍니다. 1에이커가 4천 평방미터라니, 그래도 공원의 크기는 짐작이 안 갑니다. 다만 이 공원은 산과 들, 계곡과 평원 몇 개를 포함한 크기의 규모라고 막연히 설명할 수는 있겠습니다. 그렇습니다. 노인은 수사학적으로 공원의 크기를 설명하기가 어렵습니다. 그냥 이 공원에는 18홀 골프장이 2개, 9홀 골프장이 2개, 테니스장이 몇 개, 끝없이 넓은 피크닉 잔디 벌판이 여러 개, 동물원과 식물원, 박물관, 승마장, 천문대, 대극장 등등, 그리고 산정상까지 오르는 수많은 코스의 등산로, 오솔길… 수십 종의 나무와 숲이 어우러져 있는 곳이라고 설명은 할 수는 있겠습니다. 노인은 식물도감을 펴들고 그리피스 파크의 나무 종류들을 찾아봤습니다. 산타루치아 전나무를 비롯해, 파라솔 전나무, 하늘 높이 큰 키의 시더(cedar), 사이프러스, 주니퍼 등이 사면팔방으로 나 있는 공원 진입로의 가로수로 자리 잡고 있습니다. 그 이외에 금송, 해송, 낙락장송의 소나무와 사철 단풍, 동백, 유칼립투스, 그리고 가을에 잎이 지는 시카모, 노인의 고향 집 마당에서 시원한 바람을 몰고 오던 동종인 떡갈나무, 한국의 산에 많이 자리 잡고 있는 리기다소나무, 기타 등등…. 노인은 눈이 침침해져서 안경을 고쳐 쓰고 식물도감을 접다가 "별별 나무가 다 있는데 브리스틀콘 소나무는 없군." 하고 혼잣말을 했습니다. 반만년의 수령을 자랑하는 나무인 괴목이 브리스틀 콘 소나무입니다. 노인은 저 언덕 아래 숲속을 바라봤습니다. 그의 눈에 들어온 정글은 리기다소나무 군락입니다. 아무 곳에서나 잘 자라는 속성수. 요즘은 이 나무의 황갈색 솔 꽃이 한 가지에 암수로 어울려져 씨받이가 한창입니다. 이 나무는 아무 곳에서나 잘 자라는 대신 재질이 약해 목재로는 부적합하다는 것을 노인을 알고 있습니다. "땔감에는 좋겠지." 노인은 그 나무 군락지를 향해 눈을 흘겼습니다. 그 이름이 리기다라는 발음 때문에 사람들은 일본이 원산지로 알고들 있지만, 사실은 미국이 원산지이기도 합니다. 노인은 한국의 산야를 마음속으로 바라봅니다. "전쟁 때 벌거 벗은 산을 급하게 녹화하려고 번식력이 강한 나무를 마구 심었을 테지." 노인은 그때를 생각해보면 머릿속이 겉모습처럼 하얗게 탈색되는 것 같습니다.

젊은 장교 시절이었습니다. 폭풍이 몰아치듯이 엄청나게 쏟아지는 포화 속에서 그리고 쌕쌕이가 퍼붓는 불 폭탄 속에서 활활 타들어가던 아름다웠던 산야. 아까운 금수강산이었습니다. 전쟁이 휴전으로 잠시 멈칫한 시기에는 도벌꾼들이 마구 베어내서 금수강산은 벌건 불모지가 되었습니다. "그때 산림녹화를 위해 그린벨트 제도를 강행한 것은 잘한 정책이야."

노인은 자기의 생각을 혼잣말로 독백해 봅니다. 이제 한국의 산야가 어지간히 푸른 숲으로 우거졌으니 다른 고급 종류로 나무를 많이 개종할 때가 왔다는 여론이 왜 없을까. 노인은 그런 여론이 인다면 지지해주고 싶다는 생각을 했습니다. "그래, 땔감밖에 안 되는 리기다소나무보다 단단하고 천년만 년 사는 신비의 나무가 좋지. 바위가 많은 한국의 산엔 브리스틀콘 소나무가 살아가기 좋을 텐데…."

노인은 미국으로 이민 와서 반생을 살고 있지만 늘 한국에 대한 연민으로 걱정이 태산이었습니다. 하여간에 그리피스 파크는 엄청난 규모의 시민 위 락시설을 갖춘 세계적인 공원입니다. 이런 규모의 대지가 그리피스 젠킨스 그리피스(Colonel Griffith J. Griffith)라는 미군 대령 출신이 로스앤젤레스 시에 기증함으로써 탄생됐습니다. 백이십여 년 전이었습니다. 일개 육군 대 령출신이 이처럼 큰 덩어리의 재산을 시민들에게 기증했다니…. 자신은 별 을 단 장군 출신인데도 해놓은 게 무엇이란 말인가.

노인은 이 공원 산책로를 거닐 때마다 얼굴에 벌레가 기어가는 것처럼 낯 간지러운 자괴감을 느꼈습니다. 조국에 대해 미안한 생각도 들었습니다. 송 구스러웠습니다. "그리피스 대령은 금광을 해서 돈을 엄청 벌었기 때문이 야"라고 자신을 변명해보기도 했습니다. 그러나 국민 대중을 사랑하는 마음 이 없었다면 그런 결심을 할 수 있겠는가, 란 생각도 들었습니다. "우리네는 재산이 좀 있으면 자식에게, 손자에, 자손만대로 제 새끼들에게 물려주기 위해 온갖 편법을 다 쓰지 않는가. 어리석은 놈들. 자식들 못난이 만드는 일 들이지. 남의 얘기하면 뭐하나. 나 자신도 미국으로 이민 와서 그때 모은 재 산으로 무위도식 하며 반생을 편하게 잘 살아가고 있으면서…."

노인은 자신의 뒤를 돌아봅니다. 대령 십년 다는 동안 죽음의 문턱을 생 쥐가 꿀단지에 드나들 듯하며 전투장에서 헤매면서 딴 별이었습니다. 헌데 아쉽게도 정치력 결핍으로 그 별이 더 버티지 못하고 2개에서 떨어져버렸 습니다. 빽이 모자라서였다고 아쉬움을 달래곤 했습니다. 그 대신 군납업을 해서 상당한 돈을 벌었습니다.

노인은 여기에서 자신도 모르게 생각이 반전되었습니다. 육사를 수석으로 졸업한 외아들은 월남전에 가서 전사했습니다. 그 소식은 우편배달부가 전보로 가져왔습니다. 외동딸은 시집을 잘 가서 사위가 자신의 사업을 이어 받아 크게 키워나갔습니다. 그런데 예상치 못했던 군부의 권력이 바뀌면서 사업이 졸아들었습니다.

"한국은 경쟁이 심해서 편법을 모르는 이들은 고전을 하지."

하며 사위를 위로해줬습니다. 하지만 너무들 한다는 생각이 분노를 일으키기도 했습니다. 더 슬픈 것은 외동딸이 어미의 유전인자를 닮아선지 40이 되기 전에 유방암으로 저 세상으로 먼저 갔습니다. 그 소식은 전화선을 타고 왔습니다.

그후 딸 없는 사위에게서는 소식이 뜸해졌습니다. 요즘은 무소식이 희소식이란 말을 곱씹으며 살고 있지만, 요즘 와서는 자신이 한 행위 때문에 그들이 지상의 심판을 받는 것 같기만 합니다. 무슨 죄를 지었기에 라고 따지자면 사는 게 죄라고 대답할 수밖에 없을 것입니다. 한때는 외손녀가 어학연수차 노인에게 와서 함께 살았습니다. 한 6개월 정도쯤이었습니다. 작은 집이라고 하지만 방이 다섯 개입니다. 외손자마저 와도 넉넉했을 것입니다. 그때는 노인이 고희 전이어서 근력도 있었습니다. 그애들의 운전수 노릇도 가능했을 것입니다.

손녀가 어학연수를 그토록 빨리 마칠 줄은 몰랐습니다. 그애는 서둘러 동부의 아이비리그로 떠났습니다. 한국에서 자란 아이들은 노인에게 얄밉도록 싹싹했습니다. 정말 눈에 넣어도 아프지 않다는 말이 실감났습니다. "애들 교육은 잘 시켰군." 노인은 딸 없는 사위가 대견했습니다. 그 한때는 행복하기도 했습니다. 지금은 그 손녀가 우주공학박사 학위를 따서 코넬대학에서 강의를 한다는 소식을 들었습니다. "미국의 대학교수는 무지 바쁘다며, 바쁘니까 소식을 못 전하겠지만, 내가 컴퓨터를 안다면 이메일로 안부를 자주 올리고 있겠지." 노인은 스스로를 위로했습니다. 그 후 노인의 심정은 한

밤중에 이유 없이 울타리가 무너진 듯이 허전해졌습니다. 참으로 견디기 어려웠습니다. 아내가 떠날 때도 그토록 헛헛하진 않았던 것 같았습니다.

"사람은 헤어지려고 태어났고 또 만나면 헤어진다더니 시간이 약인가."

노인이 젊었을 때는 키가 훤칠하게 크고 꼿꼿한 자세의 폼 나는 꽃미남이었습니다. 사관생도 시절에는 국기를 든 기수로 행군 앞에서 리드하는 향도였습니다. 지금은 어떤가? 머리가 눈처럼 하얗게 센 백발에다 눈썹마저 하얗습니다. 어깨도 굽었고 키도 5센티나 줄었습니다. 이제는 시쳇말로 9학년생이 되었습니다. 총알처럼 보이지 않게 지나간 세월이었습니다.

노인은 하얀색 철책 게이트에 이어진 울타리에 흐드러지게 핀 핑크 재스민에서 흘러나오는 향을 흠뻑 들이켜 봤습니다. 향이 진했습니다. 정원엔 장미와 더불어 철쭉도 활짝 피었습니다. 노인의 후각은 아직 늙지 않은 것 같았습니다. "4월이 왔군." 노인은 멀리 보이는 그리피스 천문대를 바라보았습니다. 파라솔 전나무 숲 사이로 보이는 천문대의 돔 위에 흰 구름이 두둥실 떠돌고 있었습니다. "이반 쉬 스킨의 그림이 따로 없군." 노인은 혼잣말을 하며 아이스티와 쿠키 몇 점을 포치에 내어놓고 천문대의 돔을 다시 봤습니다. 어느새 구름은 흘러가 버렸고 파랗게 빈 하늘만이 눈을 부시게 했습니다.

그리피스 천문대는 로스앤젤레스 다운타운을 비롯해 저 멀리 롱비치 시까지 바라보이는 높이에 서 있습니다. 이 천문대에는 세계에서 가장 크다는 천체 망원경을 비롯해서 하늘의 별자리와 우주선 행로 등 천체관도 자리하고 있습니다. 노인은 그 천문대의 테라스에서 얽힌 사연 속에 빠져들었습니다. 그때 일을 생각해보면 지금도 가슴이 오그라드는 듯합니다.

"천문대 건물 주위를 빙글 도는 테라스에서 바라보는 로스앤젤레스시의 야경이 일품입니다."

평통(민주평화통일 자문위원회)모임에서 만난 한국회원이며 여류시인에게 야경 이야기를 말한 게 실수였습니다. 여류시인은 정서적인 감동에 빠져선지 노인의 가슴에 머리를 기대고 있었습니다. "참 아름답네요. 말로 표현이 안 돼요. 저절로 떠오르는 시상으로 묘사해야 하겠어요."라고 여류시인이 말했습니다. 노인은 그 감상적인 분위기 때문에 산타모니카 바다 쪽에서 유성별 하나가 하얗게 사라지는 게 보이지 않았습니다. 그 시간에 암 투병 중이던 노인의 아내가 숨을 거둔 것이었습니다. 하루 24시간 중 10시간 이상을 그녀의 병실을 지켰었는데 이별의 순간을 보여주고 싶지 않았나 봅니다.

"조금만 기다렸다 가시지."

2년 동안 병상에서 힘들어 하던 모습을 보며 지내던 노인도 지치긴 했습니다. 오랜 군대 생활을 하며 전방으로 후방으로 보따리를 싸들고 전전하며 따라다니던 아내였습니다. 노인은 그때를 생각하면 지금도 가슴이 무겁습니다. 여류시인은 한국에 돌아가 하늘의 별 밭과 땅의 별 밭을 노래한 시를 편지로 보내왔습니다. 야경을 보여준 감사의 편지였을 것입니다. 공교롭게도 편지 온 날은 아내의 49제를 지내는 날이었습니다. 그는 잘 받아 읽었다는 답장을 하지 않았습니다.

노인은 포치에 놓인 의자에 앉아 버릇처럼 천문대의 둥그런 돔을 바라봤습니다. 그 안의 세계에서 가장 크다는 천체망원경을 바라볼 때 미사일의 포신 같다는 생각을 했습니다. 그 망원경의 포문이 자신의 가슴으로 향하고 있다는 생각이 들기도 했습니다. 수억만 리 밖의 별을 보는 기능이기에 자신의 은밀한 생각인들 왜 못 보겠는가. 우주과학자인 손녀도 그런 망원경을 볼까? 그러겠지.

그는 요즘 '허태용이 허 장군을 찾는다.'란 문안 아래 자신의 주소를 알리는 광고를 여러 차례 냈습니다. 왜 그런 미스터리 같은 광고를 냈을까. 자신도 그 이유를 모르고 한 일 같기만 했습니다. 왜 그랬을까? 노망…? 긴장…?

그런 생각을 하며 그는 쓸쓸한 눈길로 천문대를 바라봤습니다.

근래 한국에서 남과 북이 첨예하게 대립하며 전쟁 분위기가 높아지고 있습니다. "전쟁은 안 돼!" 전쟁터에서 청년기를 보낸 노인의 추억 속엔 한 맺히고 끔직한 사연들이 가득히 차있습니다. 특히나 공비토벌 중대장 시절엔 저격수의 총알을 어찌 피하느냐로 전전긍긍했습니다. 그리고 군인으로서 국가와 민족을 위해 유능한 인간사냥꾼이 될 수밖에 없었습니다. 추격자와 숨는 자는 삶이 목숨을 건 투쟁이었습니다. 그 일들이 흑백 비디오테이프로 차곡차곡 쌓여 가슴 한구석에 웅크리고 있는 듯합니다. 하얗게 눈 덮인 산하에서 추위와 굶주림으로 덜덜 떨다가 공비의 총에 맞아 죽어간 전우들의 군번표를 한 움큼 걷어쥐고 허탈해 하던 때도 많았습니다. 생포한 공비들의 말라빠진 몸에 즉결 처분을 할 수밖에 없었던 임무를 수행할 때도 있었습니다. "살려주시오 제발." 애꾸눈의 늙은 공비가 두 손으로 빌었습니다.

"탕…!"

"넌 몇 살이냐? 열여섯?"

"그냥 죽이거라. 열일곱."

"탕…!"

"김 중사, 내 사살 명령이 안 떨어졌잖아!"

"이걸 보고 말씀하시오."

나이 많은 분대장은 개표 꾸러미를 그 앞으로 던지며 돌아섰습니다. 그런 반추는 차라리 눈물이고 아픔이었습니다. 그 아픔의 상처가 육십여 년이 지난 지금까지도 아물지 않았단 말인가. 가슴에서 뇌리로 이어져 선명하게 그려졌습니다. 물보다 진한 핏줄끼리….

'왜! 왜?' 지위관이 아닌 잔당들을 슬금슬금 놓아주지 못했을까. 처벌이 무서워서일까. 훈장 때문일까. 군무에 충실하기 위해서일까. 인간의 생명을 귀하게 느껴지지 않아서 일까. 전쟁터에서 군인은 적을 사살하는 사명감과 의무만이 있어서일까? 어찌하여 이 민족의 운명은 이처럼 모질단 말입니까? 하늘에 대고 외쳐보고 싶기도 했습니다. 미국과 중국 틈에서, 소련과 일본 틈에서 한민족의 운명은 참 어렵다는 생각을 늘 했습니다. 마치 코끼리들 틈에 서 있는 황소가 문제인가. 황소가 왜 코끼리 틈에 살아야 하는지 그 해답을 찾아야 할 것입니다. 그런 생각을 하면 갯벌에 빠진 두 발처럼 이쪽 다리를 빼면 다른 쪽 다리가 빠져서 자신이 시지퍼스의 신화 속에 사는 것 같기만 했습니다.

해가 서쪽으로 방향을 돌릴 때쯤 해서 집배원의 차가 노인의 집을 향해 언덕을 올라오고 있는 게 보였습니다. 노인은 철제 게이트의 리모컨을 눌렀습니다. 게이트가 빈 기차 굴러가는 소리를 내며 옆으로 열립니다. 집배원이 비둘기 집처럼 철문 옆에 붙여 놓은 메일 박스에 우편물을 넣기 전에 자신이 직접 받아들기 위해서였습니다. 아니, 노인은 집배원과 잠시라도 이야기가 하고 싶어서였나 봅니다. 노인은 포치의 의자에서 일어나 집배원 여인을 맞이하려고 기다렸습니다. 그는 마음속에 맺힌 이야기를 누군가와 나누고 싶어 목말라 하고 있었다. 미국 우체국의 담청색 유니폼을 입은 집배원은 네모난 우편 차에서 내려 터벅터벅 걸어서 노인의 집 정문으로 들어섰습니다. 페퍼 엔 쏠트의 머리색이 우아한 여인 집배원 로사 박입니다. 그녀는 허리춤에 찬 수건을 뽑아 목덜미의 주름 사이로 흐르는 땀을 찍습니다. 그녀가 처음 노인의 집에 우편물 배달을 왔을 때는 검은 머리에 가슴이 팽팽한 중년의 여인이었습니다. 중키에 가무잡잡하고 갸름한 미모의 얼굴형이어서 노인은 그녀가 동남아 태생인 줄 알았습니다. 미국의 우편공무원은 동양 사람이 많았기 때문입니다.

노인이 "땡큐" 하니까 그녀는 활짝 웃으며 "저 한국인이에요."라고 했습니다.

"아, 반가워요. 그런데 아주 어렵다는 우체국 시험에 어찌 합격을 했는고?"

노인을 그게 궁금한 게 아니라 집배원 여인과 좀 더 긴 얘기를 하고 싶었나 보았습니다.

"그때는 우체국 시험 학원이 있었지요. 거기에서 문제집을 받아다가 죽자고 외웠어요."

그녀도 이 점잖은 노인과 말을 통하고 싶어 했나 봅니다.

"남편과 리커를 하다가 그가 중풍에 걸렸죠. 그래서 가게를 팔고 우체국엘 들어갔어요."

그녀는 노래 부르듯이 말에 리듬을 넣어 쏟아냈습니다. 이민자들은 누구나 말에 굶주려 있나 봅니다.

"고생이 많겠구려."

노인이 위로의 말을 했습니다.

벌새 한 마리가 날개를 재게 놀리며 그들 사이를 스쳐가 재스민 넝쿨 위에서 공중 정지를 해 있었습니다.

"저런…!"

노인은 꿀 한 점 빨기 위해 날개를 저리 재게 놀려대야 하는 구나 생각하며 여인을 봤습니다.

"우리네의 삶도 벌새의 날갯짓처럼 분주해요."

그녀도 벌새의 잰 날갯짓을 보면서 말했습니다. 그 작은 존재는 그들의 대화를 끊어놓고 핑—하고 허공 어디론가 사라져 버렸습니다. 여인은 또 다른 집에 우편물을 전하려고 노인의 집에서 나섰습니다. 노인은 서운한 마음으로 우편차로 걸음을 옮기는 그녀의 뒷모습을 바라봤습니다.

"집배원은 종일 발품을 파는 직업이야. 집에 가면 또 몸이 불편한 남편을 돌보겠지."

노인은 그녀가 안쓰러웠습니다. 잠시의 틈으로 고객의 집에 서서 대화를 해주는 여유로움의 그녀가 고마웠습니다. 그녀와의 만남은 그렇게 시작됐습니다. 십년의 세월은 됐을 것입니다. 그동안 그녀는 이 집에 우편물을 가져오면서 이야기 한 자락을 펴놓고 가곤 했습니다. 한동안은 보이질 않아 궁금했었습니다. 그녀 대신 오는 필리핀계 남자에게 물어보니 그녀가 남편 상을 당했다고 말해줬습니다. 노인은 말없이 천문대의 돔을 바라봤습니다. 그 돔 안에는 별을 바라보는 시설들로 가득 차 있다는 걸 그는 압니다. 그래서 어쨌다는 걸까? 노인은 인간이 부질없는 일들을 많이 한다고 생각했습니다. 그러나 하늘의 별을 보는 일이 부질없는 일은 아니라는 것도 그는 알고 있습니다.

그다음 주에 그녀는 또 우편물을 한 아름 안고 터벅대며 힘들어 보이게 걸어서 노인의 집 안 포치 앞까지 들어왔습니다.

"오랜만에 오면서 광고지만 한 아름 안고 왔구려."

노인은 일부러 농을 걸어봤습니다. 그녀는 그걸 농으로 받아들이지 못했나 봅니다. 눈이 젖어 있었습니다. 노인은 그녀를 포용해줬습니다. 그녀는 노인의 가슴에 안겨 흐느끼다가, "남편이 결국 죽었어요."란 말을 남겨 놓고 갔습니다. 노인은 남편을 잃은 사람의 마음을 아프게 한 말실수를 자책했습니다. 덕담을 해주어야지 왜 그런 농담을 했을까 하고 후회도 했습니다. 그러나 한편 그녀로서는 부담 하나를 덜었겠지 하는 생각도 했습니다. 그날 노인은 천문대 지붕을 바라보며 브랜디를 몇 잔 마셨습니다. 돔이 파란 하늘에 떠있는 외딴섬 같아 보였습니다. 그리고 며칠 동안 노인의 집 게이트가 열려 있지 않았습니다. 집배원 여인은 하는 수 없이 비둘기 집같이 생긴 우편함에 광고지뿐인 우편물을 넣고 갈 수밖에 없었습니다. 노인은 오랜만에 마신 독주로 위장에 탈이 났습니다. 그리고 사월이 된 것입니다.

"어머, 재스민이 피었네. 아, 이 향기야. 이 집이 꼭 향수공장 같네요."

그녀는 포치 앞까지 와서 우편물을 한 아름 노인에게 건네며 활짝 웃었습니다.

"날씨가 화창해졌지요."

노인이 미소 지으며 말을 받았습니다.

"저게 활짝 피면 4월이 온 걸 알려준다는 거래요."

노인은 피로한 기색을 감추려고 먼 곳을 바라봤습니다. 여인은 노인이 쇠약해진 것을 재빨리 눈치 챘습니다. 그래서 짐짓 밝은 음성으로 말했습니다.

"재스민은 냄새만 좋은 게 아니라 팝콘같이 보여서 따먹고 싶어지네요."

여인이 재스민에서 눈을 떼지 않으며 말했습니다.

"땀 들이는 아이스 티 한 잔 들고 가구려?"

노인은 포치에 준비한 스낵 쪽으로 걸음을 옮겼습니다.

"쿠키 하나만."

집배원 여인은 과자를 집으며 노인을 바라봤습니다.

"내가 쿠키를 잘 구워요."

노인이 말했습니다.

"우와, 할아버지가 직접 구우신 거예요?"

여인은 목소리를 높여 과장했습니다.

"간단해요. 봉지에 든 쿠키 가루를 잘 개어서 틀에 담은 후 오븐에 넣으면 되지."

여인은 쿠키 하나만 하고 아이스티도 따랐습니다. 이제 스스럼이 없어졌다는 증거였습니다.

"오늘은 무슨 소식을 가져 오셨지?"

노인이 받아든 한 아름의 우편물은 여전히 광고지와 무가지 그리고 지방신문뿐입니다. 노인의 천문대 돔쪽으로 시선을 보냈습니다.

"그때 그 여류시인에게 짧게나마 답장을 해 줄 걸."

노인은 세월이 한참 지난 후에 아쉽다는 생각이 들었습니다. 그녀가 지금껏 살아있을까? 살아 있다 해도 아마 고희는 넘었겠지….

"한국에서 전쟁이 터질까요?"

집배원 여인이 선 채로 냉차를 한 모금 마시며 뜬금없이 물었습니다.

"글쎄요…."

노인은 갑작스러운 질문에 어찌 대답해야 할지 얼른 생각이 나지 않았습니다.

"북한이 삼 일이면 전쟁을 끝내고 남한을 해방시켜 준다고 큰소리를 쳤어요. 이쪽에선 선제 타격도 가능하다고 했고요."

이 말을 한 여인은 노인의 눈치를 봤습니다. 그녀는 노인이 한국의 장군 출신이라는 걸 알고 있었습니다. 그래서 눈치를 본 것입니다. 한국전쟁 때는 근대적인 전쟁을 했는데도 전 국토가 쑥밭처럼 초토화됐고 몇 백 만에 가까운 인명이 화를 입었지. 과부와 고아들, 가장이 없는 가정들, 집 잃은 피난민들…. 노인은 속으로 그리 말하고 싶지만, "지금 전쟁이 벌어진다면 한반도는 공중분해가 될 것이야."

노인은 웃음기 가신 여인의 표정을 보며 조심스럽게 말했습니다.

"전 그때 3살이었는데 아버지가 빨치산에게 끌려가서 돌아오지 못했대요."

그 얘긴 언젠가도 들은 리바이벌이었습니다. 그렇다면 "그도 빨치산이 되었을 것이야." 하고 노인은 속으로 말했습니다.

"우리 집 소를 끌고 가면서 보리 가마를 아버지에게 지워서 끌고 갔대요. 그런데 못 돌아오시는 걸 보면 그자들이 죽였겠지요?"

여인은 자신의 어린 시절의 아픔을 남의 말하듯 했습니다. 노인은 그녀가 어린 시절부터 가난하게 살았을 것이란 것을 의식해 봤습니다. 지금은 머리가 희끗희끗한 나이에 우체국 차를 몰고 다니며 일을 하는 고단한 삶을 이어가고 있습니다. 노인은 그런 생각을 하니 여인이 안쓰러워 보였습니다.

"고생을 낙으로 알고 사셨겠지."

노인은 그녀의 고단한 삶을 위로해 주고 싶었습니다.

"엄마는 혼자 살다가 시골의 부잣집으로 시집을 갔어요. 제가 9살 때에 요."

그녀는 핑크재스민 넝쿨 쪽으로 시선을 둔 채 신산했던 어린 시절의 얘기를 정말 아무렇지도 않게 말했습니다. 노인은 속으로 생각했습니다. 전쟁의 상처가 얼마나 큰지 그대는 모를 것이라고…….

"그때는 잘 살았어요. 시집도 잘 갔고요. 미국이 좋다 해서 이민 오면서 고생 쎄빠지게 하지요. 우체국 시험이 얼마나 까다로운지 몰라요. 그래서 죽기 살기로 공부해서 붙었다니까요."

"대단해요. 자랑스럽고……."

노인은 자기 얘기보다 여인의 얘기를 들어주는 수동형이 되어 버렸습니다. 노인은 이런 시간이 자기의 얘기를 하는 시간보다 더 귀중하다는 생각을 했습니다.

"내근보다 밖으로 나다니는 배달부 노릇이 편해요. 한국인 부수퍼바이저가 독사예요. 동족끼리가 더 지독하구요."

그 말을 남기고 집배원 여인은 게이트 쪽으로 나아갔습니다. 노인은 시간의 아쉬움으로 그녀의 뒷모습을 보고 있었습니다. 여인은 가다가 되돌아와서 숨찬 목소리로 말했습니다.

"그런데 물어볼 말을 잊었어요."

노인은 의아해서 그녀의 입을 바라봤습니다. 그녀는 좀 뜸을 들이다 말을 이었습니다.

"허태용이 허 장군을 찾는다라는 신문 광고를 봤어요. 그게 무슨 뜻이에요?"

노인은 웃음기를 머금고 여인을 바라볼 뿐이었습니다.

"무슨 사연인지 여쭈어 보려다가 내 얘기만 하느라 잊곤 했어요."

노인은 대답해 줄 말을 찾는지 우물거렸습니다.

"그냥 궁금해서요. 자신이 자신을 찾는다는 내용 맞나요?"

노인은 자신의 주소를 누군가에게 알리고 싶었다,라는 말을 하지 않았습니다. 그냥.

"인생의 종점에 다다른 내가 자신이 누구인가 그게 알고 싶어서야" 하고 말은 했지만 그게 옳은 대답이 아니라는 걸 노인을 알고 있었습니다.

"참 낭만적이시네요. 그런데 광고지 배경에 고목나무 사진은 뭘 의미하는 거예요?"

그 말에는 노인이 불쑥 대답을 했습니다.

"브리스틀콘 소나무."

"무슨 소나무요?"

여인이 반문한다.

"브리스틀콘이란 이름의 소나무인데…, 이는 마치…."

여인은 소나무에 대해선 관심이 없나 봅니다.

"한 집 남은 편지를 빨리 전해주고 돌아가야 해요."

그녀는 돌아서다가 말을 이었습니다.

"참, 그리고 전 다음 주에 리타이어 해요."

여인은 아이들이 과자를 조금씩 아껴서 떼어먹듯이 이야기를 나누어 하고 있었습니다. 여인은 노인의 광고를 로맨스그레이의 은빛 짝을 찾는 것으로 이해하면서 이렇게 말했습니다.

"딸네 집 손주들을 봐 줄겸 피닉스로 갈까 하구요."

노인은 하얀 눈썹을 찡그렸습니다.

"거긴 말할 수 없이 덥다는데…."

내 집에 방이 여럿 있는데…라고 하려다가 대신 한 말이었습니다.

"그게 제 노후 준비에요."

여인은 우편함 차를 타고 떠났습니다. 노인은 그녀를 다시 만날 수 있는 기회가 몇 번 안 남았겠구나 생각했습니다. 그리고 그녀가 자신이 한국전쟁 때 한 일에 대해서 묻지 않는 게 다행인지 모른다는 생각을 했습니다. 그가 공비토벌 중 즉결 처분한 여러 명의 빨치산 중에 그녀의 아버지가 끼어 있을지 모른다는 생각이 들었기 때문입니다.

"그렇다면…."

노인은 집배원의 차가 모퉁이를 돌아가자 천문대의 돔을 바라봤습니다. 그녀는 이미 자신의 행적에 대해 검증을 끝내지 않았나 하는 의아심도 들었습니다. 천체망원경이 자신의 가슴을 향해 방향조정이 되었다는 생각이 다시 들었습니다. 사실 노인이 기다리는 사람은 집배원 여인이 아닙니다. 한국의 여류시인도 아닙니다. 그가 기다리는 사람은 그 자신에 의해서 희생됐을 사람들의 후손 중, 역사의 진실을 알아내려고 하는 그 '이'들입니다. 아마도 집배원 그녀가 바로 그 '이'일 수도 있겠습니다.

"그렇다면 어찌해야 하는가?"

그 생각이 미치자 노인은 당황해졌습니다. 사실 40년 전에 미국으로 도망치듯이 올 때에는 그들 중 그 '이'가 자신의 정체를 알고 보복을 하려고 달려들면 어쩌나 하는 두려움이 컸습니다. 그런 공포를 반평생 느끼며 살았다고 해도 과언이 아닐 것입니다. 그러나 지금은 생각이 달라졌습니다. 한국이 올바른 역사 위에서 미래를 향한 길을 찾는다면 오늘날의 전쟁 불안은 예방할 수 있을 것 같습니다. 요즘 와서 깨달음처럼 그 생각이 점점 깊어졌습니다. 그래서 신문광고에 자신의 주소를 공지하고 있는 것이었습니다.

"그 누군가가 찾아오면 사과하고 용설 빌어야지."

용서 말고 다른 어휘는 없을까? 노인은 고백성사 같은 방법을 생각했습니다. 그리고 그 누구에게 광고지에 실린 브리스틀콘 소나무의 사진 설명을 해 주고 싶었습니다. 죽은 나무 같으면서 살아있는 나무. 그 나무는 사진만 봐도 연민이 느껴집니다. 그 나무는 세상에서 가장 오래된 삶을 가졌습니다. 반만년의 역사를 유지하는 나무는 흔치 않습니다. 그런 세월이면 바위도 풍화되어 흙먼지가 되어 버릴 수 있는 시간일 것입니다. 그런데 그 나무는 온갖 풍상을 이겨내며 면면이 생명을 유지하고 있습니다. 그래서 그 나무는 매우 느리게 자란답니다. 그만큼 나무의 결이 촘촘해지고 바위처럼 단단해지기 위해서랍니다. 그 소나무는 대부분의 피부 껍질을 벗어버립니다. 영양소를 최소화하기 위한 스스로의 배려랍니다. 그리하여 죽은 목질처럼 보여도 내면에서는 삶의 푸름을 늘 유지하고 있답니다. 그런 나무가 브리스틀콘 소나무랍니다.

노인은 내일 집배원 로사 박 여사가 오면 그녀에게 먼저 이 브리스틀콘 소나무에 대한 설명을 해주어야 하겠다고 생각했습니다. 자신의 마음속에 침잠되어 있는 생각을 요령 있게 해줄 준비를 해야겠다고 생각했습니다. 노인은 포치에 가부좌로 앉아서 저녁노을이 천문대의 돔 위에서 불타오르는 광경을 바라보고 있었습니다. 그러면서 그 돔 안의 내부에 가득한 천체망원경의 몸체와 그것을 조작하는 부대시설의 모든 조직을 심안으로 바라보고 있다는 생각을 하게 되었습니다.

노인은 다시는 깨어나지 못할 깊은 생각에 빠져들었습니다.

다나에는 구해질까

밤이다. 그녀는 침대 누워 희랍신화를 읽다가 일어나 앉는다. 황금 달빛이 들어오지 못하고 창밖에 머문다. 그녀는 검고 긴 머리 때문인가 창백해 보인다. 불면증에 시달려 창백해 보이는지도 모르겠다. 달무리가 샛노란 은행나무 그림자를 창문 쪽으로 드려 민다. 그리고 창문 방충망에서 노랑나비 군의 문양으로 살랑거린다. 창틀에 놓인 작은 꽃병이 달빛을 보고 있다. 그녀의 그림자는 창 안쪽 벽지에서 어른거린다. 창은 땅에서 3층 높이에 매달려 있다. 그리고 늘 안과 밖을 격리시킨다. 그녀는 창에서 어른거리는 나비 모양을 보며 그때를 회상한다. 만추의 은행잎이 노랑나비 떼가 되어 날리던 옛길에서였다. 그와의 첫 키스를 했었다. 그 황홀감이 지금도 남아있다. 그때도 달은 밝았고, 은행나무 그림자는 그들의 순간을 감싸줬다.

"꿈을 꾼 거야."

그가 방 한가운데 서 있는 느낌이 든다. 여자는 얼른 전등 스위치를 올린다. 할로겐 불빛이 떨면서 방안에 그득해진다. 그의 모습은 잠시 보이는 듯했다가 사라졌다. 미치도록 보고 싶다. 그는 천안함을 탔었다. 폭풍이 치는 날 엄청난 힘이 배를 두 동강이 냈다. 젊은 수병들은 그 군함 안에서 자고 있었다. 그 후로 그는 사라졌다.

"꿈속이어서 내가 애타게 부르는 소리를 못 들었을 거야."

그녀는 목이 쉬고 칼칼하게 말라있다.

"잠꼬대를 몹시 했나봐."

그녀는 탁자 위의 생수병을 집어 든다. 병은 비어있다. 어느새 다 마셔버렸는지 기억이 없다. 요즘엔 갈증이 자주난다.

서해 오도로 가보면 그가 잿빛 갯벌에 서있을 것만 같다. 그녀는 울안에 갇힌 짐승이 되어 서성거린다.

"가고 싶어! 가고 싶다! 가서 만나고 싶어!"

그 섬에 가면 그가 하얀 물결이 되어 방파제로 밀려 나올 것만 같다. 육송 무늬의 방바닥엔 그녀의 맨발 족문(足紋)이 어지럽게 찍힌다. 그녀의 그림자도 벽을 타고 커졌다가 작아졌다가 한다. 벽시계의 침이 돌아가는 소리가 나직이 그녀의 발자국을 따라 다닌다. 너무 적막하다.

"목말라⋯."

그녀는 문 쪽으로 간다. 구리 손잡이가 파랗게 녹슬어 있다. 언제나 닫혀 있는 문. 그녀의 문은 언제부터인가 안과 밖을 격리시킨다. 그녀는 소리를 지른다. 문은 소리도 차단한다.

"문 열어 줘⋯!"

문밖에선 응답이 없다. 거미 다리 같은 벽시계 침이 돌아가는 소리가 숨을 죽일 뿐이다.

"문 열어 줘. 문 열어 줘."

여자가 계속 소리친다.

"문 열어⋯!"

신경질적으로 악을 쓴다. 발길질로 문을 찬다. 달빛이 면모슬린 잠옷 사이에 머문다. 그가 그녀에게 해준 바다얘기가 아직도 귀에 남아 넘실대고 있다. 그중 안데르센의 인어공주 이야기가 제일 재미있다. 그 동화는 열 번도 더 들었다. 그래도 지루하지 않고 재미있었다. 그녀는 자신이 인어공주가 되어 바다 깊이 빠진 왕자를 구하고 자신의 다리비늘에 억만 개의 바늘이 꽂히는 고통을 평생 당해도 좋겠다는 생각을 해본다. 그럴 수만 있다면…. 슬픈 이야기다. 그녀는 눈물을 흘린다. 창밖에선 하루살이 떼가 새카맣게 기어오르는 그림자가 비친다. 방충망에 달라붙은 벌레는 방안의 불빛을 보고 몰려든 것이겠지만, 그의 영혼이 무당벌레가 되어 온 것 같기도 했다. 과연 영혼이란 존재하는 것일까? 그녀는 망연히 서서 생각해본다. 밖에서 호루라기 소리가 희미하게 들린다. 이명일까? 여자는 놀란 토끼 눈으로 귀를 기울인다. 그가 수중 훈련을 받을 때 늘 호루라기 소리가 났다고 했다.

"맞아, 수족관에서 돌고래를 훈련시킬 때도 호루라기를 불었어."

젊은 수병들이 웃통을 벗어 제치고 파도 속으로 뛰어드는 모습이 눈에 선하다. 창밖에서 파도가 넘실댈 것만 같다. 커튼을 활짝 제쳐본다. 달빛을 등에 진 은행나무 그림자가 흔들린다. 창밖의 나비 문양도 회오리바람 소리에 흩어지듯 한다. 호루라기소리는 가까워진다. 찌지직… 하고 방충망 찢기는 소리가 난다. 쨍그랑…! 유리창이 깨진다. 방안으로 유리 파편이 튄다. 그녀는 놀라서 소리도 못 지르고 입을 딱 벌린 채 뒷걸음질 친다. 한 조각의 그림자가 창을 뛰어 넘어온다. 창틀에 놓인 작은 꽃병이 그의 발길에 채여 방바닥에 흩어진다. 그림자는 사탄의 하수인처럼 달려들어 여자의 입을 가린다. 그리고 여자의 귀에 대고 거친 숨결로 말한다.

'조용해!!!'

그녀는 무릎이 떨려 그림자의 팔에 몸을 맡기고 늘어진다. 그는 반쯤 혼이 나간 여자를 가로안은 채 주위를 전광석화와 같은 눈길로 둘러본다. 방안 풍경이 그의 눈빛에 흡수된다. 매우 좁고, 초라한 방이다. 창틀 밑의 한쪽 벽에는 침대, 그 맞은쪽은 문, 그 옆으로 탁자 한 개. 그리고 의자 두 개. 탁자 위에 서너 권의 책.

"초라한 방이로군."

그림자는 혼잣말을 하며 그녀를 침대에 던지듯이 밀친다. 침대 위에 누워 있던 그리스 신화 책이 뛰어내린다. 그는 상관 안 하고 방문으로 가서 고리를 틀어본다. 문은 밖에서 굳게 잠겨있다. 왜 문을 밖에서 잠갔을까? 그림자는 여자를 본다. 여자는 공포에 질려 아무것도 못 보는 것 같다. 그림자는 의자하나를 끌어다가 문 뒤에 받쳐 놓는다. 밖에서 안으로 들어오지 못하게 바리케이드를 친 것이다. 문은 밖에서 이미 잠겨있다. 그러나 이로써 문은 안에서건 밖에서건 완전 봉쇄되어 버린 것이다.

바람 한 점이 커튼을 흔들고 방안으로 뛰어든다. 불나방 한 마리가 바람을 타고 깨진 창으로 날아든다. 그리고 할로겐 등에 머리를 박고 바닥에 떨어진다. 재가 되어 사라진다. 그 사이 그녀가 벌떡 일어나 창 쪽으로 달려간다. 그림자가 잰걸음으로 쫓아가 그녀를 막아선다. 그리고 여자를 창 쪽에서 멀리 뒤로 밀어 침대 위에 앉힌다.

"가만. 소리치지 마."

그녀는 공포 속에 까무러치듯이 떨고 있다. 그림자는 커튼을 닫고 창밖을 살핀다. 그사이 그녀는 정신을 차리고 그림자에게 눈길을 던진다.

"누구세요?"

여자는 검은 야구모를 깊숙이 쓴 그림자에게 떨리는 소리로 묻는다. 그림자는 창밖을 주시하며 짧게 말한다.

"미안해요 놀라게 해서."

그 한마디 하고 지루할 정도로 침묵이 계속된다. 여자가 조심스레 일어나며 묻는다.

"황금비가 되어 오신 분인가요?"

그녀는 앞자락이 열린 드레스 잠옷을 만지작거리며 말했다. 음성이 떨려

바이브레이션이 심하다. 그림자는 말없이 침대 퀼트(quilt)로 그녀를 푹 뒤집어씌운다.

"이대로 꼼짝 말고 있어요."

그림자도 음성이 떨리고 있다. 그가 돌아서자 그녀는 퀼트에서 얼굴을 내밀고 말한다. 왜 이러세요? 그림자가 힘주어 말한다. 소릴… 죽여요! 아니… 입… 조용히 해요. 그녀는 입을 다문다. 그림자는 퀼트를 다시 뒤집어씌운다. 제발 날 가만 둬 줘요. 제발…. 겁먹은 그녀가 퀼트 속에서 기도하듯이 중얼거린다. 그녀는 이 괴한이 강도일까? 성폭행범일까? 아니면 목을 물어 피를 빨아먹는 흡혈귀인가. 오밤중에 창을 깨고 뛰어든 이상 공포의 대상이 아닐 수 없다. 걱정 마. 조용히만 있으면 해칠 생각은 없으니까. 그림자가 벽에 붙어서 창밖을 내다보며 말한다. 그녀는 괴한도 겁에 질려 있음을 알아차렸다. 그래서 먼저 기선을 제압하는 편이 낫겠다고 생각한다.

그녀는 퀼트 밖으로 얼굴을 내밀며 어느 정도 진정된 목소리로 말한다. 조용히 하라고요? 난 이 방에서 지금껏 발광을 했는데요. 이제 와서 조용하라고…! 그림자는 벽에 기대서 창밖에 시선을 둔 채 말한다. 그렇게 발광하며 소리친 게 언제쯤부터인데요? 저는 늘 그랬어요. 글쎄, 그게 언젠데요? 오래 전부터요. 근데 왜 소릴 쳤어요? 그냥요. 아니… 전 지금 감금돼 있거든요. 누가 왜 감금당했는데요? 아버지가, 엄마도 동조했어요. 바다 속으로 뛰어들고 싶어 했거든요. 사람은 모두 바다로 가고 싶어 하지. 바다에서 나왔거든. 아무튼, 그건 감금당할 이유가 못 되는 것 같은데. 그자들은 나를 감금하고 싶어 하는 사정과는 달라요. 누가 누구를 감금해요? 호루라기 소리들이죠. 호루라기가 사람을 감금해요? 누군지 설명이 안 되는 자들이죠. 그는 책상 위의 책을 집어본다. 심청인 왜 두 번 인당수에 몸을 던졌는가? 제목 희한하네. 희랍신화 속의 영웅들? 나노 테크놀로지? 당신은 뭐하는 분인데 이런 어려운 책을 보죠? 그림자의 음성이 좀 누그러졌다. 그런 건 모르셔도 돼요. 그녀는 차갑게 말했다. 기선을 제압하려는 그녀의 의도가 적중하나보다.

그림자는 그녀가 문학소녀 아니면 연극 지망생이란 생각을 했다. 그러나 더 이상 알려고도, 알 필요도 없다고 생각한다. 잘못 들어온 것 같군. 그림자가 여자의 시선을 외면하며 혼잣말처럼 말했다. 저도 잘못 들어와 있나 봐요. 그녀는 퀼트에서 뛰어나와 그가 들어 올 때 걷어차서 바닥에 고꾸라진 화병에서 꽃가지를 하나를 주워든다. 그림자는 그녀의 팔을 잡는다. 그것으로 자신을 공격하는 줄 알았나 보다. 주먹을 불끈 쥐고 치려 한다. 여자는 자지러진다. 저놈들이 왜 이 근처에서 얼씬거리는 거야? 누가요? 그녀는 잡힌 팔이 아파 찡그리며 말한다. 누군지는 나도 모른다 했지요. 그림자가 짜증스레 쏘아준다. 그녀가 꽃가지 하나를 그에게 내민다. 그림자는 어이없어하며 그걸 받아서 손끝으로 뱅뱅 돌려보다가 여자에게 화를 낸 것이 민망했던지 음성을 부드럽게 낮추어 말한다. 나도 모르는 놈들이야. 오백년 전부터 저렇게 호루라기를 불면서 날 따라다니고 있어요. 아저씨가 몇 살인데 오백년 전부터 도망 다녔어요. 그림자는 꽃가지를 그녀의 머리에 꽂아주고 퀼트를 다시 씌워주며 말한다. 난 아직 아저씨가 아니에요. 그럼 오빠? 그렇게 유치한 사람도 아니고. 그런데 벌써 소리를 질렀다면, 그럼 도로 나가야 하겠지만 지금은 그럴 수도 없어요. 그림자는 창가에 붙어서 밖을 계속 주시한다. 다시 나갈까 말까하고 망설이는 모습이다. 그녀는 퀼트를 들치고 얼굴을 내민다. 그림자가 손짓으로 이를 제지를 한다. 그녀가 애원조로 말한다. 숨이 막혀서 그래요. 소린 치지 않겠어요. 맹세해요. 그럼 입은 가리고 코만 내놓고 있어요. 서로를 위하는 일이죠. 그는 이제 안심하는 듯이 빙그레 웃으며 퀼트를 다시 씌운다. 매우 부드럽고 조심스런 손길로, 신랑이 신부에게 면사포를 씌워주듯 머리 위에 퀼트를 씌워주며 여자의 얼굴을 본다. 그는 그녀가 창백한 안색에 청순하고 아름다운 눈매를 가졌다고 생각한다. 그녀도 자신의 코앞에서 빠른 숨결로 서 있는 그림자를 찬찬히 바라본다. 어쩜, 이 남자는…? 내가 아직 꿈을 꾸고 있나. 그토록 비슷할 수가 있을까. 그림자는 흰 셔츠에 카키색 점퍼를 받쳐 입었다. 그 사람보다 성숙해 보이고 키가 좀 더 큰 게 다를까. 그가 되돌아온 느낌이다. 그녀는 그림자에게 말한다. 뭐가 서로를 위하는 일이에요? 그림자는 그녀에게서 눈길을 피하며 말한다. 당신이 소릴 치면 저들이 이리 달려올지 모르잖아요. 나는 다시 도망을 치기 위해 당신을 해칠 것이고…. 그러니 서로를 위하는 길이 뭐겠어요. 여자는 잠시 생각에 잠긴다. 그 사람이 늘 그러했듯이 이 사람의 눈에도 두려움이 가득해 보인다.

그녀가 그림자를 보며 말한다. 이 높은 곳엘 어찌 올라왔어요? 담쟁이 뿌리, 아니 등산을 했지요. 바위를 탔어. 그는 짧게 미소를 짓는다. 도망을 다니신다면 제가 숨겨드릴 게요. 여기는 조용해요. 아무도 오는 사람이 없고요. 하루에 세 번 음식을 넣어 줄 뿐이에요. 나는 많이 먹질 않으니 당분간 내 밥을 나눠 먹으면 돼요. 그는 대답 없이 창가로 가서 밖을 보며 말한다. 오늘밤만 신세를 져야 하겠어요. 동쪽 하늘이 훤해지면 떠나겠어요. 그 동안 잠을 좀 자야겠어요. 그는 여자를 가만히 바라보다가 말을 잇는다. 그런데 내가 잠을 자는 동안 미안하지만 당신을 묶어둬야 하겠어요. 입도 가리고…. 남자는 책상 서랍을 뒤진다. 나일론 스타킹 같은 거 없어요? 그림자는 여자를 외면한 채 말했다. 여자는 펄쩍 뛰며 말한다. 아니요. 절대로 날 묶지 마세요. 거기에게 해가 될 일을 안 하겠어요. 진정이에요. 거기는 절대 나쁜 사람 같아 보이지는 않거든요. 그녀는 어떤 경우에도 묶여있고 싶지 않다는 의지를 강하게 보인다. 그래서 간절하게 애원한다. 그림자는 양손으로 그녀의 얼굴을 감싸 쥐고 그녀의 눈을 다시 바라본다. 순간 여자는 그때 그 사람이 내게 키스하고 싶을 때 내 얼굴을 감싸 쥐고 내 눈을 봤지요,라고 말하고 싶었다. 그녀는 눈을 감았다. 그리고 아무 말도 하지 않았다. 당신 말을 믿겠어요.

그림자는 돌아서며 말했다. 그리고 벽에 기대서서 여자를 물끄러미 바라본다. 내 친구가 무리들과 함께 촛불을 들고 있었어요. 수천 개의 촛불이 그들을 감싸고 있었지요. 그는 그런 말을 여자에게 해주고 싶었다. 그러나 입을 다물고 창밖을 본다. 달무리 뒤에 별들이 보인다. 그는 별자리를 본다. 직녀성은 어디일까. 적막이 방안에 가득하고, 침묵은 미지의 수직 동굴로 깊이 내려앉고 있다.

둘은 서로 마주보고 서 있다. 먹을 것 있어요? 그림자가 높이 매달린 벽시계를 보며 묻는다. 미안해요. 물은요? 없어요. 그녀가 마른 입술을 혀로 적시며 짧게 받는다. 그림자는 입을 굳게 다문다. 전 아까부터 갈증이 났어요. 그녀는 남자의 재킷 사이로 내민 셔츠가 더럽혀져 있을 것이라고 상상해 본다. 저것을 빨아줄 수 있다면 좋겠다는 생각이 들어서이다. 그런데 안타깝게도 여긴 물이 없잖아. 머리에 스치는 절망감을 털며 그림자에게 묻는다. 왜 도망 다니시는 데요? 그는 대답 없이 방바닥에서 뒹구는 화병을 들어 바라본다. 아서요! 그 물은 마시면 안 돼요. 그림자가 콧날을 찡그리며 그녀를 바라본다. 그 병의 물은 먹을 수가 없어요. 오염 됐을 거예요. 콜라병 같은데…? 그림자는 병을 들어 보이며 말했다. 맞아요. 코카콜라 병. 그런데 화병으로 썼어요. 요즘 꽃은 온실에서 키우지요. 그리고 화학비료를 주거든요. 그래서 못 마신다는 것이지요. 아는 게 참 많으시네요. 그림자는 매우 피로한 음성으로 말했다. 그림자는 흩어진 꽃들을 모아 병에 다시 꽂는다. 그때에 꽃잎 몇 개가 바닥에 흩날려 떨어진다. 창에서 실바람이 들어오고 흩어진 꽃잎은 알 수 없는 향을 날린다. 삼일을 아무 것도 못 먹었어요. 호루라기 소리가 가늘게 바람을 탄다. 동이 트면 이슬이 사라지듯이 저 소리도 사라졌으면 좋겠어요. 그림자는 언제나 방백처럼 말했다. 그동안 한잠 자야겠어요. 그는 침대로 가며 여자를 본다. 이리 와요. 그림자는 여자의 목을 한쪽 팔로 휘감아 안는다. 여기 내 옆에 누워요. 그녀는 절 어떻게 하시려는 데요. 라는 말을 하고 싶었으나 입을 다물고 그가 하라는 대로 한다. 그는 여자에게 팔베개를 해주며 나직이 말한다. 묶는 대신 당신을 이렇게 껴안고 자야겠어요. 그림자의 몸은 얼음처럼 차가웠다. 그녀는 천정의 벽지 무늬를 바라보며 그에게 말한다. 밖은 추운가 봐요. 그림자는 대답이 없다. 삼일 간 못 먹었으면 체력이 엄청 떨어진 거죠. 그녀가 남자에게서 나는 비릿한 땀 냄새를 맡으며 말했다. 그는 눈을 감고 있다. 부탁이 있어요. 잠들기 전에 제 부탁을 들어준다고 말씀해 주세요. 그녀가 그림자의 귀에 대고 말했다. 그는 응답이 없다. 그녀는 그를 가볍게 흔들어 본다. 그는 이미 잠이 들었나 보다. 가슴 뛰는 소리가 매우 가늘다. 그녀는 그를 껴안아 자신의 체온을 나눠 주고 싶다. 그는 가볍게 코를 곤다. 그녀는 한참동안 그렇게 있다 보니 자신도 잠이 스르르 올 것 같다. 내가 잠이 들면 안 되지. 그녀는 호루라기 소리들이 창을 넘어오면 어쩌나 하는 걱정이 인다.

그녀는 슬그머니 그의 품에서 빠져나와 달빛 속의 밖을 주시해 본다. 이런 만남도 있구나. 하는 생각이 든다. 한편으로는 알 수 없는 아쉬움이 전신으로 벌레처럼 기어 다닌다. 눈물이 나온다. 손끝으로 그걸 찍다가 손을 본다. 악…! 하고 소리를 지를 뻔 했다. 손끝이 빨갛게 물들어 있다. 그림자는 어떤 느낌 때문에 깼는지 눈을 가늘게 뜨고 그녀를 올려다본다. 그녀는 울 것 같은 표정으로 자신의 손을 보고 있다. 별것 아니야. 어둠속에서 그림자가 말했다. 놈들과 싸우다가 난 상처야. 거기에 당신의 손끝이 닿아 딱지가 떨어진 거야. 상처는 깊지는 않아. 그러나 붕증은 있지. 그가 말했다. 제가 어떻게 해 주면 돼요. 그녀가 울먹이면서 말했다. 건드리지 말고 그냥 놔두면 돼요. 지금 아물고 있는 중이니까. 그는 여자를 믿으려는 마음이 생겼는지 묶겠다는 말이나 껴안고 자겠다는 말은 안한다. 동이 터오면 날 깨워줘. 그림자가 돌아누우며 말한다. 잊으면 안 돼! 그럼요. 그러지요.

그때 그도 날 깨워 줘. 하는 말을 잠들기 전에 했었다. 그 소리를 그녀는 기억하고 있다. 귀대시간이 늦으면 큰일 나. 오늘은 그가 꿈속에 나타나서 그녀에게 인어공주 이야기를 또 해 주었다. 그녀는 어둠속에서 익숙해진 눈빛으로 그림자의 얼굴을 바라본다. 의식의 흐름이 안개처럼 그녀를 감싼다. 그녀는 해마 모양의 난쟁이 잠수함을 타고 바다 깊숙이 내려가는 상상에 빠져든다. 돌고래가 그녀의 뒤를 따라온다. 해마는 산호초 틈과 다시마 무리가 출렁이는 숲 사이를 빠져 나간다. 아, 거기에 환상적인 열대어들, 엔젤피쉬, 플리워혼, 앵추이, 아이스팟, 타이거조벨, 닥터피쉬, 황제 보티아…. 난 황제 보티아가 좋아. 그녀가 말했다. 그가 그녀 옆에 앉아 열대어 이름을 나열한 것이었다. 열대어 많이 아네. 그녀가 말했다. 난 이 다음에 내 방에 커다란 수족관을 설치하고 저것들을 기르고 싶어. 그가 그의 꿈을 말했다. 그 대형 어항에선 핑크빛 아기문어가 놀라서 먹물을 뿌리며 달아나겠지. 해마가 먹물을 피해 잽싸게 떠오르고, 저것 봐! 그녀가 그의 허리를 껴안고 바라봤다. 바다거북 한 쌍이 수초 사이에 둥둥 떠서 사랑을 하고 있다.

그녀는 창밖을 본다. 창밖의 달은 찢긴 방충망 아래로 내려선다. 서로 마주 봐야 꽃이 핀다는 은행나무 그림자는 사라졌다. 고요한 속에서 성운이 우주선의 불꽃처럼 길게 날아간다. 누가 우주를 떠나 또 다른 우주로 가는 것일까. 그것은 더 빛나는 별이 되어 돌아 왔으면 좋겠다는 기원을 해본다. 그녀는 다시 의식의 운무 속으로 빠져든다. 그림자가 일어나 앉는다. 그림자의 손바닥에는 촛불이 들려있다. 방안에는 그의 인광(燐光)이 가득하다. 이백만 개의 촛불이 불을 밝히며 강물 위로 흐르고 있는 느낌이다. 그림자가 일어나 앉아 긍정의 눈으로 그녀를 보고 있다. 떠나시게요? 그녀는 맞은 편 벽에 기댄 채 물어본다. 그가 고개를 끄떡인다. 그때 저도 갈 거예요. 여자가 미소 지으며 말한다. 어디로 갈 건데? 하고 그림자가 물었다. 여자는 옷매무새를 고치며 말한다. 전 거기로 갈 거예요. 거기가 어딘데…? 겨울시다가 흰 눈을 털면 그사이로 햇빛이 떨어지는 곳이죠. 그리고… 거기엔 샘물이 흐르고 물가 이끼 바윗돌 위에 자고새가 앉아있기도 하죠. 날고 싶어도 날지 못하는 그 자고새는 늘 거친 돌 위에 앉아 있대요. 나처럼…. 거기가 어디냐구요? 그 숲속 오두막 집 뜰에선 폭포수가 자연분수처럼 보이는 곳이죠. 그리고 사향노루며 고라니새끼가 뛰어와 물을 마시죠. 딱따구리가 산울림을 내며 꼿꼿이 선 시다의 몸통에 구멍을 파 둥지를 짓고, 상수리 가지에 다람쥐가 기어올라 쉬고 한여름엔 풀숲여치가 울고…. 거기가 어디냐구요? 어딘지 모르긴 해도 항상 가던 곳이에요. 옛날에는 그이가 기다리고 있던 곳이었죠. 그이라니 그건 누군가? 슬프고 아파도 맑은 표정을 짓던 사람이죠. 바보 아니었냐구요. 누가요? 그 사람 말이요? 황금비가 되어 내게 키스해주던 사람이죠. 지금은 바다 밑 깊은 곳에서 잠들어 있을 거예요. 여자의 뺨에선 눈물이 흐른다. 소리치지 않기로 약속했지만 소리가 치고 싶어 죽을 것 같아요. 무슨 소리든 외치고 싶어요. 그림자가 여자를 안아 주며 따뜻한 손길로 그녀의 등을 도닥여 준다. 당신은 진정 누구예요? 그녀가 그림자에 안겨서 나직이 묻는다. 나는 그 친구의 친구지요.

그들은 대화의 오솔길로 들어섰다. 참 멋진 사람이군. 그림자가 부드럽게 말한다. 난 시다 나무향을 좋아해서 산엘 자주 가곤 했는데…. 어머. 그래요. 그럼, 우리 같이 가도 되겠네요. 그렇겠지. 거긴 어딘데요? 어딘지 나도 잘 몰라. 거기엔 폭포수가 있고 푸른 하늘이 겨울나무 가지사이로 보이는 곳인가요? 바람도 불지. 그래요. 제가 가던 곳 하고 똑 같은 곳일까요? 저도 바람이 불었어요. 실바람이 은행잎 하나 날라다 주고 지나갔어요. 거길 제가 가르쳐 드릴 수도 있어요. 어딘지 모른다면서? 찾아보면 돼요. 찾다 보면 거기에서 또 만날 수 있을 지 뉘 알겠어요. 여자는 그림자를 일으켜 세우고 싶었다. 그러나 그림자는 그냥 그녀의 침대에서 코를 골며 누워 있다. 여자는 그림자가 깨어있다 해도 이렇게 말할 것이란 생각을 해 본다. 여기서 한번 해

보면 어떨까요? 그림자가 의아해서 되묻는 다. 뭘 말이야? 그거, 사랑. 여자가 거침없이 말한다. 사랑? 이봐요. 그런 건 잊은 지 오래됐어. 오백 년 전에 아니 오천 년 전에 사라졌어. 아무리 찾아도 보이지 않는 곳으로 가버린 지 오래됐어. 그렇다면 오천 년 전으로 우리가 돌아가면 되잖아요. 제가 찾아볼 게요. 그 가는 길을…. 여자의 의식이 방안을 이리저리 돈다. 콧노래를 부르며 위를 쳐다보고 벽은 두드려 보며 정말 시다 나무 숲 사이를 다니는 시늉을 한다. 여자는 잠자는 그림자를 내려다보며 말을 한다. 지금 내가 뭘 하느냐고 묻고 싶으시죠. 지금 거기를 찾고 있는 중이에요. 사랑이 파랗게 살아있는 곳 말이에요. 우리는 해마로 된 난쟁이잠수함을 탔었죠. 그리고 열대어들이 유유하게 노는 수초 사이를 다녔어요. 바다거북이 사랑을 하고… 그걸 보면서 우리는 키스를 했어요. 너무 황홀해서 몸이 녹아내리는 느낌을 받았어요. 아, 바로 여기 있군요. 여자는 그림자를 깨운다. 그만 깨세요. 내가 꿈속 같은 우리의 무대에서 당신의 배역까지 혼자 다 했어요. 그리고 결국은 찾아냈지요. 바로 여기에요. 여기! 여기라니? 그림자는 선잠으로 묻는 다. 여기가 어딘데? 오늘 우리에게 주어진 아름다운 공간이죠. 현재라고도 해요. 현재? 지금이라고도 하고요. 이 순간. 그로부터 여자는 신이 나 있다. 저 나무들, 소나무, 잣나무, 향나무, 상수리, 참나무며 아메리카 시다. 그들 사이에서 신비하게 퍼붓는 빛… 하늘이 바다와 맞닿아 파랗고… 저길 보세요. 황금비가 쏟아져요. 사랑의 신, 주피터가 보내는 것이죠. 이끼 파랗게 긴 바위 돌 위에 자고새도 있잖아요. 우리나라에선 한 번도 본 적이 없다는 새에요. 살이 쪄서 날지 못하는 몸매. 뻐꾸기가 자신의 둥지에 알을 까도 제 새끼인 줄 알고 사랑으로 품어 부화시켜 주는 새. 성경에 딱 한 번 나오는 새라면서요? 여기가 바로 제가 평생 찾던 곳이에요. 그림자는 여자를 물끄러미 바라본다. 그리고 그녀의 진지한 행동에 그냥 아무렇게나 함께 동조해 주어야 하겠다고 생각한다. 당신은 마음이 아파 병이 든 여자로군. 하는 말 대신에 그렇군. 여기가 바로 거기야. 라고 말해 주고 싶어진다. 여자는 기쁨에 차서 모두 옛날 그대로지요. 그리고 우린 여기에서 만났죠. 이제 곧 해와 달이 뜨겠죠. 라고 말한다. 달이 뜨면 해는 지겠지. 그림자는 진리만은 숨길 수 없다는 생각이 들어 올바르게 말해준다. 해가 뜨면서 달도 뜰 수 있어요. 그것들은 같은 우주공간에 있거든요. 여자도 진리를 말한다. 그럴 수는 없어. 왜 없어요. 있으면 있는 거지요. 없다니까. 옛날부터…. 어떻게 알아요! 옛날 얘기에 그래. 해는 수줍은 거야. 무슨 얘기? 못 들었나? 수숫대에 떨어져 죽은 호랑이 얘기.

　그림자는 맨바닥에 가부좌의 자세로 앉아 애기를 시작한다. 옛날에 떡 함지를 이고 가던 여인이 있었지. 할멈이에요. 아는 군. 그 얘기. 고개 모퉁이에서 호랑이가 나왔죠. 그 이전엔 해도 달도 없었대. 그림자가 말했다. 호랑이가 나왔다니까요! 여자가 이야기를 이어가고 싶어 한다. 호랑이는 폭군을 의미하는 거야. 제가 할멈을 할 테니 호랑이를 하셔요. 나보고 폭군을 하라고…. 그림자는 냉소적으로 미소 지으며 창밖을 본다. 저 여자는 내가 그놈들에게서 왜 도망 다니는 걸 알 리가 없지. 여자는 침대로 가서 벌렁 눕는다. 숨차네요. 운동을 너무 안했군. 호랑이가 내 몸을 모두 먹어버렸네요. 그렇군. 근데 왜 도망 다니시는 거예요? 여자가 진지한 표정으로 물었다. 촛불시위를 주동했지. 그림자는 아무렇지도 않게 대답했다. 법을 어기셨군요. 집시법. 악법이야. 그림자는 단호하게 말을 끊는다. 저도 그이와 같이 촛불들고 광화문에 갔었지요. 오호…. 그림자는 유쾌한 표정을 지어 보인다. 동지로군. 그림자는 말을 잇는다. 호랑이는 할멈의 옷을 입고 할멈으로 변신해서 그 아이들마저 잡아먹으려고 그의 집으로 갔다. 그리고 아이들의 기지로 헌 동아줄에 매달려 하늘로 오르다가 줄이 끊어져 수숫대 위로 떨어져 죽었다. 참 아름다운 설화야. 그림자는 방바닥에 팽개쳐진 책을 들어 펴본다. 여자는 그림자를 그냥 미소로 바라본다. 화가 크림트는 여자의 허벅지를 화면 가득 그려서 황금비를 유혹했지. 여자는 깔깔거리며 웃다가 참 유머가 있는 화가군요. 한다. 그리고 가만히 누운 채 벽시계를 바라본다. 눈물이 흐른다. 벽시계의 거미다리 같은 초침이 열 바퀴쯤 돌았을 때다. 여자는 자신의 생각을 말한다. 그림자도 그녀의 말을 받는다. 그들은 인터넷 채팅을 하듯이 그들의 생각을 주고받는다. 아마도 불협화음의 말일 것이다. 그들의 의식 속엔 창밖의 달이 더 밝아지고 은행나무의 그림자는 그 달빛을 타고 창안으로 들어와 벽지에 한 떼의 나비 무늬를 만든다. 그렇게 그들은 난해한 대화로 동화를 만들려고 한다. 그리고 시 낭송을 하듯이 말한다.

옛날에… 아주 먼 옛날에… 아버지와 딸이 살았지. 아버지는 왕이었어. 아버지가 신탁神託을 해보니 그 나라의 최고 예언자 말씀이 왕은 외손자에 의해 죽을 것이란다. 그래서 왕은 딸을 옥탑방에 가두었다. 아이를 못 낳게 하려고. 그 사이에 제 책을 읽으셨군요. 나도 이미 알고 있는 신화야. 우리 아빠도 나를 이 방에 가두었지요. 어머니는? 내가 서해 오도에 가서 그를 만날까 봐 걱정을 하죠. 들어봐요. 그는 황금 달빛으로 스며들어 내 무릎 사이로 파고들어 사랑을 했지요. 페르시우스야. 저 하늘에 그의 별자리가 있어. 그림자는 책을 내려놓는다. 여자는 손뼉을 치며 그림자 옆에 가서 나란히 앉는다.

그들 서로는 생각의 말을 계속 한다. 사실은 서로 침묵한다는 표현이 맞을 것이다. 그림자는 여자의 어깨에 팔을 두른다, 좁은 곳에서 둘이 앉으려면 그런 자세밖에 할 수가 없겠다. 여자는 마음이 편안해져 어깨 위의 그림자의 손을 잡는다. 손이 따뜻해지셨군요. 그들은 또 침묵한다. 남자는 벽시계를 바라본다. 거미다리 초침이 가는 듯 서고, 서는 듯 가고 있다. 자신이 가져가는 정보로 촛불동지들은 무사할 것이다. 호루라기들이 그물망을 펴무자비한 검거에 나설 것이란 정보다. 지금은 피해야 한다. 그래야 미래가 있다. 그는 마음이 바빠진다. 그러나 지금은 안 된다. 밖이 어두워서 호루라기들을 피하며 갈 수가 없을 것이다. 지금은 참자. 내게 무슨 일이 생기면 동지들은 모두 잡히고 말 것이다. 그러면 정의와 진리를 위해 든 촛불들이 고문을 당할 것이다. 그리고 자유를 박탈당할 것이다. 그리고 절망…. 기다리자. 그들에게 새로운 촛불을 전해주자. 그는 숨을 크게 들이마신다. 지금은 참아야 돼.

그들의 의식은 방에서 시다 숲의 정원으로 나와 있다. 삐뚜름하게 생겼군. 그림자가 먼저 말했다. 뭐가요? 우리가 앉은 자리 말이야. 원래 바위가 그렇게 생긴 거군요. 옮길까? 자릴 말이야. 아니, 괜찮아요. 우리 잘못이라잖아. 그들도 고민은 있을 거예요. 그만 두지. 뭘요? 그런 얘기. 여자는 돌아앉는다. 힘이 너무 약하군요. 뭐가? 물심 말이에요. 저 분수에…. 모터가 고장인가 봐. 아닐 걸요. 자연 분수거든요. 구멍이… 주둥이가 너무 작은가 봐요. 쭈욱, 쭉 좀 뻗었으면 좋겠어요. 세 번째 놈은 좀 나은 것 같은데요. 어떤 거 말이야? 저 해시계 왼쪽에서 세 번째 놈이요. 왜 해시계는 있으면서 달시계는 없는 거지? 물개겠지요? 저건. 대리석이야. 새 같기도 하고…. 맞아 자고 새에요. 퉁퉁해서 날지 못하고 바위에만 앉아있다는 새. 공들여서 만들었겠지. 꼭 산 놈 같아. 조금씩 나아지는 것 같은데요. 저 분수… 엄마가 더 강했어요. 아빠…? 반은 엄포인 줄 알았어요. 애를 낳아봤나. 저는 봤죠. 낙태…? 끄떡인다. 어쩌다가…? 아빠가 내 항아리 배를 발로 찼거든요. 나쁜 아빠로군. 날 위해서죠. 날 사랑하기 때문이래요. 그 뿐만이 아니죠. 이렇게 됐어요. 여자는 일어나 드레스잠옷 자락사이로 종아리를 내보인다. 지렁이 몇 마리가 다리 중간을 감싸고 돌아다닌 듯하다. 그림자가 손으로 어루만지며 낚시 생각을 한다. 상상력은 여자의 다리에서 지렁이가 꿈틀거리며 저수지로 빠져 든다. 그뿐이 아니죠. 그들은 날 3층 구리옥탑방에 가두고 문을 잠가 버렸죠. 그림자는 요즘 세상에 다 큰 처녀애의 종아리를 치는 아비도 있구나 하는 생각을 하며 마음이 아프다고 말하고 싶었지만 입을 다문다. 대신 여자의 머리에 입맞춤을 해준다. 월척 붕어가 걸려나오면 그놈에게 입맞춤을 하던 생각이 떠오른다. 붕어는 몸을 부르르 떨다가 망태기에 던져진다. 저수지에 밤낚시를 간 사내가 있었지. 붕어대신 여자가 낚여서 나왔어. 어머! 산 여자가요? 모르겠어. 영화 광고문에서 본 얘기니까. 죽은 여잘까요? 그럴 수도 있지. 오싹했겠네요. 그래서요? 썩기 시작하겠지. 죽었다면 말이야. 여자가 흐느낀다. 우리말이에요. 우리도 썩기 시작할 거예요. 따지고 보면 아무것도 아니에요.

울지 마. 그림자가 손끝으로 눈물을 닦아 준다. 우는 게 아니에요. 여자가 미소 지으며 말한다. 물방울이에요. 물방울? 청명해서 별이 총총한 하늘에 무슨 물방울. 새겠지요. 분수에서 날아간 새가 공중에서 그 짓을 했겠죠. 무슨 짓? 눈물. 울면서 지나가는 새가 눈물을 떨어트린 거겠지요. 새도 울까? 울겠지요. 눈물을 흘리고…? 그럼요. 날개를 치면서 공중에 높이 날아…. 까마득히 높이 날아가면서… 아니, 새도 우냐고 물었지요? 새가 아니라 사람의 눈에서 떨어진 눈물일지도 몰라요. 그렇다면 허공 저 위에서… 누군가가 눈물을 흘렸겠죠. 우리 둘 중에 누군가…. 아니, 아니… 우린 둘 다 여기 있잖아요. 아니, 우린 아니에요.

여자는 분명 혼란스러워 하고 있다. 그림자가 말한다. 우리 자리를 옮기자고 했었지? 그만 가지요. 옮길 게 아니라…. 여자가 미소를 보인다. 어디로 가? 어디라도 좋아요. 그럼 안 돼. 목적지가 있어야지. 그림자는 여자의 어깨를 어루만져주며 달래듯이 말한다. 이게 우리만 당하는 일은 아니잖아? 여인은 창을 바라보며 말한다. 우리가 온 곳으로 가요. 온 곳이라니…? 온 곳과 같은 곳. 아니, 같지 않은 곳. 분수가 있고 시다나무가 하늘을 찌르며 바위 자고새가 있는 곳. 그림자는 여자의 이상행위가 안타까워진 지가 오래됐다. 여기가 바로 거기라고 했잖아. 자꾸 혼돈을 주지 마. 그림자는 울컥 짜증이 났다. 혼돈은 지금 제가 당하고 있어요. 정말 잘못 들어왔어. 잘못 들어

온 건 저예요. 부탁이 있어요. 여자가 그림자의 턱 밑을 파고들며 진지한 표정을 짓는다. 뭔대? 제 목을 누르세요. 뭐라구? 그리고 절 데리고 나가세요. 무슨 소리를 하는 거야 지금? 전 살아선 저리로 못 나갈 것 같아요. 여자는 운다. 그림자가 보니 밖에는…. 먼동이 터오고 있다.

자, 이제 시간이 됐다. 나가야 해. 그림자가 여자를 바라본다. 그녀는 잠옷이 무릎 위로 올라온 미니 차림이다. 가슴이 훤히 들여다보이는 그런 차림으로 날 따라가겠다! 절 데리고 가기로 약속 했잖아요. 거긴 여기보다 더 심할지도 모를 텐데? 괜찮아요. 저도 촛불을 들고 싶어요. 그럼, 채비를 차려. 옷도 바로 입고 이대로도 좋아요. 전 이런 대로 늘 살거든요. 여자는 패션모델처럼 폼을 잡고 방안을 돌아 보인다. 그럼, 이거라도 걸쳐. 그림자는 자신의 재킷을 벗어 여자에게 입혀준다. 여자는 헐렁한 남자의 재킷을 걸치고 다시 워킹을 한다. 여자가 움직일 때마다 재킷에선 비릿한 땀 냄새가 풍긴다. 남자의 냄새야. 그녀는 이 냄새가 싫지는 않았다. 좋아, 그럼 여길 어서 넘자. 그림자가 여자를 창문턱으로 끈다.

여자는 창틀 앞에 서서 움직이질 않는다. 어서 여길 넘자. 그림자가 재촉했다. 여자는 주춤거리며 몸을 비튼다. 왜 그래? 여자가 그림자를 빤히 바라보고 섰다가 말한다. 이걸 벗겨 주셔야 해요. 그림자는 그녀의 시선 쪽을 본다. 그게 뭔데…? 사슬…. 이걸 벗겨 주셔야 가요. 그림자는 여자의 발목을 본다. 그리고 의아스레 여자의 표정을 살핀다. 여기 있잖아요. 이렇게 사슬이 내 발목을 칭칭 감고 있어요. 내겐 아무것도 안 보이는 데…. 있어요. 철렁거리는 쇠사슬 소리가 안 들려요. 여인은 울음소리로 한 옴큼의 허공을 집어 그림자의 코앞에 들이댄다. 여기 있잖아요. 정말이에요. 이게 안 보여요. 이 사슬 철렁하는 소리가 안 들려요. 방금 뜨는 아침 해가 창문을 넘어오고 있다. 그림자는 마음이 다급했다. 그래 있다 치자 없는 걸 있다 치고 어서 창문을 넘자. 여자가 애원한다. 이걸 먼저 끊어주셔야 넘어가지요. 있어야 끊고 말고 할 것 아니야. 난 가야 돼. 가서 중요한 걸 동지들에게 전해야 해. 내가 안 가면 안 돼. 큰일 나. 여자가 악을 쓴다. 날 데려가기로 약속했잖아요! 그럼 빨리 저길 넘어야지. 그림자가 여자를 강제로 잡아끈다. 여자는 비명을 지른다. 소리치지 마! 난 가야만 하는 데…!

그림자는 당황해서 어쩔 줄을 모른다. 여자는 발목을 잡고 운다. 이걸 끊어주면 될 텐데… 그림자는 딱해 하면서 말한다. 그게 뭔지 모르지만 내겐… 내게는 보이지도 만져지지도 않으니 돕고 싶어도 어쩔 수가 없구나. 미안해 정말…. 넌 어쩜 방에 감금된 것도 모자라서 발에 쇠사슬까지 찼단 말이냐? 여자의 운명이지요. 여자는 냉소적으로 말했다. 그럼 어쩌지? 방법이 생각 안 나. 아이디어가 없어. 글쎄 어쩌면 좋냐! 긴 침묵이 좁은 방안에서 빠져나갈 곳을 찾는 듯이 머문다. 정말 긴 침묵이다. 그림자를 바라보던 여자가 재킷을 벗어 내민다. 아침 바람이 차가워요. 그림자는 재킷을 받아들며 여자를 바라본다. 여자는 단호하게 말한다. 먼저 가세요. 돌아보지 말고 그냥 가세요. 그림자는 갑자기 기침을 심하게 하며 말을 잇는다. 미안…해. 나중에 또 오면… 어떨까. 나중에 언제? 여자는 기대를 걸어 보는 표정이다. 언제고 간에 올게. 여자는 얼른 방바닥에서 불나방으로 날아들었던 노란 은행잎을 주워 남자의 재킷 주머니에 넣어준다. 이게 뭔데? 이 방을 찾아들었던 기념이에요.

안녕…. 여자가 안녕이라고 말하며 그림자를 밀어낸다. 그림자는 급히 깨어진 창으로 나가 버린다. 여명이 그의 그림자를 잠시 벽지에 어른거리게 한다. 여자가 창밖을 바라보며 소리친다. 나중에 언제요…! 여자는 소리가 너무 크다는 것을 느끼고 자신의 입을 두 손으로 막고 속삭이듯이 말한다. 나중에 꼭 오시는 거죠. 그렇죠? 저를 데리고 가지 않아도 좋아요. 그냥 하룻밤을 저와 오늘처럼 지내기만 해도 돼요. 그녀의 발목에서는 쇠사슬이 절렁거리는 소리가 계속 해 나고, 창밖의 먼 곳에서는 자고새의 목 타는 소리가 들린다. 아침 해는 중천에 떴다. 그림자가 누워있던 침대엔 진홍의 핏자국 같은 햇살이 흥건해 보인다. 무지 아팠을 것이야. 그런데 어째 아팠다는 말을 한마디도 안했지? 창밖에선 그가 뛰어가는 소리가 들린다. 그 소리는 작아지지도, 그렇다고 커지지도 않고 시계초침 돌아가는 소리처럼 그렇게 들린다. 여자가 침대에 걸터앉는다. 그리고 남자가 황금비가 되어 되돌아올 것이란 생각을 한다. 머리에 꽂힌 꽃가지를 빼내 바라보며 혼잣말을 한다. 내가 꿈을 꿨나? 꿈을 꾸지는 않았어. 꿈속을 다녀온 것이지.

설치미술 창작에 대한 시뮬레이션

황어당에 대한 이야기입니다. 어느 날 그의 아내가 실종되었습니다.

노크 소리가 난다. 황어당 선생은 그 소리에 긴장하는 표정이다. 그는 서재에서 리빙룸 복도를 지나 그 끝에 있는 현관문 쪽을 바라본다.

똑똑똑….

노크 소리는 간헐적으로 계속되었다. 대형 창유리가 투명의 방으로 디자인된 리빙룸 복도는 블라인드 대신 습지의 이끼넝쿨 같은 새의 그물로 엉키듯이 쳐져 있다. 또 그 한 끝은 거친 파도가 바다 포말을 토해 내듯이 천정을 훑고 내실로 열린 차고문 안으로 흘러 들어간다. 황어당은 커피 한 잔을 뽑아 마시려는 순간이다. 도어벨이 5번 운명의 음향으로 난다. 아내가 편집한 소리다. 황어당은 그 소리를 못들은 척 마시려던 커피를 한 모금 마신다. 지금은 아내의 설치미술 작품에 온 신경이 집중되고 싶은 때이다. 간헐적으로 들리던 노크 소리는 멈추었다. 황어당 선생은 머그잔을 들고 리빙룸에서 차고로 통하는 문 쪽으로 나간다. 차고 안에서는 열기가 후끈 하고 나온다. 밖은 보지 않아도 하오의 햇살이 집 전체를 뒤집어씌우며 이글거릴 것이다. 지금은 남가주의 인디언 서머시즌이다. 이럴 때 땀이라도 흘렸으면 좋으련만 그는 땀이 흐르지 않는 체질이다. 그래서 이 계절은 더 죽을 맛이다. 그래도 에어컨은 켤 생각은 없다. 찬바람을 싫어해서다. 그보다 에어컨이 센 공간에서 종일 살다 보면 삭신이 쑤시는 걸 느낀다. 선풍기바람은 좀 나은 편이다.

"요즘에 구시대의 유물인 선풍기를 쓰는 집이 어디 있어요."

더위를 힘들어하는 아내지만, 그녀의 주장은 마음에 안 들었다. 이럴 때는 벗어부치는 게 제일 좋겠다는 게 그의 생각이다. 벗는 김에 홀랑 벗고 이리저리 뒹굴고 서성이고 주름져 축 들어진 방울을 덜렁이며 춤이라도 춰보면 어떨까…? 생각은 그리 해보지만 선뜻 실천은 못하는 게 옷 벗기다. 아내가 사라지면서 칩거생활로 혼자 산다. 텅 빈 공간에서 그걸 왜 못 할까? 스스로 생각해 봐도 이해를 못 하겠다. 그는 가끔씩 고정관념 속에서 사는 자신을 변화시켜야 한다고 생각한다.

현대란 시간이 인간의 내면을 고독하게 한다. 그러면서 자유를 열망한다. 자유란 무엇인가? 가식의 껍질을 벗어 버리질 못한다면 자유인이 아닐 것이다. 그는 또 인간이 원시를 느낄수록 건강해진다고 생각한다. 자유란 몸과 마음의 건강이다. 과학적 근거 없이 그냥 그리 생각해 본다. 그는 울창한 밀림 속에서 길을 찾듯이 새의 그물이 울울창창하게 늘어진 아내의 설치미술 작품아래에서 서성인다. 아내는 그게 아직은 미완성이라고 했다.

그는 새벽 한마당 글쓰기를 마치고 커피를 마시며 아내의 미완성작품을 바라보고 또 보아왔다. 이게 도대체 뭘 의미하는 예술인가. 해체주의가 이런 것인가. 케케묵은 고분 동굴에 거미줄처럼 새의 그물이 벽이며 천정을 온통 점령해 버린 걸 바라보면 답답해서 한숨이 나온다. 이게 무슨 말라비틀어진 예술이란 말인가. 이것들 때문에 실내가 늘 어두컴컴하다. 새의 그물 위엔 닭이나 비둘기, 까막까치에 뻐꾸기, 부엉이, 뱁새와 황새, 특히 팔색조며 앵무새 등등 온갖 조류들이 매달려 있다. 때론 착시 현상을 일으켜서인지 놈들이 날개를 펄떡이며 요동을 치는 것을 보기도 한다. 그러다가 지쳐서 축 늘어져 있는 놈도 보인다. 자세히 보면 새들은 모조품들이다. 물론 십여 배로 축소한 미니추어들이다. 닭이나 뱁새 종류는 같은 크기도 있다. 터키나 기러기 같은 큰 새도 같은 사이즈가 섞여있다. 축소하고 확대하고, 아내는 작업실에서 모조품을 만들어냈다. 그리고 족쇄를 채우듯이 놈들을 그물에 걸어놓고 심각하게 바라보곤 했다. 새 그물도 아내가 손수 짠 작품이다. 빈촌 바닷가의 낡은 어망 같은 새의 그물을 길게 펴 놓으면 한반도의 허리선 길이만큼은 될 듯하다.

황어당은 아내의 작업실인 차고로 들어가 조명을 켜본다. 차고가 높고 넓은 아내의 작업실 공간이다. 대학로의 웬만한 소극장보다 넓다. 현관문 말고 밖에서 안으로 통하는 문이 차고엔 2개가 있다. 하나는 밖에서 차고 안으로 들어오는 쪽문이고 또 하나는 차고에서 내실로 들어오는 도어이다. 아내는 주로 그 문들을 이용하곤 했다. 그 이외에 아내의 작업실엔 극장의 조명실보다 더 많은 스위치의 배선들이 뒤엉켜 있다. 조명작동 스위치보드다. 그중 어느 스위치 하나를 누르면 현란한 빛이 분광으로 요동을 친다. 그러면 새들도 용을 쓴다. 가상현실이 요동을 치는 것이다. 회오리바람 소리의 음향도 살아난다. 아내 말로는 빛과 음향과 율동으로 이어지는 퍼포먼스의 설치예술 행위가 벌어지는 것이란다. 천지창조가 그리 시작되었을 것이란다. 그런 원시의 세계를 체험하게 하는 것이 아내의 작품 내용이란다. 그건 아마도 과일을 따기 전의 에덴이었을지도 모르겠다.

그런데 이것이 어째서 미완성이란 말일까. 아내는 그런 속에서 알몸이 되어 춤을 추려는 것이란다. 황어당은 아내의 말만 들었지 실제로 아내가 나신으로 새들과 함께 춤을 추는 모습은 보지 못했다. 미쳤어. 미쳐…! 그러함에도 아내가 알몸으로 새들과 함께 춤을 추는 모습이 보고 싶기도 하다. 팔등신이 아니어도 여성의 나신은 아름답다. 밀로의 비너스도 벗은 아내의 몸만은 못할 것 같다. 그렇지만 벗으라고 강요는 하고 싶지 않았다. 언젠가 아내는 나무꾼의 선녀처럼 날개옷을 벗어 흔들며 팔만사천 마리의 조류들과 춤을 출 것이란 생각은 해봤다. 아내는 벗지 못해서 미완성의 작품이라 했나보다. 아내는 그런 작품을 서울광장에서 공연하고 싶어 한다. 워싱턴 광장이나 뉴욕의 타임스퀘어 그리고 천안문 광장으로도 가야 한다고 했다.

"세계일주를 해 보시지. 내가 필연적으로 도와야 할 테고."

그는 입속으로 빈정거리듯이 말해본다. 아내와의 논쟁은 무의미하다. 그녀와 논쟁은 언제나 닭이 먼저인가 달걀이 먼저인가를 묻는 것으로 끝이 났다. 알이 먼저인가 닭이 먼저인가. 그것이 문제이다. 아니다. 그것이 문제가 아닐 수도 있겠다. 그 해답을 인터넷에선 이렇게 대답한다.

고대 철학자들에게 이런 질문은 생명과 이 세계가 어떻게 시작되었는가라는 의문에서 비롯된 것이란다. 이런 맥락에서 '닭이 먼저냐, 달걀이 먼저냐?'라고 할 때, 이것은 서로가 순환하는 원인과 결과의 단서를 분류하려고하는 무익함을 지적하는 것이 된다. 또한 닭의 조상은 무엇인가? 닭의 조상은 공룡이란다. 공룡 T렉스(Tyrannosaurus)는 공룡이 악어보다는 새와 유연관계가 있으며 현생 동물 중에서는 닭과 타조가 가장 가까운 후손임이 확인됐다고 라이브 사이언스 닷컴이 최신 연구를 인용 보도했다. 그러나 현대의 공룡은 어린이 TV프로그램에서 '바니'라는 캐릭터로 어린이들에게 귀염을 받으며 그들과 춤추고 노래하는 친구로 존재한다. 황어당은 그의 아내가저 새들 하나마다에 캐릭터를 부여해 주는 것으로 작품의 완성도를 높이려는 것이 아닌가 하는 추측도 해 본다. 왜 진작 그 생각을 못했는가?

아내에게 그 얘기를 해 주고 싶다는 생각이 들었을 때 그녀는 사라져 버렸다. 황어당은 스위치를 끄고 서재로 돌아간다. 도어벨이 또 울린다. 그가아내의 설치미술 속에 빠져 있는 동안 똑 똑 똑 노크소리는 운명 5번의 도어벨로 변했다. 그리고 다시 노크소리로 이어진다.

"선생님, 아내가 실종되었죠?"

황어당이 현관문을 열어주자 한 여인이 들어서며 단도직입적으로 말한다.

"누구신데…?

황어당은 한 발 물러서며 여인을 바라봤다.

여인은 육감적으로 생긴 중년이다. 입성이 우아하다. 황어당은 곁눈으로 다시 본다. 병아리색 모슬린 치마 밑으로 베이지 발목부츠가 보인다. 그린 카디건 위에 무지개무늬의 스카프가 목선을 휘감고 있다. 그 사이로 살짝 보이는 보라 탱크톱. 기본 화장에 입술연지가 연분홍이어서 지적 수준이 높아 보인다. 여인은 아내가 실종되었죠? 라고 말한 후에 활짝 웃는다. 그게 어디 웃을 일인가? 그러더니 큼직한 망사 핸드백에서 명함을 꺼내 그의 손에 쥐어준다. 매우 친근감 있어 보이고 장난기마저 섞여있는 행동이다.

어라…? 맹랑하네. 황어당은 얼떨결에 명함을 받아 쥐며 그녀를 마주 바라본다. 그녀는 또 한 번 활짝 웃는다. 보조개가 살짝 보인다. 그런 모습이 황어당의 의식 속으로 매력적이며 도전적으로 스며드는 듯하다.

"아내가 실종되었죠?"

그녀는 앵무새처럼 이미 한 말을 반복한다.

"뭐라고 하셨소?"

황어당은 그녀가 준 명함의 잔글씨를 읽느라고 여인이 반복해 묻는 말에 신경을 안 썼나보다. 그녀는 리빙룸과 복도 그리고 아내의 작업실로 향하는 벽과 천정, 온 공간에 퍼져있는 새의 그물과 조류 동물들을 바라보며 다시 말한다.

"아내가 실종되지 않았는가를 물었습니다."

황어당은 자신의 시선도 여인의 시선을 따라가며 맥 빠진 대꾸를 한다.

"얼마 전에 그런 일을 당했소이다."

여인은 기선을 잡으려는 듯이 똑 떨어지게 말한다.

"정확히 6년 3개월 전이죠."

황어당은 스르르 긴장이 온다.

"난 시간과 숫자에 둔감해요."

황어당은 얼버무리듯이 대답했다. 그리고 이 여인의 정체가 명함 대로 월간지 기자인가 하는 의문이 들어서 다시 확인한다.

"월간 정보지의 수사정보팀장이라고요? 그러면 잡지사의 기자신가?"

여인은 머리를 빳빳이 들고 기를 죽이듯이 딴소리부터 한다.

"실내가 매우 덥군요. 에어컨이 없나 봐요."

"있죠. 최신형이죠.

여인이 명령하듯이 말한다.

"그럼 켜세요."

황어당은 '에어컨 바람이 싫어서요.'라고 말하기가 싫다. 실은 그녀를 가급적이면 빨리 내보내고 싶어지기도 해서이다. 그러나 한편으론 혼자 사는 입장에서 이런 여인과의 대화는 이성과의 만남이기도 하다. 해볼만 하다는 생각도 들었다.

"월간 수사정보지라… . 공정란 선생님."

"객원기자입니다. 공인 수사정보관의 겸직이죠. 그런 말 들어보셨나요?"

"금시초문이죠. 그게 대체 뭐하는 직업입니까?"

"글자 그대로에요. 국가에서 허락한 사설 수사관 플러스 정보요원입니다."

"무서운 직업이네요. 정보원이라면 능력도 상당하겠죠?"

그는 007이나 미션 임파서블에 나오는 여인들을 떠올려본다.

"우선 인터뷰를 허가해 주셔서 감사합니다."

"인터뷰라니, 난 수사관이 심문을 하러 오신 줄 알았어요. 우린 약속이 되어있지 않잖소."

황어당은 이 여인에게 약간은 공격적이어야 한다는 생각을 했다. 여인은 깔깔거리며 웃은 다음 말을 잇는다.

"전 뉴요크 오티스미술대에서 환경미술을 전공했어요."

"오, 그래요. 미대에서 정보기술도 가르치나요?"

그녀는 무지개색 스카프를 살랑살랑 흔들어 바람을 일으킨다. 여인의 향기. 샤넬일가? 뚜왈렛인가. 그런 향기가 실내를 화려하게 하는 듯하다. 그녀는 계속해서 말을 잇는다.

"엔바이로먼트(environment) 아트라고 하지요. 실내와 정원 디자인이지요. 범위가 넓어요. 현대는 정보 없이 되는 게 없어요. 가구와 정원설치도 이에 해당이 됩니다. 조각이나 정원세트 같은 거요. 포스트모더니즘은 구시대의 유물이 되고 있죠. 새로운 질서가 요구됩니다. 정보는 선생님의 창작 활동에도 관계가 있을 테죠."

"그렇습니까?"

황어당은 스카프를 벗은 그녀의 목선이 아름답다고 생각하면서도 외면을 한 채 잠시 생각에 잠긴다. 아내가 즐겨 쓰던 향수와 흡사한 것 같다.

"그건 좋은데 이렇게 장시간 세워놓고 있으시니 황당하군요. 황어당 선생님. 선생님의 이름 가운데 자를 빼니 황당이 되는군요. 황당 선생님. 근데 들어오다가 포치 위에 처진 그물망에게 저지를 당했죠. 빈집에 처진 거미줄 같아요. 현관만이 아니군요. 위를 보니 리빙룸이며 서재며, 안방에서 천정에까지 그물이 새카맣게 쳐져 있군요. 대단하네요. 거미줄에 먹잇감이 주렁주렁 매달려 있고…. 약속은 안하고 왔지만 손님 대우를 받고 싶네요. 인터뷰를 위해 방문한 집에서 괄시받기는 처음인가 봐요."

황어당은 겸연쩍은 순간을 모면하려는 듯 크게 웃는다.

"하하아, 그렇군요. 제가 숙녀를 오랫동안 세워놓았군요. 식당 쪽은 여기보다 시원합니다. 주방의 창을 열어놓으면 떡갈나무 그늘이 시원한 바람을 불어넣지요."

황어당은 묘령의 여인을 혼자 사는 남자의 내실 깊숙이 유혹한다는 느낌을 애써 떨쳐버린다.

"무슨 차를 대접할까요?"

황어당은 그녀가 의자에 앉기를 기다려 묻는다.

"그냥 냉수가 좋아요."

그녀는 카디건을 벗으며 말했다. 보라색 탱탑 겨드랑이 쪽이 땀으로 얼룩져 있다.

"이런 날은 시원한 곡차가 어때요? 코로나에 라임 몇 방울 치면 더 시원하죠."

"좋아요"

그녀는 요염하게도 늘어진 스카프로 가슴골의 땀을 찍어내며 말을 잇는다.

"새들이 날개를 펄럭거리네요."

그녀는 목을 들어 쏟아질 듯 출렁대는 설치물을 올려다보며 말했다. 그 모습은 영락없이 병아리가 물을 먹고 하늘을 보는 듯 했고, 자신의 길고 아름다운 목선을 자랑하는 듯도 하다. 황어당은 맥주병 두 개와 컵을 들고 오다가 헛발을 딛고 식탁 모서리에 병을 떨어트린다. 그녀의 목선 때문에 한눈을 판 것 같다. 병은 참나무 식탁 위를 뜨르륵 굴러 바닥에 떨어지려 한다. 그녀가 잽싸게 그걸 잡아 세우며 황어당을 바라본다. 황어당은 어깨를 으쓱해 보이며 의자를 당겨 앉는다. 그런 초로의 남자 모습이 장난꾸러기의 수줍은 소년처럼 보인다. 여인은 그런 황어당의 모습을 보며 뜬금없는 말을 한다.

"가엾어라. 그물망에 걸려서 꼼짝 못하면서 빈 날갯짓만 하는군요."

황어당 능청스럽게 대꾸한다.

"딴 데 한눈을 판 눈 먼 새지요. 공중을 날던 놈이 앞을 못보고 달려들다가 그물에 목이 끼인 거죠. 그물에 머리가 끼면 빠져나오질 못해요. 하늘을 날면 뭐합니까? 한 치 앞을 못 보는데. 날갯짓만 버둥거리다가 그만 지쳐버리고 맙니다. 호주산 카카오 앵무새가 그렇지요. 날지 못하는 새들은 땅위에서 뭇짐승들에게 잡혀 먹히는 것으로 생을 마감합니다. 대신 빨리 달릴 줄 알면 살아남습니다. 대표적인 놈들이 닭이지요. 꼬끼오… 하다가 고기가 되어 삼계탕이 되는 겁니다. 건강 보양식. 요즘은 뽕나무가지에 당귀를 섞어 푹 삶기도 해요.

그녀는 긴 머리를 두 손으로 치켜올리며 말을 받는다.

"미래를 못 보는 새들이라. 재미있는 표현이시네요. 저기엔 화석도 보이네요. 저건 시조새의 화석인가 봐요."

황어당은 그녀의 슬리브리스에 보이는 하얀 겨드랑이를 애써 외면하며 말을 되받는다.

"그 말을 하자면 길지요. 시조새의 화석은 오늘날의 새들의 미래랍니다. 과거는 미래의 거울이거든요. 설치작가의 기막힌 아이디어죠. 저것들을 다 아내가 조각하고 한지를 버무려 빚어서 만든 창작물들이죠. 자…. "

그는 맥주잔을 권하며 말을 계속 한다.

"저것들은 아직 미완성작품이래요."

여인은 입을 벌리고 감탄했다는 표현을 한다.

"설치미술작가 백남준 아시죠? 그리고 이불 씨."

"이불 선생님, 잘 알아요. 뉴욕에서 활동하는 한국인여류화가죠. 샌디 스커글런즈의 금붕어의 발란이란 작품을 사진으로 봤어요. 상상력이 대단해요. 불란서의 다니엘 뷔헨의 중심에서 벗어나다도 화려한 오브제가 좋아요."

"아내는 그런 작가들과 눈높이가 같을 겁니다."

"당연하죠. 시조새의 화석은 진짜인가요?"

"모조품이죠. 아내가 만든 조각품들이에요."

"화석도요?"

"석고로 떠서 색칠을 한 거죠. 새들의 조상이에요."

"알아요. 새들의 조상은 시조새라는 것을…."

"재작년까지 그리 알았지요. 그러나 새들의 조상은 시조새가 아니라 공룡이라는 연구 결과가 나왔어요.

"이해할 수 없지만 믿어야 하겠지요."

그녀는 황어당의 비위를 맞추며 대화를 이어나가려고 작정하고 온 듯하다. 황어당은 대화에 굶주린 사람처럼 말을 많이 한다. 그러고 싶다. 그는 열변을 토한다.

"네덜란드와 미국 학자들은 6천8백만 년 전에 죽은 티라노사우루스 렉스, 줄인 말로 T렉스라고 합니다. 그 대퇴골에서 채취한 단백질을 이십여 종류의 동물의 것들과 비교한 결과 공룡의 앞발이 날개로 점차 변했음을 알 수 있었답니다. 지난 2003년에 발견됐으며 콜라겐 조직이 보존돼 있다는 사실은 2005년에 밝혀졌답니다. 결국 시조새보다 더 오래 전에 날개와 깃털을 가졌던 공룡의 화석들이 연이어 발견되었어요. 이를 통해 과학자들은 결국 새의 조상은 땅위를 뛰어다니던 공룡이라는 판결이 났습니다."

"그렇군요. 결국 땅으로 돌아왔네. 선생님은 고고학에도 일가견이 많으시군요."

그녀의 칭찬에 황어당은 으쓱 신이 더 올랐다. 공룡의 알은 닭의 조상이고 칠면조의 조상이며. 거위, 타조의 조상은 공룡의 알이고 그 알의 조상은 공룡이고…. 빙빙 돌아가며 존재하는 게 생명의 넉넉한 공존이고 신비랍니다. 그래서 과거란 미래의 거울이 되는 거죠."

"윤회라는 말같이 들리네요."

공정란은 황어당의 헐렁한 바지에 헌 넥타이로 질끈 맨 허리띠며 앞섶이 헤벌쭉한 삼베적삼의 절은 칼라를 보며 입을 다문다. 잠시 침묵이 흘렀다. 여인은 솜사탕 같은 맥주거품에 입을 대었다가 스카프 자락으로 입술을 찍어내며 연민으로 황어당을 바라본다. 중년여인의 우아한 모습이다. 황어당은 그런 여인을 바라보며 입을 또 연다.

"손가락 마디마다 못이 박혔죠. 그물을 뜨느라고…."

여인은 황어당의 눈길을 피하며 말한다.

"과거는 미래의 거울이다? 그렇군요. 그럼 미래의 거울은 과거겠죠?

황어당은 맥주잔을 내밀어 위하여 하고 잔을 부딪친 후 벌컥벌컥 마시면서 뜸을 들인 다음에 너스레를 떤다.

"미래의 거울은 이미지가 사라지는 것이죠. 오랜만에 대화가 통하는 분과 한잔 하니 신선이 된 기분이군요."

그녀도 가볍게 맥주잔을 댔다가 입을 연다.

"설치미술가이신 아내도 대단하시지만, 선생님도 대단하세요. 역대 왕과 국가 원수의 실수한 에피소드를 모아 전기를 쓰신 불통작가. 황어당 선생님. 많이 쓰셨죠? 베스트셀러만…. 사람들이 왜 그런 작품을 좋아할까 연구해봐야 하겠네요."

황어당이 짐짓 눈을 부라린다. 그의 눈 안에 의미 있는 광기가 숨어있어 보인다.

"베스트셀러는 못 돼도 스테디셀러는 되나 봅니다. 세상엔 거지나 노예가 되고 싶은 사람보다 왕이나 수상이 되고 싶은 사람이 많다는 증거죠. 자기능력을 스스로 과대평가 하는 사람들이 제 독자가 되죠. 우리나라, 대한민국은 더 심해요. 부정 당선을 하고도 좋아해요. 부끄러운 줄 모른다구요. 마음은 양심의 노예가 되면서 몸만 왕이 되면 뭐합니까? 한심파 당원들에 모조품 지도층 인사들이죠."

여인이 맞장구를 쳐준다.

"맞아요. 그물에 걸린 모조품 날개들. 가짜로 쓴 작품들의 인기가 더 좋았다…? 그들 중 다섯 명을 뽑으라 한다면 누구, 누구겠어요?"

"오적 말씀인가요? 핫하하."

황어당은 짐짓 활달하게 웃은 다음 목소리를 높인다.

"현대판 오적들. 재미없어 쓰다 말다하며 퇴고했어요. 난 쓰기가 역겨운데 사람들은 쓰레기에서 악취가 날수록 재미있어 한다구요. 아이러니죠. 10퍼센트가 99퍼센트를 깔고 뭉개는 세상이 거울 속에서 출렁이는데 사람들이 그걸 외면해요. 한 잔 더?"

황어당은 너스레를 더 과장되게 떨었다.

"아니에요. 지금은 일시간이 돼서요."

"아, 지금 인터뷰 중이시죠. 일 끝나고는 진탕 마셔도 되겠죠?"

"맥주라면 한 케이스 다 마실 수 있어요."

"정식 인터뷰 하기 전에 24병짜리 2케이스를 주문해야 하겠군요. 전화로 주문하면 배달이 곧 가능하죠."

황어당은 새 병을 따며 신이 나 있다. 아무래도 이런 기자회견이 신바람 날 일은 아닌 것 같지만, 그는 일부러 과장된 행동을 하나보다.

"이런 말이 있죠. 봉황은 굶어죽어도 좁쌀은 안 먹는다. 내겐 협박을 해도 안 되고, 고문을 해도 안 되지요. 주어진 시간 속에 생존하는 사람 중에 어떤 인간이 제일 고독한 사람이겠어요?"

여인은 그의 과장된 언행을 들었는지 말았는지 더워서 앉아 있기가 지겹다는 듯이 손부채질을 하며 열려있는 서재로 들어가 이곳저곳을 둘러보다가 서가의 층널 위에 작은 사진액자를 유심히 보며 노래하듯이 흥얼거린다.

"질문을 많이 하려고 온 기자에게 이 세상에서 제일 어려운 질문을 하시는군요. 연막인가요? 새의 그물망인가요?"

"시간을 끄는 거죠. 좋은 기회가 될 것 같아서요."

여인은 빠르게 말을 받는다.

"황어당 선생님의 아내가 실종되었죠? 정확히 6년 3개월 전 일이고요. 저는 선생님이 원하는 정보를 드릴 수 있어요. 그런 직업을 겸하고 있거든요. 선생님을 돕고 싶어요."

황어당은 흥분한 상태로 벌떡 일어나며 목소리를 높인다.

"기자회견을 한다더니 내게서 뭘 수사할 일이 아직 남아있을까! 사라진 아내를 내가 어떻게 해. 주머니에서 꺼내놔요. 있으면서 안 보이는 투명인간이 되어 꺼져 버렸는데 무슨 수사를 더 해?"

여인은 부드럽게 그의 말을 받는다.

"수사가 아니라 인터뷰라니까요. 우선 사모님, 즉 아내의 실종에 대해서 여쭈어 볼 말이 있죠. 사모님, 설치미술가 유정란 화백이 어느 날 갑자기 사라지셨어요?"

"그랬다 하지 않았소."

"실종 신고를 내셨죠?"

"그랬었소.!"

"아내가 실종된 걸 어찌 아셨죠?"

"집에서 안 보였으니까."

"안 보이면 실종된 것입니까? 가출이란 생각은 안 하셨고요."

황어당은 심하게 고개를 젓는다. 맥주 한 잔에 취기가 오르지는 않았을 성싶다.

"가출, 그런 건 꿈에도 생각 안 해봤소."

"납치는요?"

"노. 아니요."

"살해됐을 가능성도 있네요."

황어당은 소리친다.

"아니오. 아니라구."

"경찰의 수사도 받으셨더군요."

"그랬었소."

"그 결과는?"

"그들이 나를 한동안 괴롭혔소."

"그런데 왜 아내를 찾는 척 하다가 그만 두셨죠?"

"내가 그랬었나? 그건 어찌 알았소?"

"왜 그러셨나요?"

그 물음에는 황어당이 말문이 막히는 듯 천정에서 천정으로 건너뛰는 설치물만 바라본다.

"경찰 조서에는 그리 나왔어요. 그래서 살해 의혹도 생겼고요. 지금은 증거가 부족하지만 그들은 공소시효가 끝나기까지 선생님의 주위를 맴돌고 있을 겁니다."

"에드가 알렌 포의 작품을 읽고 또 읽으면서 말이오?"

"검은 고양이. 전 그걸 알고 선생님을 도우려고 온 사람입니다."

황어당 선생은 잘라 말한다.

"공정란 기자님. 아니, 수사팀장님 오늘 인터뷰는 이것으로 끝을 내야겠소."

"아직 여쭙고 싶은 본론은 꺼내지도 않았어요."

"더위에 맥주를 한잔 마셔서 그런지 몹시 피곤해요."

"전, 선생님을 돕고 싶어서 왔어요."

황어당은 빈정대듯이 말을 짓찧는다.

"우아하고 섹시한 기자 숙녀님. 그래서 사면 벽을 유심히 관찰하시고 있나요? 벽속에 유정란이 들어있나 해서 돋보기로 보시나요. 수사관들은 날 고문도 했죠. 검은 고양이를 찾듯…. 내 차고 바닥을 뜯어내고도 싶었겠죠. 내 작품에 주인공들인 오적의 유령들이 내게 보복을 하고 있나요?"

"몇 마디만 더 묻겠습니다."

"그녀는 스카프로 계속 가슴 골짜기의 땀을 찍어내며 말을 잇는다.

"아내가 사라지기 전에 무슨 일이 있었나요? 부부 쌈을 하시고 냉전상태 셨나요?"

"아니요. 우리는 늘 일상적으로 평온한 생활을 했죠."

"행복한 생활이 아니라 평온한 생활을 하셨군요. 왜요? 사노라면 싸움도 하고 사랑도 하고 그래야 진정 사랑하는 부부가 아닌가요?"

우린 쌈 같은 걸 안하죠. 아내가 착해서겠죠. 이해력이 많고. 그보다도 설 치미술 작업하기에 골몰해서 쌈질 할 시간도 없었소."

"선생님은 여기 앉아서 늘 왕들이 실수한 에피소드만 쓰셨고요."

"자료 찾기도 했지요."

"어떤 자료요? 실종된 자료 말인가요?"

"귀중한 것일수록 없어지지요. 아내 말이 내가 여기에 늘 앉아 있으면 그 것 자체도 설치미술의 일부분이래요. 언젠가 아내는 돌아와서 하던 작업을 마무리하겠지요. 난 그녀가 돌아오기를 기다리는 중이오."

"실종된 아내를 기다리며 우리들의 초대 임금에 대한 전기를 쓰셨겠지요. 알에서 나온 아기가 왕이 됐지요?"

"아내에게 그 아이디어를 전하고 싶군요."

황어당은 이쯤해서 이 여인과 아내와의 어떤 관계가 있다는 것을 짐작으로 알 수 있을 것 같다. 그는 벌떡 일어나서 개수대 서랍에서 과도를 꺼내 든후에 잠시 망설이는 듯하다가, 냉장고 문을 열고 라임 두 알을 집어 들고 온다. 여인은 그의 행동을 예의 주시하면서 말을 잇는다.

"설치미술의 중요 아이디어는 결국 선생님의 발상이시네요."

황어당은 라임 한 알을 집어 들고 반을 자른 후에 그 한쪽을 여인에게 내민다.

여인은 라임을 받아 핥아 본 후 시다는 듯 찡그린 후 말을 계속 한다.

"그때 선생님 댁의 문을 두드리는 노크소리가 계속 나지 않았던가요."

황어당은 칼끝으로 라임을 찍어 바라보며 자신의 의식 안의 생각을 이어 본다. 자고로 우리나라는 사실적 역사가 신화로 왜곡되어 반만년을 이어오면서 스스로 작아지고 있다. 왜 그렇게 되었는가? 90프로가 빼앗기고도 잃은 줄 모르기 때문이다. 10퍼센트만이 기를 쓰며 소리쳐 보지만 기득권자들을 이겨내지 못하고 있다. 나는 어디에 속하는 자인가? 스스로가 의문을 던져본다. 공정란이 일어나서 의자뒤로 돌아서면서 묻는다.

"그때 그 노크소리 이후에 누가 찾아왔었습니까?"

황어당은 라임을 한입 깨물까 말까 망설이며 앉아 말이 없다. 여인이 다시 묻는다. 용의자를 심문하는 말투다.

"모르다니요? 얼마동안 일정한 간격을 두고 문을 두드린 사실이 있었을 텐데…. 그녀는 황어당을 내려다보며 차갑게 물었다.

"그게 누군지 모르시겠어요?"

"주로 아내가 문을 열어주었으니 모르오."

"누가 왔었는지 궁금하지 않으셨나요."

"사실을 말하겠소 아내의 방은 현관문 옆에 있고, 아내의 작업실 말이요. 아내는 그 문간방에서 설치미술을 제작하고 있었어요. 문에 가까운 사람이 열어주는 건 당연하죠."

황어당은 변명이 아니라 사실을 말하고 있는 것이다.

"새 그물 같은 것을 짜셨겠죠. 모조품 새들이 주렁주렁 걸려있고요. 전 처음에 할로윈데이의 데커레이션인 줄 알았어요. 징그럽고 끔찍해요. 날고 싶어서 환장을 한 새들을 보니 가슴이 막히는 것 같고요."

그가 아내를 위한 변명을 해본다.

"억압당한 우리의 역사의식을 메타포한 주제래요."

그녀는 차고 문 쪽으로 가서 그 안을 들여다 보며 계속한다.

"설명을 해주시니 그런 것 같네요. 허지만…."

그녀는 적당한 말을 찾으며 잠시 생각에 잠긴 후에 말을 잇는다.

"마치 그것 같아요. 그런데 뭔가 기괴해요. 지금은 먼지와 거미줄로 범벅이 되어서…. 그거 있잖아요. 마녀의 집 동굴 입구 같아요. 그런 집 현관문을 누가 두드렸을까?"

그녀는 리빙룸과 복도 그리고 차고 안을 둘러본다. 황어당 선생은 그녀의 등 뒤에서 목소리를 깔아 말한다.

"그렇게 겉모습으론 진실을 못 찾아요. 이리 와 여기 앉아 보시오."

황어당 선생은 차고 안으로 들어가 빈 의자에 그녀를 앉히고 스위치보드를 켠다. 조명이 들어오면서 사이키 스타일로 바뀐다. 그 속에 모조품 인형들과 그물망의 그림자가 설치미술로 나타나고 그물망에 걸린 닭이나 비둘기, 까치, 뻐꾸기, 뱁새와 황새, 앵무새들의 날개들이 펄럭거린다. 사람의 음성으로 내는 날짐승들의 소리가 음악이 되어 흐르고 그 음률에 따라 모두가 요동을 친다. 닭은 꼭끼오, 참새는 짹짹, 제비는 지지배배, 앵무새는 사랑해, 사랑해, 또 사랑해를 반복한다. 조명의 흔들림에 따라 이것들은 보이다가 말다가 한다. 또한 그물 여기저기 조류의 날갯짓과 더불어 살바도르 달리의 메모리 속에 녹아내린 시계들의 실루엣이 나타난다. 시계바늘이 반대쪽으로 돌아간다. 그렇게 시간은 거꾸로 돌고 바로 돌고 마치 롤러코스터를 탄 듯 어지럽게 돌아간다. 혼란스런 시뮬레이션은 계속된다.

"그만…! 그만 해요…. "

여인이 비명을 질렀다. 황어당이 스위치를 끄면서 묻는다.

"왜 그래요?"

여인은 제자리에 서서 발을 구르며 울음소리로 대든다.

"보시면 몰라요. 울고 있잖아요."

"이제 시작에 불과한데 그게 뭐 놀랄 일인가요."

여인은 황어당에게 몸을 기대며 울음소리로 말한다.

"전율이 일어나는 환상을 봤어요. 몸이 떨려요. 죽는 줄 알았어요."

황어당은 자신의 가슴에 기댄 그녀의 머리에서 나는 샴푸 향에 취하는 듯해서 잠시 그녀를 밀며 긴장한다. 스위치를 끈 작업실은 어두컴컴해지고 사위는 시간이 멈춘 듯 조용하다. 여인은 그 자리에 주저앉아 몸을 떨고 있다. 황어당은 자신의 내부에서 성적 욕망이 일어나는 것을 애써 억제하며 그녀를 부축해 밖으로 나온다. 어둠속에서 빛으로 나온 것이다.

"온 이런 아직도 떨고 있군. 브랜디를 한잔 드릴까요?"

"네…! 아니, 괜찮아요. 아니, 주세요."

그녀는 의식의 방향감각을 잃은 듯이 말을 더듬었다. 황어당은 그녀를 식탁 의자에 앉히고 브랜디 잔을 두 개 꺼내어서 반 잔씩 따른 후 그 하나를 공정란에게 내민다. 그녀는 브랜디를 단숨에 마셔버린다. 황어당은 그런 여인을 바라보며 그녀를 설치미술 작품 속에 나신의 모델로 삼으면 어떨까 하는 생각을 본다. 실은 현대예술의 진정한 감상은 졸도하듯 전율을 느끼는 것일 것이다. 그도 브랜디를 한 모금 마신다. 그녀는 갑자기 냉정을 되찾은 듯이 쏘아대듯이 질문을 해댄다. 브랜디가 용기를 준 것 같다.

"아내가 실종되었죠?"

황어당은 그녀가 왜 같은 질문을 계속하는가를 이해하려고 잠시 멈칫거린다. 그녀는 재차 다그친다.

"아내가 사라지지 않았는가를 물었습니다."

"얼마 전에 그런 질문을 하지 않았나요?"

"정확히 6년 3개월 전 일이고요."

황어당은 빠르게 대답한다.

"난 시간과 숫자에 대해서는 둔감하오.

여인의 음성은 한 음계씩 높아진다.

"황어당 선생님. 전 정보시대의 객원기자입니다."

"알아요. 자기소개는 이미 했잖소."

황어당은 삼베적삼 주머니에서 명함을 다시 꺼내본다. 정보시대의 객원기자. 황어당은 여인의 잔에 브랜드를 첨잔하고 짐짓 여인을 향해 브랜디 잔을 높이 들어 보인다.

"이 파티 제목이 뭐요?"

그녀도 잔을 높이 들며 외친다.

"선생님! 실종된 아내 유정란을 위하여! 그런데 아내는 어디로 갔는가. 궁금하지 않으셔요. 노크소리가 났고…? 얼마동안 간격을 두고 계속 그런 일이 있었죠? 그게 무슨 신호였죠. 그게 아내를 사라지게 한 전조가 아닌가요. 네? 황어당 선생님의 아내 설치미술가, 추상화가, 꼬꼬댁, 유정란 선생이 사라진 전조지요. 노크 소리…. 그때 첫 번과 두 번째는 관심 없이 지나갔었겠죠. 세 번째 노크 소리 이후에 아내가 그물을 뜨던 일, 설치미술 작업을 하다가 방해가 되었는지, 귀찮은 듯 문을 열어주는 소리가 들렸겠죠. 그리고 두런두런 이야기 소리가 나고 잠시 후에 유정란 화가는 돌아와 또 그물 짜기를 시작했겠죠."

황어당 선생은 그때의 일을 회상해 본다. 그때 그는 아내의 물집생긴 손가락에 연고를 발라주고 싶었지만 그러질 못했다.

"세 번째 날은 어쨌었죠?"

공정란은 황어당을 다그쳤다. 황어당은 그녀 앞에 다가서며 소곤거리듯이 위엄 있게 말한다.

"그날은 노크 소리가 꽤 오래 났는데 아내는 하던 일을 계속 하더라구요. 내가, 밖에 누가 왔어. 여보. 라고 아내의 방을 향해 소리쳤는데 아내는 당신이 좀 나가 보구려 했소. 난 그때 작품을 쓰고 있던 중이어서 그것을 저장하고, 안 그러면 날아가 버릴 수도 있으니까, 일어나려 했는데, 그 사이에 아내가 문을 열어주고 잠시 후에 제자리로 돌아왔었소. 내가 누구였냐고 물어봤소. 아내는 계란장사라고 하더군. 무슨 계란장사요? 하니까 유정란이라고 해요. 유정란, 아내의 이름과 음은 같지만 내용은 전혀 다른 의미의 언어지요. 평범한 일상적인 언어들이고…."

황어당은 잠시 숨을 고르고 여인은 그 틈을 헤집고 질문을 한다.

"계란장사. 그 사람이 여자라고 했나요?"

"그건 안 물어 봤소."

여인은 브랜디 잔을 손끝으로 문지르며 질문을 계속한다. 크리스털 잔에서는 윙~하는 작은 음이 퍼진다. 그 음률을 타고 그녀의 음성이 허공을 맴돈다.

"그 전에도 그랬고 그 전, 전에도 노크소리는 계란을 팔러 왔었겠죠? 혼란스러워 하지 마세요. 아, 그 계란장사가 뭐라고 했는지 아세요. 케이지 프리란 말을 했겠지요. 유정란 화백이 가장 좋아하는 말일 거예요."

여인은 차츰 흥분상태가 되어 말을 잇는다.

"울타리 없는 닭장에서 키운 닭. 자유롭게 돌아다니게 하면서 키운 닭. 인공 사료가 아니고 들판의 풀씨나 벌레 같은, 자연식을 먹고 사는 닭. 넓은 들판에서 뛰놀며 자란 닭에서 나온 알. 암놈과 수놈이 함께 놀며 낳은 알. 그게 유정란이라고 했겠죠. 유정란을 팔러 온 행상이 한 노크소리."

황어당 선생이 그녀의 말을 막았다.

"행상이 문을 두드렸다? 유정란을 사라고. 헌데, 그걸 기자 선생은 어찌 그리 잘 아시오."

"경찰 조서를 봤지요."

황어당 선생은 화가 난다.

"알면서 내게 왜 물었어!"

"확인이죠."

이로부터 여인은 황어당 선생이 흥미를 느낄만한 말만을 하기 시작한다.

"처음엔 팔러 오고 그 다음엔 수금하러 오고 그 다음은 계란을 핑계로 오고…. 선생님의 아내를 만나러 온 것이죠."

그 어떤 사람이 내 아내를 만나러 왔었단 말이오?"

"제가 이 집에 온 이유가 바로 그 문제 때문이죠. 아내의 실종 사건은…. 경찰은 선생님이 살해했다고 믿고 있거든요. 6년 3개월간. 선생님이 실종 신고를 내고 수사를 의뢰했는데 그들은 단순가출이라는 결론을 내렸지요. 선생님은 아니라고 사설탐정을 고용하고 현상금을 걸어 광고를 하고 아내를 찾고 있었는데 얼마 후에 수사기관은 다시 나타나서 선생님께 강도 높은 심문을 했죠. 그들은 아직도 선생님이 아내를 살해해서 시신을 유기했다고 믿고 있거든요."

"알아요. 보복이죠."

황어당은 담담한 표정으로 말을 잇는다.

"그때 난 현대판의 오적 소설을 쓰고 있었거든. 뉴욕의 랜덤하우스에서 출판을 하기로 계약이 되어있어요. 그걸 중단하라는 협박을 수없이 받을 때였소. 지금도 그들은 협박을 하고 있소. 말 해봐요. 공정란, 당신도 그들이 보낸 사람이오?"

여인은 차분하게 말을 받는다.

"위대한 예술가 치고 절벽 앞에서 절망 안 해 본 사람이 없다는 말을 들었죠. 선생님은 지금 절망하고 있어요. 선생님의 아내도 그때 절망하고 있었지요. 이제 결론을 내드려야겠어요."

그녀는 서가에서 사진액자를 꺼내 보인다.

"여기에 이 여인이 황어당 선생님의 젊은 시절 아내이신 유정란 화가이시죠. 그 한 사람 건너가 역시 청년시절의 선생님. 그러면 가운데 남성은 누구예요?"

황어당은 시선을 허공에 둔 채 말이 없다. 여인은 계속 말을 잇는다.

"설명해 드리죠. 이 가운데 남성은 선생님의 죽마고우이며 학교 때 친구 박수성. 그리고 소꿉친구 유정란. 기억나세요. 그 시절에 셋이서 껌처럼 붙어 다녔죠. 그 후 선생님이 신춘문예를 통해 작가가 되었고, 스토리가 길 필요는 없어요. 박수성은 의사가 되었죠. 군의관으로 모래폭풍에 참전했는데 연합군의 공중폭격이 사막의 한 마을학교를 덮쳤어요. 그는 의무장교로 부상당한 어린이들을 단 한 명도 살려내니 못한 자괴감에 빠져들었죠. 히포크라데스의 선서를 한 이 의사는 멘붕에 빠져 맨발로 사막의 폭풍 속을 헤매다가 길을 잃었지요. 그리고 펄펄 끓는 모래 속에 발가락 열 개를 묻고 왔어요. 화상을 입을 것이었지요. 인간의 날개는 발가락이죠. 그는 날개를 잃은 거예요. 그 사이에 선생님은 유정란과 결혼을 해 버렸고요. 그 얼마 후 날개 없는 박수성은 귀국해서 산속에 들어가 자연인이 되어 케이지 프리 닭을 키우고 있더군요. 그리고 우울증에 걸려 광인처럼 살고 있었지요. 그때 배낭여행을 다니던 저는 그를 알게 되었고, 처음에는 불쌍해서 돌봐주다가 부부가 되어 둘이서 잘 살았지요. 가끔씩 그의 우울증이 절 미치게 했어요. 어느 날 박수성은, 남편 말이에요. 첫사랑의 여인 유정란을 너무 그리워하며 그녀를 데리고 와달라고 졸라댔죠. 이미 남의 아내가 된 소꿉친구를요. 딱 한 번만 보게 해 달라고 사정을 하고 애원을 하고 협박을 했어요. 목을 맨 게 몇 번인 줄 몰라요. 전 그를 너무 사랑했어요. 그래서 전 이 집 문을 두드렸죠. 유정란을 팔러왔다고 하며 그녀를 유인해 갔죠. 그런데 막상 그곳에 온 유정란은 박수성을 위해 산속 농장에서 식모처럼, 노예처럼 살기를 원했어요. 그래도

175

좋다 했어요. 행복하대요. 남편의 미친 증세는 좋아졌지만 나는 무정란이 되어 내 남편을 바라보는 것만으로 만족해야 했지요."

황어당은 부정도 긍정도 하지 않고 돌부처처럼 듣고만 있었다.

"우리는 서로가 속내를 감추며 서로를 질투하며 얼마간 살았어요. 유정란은 거기에서도 손가락 마디가 부르트도록 그물을 짰고요."

황어당은 쓸쓸한 표정으로 말을 가로막는다.

"그만 됐어요. 내가 다 짐작하는 얘기에요. 유정란은 몸은 여기에 두고 마음은 과거에 가 있었지요. 사설탐정을 고용했다고 했잖아요. 그들의 보고서에서 그녀의 삶을 알아냈어요. 그런데 왜 찾아 나서질 않았냐고 묻겠지. 그녀가 나보다 수성이를 더 사랑했다는 걸 알아냈거든."

여인은 한숨을 쉰다.

"기막혀. 나를 괴롭힌 건 유정란이 아니라 황어당 선생님이었군요. 정말 황당 선생님이야."

그녀는 흐느끼기 시작한다.

황어당은 그녀의 손을 잡으며 위로하듯이 말한다.

"미안하오."

여인은 황어당의 손 위에 자신의 손을 포개 잡으며 슬픈 미소 짓는다.

"미안한 건 저지요. 전 그녀를 유인해 갔잖아요."

황어당은 그녀의 시선을 외면하며 혼잣말처럼 말한다.

"난 그녀가 거기에 있는 줄 알면서도 찾아오지 못했소."

황어당은 의자에 구부리며 머리를 무릎에 대고 흐느낀다. 여인이 다가가서 그의 머리를 가슴으로 안아주며 위로의 말을 한다.

"그 대신 전 선생님에게 오려고 했지요. 그녀가 내 남편과 잘 지내는 동안 전 선생님과 잘 지내고 싶었어요."

황어당이 울먹이며 말한다.

"내게 와서 어찌 하려고…?"

여인은 그의 머리를 더 세게 감싸 안으며 속삭인다.

"선생님의 작업을 도우려 했어요. 새들의 한마당, 설치미술 작업이요. 그건 원래 선생님이 하시던 작품 아닌가요? 아내의 손을 빌려서 하시고 싶던 선생님의 작품이죠. 그걸 제가 완성도 있게 보조해 드리고 싶었죠. 그물을 짜고 새를 만들어 걸려고요. 진짜 날 수 있는 새들을요. 헌데 그 계획이 뜻대로 안 되네요. 결론적으로 애달픈 소식 하나 전해 드리죠. 그동안 남편이 날아갔죠. 새를 타고…. 가면서 많이 아파했어요. 췌장암. 그는 갔고 유정란은 그를 따라 가려고 해요. 아픈 건 잠시죠. 화석 안에서 6천 3백만 년 동안 잠자던 시조새가 부활을 해서 그를 태워 갔고, 그녀도 데려가려 해요."

황어당의 사설탐정도 그 정보는 모르고 있었나보다.

"미안하군. 정말 미안해. 그가 날 용서하면서 갔을까? 청하지 않으니 그런 마음이 생겼을까? 그간 죄의식을 품고 살아왔겠지."

여인이 그를 위로한다.

"자책하지 마세요. 그녀가 스스로 실종됐었잖아요."

그녀가 옷매무새를 고치며 말을 계속 한다.

"인터뷰는 이것으로 끝났어요. 제가 이 기사를 내면 경찰이 선생님을 더 이상 괴롭히지 않을 거예요. 기사가 아니라 리포트로 낼 거예요. 그리고…. 제가 선생님을 절망의 끝으로 모실 테니 그때 고맙다는 인사를 하세요. 끝은 새로운 시작이잖아요. 이제 가야겠어요. 헌데…. 유정란은 아직 가지 않았잖아요. 다만 떠나려는 중이지요. 그게 제가 선생님에게 빨리 못 온 이유이기도 해요. 그녀를 돌봐줬어야 했지요. 그녀는 루게릭병에 걸렸어요. 근육위축성경화증이라 해요. 근육이 차츰 말라들어가 움직이기조차 힘들다가 결국 죽는 병이죠. 그녀에게 시간이 얼마 남지 않았어요. 지금은 그물도 못 짜요. 밥도 제 손으로 못 먹어요. 앞도 못 가리지요. 그녀는 하다가 팽개친 작품을 완성하고 싶어 해요. 집에 오고 싶어 해요. 감히 말은 못해도 그게 소망이죠. 선생님. 그녀를 돌봐주세요. 제가 옆에서 거들겠어요. 그 부탁을 하려고 기자를 사칭해 와서 지금껏 선생님을 농락하고 있는 저를 용서하지 마세요."

공정란은 울음을 터트린다. 깊은 침묵이 안개구름처럼 그들 주위에 머무른다. 황어당의 가슴에는 주체할 수 없는 감회가 회오리친다. 황어당이 짧게 말한다.

"데려와야지요."

황어당은 눈물을 흘리고 있다.

공정란이 슬며시 일어난다.

"그녀를 데리러 가기 전에 그 시뮬레이션 속으로 한 번 더 들어가 보고 싶어요."

공정란은 무지개 스카프로 눈물을 찍으며 말을 잇는다.

"이번엔 떨지 않고 기절할 때까지 있을 거예요."

여인은 작업실로 황어당을 이끈다. 스위치를 누른다. 조명이 빗살무늬의 사이키로 바뀐다. 그물망 그림자가 그 안에서 출렁인다. 황어당은 스위치를 더 누른다. 그물에 걸린 새들이 날개 치는 소리를 낸다. 음악이 흐르고 앵무새 울음이 인간의 음성으로 나온다. 사랑해. 사랑해. 그런 음률에 따라 조명이 무대공간을 무시하고 3D로 요동을 친다. 빛이 모든 존재를 해체한다. 시간이 해체된다. 공간이 해체된다. 가상 조형물들이 이스라엘 성벽처럼 눈앞으로 다가오다가 멀어지다가를 반복한다. 살바도르 달리의 메모리가 녹아내린다. 시계들이 외로 돌아간다. 암흑 속에서 야광시계가 흔들린다. 시각적 혼란이 나타났다 사라지곤 한다. 착시현상이다. 드뷔시의 피아노음률이 처음 살아보는 나날로 뛰어다닌다. 난쟁이로봇 아이들이 비눗방울처럼 나타나 자신의 옷도 벗고 남의 옷도 벗기며 오방색 조명 속을 날아다닌다. 공중부양으로 날아오르다가 사라지는 퍼포먼스를 한다. 휘파람새가 휘익, 휘파람을 분다. 휘파람은 쥬피터의 화살로 날아간다. 공정란의 가슴 한복판에 꽂힌다. 공정란이 이사도라 던컨이 된다. 맨발로 도약한다. 무지개 스카프가 마리포사 나비 떼처럼 그녀를 둘러싼다. 옷을 벗어던진다. 3D의 찬란하고 황홀한 영상이 분광으로 날아다닌다. 나비 떼는 마파람에 단풍나무 잎이 되어 황어당에게 날아온다. 그의 옷자락이 산산조각으로 흩어진다. 황어당은 벌거숭이가 되어가는 줄도 모르고 춤을 춘다. 둥실 더덩실 어깨춤을 춘다. 말뚝이가 된다. 둥실 더덩실. 몸통의 빈 껍질을 모두 벗어버린 브리스틀콘 소나무가 된다. 드뷔시의 달빛이 바람을 불러들인다. 황어당의 음성이 바람을 탄다.

"정란, 유정란, 그녀가 온다. 마중 가야지. 항공권을 예매해야겠네. 치킨 수프를 만들자 결명차도 끓이자. 창포 향 샴푸를 사야지. 향유로 피마자기름을 구해 와야겠네. 머리를 감겨주자. 팔다리 손발을 매일 마사지해 주자. 두툼한 꽃방석을 깔자. 휠체어에 모셔 작업실에 엉덩이를 꽉 붙이자. 그대는 아는가. 미완성 작품의 진수를. 설치미술 창작 퍼포먼스, 시뮬레이션을 만들자. 완성하고 나면 허무해질 걸. 그래도 함께 해야 하겠네."

빗살무늬 사이키 조명이 그들의 빈 몸을 바디페인트 해준다. 설치미술의 퍼포먼스가 작업실 무대에 펼쳐진 것이다. 날개가 퇴화되어 땅에서만 기는 카카포 앵무새들이 분광조명이 휘젓는 3D 공간에서 지껄인다. '사랑해. 정말? 사랑해. 정말. 사랑해….' 둘은 하나가 된다. 하얀 깃털이 되어 스펙트럼 (spectrum) 속으로 날아간다.

설치미술 창작에 대한 시뮬레이션 이야기는 내 친구 황어당의 의식 속에서 매일같이 살아났다가 죽어지는 퍼포먼스이기도 합니다. 헌데 그의 의식이 빛의 시간이 되어 내 의식으로 병치되기도 합니다.

아보카도(Avocado)의 씨

롱비치 공항이다. 국내선 탑승 수속을 마친 나는 안전검사대 앞에서 한쪽 무릎을 꿇는다. 구두끈을 푼다. 검사대에 비치된 상자에 구두를 넣는다. 다른 한 쪽을 벗으려 할 때 알람이 울린다. '폭발물이야!' 어떤 목소리가 외쳤다. 이어서 사람들이 봇물 터지듯이 뛴다. 벗은 구두 한 짝을 집으려던 나는 그 발길들에 채여 넘어졌다가 겨우 일어나 같이 뛴다. 실내 방송이 대피요령을 계속 쏟아낸다. 나는 무너져 내리는 9·11의 쌍둥이 빌딩을 떠올리며 정신없이 뛴다. 공항 건물이 내 위로 금방 무너져 내릴 것만 같다. 한참 뛰다보니 공항청사에서 멀리 떨어진 활주로 끝에까지 왔다. 10월말의 남가주는 인디언서머의 열기가 대단하다. 온 천지가 불을 지른 것처럼 달구어졌다. 그 땡볕 속에서 사람들이 웅성댄다. 표정들이 갯벌처럼 굳어 있어 보인다.

소방차가 오는 게 보인다. 그 장면을 디카에 담는 사람도 있다. 미국도 이젠 안전지대가 아니야, 하는 영국 악센트가 들린다. 이어 흑인이 대통령이 당선돼서 백색 테러단들이 한 짓일 거야, 하는 남부 사투리도 들린다. 엊그제 미국은 대통령 선거를 했다. 나는 영주권자라 투표권이 없지만, 대단한 관심으로 지켜봤다. 케냐의 후손인 흑인 바락 오바마는 미국이 변해야 한다고 외쳤다. 미국인들은 미국의 새로운 역사창조를 위해 그를 선택했다. 이는 미국사회뿐 아니라 한국에도 대단한 영향력이 될 것이다. 변해야 한다. 고인 물엔 새 물꼬를 열어주어야 할 것이다.

나는 배낭에서 야구 모자와 선글라스를 찾아 쓰고 맨땅에 그냥 앉는다. 한쪽 발바닥에 따끔거리는 이물질이 느껴져서이다. 구두가 없는 한쪽 양말 바닥엔 들풀가시가 듬뿍 묻어있다. 그것들을 들여다본다. 들풀의 가시는 모두 씨앗들이다. 그 씨앗들은 동물이나 바람을 이용해서 다른 땅에 가서 생명의 뿌리를 내리려고 깔깔한 가시외피를 입었다. 그걸 한 손으로 뜯어내 바람에 날려본다. 그들은 미세한 바람을 타고 금방 내 시야에서 사라져 버린다. 배낭에서 핸드폰을 꺼내든다. 수니의 핸드폰은 연결이 안 된다. 그의 엄마 번호를 누른다. 응답대신 메시지를 남기란다.

그 엄마가 오늘 새벽에 이런 전화를 해 왔었다.

"요안이에요? 난 수니 엄마 닥터 헬렛이에요. 시애틀로 급히 좀 와 줘야겠어. 수니가 응급실에 가있거든."

"응급실엔 왜 갔는데요?"

"약을 먹었어요. 수면제야."

"잠이 안 온다는 말은 들었는데요."

"지금 위세척을 하고 차콜을 투입했어. 그래도 깨어나지 못하고 있어. 비행기표를 예약해 놨으니 다운 받아서 빨리 왔으면 좋겠어요."

그렇게 밑도 끝도 없는 전화를 받고 허둥지둥 공항으로 뛰어 온 나다. 그런데 폭발물 소동이 발목을 잡는다. 수니엄마에게 핸드폰을 다시 쳐 본다. 메시지를 남기란 말만 나올 뿐이다. 난 핸드폰에 대고 목소리를 높인다.

"저 요안인데요. 비행기가 연착할 것 같아요. 공항 대합실에서 폭발물이 발견됐대요. 우린 모두 대피 중에 있어요. 긴급뉴스에 나올 거예요. 수니는 깨어났나요? 전화 주세요."

181

비행기의 제트엔진 소리가 내 목소리를 가져간다. 난 모자챙으로 눈을 덮고 벌렁 눕는다. 한참의 긴장된 시간이 지났다. 모자챙을 들치고 공항 건물을 바라본다. 공항청사는 아직 그 자리에 존재하고 있다. 하늘에는 구름 한 점 없고 태양은 더욱 성이 나서 이글거린다. 나는 짝 잃은 한 짝 구두를 생각한다. 하필 내가 한 짝을 벗어 검사대 위에 올려놓았을 때 그런 일이 생겼는지 모르겠다. 구두는 비싼 것이 아니어서 아깝지는 않으나 한쪽이 맨발이라는 게 우선 불편하다. 공항 청사에 다시 들어갈 수 있다면 잃은 한 짝을 찾을 수 있을까. 만약 폭탄이 터진다면 내 구두 한 짝이 공중분해될 것이다.

별로 유쾌한 생각은 아니다. 발에 잘 맞아서 조금도 불편함이 없던 나의 충실한 구두였다. 그걸 집어 들고 뛰지 못한 것이 한스럽다. 그러나 내가 그것을 집으려 할 때 사람들에 떠밀려 넘어졌으니 어쩌겠나. 그게 구두와 나의 운명이라는 것인가. 나는 그런 아쉬움을 지워 버리듯 핸드폰을 꺼내 두드린다. 여전히 응답이 없다. 머리 위에서 헬리콥터 소리가 귀를 따갑게 한다. 취재진들의 비행일 것이다. 수니는 깨어났을까? 그렇다면 그녀는 울고 있을 것이다.

캘리포니아의 롱비치대학은 건축, 토목학으로 유명하다. 난 대학에 입학하면서 아버지에게 모하비사막에 대궐 같은 한국식 집을 지어드리겠다고 큰소리를 쳤다. 엘에이의 명물 케티센터를 석회암으로 지은 마이어스 설계를 보고 감탄했었다. 그런데 엘에이 한국문화원에서 본 전통한옥 특별전을 보고는 감격했다. 그건 감탄이 아니라 감격이었다. 난 그 전통한옥의 미의식에 사로잡혀 한동안 흥분에 싸여 있었다. 아버지께 전화를 걸었다. 그리고 내 생각을 말씀 드렸다. 아버지는 껄껄 웃으며 알았다고만 하셨다.

아버지는 화가이다. 그는 통나무로 프레임을 짜고 거친 사막 땅을 그 화폭에 담는다. 그는 선인장이나 도마뱀, 맹독가재나 일 년에 몇 미터씩 움직인다는 사막 돌을 그리셨다. 돌 밑에는 캥거루 쥐가 까만 눈으로 허허벌판을 내다보는 모습도 숨겨놓았다. 요즘은 나뭇잎과 나무 열매를 화판에 가득 오브제 하는 추상으로 소재를 바꾸었다. 통나무 액자는 여전히 그림의 전체이며 부분이라고 하셨다. 그의 작업실엔 통나무 액자를 제작하기 위한 연장들이 널려있다. 전기톱은 물론이고 전기대패 같은 시끄러운 것과 조용한 수평자에. 줄긋는 먹통, 홈대패 같은 연장을 다 갖추고 계시다. 그래서 사람들은 그를 화가라고 부르지 않고 목수라고 부른다. 그러므로 나는 자연히 목수의 아들이 되었다. 아버지의 그림은 거의가 대작이며 요즘은 거액으로 팔려나간단다. 그리고 언제나 주문이 밀려왔다 한다. 아버지는 일을 빨리 하는 성품이 아니시다. 예술이란 영감이고, 서두르는 작업엔 예술의 혼이 안 붙는다고 하셨다. 그는 프레임에 손으로 조각을 파는데, 손바닥에 피가 맺히도록 해야 마음이 편안하시단다. 그의 세밀한 조각 형태는 내가 봐도 최상급 공예품이다.

어쨌든 난 아버지를 좋아한다. 아니, 존경한다. 나는 모하비 사막 한 가운데에 한옥을 짓고 사랑채를 꾸며 아버지의 화실 아닌, 목수간을 지어 드리는 작업을 시작했다. 우선 내 나름대로 설계도를 작성했다. 그리고 나무젓가락으로 모형을 만들기 시작했다. 그런데 이왕이면 한국건축의 전통양식 대로 짓고 싶었다. 기와를 특수 태양열판으로 고안해서 에너지를 만들 생각이다. 그 에너지로 사막의 지하수를 끌어 올리고, 바닥에는 냉온수가 지나가는 물 파이프를 설치할 생각이다. 사람들은 내 생각이 허황되다고 할지 모르겠다. 그런데 위대한 일들은 엉뚱한 것에서 이루어진다는 걸 난 알고 있다.

나는 한국건축사 같은 책이 있나 알아보려고 대학도서관을 찾았다. 그곳에서 인턴을 하는 수녀를 만난 것이었다. 그녀는 금발머리를 포니테일로 동여 맺다. 생얼에 긴 속눈썹, 캄쿤의 짙푸른 바다색 눈동자. 턱선이 잘 빠진 유럽형 미인이었다.

"한국 건축사 같은 책 있어요?"

그녀는 나를 빤히 보다가 머리를 흔들었다.

"자료도 보지도 않고 없는진 어찌 알아요."

난 점잖게 꾸짖듯이 말했다.

"이 대학엔 한국에 관한 자료가 별로 없거든요."

그녀는 한국말로 대답했다. 발음이 좀 어눌했다. 난 그녀를 다시 봤다. 사실 이런 건 놀랄 일이 아니다. 동양인이 영어를 하면 아무렇지 않고, 서양인이 한국어를 하면 놀라는 게 이상한 것이다.

"난 한국 2세거든. 수니야."

그녀가 내게 손을 내밀었다."

난 요안, 하며 그녀의 손을 잡았다. 아담하고 촉촉한 손이었다. 파란 눈은 촌티 나는 한국이름 순이고 검은 눈은 서양이름인 요안이라… 나는 멋쩍게 웃어보였다. 그녀는 내게 메모지와 볼펜을 내놓았다.

"주소와 전화번호를 남겨 놔… 다른 대학도서관에 알아 보구 있으면 연락해 줄게."

나는 시키는 대로 하고 그녀의 미소를 눈에 넣으며 뒷걸음질로 나왔다.

내가 수니를 두 번째 만난 날은 이랬다. 토요일 아침이었다. 창틈으로 햇살이 들어온 지 오래되었다. 나는 침대에 앉아 룸메이트 카샵의 요가를 보고 있었다. 그는 한쪽 다리를 뒤통수에 꼬아붙이고 분수가의 조각상처럼 움직일 줄 모른다. 카샵은 파키스탄에서 온 유학생이다. 나처럼 건축학을 전공하고 있다. 자기 나라에 두바이 같은 현대식 건물을 지어주고 싶다했다.

"고층 건물의 공법을 배우려면 한국에 가야 할 걸."

내가 말했다. 그는 대답이 없었다. 그가 요가에 몰입할 때면 책상 위의 장식품같이 들리지도 않고 보이지도 않는 무생명이 되어버린 듯하다. 그는 알몸에 천을 둘둘 말아 앞만 가리고 다리를 꼰 채 거꾸로 서 있었다. 대단한 묘기였다. 구릿빛 피부는 십자가에 매달린 청동 예수상에 영락없었다. 그런데 그는 무슬림이다. 그는 요가를 한 후 신바람이 나면 벌거벗은 채 마이클 잭슨 춤을 흉내 내면서 요가를 하면 정력이 뻗친다고 이죽거렸다. 난 요가 같은 것 안 해도 매일 아침 담요가 몽고 텐트처럼 불룩해진다고 응수해 준다. 그러면 그는 애교 있게 몸을 비꼬며 익살을 부렸다.

"그래서 말인데 난 전생에 여자였나 봐. 널 보면 안기고 싶어진단 말이야."

그는 키득거리며 웃었다. 빡빡 밀은 머리통에 시커먼 턱수염의 그가 애교스럽게 몸을 꼬는 모습은 가히 엽기적이다.

"징그러운 놈. 쌍쌍이 클럽에 가면 여자애들이 있는데 왜 너를 안아 주냐?"

나는 짐짓 눈을 부릅떴다. 그는 딸딸이를 치는 시늉을 하며 샤워실로 향했다. 샤워를 끝낸 그는 바닥에 엎드려 오랫동안 자기 모국어로 기도를 하곤 했다.

그날도 카샴이 다리 꼬고 물구나무서기 묘기를 하고 있었다. 나는 팬티만 입고 그의 흉내를 내봤다. 잘 되는 듯 하다가 모로 넘어가버렸다. 그 바람에 본드로 붙여가며 만들던 아버지의 집 모형이 박살이 났다. 내가 주저앉아 어이없어 하며 그것을 바라보고 있을 때 도어 벨이 울렸다. 이 시간에 누군가…? 문을 열고 보니 수니가 책을 한 아름 안고 서 있었다. 그녀는 우편 요금을 절감하려고 직접 배달 왔지 하며 책 뭉치를 내 가슴에 떠안긴다. 나는 그 기세에 눌려 뒷걸음을 쳤다. 그녀는 거침없이 따라 들어오다가 거꾸로 서 있는 카샴을 보고 멈칫 했다. 빨간색 스카프로 포니테일을 묶은 그녀의 안색은 상기되어 보였다. 카샴은 죽은 나무토막처럼 그 상태를 유지하고 있었다. 나는 책을 탁자 위에 놓고 얼른 바지와 셔츠를 찾아 입고 있었다.

"혼자가 아니네."

"룸메이트 카샴이야. 지금 무아의 경지에 빠져있어."

나는 바지 지퍼를 채우며 말했다. 그녀는 요식업체의 위생검열관처럼 방안을 찬찬히 둘러봤다.

"저 상태로 열 시간도 간다."

난 그녀의 금발이 빨간색스카프와 색조화가 잘 된다고 생각하며 친구의 묘기를 자랑했다.

"집짓기에 도움이 되면 좋겠다."

수니가 책들에 시선을 보내며 말했다. 나는 책을 살펴봤다. 한국의 건축, 한국주택의 전통양식, 무량수전 배흘림기둥에 서서. 그런 제목의 책들이었다.

"저건 뭐야?"

그녀는 박살 나버린 아버지의 집 모형을 바라보며 물었다.

"이건 내가 태어날 때부터 짓던 집인데 한순간의 실수로 영점 오초에 부서졌다."

난 셔츠에 단추를 채우며 바보처럼 웃었다. 수니는 거꾸로 서 있는 카샴을 흥미 있게 바라보고 있었다. 나는 그를 옷걸이나 장식용품 같을 것으로 생각하면 된다고 한국말로 소곤거리면서 그녀를 데리고 밖으로 나왔다.

내 자취방은 학교근처의 아파트단지에 있다. 그 골목을 나와서 무성한 시카모어(Cycamore)숲의 공원을 지나가면 큰 쇼핑몰이 나온다. 그곳엔 커피숍이라든가 팬케이크 집 같은 식당이 있다. 나는 브런치로 팬케이크를 먹으러 가자고 했다. 거기엔 메이폴시럽이 유명했다. 그녀는 빨간 스카프와 조화를 이루려는지 빨간색 테니스화를 신었다. 나는 검사대에 한 짝을 두고 온 그 구두를 신고 있었다. 그녀는 발레를 하듯 걸었고, 포니테일 금발에선 샴푸 냄새가 싱그러웠다. 태양은 시카모어 나무 위에서 반짝이고 바람은 감미롭게 우리 사이를 지나갔다.

"너 에릭 시갈의 러브스토리란 책 읽어봤니?"

그녀가 고개를 돌려 날 보며 엉뚱한 질문을 했다.

"영화는 봤지."

"어땠어?"

"울면서 봤지."

"그래에? 너도 덩치에 비해 마음은 약하구나. 올리버가 제니를 처음 볼 때 커피 마시러 가자고 했다가 거절당했다."

그녀의 표정엔 장난기가 가득했다. 그런 그녀가 마음에 들었다.

"내가 팬케이크를 사려는 것은…. 책을 빌려다 준 것에 감사를 하려는 것이야."

난 금발에 푸른 눈을 하고 있는 그녀가 한국인이라는 사실에 대해서 처음 본 순간부터 혼혈 아니면 입양아겠지 하고 생각했었다.

"엄마는 웨일즈와 벨기에 합작이고 아빠가 한국산이야."

그녀는 내 속에 들어갔다가 나온 것처럼 내 궁금증을 말했다.

"그리고… 아빠는 간호원이었고 엄마는 소아과 의사로 명콤비였어."

대화 몇 마디 나누는 사이에 우린 팬케이크 집에 도착했다. 거기엔 사람들이 많았다. 우리는 말없이 서서 기다린 후 자리에 안내됐다. 우린 팬케이크와 커피를 시켰다.

"난 재수가 좋아서 예쁜 쪽만 뽑아냈어. 엄마는 의사라 늘 바빴고 프리랜서 간호원인 아빠가 날 키우셨지. 그래서 난 엄마보다 아빠와 더 친해. 아빠는 나를 너무 사랑해. 나도 아빠를 너무 좋아했지만… 난 아빠의 유전인자를 안 받은 게 아쉬워. 그러나 외모가 무슨 문제냐?"

그녀는 말에 굶주린 사람처럼 얘기를 쏟아냈다. 팬케이크가 나왔다. 난 팬케이크에 시럽을 치며 말하는 그녀를 바라봤다. 뜬금없이 부모의 이야기를 하는 그녀의 눈에는 가을 호수처럼 쓸쓸함이 가득 해 보였다.

"이게 내 존재 이력서야. 넌 어떠니?"

그녀는 나에 대한 족보를 알고 싶어서 자신의 얘기부터 했나보았다.

"아버진 목수고 엄마는 행복동 나라에 사셔. 두 분 모두 한국 토종이고"

그녀는 눈을 깜빡여 속눈썹을 적시며 날 바라봤다. 행복동 나라 때문일 것이었다. 난 그녀도 마음이 연약하다는 걸 감지했다. 난 엄마에 대한 설명을 더 해줬다.

"엄만 연극배우이셨는데 그 나라로 순회공연을 가셨대. 사람들은 내가 다섯 살이 되도록 그리 말해줬어. 그 후에 난 엄마가 유방암을 앓으시다가 수면제 과용으로 돌아가신 걸 알았지."

나는 그런 말을 해주고 팬케이크 큰 조각을 입에 쑤셔 넣었다. 그녀는 그런 내 모습을 바라보면서 더 이상 묻지 않았다. 침묵이 흘렀다. 우리는 음식 먹기에만 열중했다. 침묵의 순간만큼 사람을 어색하게 할 때도 없을 것이다. 이럴 때는 누구든 무슨 말이라도 해서 분위기를 살려야 할 것이다. 그때 내 머릿속에 무량수전… 하는 뜻이 무엇일까 하는 궁금증이 떠올랐다. 나는 커피를 한 모금 마셔 입속을 좀 비우고 말문을 열었다.

"무량수전… 하는 책 말이야. 제목이 특이하다."

"읽어봐. 좋은 책이야. 한국에 연수 갔을 때 소백산 기슭의 부석사에서 일주일간 보냈어. 새벽예불에도 참여했고, 절밥을 먹은 후 스님들과 대화도 많이 나눴다. 난 한국말을 더 배우려고 한국말만 하고 싶었는데 그 스님은 영어를 배우고 싶은지 자꾸 영어로 하더라. 우습지? 그때 난 여승이나 되어볼까 하는 생각도 했었다. 아무튼 다른 대학의 도서목록에서 그 책을 발견했을 때 너무 반가웠어. 당장 뽑아내 왔지. 무량수전은 부석사 건물인데 배흘림기둥은 지붕 추녀의 곡선을 바친 기둥이야. 그게 은근미의 착시현상을 준다는 거야. 기막힌 건축 기술이야. 그 집은 고려중기의 건축이지만 한국목조건물 중에서 가장 아름답고 오래된 건물이래. 한국의 집들은 거의 목조건물인데 이 목조건물은 살아있듯이 늘 숨을 쉬고 있대."

집이 숨을 쉰다! 나는 잠시 생각에 빠져들었다. 숨 쉬는 집. 그런 집이야

말로 아버지에게 지어 드려야 할 가장 적합한 공간이라고 생각했다. 아버지는 숨 막히는 생활을 오래하며 사신 분이었다. 청년 시절엔 화가로서 표현의 자유가 숨통을 막히게 했고, 결혼 생활 3년 만에 사랑하는 아내를 잃었고, 중년엔 두 번 이혼을 당하셨다. 아버지는 자신의 인생이 허허롭다고 하셨다. 그 말이 왠지 내 가슴을 저리게 했다.

"책은 보름 후에 반납하는 거야. 더 보고 싶으면 전화해. 이메일을 하든가."

그녀는 메모지에 핸드폰 번호와 이메일주소를 적어주었다.

우리는 공원근처에서 헤어졌다. 그녀는 반대 쪽 골목으로 걸어갔다. 거기에 차를 세워놨다는 거였다. 시카모어 나무에서 바람이 서걱이고 돌연변이 가랑잎 하나가 바람을 타고 떨어졌다. 나는 걷다가 뒤를 돌아봤다. 그녀도 가다가 뒤를 돌아보고 있었다. 우리는 서로 손을 흔들었다. 나는 골목을 돌고 돌아 천천히 걸었다. 실뭉치 하나가 엉클어져서 머릿속에 들어온 느낌이 들었다. 왜 그럴까? 집 앞에 도착해 보니 그녀가 은빛 폭스바겐 앞에 서 있었다. 나는 의아한 표정으로 그녀에게 다가갔다. 그녀는 한참을 머뭇거리다가 우울한 표정으로 이런 말을 했다.

"하고 싶은 말 한마디를 못해서 돌아왔어. 아빠가 유방암에 걸려 위독하시거든. 우린 공통점이 참 많아 보인다."

그녀는 그 말을 하고 차에 올라 골목을 빠져나갔다. 아빠가 유방암에 걸리다니…. 그녀는 어순이 맞지 않은 말을 한 것 같기만 했다. 아무튼 그녀는 슬프겠다는 생각을 했다.

한옥에서 살아보지 못은 나는 한국주택 건축이란 책을 흥미 있게 읽고 있었다. 사랑채와 안채와 별채로 나누어진 집 구조가 흥미로웠다. 그 책에 의하면 조선시대에는 직분에 따라 집의 평수가 제한되어 있었다. 이를테면 정일품 같은 고관은 천 평이 넘는 택지를 소유할 수 있는 반면 서인은 백 평을 넘길 수가 없었다. 또한 일반인은 그가 양반일지라도 집에 붉은 칠을 할 수 없으며 댓돌도 잘 다듬은 돌은 사용할 수가 없다고 했다. 주택을 짓는 방향이나 지역도 음양오행설, 풍수지리, 도참사상에 절대 의지했다. 음양오행이나 풍수지리에 관해서는 따로 책을 구입해 공부를 해야 할 것 같았다. 나는 그 책들에서 우리 조상의 북방지역인 고구려의 주택과 신라의 주택구조도 알게 되었다. 고구려 주택은 온돌을, 신라 주택은 마루를 위주로 했으며 조선시대에 와서는 온돌과 마루의 이중 내부구조로 되어져 있다. 조선 시대의 상류주택 중에 마음에 드는 구조는 와룡동 김 씨 집으로 250여 년 전에 지어진 것이란다. 그 집은 대문에 들어서면 행랑간과 사랑채가 있다. 사랑채는 사랑 대청, 사랑방으로 구성이 되고 안채로 들어가는 중문이 있다. 안채는 찬간, 부엌, 안방, 대청, 건넌방들이 기억 자 형으로 구성되어 있다. 한옥은 현대 서양식 구조인 가족 일체구조와는 달랐다. 이는 생각보다 매우 과학적이고 복잡하였다. 나는 공연히 한옥을 지어드린다고 큰소리를 친 것 같아 걱정이 되었다. 아버지에게 전화를 걸어 내 생각을 말씀드렸다.

"걱정할 것 없다 연경당 같은 전통 한옥을 지어서 본채에는 너희가 살고 나에게는 널찍한 부속건물을 지어다오. 거기에다가 내 목수간을 차리면 되는 것이지."

아버지가 말씀하시는 연경당은 창덕궁에 있으며 현존하는 조선시대 주택의 어느 것보다 아름다운 상류주택이란다. 내가 한옥 운운 했을 때는 코웃음을 치시던 아버지였다. 한 술 더 떠서 연경당을 말씀하신다. 캘리포니아 사막에 연경당 같은 집을 지을 수만 있다면 얼마나 좋을까 생각해 봤다. 아버진 자신의 생활 속에 나의 미래까지 설계하고 계신가 보았다. 아버지는 엄마를 잃으신 후에 한동안 방황하시다가 재혼을 하셨다. 그 여인은 날 신발장 정도로 취급했었다. 그래선지, 아버지는 그녀와 헤어지시고 재미동포 여인과 재혼을 하셨다. 그리고 14살 먹은 날 데리고 미국으로 오셨다. 그녀는 간호원으로 밤일을 12시간씩 했다. 그때에 아버지는 그림에 미친 듯이 열중하셨다. 밤에 일하고 낮에 쉬셔야 하는 새엄마는 전기 톱날 소리를 못 참아 하셨다. 그때 아버지는 그림으로 돈 한 푼 못 만드는 백수이셨다. 결국 아버지는 또 홀아비신세가 되신 것이었다.

"사막까지 갈 것 있냐? 내 집 뒷마당이 사막인데⋯. 땅값걱정 안 해도 되고⋯."

아버지는 로스앤젤레스 서북쪽의 선밸리에 사신다. 그 집은 양계장을 하던 농가였다. 건물은 보잘것없지만 뒷마당은 넓었다. 거기엔 커다란 아보카도 나무가 시원한 그늘을 만들며 서 있다. 그 아래에 벤치형 그네가 대학에 입학할 때까지 나의 놀이터였다. 그 이외의 남아도는 공터는 크고 삭막했다. 요즘에는 그 뜰 한쪽에 꽃밭이 가꾸어졌는데 치자꽃 향이 좋다. 아버지께 유화를 배우는 동네 백인 할머니가 자기 뒷마당에서 뿌리를 갈라다 심으셨단다. 그분은 아보카도를 좋아하고 또 아보카도 요리를 잘 만드신단다.

아보카도 과일은 10월경에 열리기 시작하여 11월이면 가지가 휘어지게 달린다. 난 아보카도를 반으로 쪼개 단단한 씨를 빼내고 소금을 쳐가며 수저로 과육을 떠먹곤 했다. 단백질과 미네랄, 비타민이 풍부한 그것 두 개면 점심은 안 먹어도 됐었다. 샌드위치, 브리또, 타코에도 아보카도가 들어가면 부드럽고 맛이 더하다. 초밥 집에서도 아보카도를 잘 쓴다. 백인 할머니는 어떤 요리를 하시는지 궁금했다.

얼마 후 나는 젓가락 나무봉으로 부서진 한옥 모형을 다시 만들 준비를 하고 있었다. 모델은 우선 와룡동 김 씨 집을 모방하기로 했다. 그날 수니가 절인 멸치를 얹은 피자와 캔 맥주를 사들고 왔다. 카샴은 다리를 꼬아 뒤통수에 붙이고 명상에 잠겨 있다가 방금 외출을 했다.

"네 장식품이 사라졌네."

수니가 카샴을 의식한 듯 웃으며 말했다.

"그는 걸어 다니는 가구야. 저녁때나 올 걸."

우리는 식탁대신 카펫 바닥에 앉아 피자를 먹었다. 짭짤한 멸치가 맥주안 주로 입맛을 돋았다. 나는 한 깡을 얼른 마시고 또 한 깡을 땄다. 그녀도 깡 통째 홀짝이며 마셨다.

"너무 멋지다."

그녀는 벽에 걸린 소품에 시선을 두며 말했다.

"아버지의 그림이야."

그림은 난해한 푸른색의 추상화다. 아버지의 설명에 의하면 푸른 사람 둘이 한 사람처럼 앉아있는 모습이란다. 머리에는 아보카드 꽃이 무성하게 엉켜있다.

"아버지가 목수라 했잖아."

"액자를 손수 만드는 목수시지."

"액자의 문양이 특이하다."

"손수 파신 거야. 그래서 사람들이 아버질 목수라고 불러. 난 목수의 아들이야."

"지저즈 클라이스트. 예수가 목수 아들 아니냐."

그녀는 고개를 살랑이며 웃었다. 그녀의 미소는 고혹적으로 아름다웠다. 그녀를 바라보던 나는 그녀와 눈이 마주쳤다. 난 얼른 말머리를 돌렸다.

"아보카도 꽃은 이상하다. 아침에 핀 수놈 꽃은 저녁에 암놈이 되고, 또 아침에 핀 암놈 꽃은 저녁에 수놈이 된대. 어떤 꽃은 오늘은 암놈이었다가 내일은 수놈이고, 또 오늘 수놈은 내일 암놈이 된대."

"암수 양성의 존재로구나. 사람도 그럴 수가 있다면 좋겠다. 남자도 돼보고 여자도 돼보고…."

그 말을 한 그녀는 깔깔대며 웃었다. 나는 그녀에게 존재라는 어려운 단어를 자주 쓴다고 말했다. 그녀는 존재(existence)는 실존이란 말과 동의어라고 했다. 나는 이 순간 어려운 용어로 분위기를 심각하게 하고 싶지 않았다.

"아보카드 나무에 대한 일화가 또 있어. 아버지는 과테말라의 노벨상 수상작가 아스투리아스의 '세상 다 가진 남자'라는 동화를 읽고 아보카드 나무가 있는 낡은 농가를 잘 샀다고 하셨어. 그 동화는 아보카도 씨로 안경테를 만들고 싶어 하는 아들을 위해 아버지가 아보카도 나무가 되는 내용이래. 결국 아버진 날 위해 아보카도 나무가 기꺼이 되어 주시겠다는 마음이시겠지."

"부담되겠다."

그녀가 말했다. 난 그 말을 무시했다.

"그런데 아보카도 열매는 씨가 돌처럼 단단하고 달걀만큼 크다. 그 과육은 입에서 아이스크림처럼 살살 녹고 사람들은 그 씨는 버리고 살을 먹지만 사실 중요한 건 과육이 아니라 씨잖아?"

난 심각한 대화를 피하려 했지만 결과적으로 존재에 대한 내용을 은유적으로 한 셈이 되었다.

"씨가 중요하다. 그렇구나….."

그녀는 내 얘기를 재미있게 들으면서 맥주를 홀깍 홀깍 마셔댔다. 나도 맥주를 계속 마셨다. 그동안 나는 물 빼기를 세 번 했고 그녀는 두 번 했다. 우리 집은 좁아서 그녀가 물빼기 하는 소리가 벽을 통해서 들렸다. 그런 상태에서 우리는 한옥 모형을 만들었다. 그녀는 라텍스 본드를 발라주고 나는 그걸 붙였다. 나는 부서진 집 모형의 기둥을 다시 세우고 서까래도 올렸다.

"원래는 대들보를 올릴 때는 상량고사를 지내게 되어있어."

"우리도 고사를 지내보자."

"그래 우리 함께 고사지내자. 그때는 술도 부어놓고 절도 하며 복을 빌기도 해야지."

그녀는 기분이 들떠있어 보였다. 우리는 둘이서 집짓기를 하며 맥주를 여러 깡 비웠다. 해가 기우는지 창으로 긴 그림자가 들어왔다. 그녀가 뜬금없이 날 보고 이런 말을 했다.

"넌 훌륭한 아버지를 둬서 행복하겠다."

"행복이 뭔데?"

"불행하지 않은 것."

그녀는 또 깔깔 웃었다. 사람들은 자기가 한 말을 얼버무리고 싶을 때 과장된 웃음을 웃는다는 걸 난 안다. 사실 우리 아버지는 무섭고 엄했다. 그러나 세상 누구보다도 날 사랑하신다는 건 내가 안다. 그게 행복한 것인가…? 난 그녀가 우리 가정을 떠 보느라고 던진 말이라는데 약간 심술이 났다. 그래선지 난 그녀 아빠의 얘기를 헤프게 해봤다. 맥주 탓이었다.

"야. 너희 아빠가 유방암이라고 했지. 혹 엄마를 아빠로 잘못 얘기한 건 아니냐? 너희 엄마가 아니고 아빠야? 남자도 유방암에 걸린다는 말은 들었다."

난 손바닥으로 내 가슴을 문질러보며 말을 계속했다.

"그렇다 치고 아빠 요즘 어떠시냐?"

그녀는 잠시 머뭇거리다가 위독한 상태라면서 눈물을 흘렸다. 나는 당황해서 미안하다는 말을 했다. 그녀는 더 울었다. 난 눈물을 닦아 주고 허그를 해줬다. 그녀는 울음을 그치고도 흐느끼며 날 놓아주지 않았다. 그녀는 진한 숨결로 내 의식을 몽롱하게 했다. 방안을 맴돌던 침묵이 우리의 숨소리로 리듬을 탔다. 그리고 음악에 맞추어 춤을 추듯 율동을 했다. 그녀는 오, 요안, 요안 하며 흐느꼈다. 그 순간 나는 그냥 백지 같은 순수 그 상태로 실존을 인지했다. 이럴 때 대화는 무의미하다. 함께 나누는 체온이 바로 우리의 교감일 것이다. 그것은 사면 벽을 모두 무너트렸다. 하얀 자유가 거대한 날개로 우리를 덮어주었다. 수니는 내 가슴에 얼굴을 묻고 이내 잠이 들었다

나도 눈이 감겼다. 깜빡 잠이 든 사이에 그녀는 돌아갔다. 카샴이 들어와 샤워하는 소리가 들렸다. 창밖엔 보안등이 켜져 있었다.

그날 밤에 그녀에게서 이메일이 왔다. 인사도 없이 슬그머니 떠나간 걸 이해해 달라는 말과 함께 이런 내용을 보냈다.

"너, 남자가 유방암에 걸렸다는 말 정말 들어 봤냐? 그건 흔치 않아. 내 아빠는 여성이다. 우리 부모는 동성애자들이야. 그럼 난 어떻게 태어난 걸까? 엄마는 정자를 기증받아서 날 낳았다 했어. 그 사실을 난 16살 때에나 알게 되었어. 그 실존에 대해서 난 너무 많은 생각을 한다. 그런 존재에도 신이 축복을 줄까? 물론 그렇다는 자부심을 갖지만 자신이 없을 때도 있어. 이 사회의 종교지상주의자들은 그걸 맹렬히 반대하잖아. 그게 날 우울하게 할 때도 있어. 잠이 안 와서 며칠씩 꼬박 지새운 날도 있었다. 아까는 오랜만에 정말 잘 잤어. 너 때문이야. 그걸 고맙게 생각한다. 널 만나서 좋아. 행복해. 아보카도 꽃 얘기는 내게 위로가 되었어. 그래서 울음이 자꾸 나왔나봐. 사랑해. 수니가."

그 다음날 난 아버지에게 전화를 걸었다. 여자 친구가 생겼는데 레즈비언 가정에서 자랐고 정자 기증 시술로 태어났다고 요점만 말씀드려봤다.

"생명은 어떤 것이든 마땅히 존중되어야 하겠다만…."

아버지는 잠시 숨을 돌리시듯 침묵하신 후 또 한마디 하셨다.

"그런데 사회성에 약한 생명이면 어찌 하겠냐…?"

그 후 내 머리 속엔 생명과 사회성이란 단어가 스멀거리며 돌아다녔다. 수니에게서는 며칠간 연락이 없었다. 나는 궁금하다는 이메일을 보냈고 첨부파일로 아버지에게 들은 아보카도 씨 내리는 법을 일러줬다. 아보카도 씨에 이쑤시개 3개를 가로로 꽂아 물컵에 담가 놓으면 얼마 후에 뿌리가 내리고 싹이 난다는 내용이었다. 아버지는 돌멩이보다 단단한 씨를 뚫고 나오는 여린 싹을 바라보고 있으면 생명에 대한 신비를 느낀다고 말씀하셨다. 생명은 동물이든 식물이든 모두 신비 그 자체이고 귀중한 것이라는 말씀도 하셨다.

며칠 후 수니에게서 길고 긴 이메일이 왔다.

"요안, 그동안 연락을 못해 미안해. 아빠가 결국 돌아가셔서 시애틀에 와 있어. 아빠의 장례식을 치르고 바닷가에 갔었어. 아무도 만나고 싶지 않아서였어. 찬비가 내리고 있었지. 시애틀은 비가 많은 고장이야. 그래서 더 우울한 도시란다. 그 빗속에 서 있는 내 존재가 날 슬프게 해. 너를 알기 이전에 나를 떠난 남자애들이 몇 있었어. 그들은 아무 말 안 하고 떠났지만 난 다 안다. 그 이유를… 그래도 난 당당하게 내 존재에 대한 자부심을 가졌었단다. 난 정자를 기증해준 생리적인 아빠를 찾고 있었어. 그래서 대학도서관에서 일을 하는 것이야. 시술한 병원에선 옛날 기록열람을 거부했어. 당연하지. 그래서 난 그 당시의 의대 졸업 앨범을 뒤졌다. 내가 낳을 당시의 의대생 중 나와 인상이 비슷한 사람을 찾는 작업을 한 거야. 지금 세 명의 근사한 용의자를 찾아냈어. 그들의 신상도 파악됐어. 그들을 하나씩 찾아가 보는 거였어. 그 말을 너에게 해 주고 싶었는데 못하고 그냥 왔어. 난 내가 어떤 씨에서 태어났는지 그게 궁금해서 미치겠다. 엄마가 그걸 모르고 날 낳았다는 게 슬퍼. 화가 나. 우리 부모가 동성애란 건 이해하겠어. 그러나 자식을 가구 위에 장식품 구하듯이 그렇게 낳았다는 건 이해 못하겠어. 때론 엄마를 미워했지. 증오했어. 그런데 이미 편견의 땅에 뿌려진 씨가 그 운명의 굴레를 어떻게 벗어나겠니? 내 안에 네 체온이 아직 숨을 쉬고 있어 행복하다. 그런데 한편으론 나도 여자애들에게 관심이 가니 어쩌면 좋냐? 그건 절망 아니냐? 내가 출생한 병원의 부속대학 졸업자의 앨범을 뒤질 때 난 내 생물학적 아빠는 백인에, 머리 좋은 미남에 천재들이란 상상을 했단다. 최종후보자 한 사람은 내가 그를 찾았을 때 알코올 중독과 당뇨로 의사생활을 못 하더라. 그는 발가락 두 개를 절단해서 휠체어에 앉아 나와 대화를 나눴는데, 머리는 다 빠지고 주름투성이에 악취를 풍겼어. 그는 목쉰 소리로 거칠게 말했어. 그가 인턴 생활을 할 때 두 달에 한 번씩 30여 차례 수음을 해서 정자 기증을 했다는 거야. 매회 삼천 달러정도 대가를 받았다 했어. 그 돈으로 재즈 카페에 가서 신나게 놀기도 했고, 마리화나 파티도 가졌다 했어. 내가 자기를 찾아온 6번째 젊은이래. 그러면서 찾아오지 않은 수백 명의 생명들을 비난하더라. 그게 얼마나 책임감 없는 소리냐. 난 그 소릴 듣고 구역질이 났고 현기증으로 그 자리에서 졸도할 것만 같았어. 그 불쌍한 인간 때문에는 눈물이 나오지 않았어. 나 자신을 위해서 눈물을 흘렸어. 그 다음 찾아 갈 사람은 상습적인 성폭행범이 되어 감옥살이를 하고 있었다. 종신형이래. 그다음 사람은 의과대학 병원장으로 재직 중에 교통사고로 죽었어. 그 사람은 게이였단다. 결국 내게 씨를 주었다고 생각한 사람들은 모두 이 사회의 돌연변이들이었더라. 난 누가 내게 생명을 준 사람인지 알아내는 걸 포기해야만 했다. 동성애. 그건 내게 절망이야. 왜냐하면 이성인 너를 사랑하면서 또 한편 동성여자를 좋아하면 어쩌나 하는 공포감 때문이야. 내게 그런 피가 흐르고 있을지도 모르거든. 그게 지금 엄청난 힘으로 날 옥죄고 있어. 네가 날 떠나면 어쩌나 하는 공포감도 날 떨게 해. 너의 집짓는 걸 돕고 싶다. 아니, 우리 집을 함께 짓고 싶어. 그 모형 만드는 걸 함께 했을 때 난 행복했었거든. 그때 네 침대에서 잠들었을 때 난 그 모형의 집이 완성된 안에서 자는 느낌이 들었거든. 근데 더 이상 널 도울 수가 없구나. 난 잠을 자야 하거든. 날 깨우지 마. 난 이번 선거에서 프로포지션 8에 찬성표를 던졌거든. 안녕….″

대피령이 해제된 듯 사람들이 공항청사로 몰려간다.
"폭발물은 처리가 잘 됐나요?"
사람들이 공항 경찰에게 물어본다. 그들은 그렇다고 짤막하게 대답한다.

해프닝이야. 협박전화 한 통에 법석을 떨다니…. 누군가가 거친 음성으로 불평하는 소리가 들린다. 공항 청사는 언제 무슨 일이 있었느냐는 듯이 평소와 다름이 없다. 난 태양열에 달아 화끈거리는 얼굴을 매만지며 검사대 앞에 가서 잃어버린 구두 한 짝을 찾는다. 카키유니폼의 경찰은 턱으로 분실물 보관소를 가리킨다. 나는 절뚝거리며 뛴다. 한쪽 다리가 구두창 높이만큼 짧은데 뛰면 절름발이가 된다. 분실물 보관소에는 내 구두 말고 잃어버린 다른 신발들도 많다. 나는 한눈에 내 구두 짝을 알아본다. 반갑다. 구두 한 짝아. 널 잃고 얼마나 애를 태웠는지 아냐. 나는 사람에게 말하듯 구두 한 짝에게 말을 해본다. 신고 있는 한 짝보다 잃어버렸던 한 짝에 더 애착이 가는 건 무슨 까닭인가. 비행기에 탑승하기 전에 수니엄마 핸드폰에 신호를 보낸다.

"한 시간 연착이라는 걸 알았어. 공항에 나갈게."

그녀는 바쁜지 전화를 서둘러 끊는다. 비행기는 엔진 두 개짜리의 소형이다. 그게 내 마음을 불안스럽게 한다. 난 한숨을 쉬어 불안을 몰아내며 자리를 찾아 앉는다. 하얀 시트를 머리 위까지 뒤집어 쓴 수니의 영상이 떠오른다.

"실례합니다."

거구의 까까머리 사내가 비비고 앉으며 나의 방정맞은 영상을 지워버린다. 그는 한 시간 연착이 일억 달러의 손해를 보게 했다고 투덜거린다. 나는 지금 누구와도 말하고 싶지가 않다. 모니터에선 비행기가 2만 피드 상공에 올라갔다는 표식을 한다. 나는 눈을 감았다. "날 깨우지 마." 수니의 목소리가 이명으로 들리는 듯하다. 그럼 영원히 자겠다는 소린가. 프로포지션 8에 찬성표를 던진 그녀. 그건 동성애자들의 결혼을 합법화시킨 캘리포니아의 법은 거부한다는 주민 발의 8안에 찬성한다는 뜻이었다. 즉 말하자면 동성애자들의 합법적인 결혼을 반대한다는 뜻이기도 하다. 부모가 동성애자인데 그들의 자식이 된 수니는 그들의 결혼이 부적절하다는 선언을 한 셈이다.

그런 수니의 심정은 어땠을까 생각해본다. 동성결혼을 적극 반대하는 그룹은 도덕과 가족의 신성불가침을 내세운다. 가족은 세상에서 유일하게 가장 중요한 사회제도이자 모든 문화의 중추라고 강조한다. 그러나 동성혼을 찬성하는 사람들은 인간이면 누구든 남의 기본 권리를 훼손해서는 안 된다는 것이다. 그들은 동성혼의 편견을 하나의 민권으로 생각하고 있다. 이 논란은 앞으로도 끊임없이 이어질 것 같다. 동성애자들은 이미 농성을 하며 격렬한 시위를 벌이고 있다. 법정 투쟁을 위한 모금운동도 시작했다. 그 대열에 한인 젊은이들도 많다는데 심각성이 있어 보인다. 참 사랑이신 하느님이 과연 동성애자들을 미워하실까 생각해 본다.

　내가 그런 상념에 빠져있는 사이에 시애틀의 터코마 공항에 도착했다. 밖에는 부슬비가 내린다. 수니 엄마는 허리우드의 스타 캔디스 버겐같이 품위 넘치는 중년여인이다. 그녀는 자신이 수니엄마라 하지 않고 닥터 헬렛이라 하며 악수를 청한다. 나는 어색하게 손을 내민다. 그녀의 손은 수니의 손처럼 아담하며 고왔다. 그녀는 실낱같은 미소 한 자락을 던져주고 앞장서서 걸어간다. 저처럼 품위 있고 아름다운 여성이 이성에겐 관심이 없고 동성을 사랑하며 평생을 산다니, 그건 이해 못할 일이다. 딸은 엄마를 닮는다는데…. 나는 수니를 떠올렸다. 그래서 그녀는 절망하고 있는지도 모르겠다. 나는 수니엄마의 차인 벤츠 C클래스에 올라탄다. 비는 부슬대며 계속 내리고 있다. 윈도우 실드는 차창에 떨어지는 빗방울을 휘젓고 있다. 수니는 어떠냐고 내가 물었다.

　"걱정마라. 머리가 아플 때 한잠 자고 나면 개운하듯이 수니는 깨어날 것이야."

　그렇게 말한 그녀 엄마는 차창 밖을 응시한다. 나는 의사인 그녀의 말을 믿고 싶다. 윈도우 실드가 더 빨리 움직인다. 빗줄기가 만든 안개는 앞이 잘 보이지 않게 한다.

"수니 아빠가 돌아가셨다. 지금 우린 어려운 시련과 싸우고 있는 중이야."

그녀의 표정은 쳐들어오는 적군 앞에 선 장수처럼 결의에 차 있다.

"수니가 깨어나면 우리 마운틴 레이니어에 가자. 거기엔 나무숲이 울창하고 정상에는 언제나 흰 눈이 덮여있어. 아름다운 산이야…. 통나무 산장을 빌려 좀 쉬자."

그녀는 스스로를 추스르듯이 내게 엷은 미소를 보내며 말했다. 우리가 탄 차는 빗길을 빠르게 달리고 있다.

병실은 사층에 있다. 그녀는 시트 위에 담요를 덮고 모로 누워 있다. 실내는 약간 서늘하다. 얼룩무늬 환자복이 시트 사이로 보인다. 어깨가 가늘게 움직인다. 숨을 쉬고 있다는 증거다. 나는 한숨을 쉬어 긴장을 풀어본다. 수니엄마는 딸의 이름을 몇 번 반복해 불러보고 요안이 왔다고 한다. 수니는 아무런 반응을 보이지 않는다. 수니 엄마는 손끝으로 자신의 눈 밑을 닦으며 내 뒤로 물러선다. 수니는 기도하는 자세로 두 손을 모으고 있다. 그 손을 꼭 쥐어 본다. 움찔하는 것 같기도 하고 아닌 것 같기도 하다. 그녀의 엄마는 창 옆의 동그란 의자에 앉아서 우리를 지켜보고 있다. 그런 상태로 링거 액 방울이 여러 번 떨어졌다. 그녀의 긴 속눈썹 밑에 물기가 보이는 것 같다. 난 더 자세히 보려고 눈을 비빈다. 그사이 간호사가 들어와 혈압과 체온을 잰다. 모니터에는 65란 숫자가 찍힌다. 그 정도면 정상보다 훨씬 낮은 혈압이란 걸 나는 안다. 간호사는 이어 심장 박동을 재는 문어발 기구를 점검하려는지 그녀의 가슴을 헤치고 있다.

나는 밖으로 나온다. 나오면서 보니 벽 선반에 아보카도 씨가 담긴 유리컵이 보인다. 뿌리도 싹도 아직 나지 않았다. 그러나 이대로 가만 놔두면 곧 싹이 나고 뿌리도 내릴 것이라는 걸 나는 확신한다. 병실을 나와 복도 끝으로 가서 창밖을 본다.

비가 개었다. 회색하늘 끝에 검푸른 색이 보인다. 그곳이 바다일 것이다.

나는 밖으로 나온다. 거리를 걷는다. 저만치 알래스카 웨이라는 사인이 보인다. 바다로 향하는 길일 것이다. 또 걷는다. 기온은 더 내려가고 시애틀 바다는 짙푸르다. 하얀 포말이 물 덩어리를 만들어 방파제로 밀어붙인다. 바다는 늘 대지 위로 뛰어 오르고 싶은가보다. 마치 운명과 싸우는 흑기사의 망토 같기도 하다. 운명과 싸운다? …? 인간이 운명과 싸워서 이길 수 있단 말인가. 어쩌면 수니가 이곳에 서서 머리 아프게 고뇌를 했을 것이다.

울렁대는 바다 소리를 들으며 아버지에게 전화를 건다. 수니가 수면제를 먹고 긴 잠을 자고 있다고 말한다. 아버지는 침묵하신다. 난 전화 속의 단절된 대화를 참을 수 없어 한다. 그래서 운명과의 싸움에 대한 질문을 했다.

"인간만이 그놈과 싸워서 이길 수 있는 유일한 존재란다."

아버지는 그 말씀을 거침없이 하신다. 나는 감사하단 말씀을 드리고 전화를 끊으려 한다. 그는 재빨리 말을 잇는다.

"언제 오냐?"

난 아버지에게 여기에 더 있어야 할 것 같다고 말한다. 그리고 갈 때에는 수니를 데리고 갈 것이란 말은 하지 않았다. 그러나 마음속으로는 그래야 될 것이란 생각을 한다. 아버지의 음성이 이어졌다.

"떠날 때 전화해라. 공항으로 너희를 태우러 가마."

아버지는 분명 너희를 이란 복수를 쓰셨다. 나는 가슴속을 누르던 무거운 그 무엇이 가벼워진 느낌이 든다. 그러나 그녀의 속눈썹 밑에 흐른 눈물을 닦아주고 나왔어야 했다는 생각이 든다. 병원 쪽으로 향한다. 주위가 어두워지고 가로등이 들어왔다. 난 빨리 걷는다. 전화벨이 울린다. 난 젖은 주머니에서 전화기를 뽑아든다. 수니 엄마다.

"요안, 어디 있냐? 수니가 깨어났다."

난 마구 뛰기 시작한다.

유기증후군

캘리포니아의 올드 로드는 5번, 골든 스테이트 프리웨이가 생기기 전에 역마차들이 분주히 다니던 국도였다. 지금은 인디언갈대며 쐐기풀, 야생 라벤더 같은 마른 풀 더미가 굴러다니는 죽은 길이 된 곳이다. 그 길 주변에 쓰레기처리장으로 쓰고 있는 광활한 분지가 있다.

우리 부부는 그 입구에 차를 세워놓고 태양열에 타서 시들어 버린 유칼립투스 그늘에 앉아 있다. 있으나 마나한 그늘이다. 노란 태양이 열기를 품고 있는 하늘엔 검정 새들이 구름떼로 맴돌고 있다. 육지 갈매기도 있고 까마귀도 있다.

"여보, 물 한 병만 더 줘."

얼굴이 불덩이로 달아오른 아내가 옆에 끼고 있던 아이스박스에서 물병을 꺼내준다. 나는 뱃속이 찌르릉 하게 냉수를 마시며 요 며칠 새 있었던 기막힌 일들을 반추해 돌아본다.

아내의 환갑 때였다. 나와 한 살 차이인 아내는 회갑잔치대신 그 비용만큼 값나가는 보석반지를 사달라는 것이었다. 35년 전 결혼할 당시 남들이 다 끼는 오부짜리 다이아를 받지 못해 한이 됐다는 것이었다. 나는 그동안 모아두었던 비자금을 털었다. 아들 내외도 한 몫 내났다. 허풍 좀 보태 주먹만이나 한 왕 다이아반지를 샀다. 재산목록 2호쯤으로 생각하고 큰 선물을 한 셈이었다. 여인은 보석을 소유할 때 행복하다고 했다. 보석반지를 끼는 순간 스트레스가 팍 풀리는 모양이다. 아내는 해가 잘 드는 곳에 자신의 반지를 비춰보는 게 취미가 되었다. 전등불에 그놈을 비춰 보느라고 밤을 새기도 했다. 좋아하던 연속극도 비켜 났다. 그리고 사랑하는 애인을 바라보듯 그놈을 서서 바라보고 앉아서 바라보고 자려고 누워서도 보고 있었다.

"볼수록 아름답다. 볼수록 멋지다…. 반지야 내 곁에 항상 있어다오. 날 사랑해 다오. 죽도록 사랑해…! 여보 요즘은 왜 동창회 같은 것 안 해."

아내는 그 반지를 자랑하고 싶어 안달이 났었다.

그렇게 지내던 어느 날이다. 동네신문에 이런 기사가 났다. 요즘 한국인 집에 좀도둑이 부쩍 늘어 보석은 물론이고 어린이 저금통까지 털어간다는 것이다. 집 앞에 권총강도가 대기하고 있다가 돌아오는 집주인의 현금과 귀금속을 털었다는 기사도 실리었다. 한국인 집에는 현찰과 귀금속이 많고 또 털려도 신고를 안 한다는 소문이 도둑들 사이에 퍼졌나 보다. 강도들은 여행중의 한인도 따라가 턴다는 기사도 실렸다. 그때부터 아내의 행복은 어두워지기 시작했다. 다이아반지를 끼었다가 뺏다가 주머니에 넣었다가 옷장에 감추었다가 하며 하루를 보냈다. 반지로 인해 그녀가 긴장해 하는 모습은 불쌍해서 못 보겠다. 낙천적이며 유머와 위트가 넘치던 그녀였다. 그러던 어느 날 연휴를 맞아 고교 동창생들이 모여 2박 3일 캠핑여행을 가기로 했다. 야외 온천장이 있는 환상의 삼나무 숲으로 간다는 것이었다. 고교 동창생들의 모임은 언제나 즐겁고 유쾌하다. 그런 모임을 우리는 20년간 지속해 왔다. 모든 준비는 일사천리로 되었는데 아내는 우울했다. 왕 다이아반지를 어찌 해야 하느냐는 것이었다. 끼고 가자니 강도가 무섭고 두고 가자니 도둑 걱정이 되고…. 전전긍긍 하던 그녀가 활짝 웃으며 따라 나섰다.

"반지는…?"

"걱정 마요. 잘 모셔 놨으니까."

"그럼 가자."

"신난다."

우리가 막 집을 나서려는데 쓰레기차가 집 앞으로 왔다. 그 날이 마침 쓰레기차가 오는 날이었다.

"아, 참 내 정신 봐. 쓰레기를 안 내 놨네."

아내는 한달음에 뛰어가 안방 휴지통과 부엌 쓰레기통을 밖에 내놓은 큰 컨테이너에 쏟아 부었다.

"쓰레기를 집에 놔두고 여행을 떠나는 게 찜찜했는데 잘 됐네."

우리는 골목 어귀를 돌아가는 쓰레기차와 바이바이 작별인사까지 했다. 쓰레기차는 육중한 몸에서 나오는 로봇 팔을 휘저으며 집집마다 내놓은 컨테이너를 포장마차에서 술꾼들이 소주잔 털어 넣듯 하며 잘도 삼켜댔다. 우리도 골목을 빠져나와 한참 신나게 프리웨이를 달리고 있었다. 야외로 나온 나는 날아갈 듯 마음이 가벼웠다. 한 30분쯤 달렸을까.

"아. 여보…!"

아내가 외마디 소리로 자지러진다.

"반지를 냅킨에 싸서 휴지통 밑바닥에 숨겨놓은 걸 잊고 쓰레기컨테이너에 부었어."

"그 좋은 걸…!"

"나 이제 어떻게 해!"

아내는 애들처럼 발버둥을 쳤다.

"다이아반지뿐이 아니야. 귀걸이 목걸이 금팔지 패물 몽땅이야!"

"이런 제기랄…!"

내 머릿속도 하얗게 진공상태가 됐다. 그게 얼마짜린데…! 그걸 쓰레기통에 버려…. 머저리. 등신. 병순아 …!

난 이렇게 생각나는 대로 흥분해 떠들고 싶었다. 그런데 잠깐…! 그러면 아내가 어찌 나올까. 아내로 말하면 다 자란 자식을 잃은 만큼이나 복통을 할 노릇일 것이다. 그런 기분에 남편이란 자가 위로는커녕 원망이나 하고 쌍소리로 흥분해 있으면 기가 찰 노릇일 것이다. 참으로 안타깝다. 아니 저것도 서방이라고 평생을 의지하고 살아 온 내가 미친년이지. 캠핑이고 뭐고 다 때려 치고 난 돌아갈 테니 차 돌려요. 아니면 여기에서 그냥 뛰어 내리겠어. 황혼이혼 하는 사람의 기분 알겠네. 아내는 정말 그 자리에서 꽉─ 죽고 싶은 심정일 것이다. 나는 단전에 힘을 바짝 주고 주머니에서 셀폰을 꺼냈다. 그리고 입력되어 있는 전화번호를 꾹 눌렀다. 우리가 탄 차는 프리웨이 5번을 북상하고 있었다.

"야, 칠룡아. 우리 캠핑 못 가게 됐다."

동창 중에 총무격인 장칠룡이 놈에게 전화를 건 것이다.

"왜 못 오냐? 갑자기…!"

칠룡이가 전화통 속에서 소리를 친다.

"마누라가 다이아반지랑 가진 패물을 몽땅 쓰레기통에 버렸단다."

"그건 무슨 소리냐…?"

"얘길 하자면 길어. 나중에 보자."

난 전화를 끊고 차를 돌렸다. 변색이 됐던 아내가 얼굴을 들어 나를 바라봤다.

"여보, 어디로 가시려는 데요."

"쓰레기차를 잡아야지."

"잡아서 어쩌시게요?"

아내는 코울림소리를 냈다.

"우리 쓰레기를 찾아달라고 해야지. 아니지 보물이라고 해야 말이 맞지."

"그게 말이 될까?"

"일당을 듬뿍 집어 주면 안 될까."

"아, 그러면 되겠네요."

아내의 표정은 금방 환하게 밝아졌다. 우리는 절망에서 희망을 향해 온 길을 되잡아 횡— 하니 달렸다. 그런데 거기에 착각이 있었나 보다. 우리가 30분을 달려갔으니 또 30분을 달려오면 한 시간이다. 그동안 쓰레기차는 어느 골목으로 돌아갔는지 알 수가 없었다. 우리는 이 골목, 저 골목을 돌며 우리의 보물인 금강석 다이아반지를 싣고 간 쓰레기차를 찾아 다녔다. 그러나 이놈의 탱크보다 덩치 큰 트럭은 어느 골목에서도 보이질 않았다. 아내의 얼굴 근육은 또 그늘 지운다. 그런데 이 빌어먹을 놈의 쓰레기차는 귀신이 곡할 노릇으로 증발되어 버렸다. 그 사이 우리는 말 한마디 없이 돌아다녔다. 전신에 힘이 쭉 빠지고 허리가 꼬부라진다. 해는 정오가 훨씬 넘은 시각이 되었다. 그리고 보니 우리는 아침도 제대로 안 먹은 상태였다. 시장기는 주책없이 현실 상황에 둔감했다. 배고픔의 본능이야 금강석 보물 따위가 빵한 조각만 할까. 아내의 뱃속에서도 꼬르륵 소리가 새어 나왔다. 나는 얼른 맥도날드 앞에 차를 댔다. 그리고 사분의 일 파운드짜리 빅맥과 감자튀김과 커피를 시켰다. 골목을 돌면서 그것을 먹었다. 어이없다는 듯이 나를 바라보던 아내도 꼼지락거리며 민생고를 해결하고 있었다. 커피 한 모금이 정신을 번쩍 나게 했다. 쓰레기처리장…! 왜 그 생각을 못 했는가. 나는 차 문짝에 달린 칸막이에서 지도책을 꺼냈다. 그리고 아내에게 말했다.

요즘 같으면 스마트폰으로 간단히 해결됐을 것이다만—.

"산타클라라 지역의 쓰레기처리장을 찾아봐."

이민자의 아내들을 조수석에 앉아서 길찾기의 도사들이 됐다. 아내가 찾아낸 곳은 모하비 사막 가는 길에 뚝 떨어져 있는 광활한 분지(盆地)였다.

"거기라면 여기에서 한 시간이면 돼."

나는 가스 페달을 밟았다. 아내의 표정이 다시 밝아졌다.

쓰레기처리장은 태풍 매미가 휩쓸고 지나간 마을처럼 처참하게 퍼져 있었다. 우리는 차를 으슥한 언덕 밑에 세워놓고 녹이 슬어 기울어진 철조망을 넘어 들어갔다. 하오의 태양은 지표를 프라이팬처럼 달구어 놓고 있었다. 흑- 하고 숨 막히는 모하비사막의 열풍이 쓰레기처더미 위를 떠돌고 있었다. 먼발치에선 쓰레기 트럭들이 간헐적으로 들어와 산더미의 쓰레기를 쏟아붓고 있었다. 저 멀리서는 대형 크레인이 쓰레기처더미를 낮은 곳으로 매립하고 포크리프트들은 마른 쓰레기를 재활 분리대가 있는 가건물 창로로 집어 날랐다. 까마귀로 보이는 검은 새 떼들이 공중을 돌다가 내려와 날개를 펄떡거리는 모습도 보였다. 버려진 음식 찌꺼기가 온갖 짐승들을 불러 모으는가 보다. 희망과 기대를 걸고 오긴 했지만 이 오물 더미에서 아내의 보물을 어찌 찾아야 할지 암담하기만 했다.

"여보, 뭐 하시는 거예요?"

아내는 망연자실(茫然自失)로 서 있는 내게 책망을 하며 앞장을 섰다.

"식탁용 냅킨에 돌돌 말은 것이에요."

"무슨 색인데?"

나는 쓰레기를 휘저을 막대기라도 있었으면 좋겠다고 생각하며 발로 오물 더미를 휘저어 봤다. 발밑에선 파리 떼들이 윙윙거리며 푸르죽죽한 냄새를 풍긴다.

"하얀색에 빨간 줄무늬가 쳐 있어요."

아내는 어느새 벽난로에서 쓰는 쇠꼬챙이를 주워들었다. 눈길을 돌려보니 부러진 야구 방망이가 보였다. 길게 갈라지며 부러졌기에 끝부분이 쓰레기처더미를 헤치기엔 안성맞춤이었다. 우리는 새로 쏟아붓는 쓰레기처더미 근처로 나아갔다. 나는 한강에 빠진 조약돌 찾기 같다는 생각을 하며 보물찾기를 위해 앞으로 나아갔다. 화시 100도쯤의 불볕더위는 맹렬한 기세로 우리와 쓰레기더미 위에 열기를 쏟아부었다. 사우나탕에서도 그처럼 땀이 흐르지는 않았을 것이다.

"썬 블록로션을 가져올 걸 그랬어요."

그녀는 시력장애자의 지팡이처럼 긴 꼬챙이를 휘젓다가 농담처럼 말했다. 바캉스라도 온 듯 얼굴 타는 것이 걱정스러운 모양이었다. 남가주의 태양은 30분이면 사람의 피부를 청동구리 동상으로 변화시킬 것이다. 분지의 자외선은 피부암유발의 일등 공신일 수도 있을 것이다. 하얀 냅킨에 싸서 버려진 아내의 보물은 저 쓰레기처더미 밑에 어디엔가 숨겨져 있을 것이다. 저만치 나아가던 아내가 내 앞으로 돌아왔다.

"여보, 누가 새 컴퓨터를 버렸네요."

그녀의 머리에선 찐빵처럼 김이 피어올라 빠른 속도로 수분이 빠져나가는 걸 알 수 있었다.

"텔레비전도 말짱한 걸 버렸네. 라디오니 비디오 통은 아예 지천으로 많군."

"천사인형도 버려졌네."

나는 날개가 부러진 천사인형을 내려다보며 말했다.

"저것들을 다 땅에 묻어 버릴 건가요?"

"이 세상 어떤 존재도 결국은 땅에 묻힌다."

나는 도사 같은 말을 한마디 하고 아내를 봤다.

아내는 그런 전자제품들이 모두 아까운 표정을 지었다. 허긴 트럭을 몰고 와서 몽땅 싣고 간다면 전자제품 고물상 하나는 순식간에 차릴 것이란 생각도 들었다. 핸드폰은 강변의 자갈처럼 많이 버려져 있었다. 인간은 쓰다가 싫증나면 버린다. 앞으로 인간에게 유전자 조작을 해 아이큐가 낮은 아이는 자동 폐기처분하게 될 것이란다. 요즘은 아내나 서방도 싫증나면 버린다. 서로를 버리니 이혼율도 점점 늘고 있잖은가. 그런 생각을 하니 머리끝에서 전율이 일었다. 그렇다 해도 개중에는 실수로 버려진 것도 있으리라.

"여보."

아내는 머리에 아지랑이를 피워 올리며 또 내게 다가왔다.

"당신 차에 가서 내가 캠핑 가서 쓰려 했던 챙 있는 모자 하구, 물병 좀 찾아오세요."

아내가 장기전을 펴려는 모양이었다. 내가 그 생각을 못한 건 아니지만 이처럼 쓰레기처더미에 아내를 혼자 두고 다녀오기가 찜찜해서 그대로 버티고 있었던 것이었다. 나는 아내에게 쥐새끼들이 튀어나와도 놀라지 말 것과 들쥐가 있는 곳에는 뱀도 있으니 조심하라고 당부한 후에 차 있는 곳으로 나아갔다. 눈썹 밑으로 흘러내리는 땀방울을 손끝으로 뿌리며 녹슨 철조망을 넘어서 끝없이 펼쳐진 쓰레기처더미를 뒤돌아봤다. 아내는 전쟁터의 병사들이 지뢰 탐지를 하듯이 쓰레기처더미를 헤치며 보물찾기를 하고 있었다. 대지에 가득한 열기로 인해 그녀의 작은 몸뚱이는 파라핀 인형처럼 녹아내릴 듯이 보였다. 그 반대편 쓰레기처더미 너머에서 한 여인이 헤갈을 하며 쓰레기를 헤치는 모습이 보였다. 빈 깡통을 줍는 여인일까? 그녀도 보물찾기를 하는 걸까? 남들이 실수로 버린 보물을 찾아 나선 꾼인지도 모르겠다는 생각을 해 봤다. 녹슨 철조망 부근에는 수분부족으로 영양실조에 걸린 듯한 민들레가 노란 꽃을 피우며 꼬부라져 있었다. 하얀 솜털 씨방을 머리에 인 놈도 있었다. 놈들은 가벼운 바람 한 점에 산지사방으로 흩어지며 날아가 새로운 땅에 삶의 뿌리를 내릴 것이다. 우리가 찾고 있는 우리들에게 진정한 보물이란 무엇일까...? 나는 그 개념을 생각해 봤다. 그러나 더위 때문인지 머리통 속에 띵― 하는 전자파 소리만 가득 할 뿐이었다.

열판처럼 달은 차문을 열고 마시다 만 0.7리터짜리 물병과 모자 그리고 수건이 될 만한 물건들을 챙겼다. 물병을 보자 우선 나부터 한 모금 마시자는 욕망이 가득 차올랐다. 한 모금 마시니 나른한 기운이 온몸으로 퍼지는 듯 했다. 그러면서 바라보니 아내는 엎드린 자세에서 벌레처럼 꼼지락거리고 있었다. 저건 분명 생존을 위한 몸부림은 아닐진대 이 땡볕에서 왜 저러고 있어야 하나? 나는 다리가 휘청거리고 눈이 아물거렸다.

아내가 물병을 기울이며 내미는 것이 있었다. 명함이었다. 나는 열기로 흐릿해진 안경을 티셔츠 자락으로 문질러 다시 쓰고 명함을 들여다봤다. 더위 때문인지 내 시력은 성에 낀 유리창이 되어 버렸다. 아내가 명함을 뺏어 들었다. 그녀는 돋보기 없이 신문을 읽는 시력이었다.

"대한민국 국회의원 우병태."

"그게 누구야…?"

"누군지는 모르지만 이름은 당신 별명과 같네요."

아내가 킥킥대며 웃었다. 우리는 열 받아서 싸울 때 병태와 병순이가 되곤 했다.

내 별명과 같은 이름의 국회의원이 미국에 왔다가 누군가에게 자신을 소개하려고 주었던 명함을 그 사람이 쓰레기통에 버렸나 보다. 누굴까…? 대한민국의 국회의원 명함을 버린 사람이 누구인지 궁금했다. 잠시 후 아내는 명함 한 장을 또 내밀며 여기에 대통령 자문위원 명함도 있네요 했다. 본국에서 저명인사가 오면 별 시중을 다 들어주며 온갖 정성을 다하는 사람들이 미주이민 올드 타이머들이다. 그런 귀한 분들의 명함이 쓰다 버린 컴퓨터처럼, 쓰다 버린 텔레비전처럼 버려지다니 이해가 안 갔다. 아내는 명함 한 장을 또 읽는다.

"대한민국 평화통일 자문위원. 대한민국 문화재 전문위원…"

아내는 또 끼득거린다. 그건 분명 웃는 소리일 텐데 우는 소리처럼 들렸다. 땡볕 더위에 머리가 돌아버린 모양이었다. 아내는 어디에서 이처럼 많은 명함을 주워 왔단 말인가. 그녀가 바라는 남편 신분의 희망사항을 쓰레기장의 명함으로 가시화해서 보여주는 것일까. 이 세상 여인치고 퍼스트레이디가 되어 만인지상 떵떵거리고 싶지 않은 여인이 있을까 싶었다.

"당신, 어디에서 이런 명함을 주워오는 거요."

"그냥 여기저기 발길에 채이게 버려져 있네요."

아내는 장난 섞인 웃음을 냉소적으로 바꾸며 돌아섰다. 나는 명예가 쓰레기통 속에 버려진 명사들을 생각해 봤다. 가슴에 뭔가 저려오는 게 있어 속이 울렁거리게 했다. 거기에 버려진 쓰레기가 어찌 명함뿐이랴. 한국 신문과 엘에이 타임스도 버려져 있었다. 탱크보다 육중한 쓰레기 트럭은 계속 해서 쓰레기를 쏟아 붓고 되돌아갔다. 거기에는 쓰레기 아닌 쓰레기도 섞여 있었다. 아내의 보물들도 분명 잘못 온 쓰레기였다.

"한국 사람들의 쓰레기가 버려진 걸로 봐서 내 반지가 버려진 쓰레기가 이 근처일 거예요. 우리 골목에 한국 사람이 여럿 살잖아요."

아내는 조금 남은 물병을 기울이며 말했다.

"저, 물 한 모금만 주실 수 있으세요."

언덕 너머에서 헤갈을 하던 여인이 어느 새 우리 옆으로 왔던 것이다. 여인이라기보다 아직 소녀티의 그녀는 영어로 말했다. 이 더위에 무대 의상 같은 드레스를 겹겹이 껴입은 걸로 보아 정상은 아닌 듯싶었다. 산발을 한 머리엔 땟국이 찌들어 있었다. 한눈에 노숙자였다.

"방금 다 마셔버렸는데…."

아내는 내키지 않는 빈 말로 병을 내밀었다. 물병 속에는 그야말로 딱 한 방울이 남아 있을까 말까였다. 그녀는 솔개 병아리 채가듯이 물병을 가로채서 돌아섰다.

"여기에서 뭐하고 있는 거요?"

나는 그녀의 등뒤에 대고 물었다. 그녀는 Nothing!(아무것도!) 하며 빈 물병을 입에 털어 넣은 다음 고맙다는 표정을 하고 쓰레기처더미 구릉 뒤로 사라졌다. 아내의 표정이 갑자기 굳어진다.

"어머나! 여보, 저 여자가 우리 보물을 먼저 찾아내면 어쩌지요."

아내는 울상이 되어 손을 재게 놀려 쓰레기처더미를 헤집고 나갔다. 아내의 생각에 일리가 있는 듯 했다.

"이럴 때가 아니지."

나도 야구 방망이를 열심히 놀렸다. 내 발 밑에서 쓰레기 아닌 쓰레기가 무수하게 뒹굴었다. 오물 더미 속에는 라벨조차 뜯지 않은 화장품 병도 있고 아직 가고 있는 벽시계도 있었다. 그놈은 분침과 시침을 네 시 반에 세워놓고 초침이 덜컥거리며 숫자판을 지나고 있었다. 우리가 이곳에 온 지 3시간이 넘었다. 이때였다.

"에구머니나…!"

아내의 외마디 소리가 들린다. 그녀 쪽을 돌아보니 들쥐 떼들이 아내의 발밑에서 우르르 달아나고 있었다.

"왜 그래?"

난 야구 방망이를 휘두르며 아내에게 달려갔다.

"저기…. 저기…. 누가 아일 버렸어요."

아내는 몇 걸음 물러서더니 구부리고 앉아 헛구역질을 했다. 그녀의 목덜미엔 흘러내린 땀으로 허연 소금기가 말라붙어 있었다. 먼발치에서 덤프트럭 운전자가 우리를 유심히 바라보는 것 같았다. 언덕 너머로 아까 본 여인의 그림자가 바람을 일으키며 움직이는 것도 보였다. 나는 아이가 있다는 곳으로 가 봤다. 정원 쓰레기더미 위에 버려진 아이는 마치 놀다 팽개친 인형처럼 나뭇잎이며 잔디 부스러기와 만개(滿開)하여 떨어진 빨간 장미의 꽃잎 위에 엎어져 있었다. 나는 아기의 기저귀 밖으로 뻗어난 허연 다리를 멍하니 바라봤다.

"여보오…!"

아내가 찡그린 낯을 한다. 냄비 속처럼 달은 지열 때문에 그녀의 얼굴은

익어 터질 것 같아 보였다. 나는 아내에게 '신고를 해야 할까봐'라고 말하려다가 그만 뒀다. 아내도 내 뜻을 알았는지 그냥 고개를 돌린다. 이런 일을 신고하면 그 순간부터 운명적인 삶이 시작된다는 것을 우리는 잘 알고 있다. 경찰서와 법정 그리고 언론기관에 노출되어 생활의 리듬이 깨질 정도일 것이다. 그렇다고 모른 척 그냥 지나갔다 하면 험한 일이 함정으로 기다리고 있을 것이다. 덤프트럭 운전자가 이쪽을 유심히 본 것이 걸렸다. 바람처럼 지나간 여인은 또 뭘까. 우리가 못 본 척 그냥 가버리면 될 텐데, 그러면 이곳에 와서 쓰레기처더미를 헤치며 보물 찾는 작업은 어찌 할 것인가. 미국속담에 잘못 된 시간에 잘못 된 장소에 있었다는 게 죄라는 말이 있다. 우리가 그런 꼴이 되려는가 보다. 불안했다. 아이를 다시 보니 살아있는 듯 숨결이 있어 보이기도 했다. 이때 내게서 일기 시작한 현기증이 산골짜기에 안개가 피어오르듯 하얗게 눈앞을 가리며 다가왔다. 나는 아내를 손짓해 부르며 그늘을 찾아보았다. 저만치 철조망 근처에는 땡볕에 누렇게 잎이 뜬 유칼립투스나무가 서 있었다. 아내의 손목을 이끌고 사막을 횡단하는 목마른 낙타처럼 나무 그늘로 갔다. 불개미 떼가 바삭 말라 흩어진 나뭇잎 아래서 발 빠르게 움직이고 있었다. 우리는 상관하지 않고 그 위에 털썩 주저앉았다. 그리고 내키지 않는 마음으로 핸드폰을 두드렸다. 그들은 나의 신상에 대해 세세히 묻고는 곧 오겠다고 했다. 우리는 열풍에 휩싸여 몽롱해진 의식으로 그들을 기다렸다.

유칼립투스 나무그늘로 구급차와 경찰차가 들이닥쳤다. 경찰과 수사관들과 과학 수사반 사람들이 쓰레기처더미위에서 바쁘게 설쳐댔다. 아내의 보물을 찾아야 하는 곳엔 출입금지 표시인 경찰의 노란금줄이 쳐졌다. 힐끗 쳐다보니 아내의 입가에 하얀 거품이 밀려나와 있었다. 나는 구급 요원에게 빈 사상태의 아내를 봐달라고 했다. 그들 중 하나가 아내의 코앞에 손가락을 펴보이며 눈알을 움직여 보라했다. 수사관 몇이 노숙자 같은 여인에게 다가가는 모습이 보였다. 여인은 그들을 피해 달아나고 있었다. 수사관들이 달려들어 그녀를 덮치는 것을 보며 나는 눈을 감았다. 하늘이 노랗고 눈을 뜰 수가 없었다.

로스앤젤레스 지방법정이었다. 판사석이 정면 상단에 높이 있고 그 옆에 좀 떨어진 곳에 증언석이 위치해 있었다. 증인석에 불려나온 나는 촌닭이 되어 주위를 둘러봤다. 방청석은 사람이 별로 많지 않아 인기 없는 재판을 암시하는 듯 했다. 피고석엔 동양여인이 가면을 쓴 듯 표정 없이 앉아 있었다. 어디서 본 듯한 인상이지만 기억이 뚜렷하지 않았다. 이삼년 사이에 기억력이 더 흐릿해진 듯 했다. 그녀 옆엔 매부리코 영감이 느린 동작의 화면처럼 움직이고 있었다. 가방에서 서류를 꺼내 훑어보는 그의 코끝에선 돋보기가 미끄러져 떨어질 듯 위태로웠다. 탁자 위로 펼치는 서류 위에서 그의 손끝이 파르르 떨리는 게 보였다. 나는 유태인 알코올 중독의 관선변호사로구나라고 생각했다. 그들 옆으로 오른쪽 통로 건너는 검사석으로 보였다. 젊은 검사와 검사보의 눈에선 기가 펄펄 살아 있었다. 이 재판은 결과가 빤한 싸움같기만 했다. 어쩌다가 이런 사건에 말려들었는지 모르겠다.
"오른손을 드세요."
법원서기가 말했다. 이어 법정 통역사가 영어를 한국말로 통역했다. 오른손을 들자 법원서기는 내게 선서를 하라 했다. 통역은 서기의 말을 빠르게 동시통역을 했다. 미국 생활 20년에 그 정도 영어는 알아듣건만 이들의 말을 잘못 이해한 내가 위증을 했다는 오해를 받을까싶어서 통역을 대라고 한 것이었다.
"당신은 이 법정에서 진실만을 증언할 것을 엄숙히 맹세합니까?"
나는 미국 영화장면에서 본 대로 오른 손바닥을 활짝 펴 내보이며 예~ 하고 대답했다. 내 목소리는 약간 떨려서나왔고 통역사는 나의 대답을 그대로 성대모사 해 통역을 했다. 이어서 법원서기는 내 이름과 주소를 확인했다.

"검사는 증인 심문을 해도 좋습니다."

판사는 중년 여성으로 요즘 인기 시트콤의 여배우 캔디스버겐을 닮아 품위가 철철 넘쳐 보였다. 세계 제일의 국가에서 상류가정에 태어난 순종 와습(WASP. White Anglo-Saxon Protestant. 영국계 백인이며 청교도로서 미국주류사회를 의미한다)의 표본 같은 그녀의 어깨선 위로 비단결 같은 금발이 가볍게 내려앉아 찰랑거렸다.

검사석의 젊은이도 순종 백인 같아 보였다. 명품 의상으로 잘 차려 입은 그는 머리도 수염도 말쑥하게 가다듬었다. 그의 눈빛에선 상대를 제압하려는 의도마저 보였다. 가난과 전쟁으로 얼룩진 파란만장의 역사를 가진 약소국가에서 태어나 산전수전 다 겪으며 20년 이민생활을 한 나는 죄진 것이 없는데도 주눅이 들려 그를 똑바로 바라보지 못했다. 폴로 쉐이빙로션 냄새가 진하게 코를 자극했다. 나는 재채기를 연거푸 해댔다. 내게는 향수 알레르기가 있기 때문이었다.

"증인은 올드 로드 근처엘 간 적이 있지요?"

젊은 검사의 영어 발음은 대영제국의 귀족 같았다. 나는 그의 말을 알아들었지만 통역이 끝나기를 기다려 대답을 했다.

"거기에서 뭘 보셨지요?"

"별의별 걸 다 봤지요."

"그중에 뭐 특별한 걸 보셨지요?"

검사는 질문의 내용을 돌려서 하는 것 같았다. 피고석의 여인은 내 증언에 따라 자신의 운명이 바뀐다는 걸 모르는 듯 무표정하게 앉아 있었다. 왠지 나도 즉석 대답을 피해야만 할 것 같았다. 아니, 내 생각을 말하고 싶었다.

"시계였지요. 큼직한 벽시계가 살아서 철컥거리며 가고 있는 걸 봤어요."

"그리고요?"

검사는 자기가 원하는 대답이 아니라는 듯 눈알을 위로 치뜨며 대답을 강요했다.

"그 시계바늘 위로 하루가 바람처럼 지나가는 걸 느꼈죠."

내가 이렇게 말하자 새파란 검사는 내게 핀잔을 주듯 말을 이었다.

"증인은 묻는 말에만 대답을 하시오. 그리고 또 특별히 뭘 보셨죠?"

"명함이요."

"명함."

"한국의 높은 사람들의 명함들이 많이 버려진 걸 봤지요. 장관의 명함도 봤고 국회의장 명함도 봤어요. 왜 그런 명함들이 미국의 쓰레기통 속에 들어갔는지…."

"증인은 검사가 묻는 말에만 짧게 대답하세요."

이번에는 판사가 주의를 줬다. 검사는 판사에게 고맙다는 예의를 보이고 배심원석을 바라보며 단도직입적으로 물었다.

"증인은 그 쓰레기처리장에서 갓난아이를 보시지 않았습니까?"

"봤습니다."

"그 아이는 어떤 형태였습니까?

"인형인 줄 알았지요."

"증인이 경찰에 신고를 했지요?"

"네에."

"수사관들은 최초의 신고자를 제일의 용의자로 본다는 사실을 아십니까?"

"네에…?"

"증인이 그 아일 유기(遺棄)하지 않았느냐 이 말이지요."

통역이 약간 굳어진 표정을 지었다.

"아닌데요. 천만에요!"

나는 펄쩍 뛰듯 대답을 했다.

"그렇다면 거기엔 왜 가셨죠?"

"아내의 보물을 찾으러 갔지요."

"아내의 보물을 쓰레기장에서 찾아요?"

그 순간 올드로의 쓰레기장이 내 환상 속의 공간일 것이란 생각을 하고 있었다.

검사는 무슨 난센스냐는 듯이 냉소적인 미소를 지었다. 판사는 간단하게 그 사연을 얘기하라고 주문했다. 나는 피고석의 여인을 다시 보며 지난밤의 꿈 얘기를 하듯이 아내의 보석 반지 얘기를 했다. 그들은 모두 이해가 안 간다는 표정이었으나 그냥 넘어갔다.

다음은 법의학자의 증언이었다. 그는 아이가 탈수현상으로 사망했다고 증언했다. 그 말은 아이가 버려졌기 때문에 사망한 것이란 결론이었다.

이어서 아내가 증언대에 올라섰다.

"거기에서 뭘 보셨지요?"

검사가 손가락 사이에 낀 연필을 뱅뱅 돌리다가 질문을 시작했다.

"좀 전에 남편이 말한 대로 갓난아이를 봤지요."

"그때 그 아이가 살아 있었나요?"

"그건 확인하지 못했죠."

"사람이 버려져 있는데 생사를 확인 못했다. 그건 왜죠?"

"두려워서요."

"뭐가 두려웠죠."

"모르겠는데요."

"죄의식인가요."

검사는 날카롭게 아내를 쏘아보며 물었다. 난 검사가 우리를 공범으로 몰고 가려는 건 아닌가 하는 생각이 들자 바짝 긴장이 됐다.

"내가 왜 죄의식을 느껴야 하나요."

아내가 영악하게 대들었다.

"이 사회의 일원으로서의 죄의식 말이죠."

검사가 말을 둘러댔다. 아내는 검사에게 따지고 들었다.

"그 버려진 아인 사회적 책임이 있겠죠. 내가 사회의 일원으로 죄의식을 느껴야 한다면 검사 당신도 나와 함께 책임감과 죄의식을 느껴야 할 걸요."

아내는 그 법정의 모든 사람들이 다 들으라는 듯이 큰 소리로 말했다. 통역사가 신이 나서 거침없는 통역을 했다. 그는 한국에서 법대 교수직을 했었다고 대기실에서 내게 말했었다. 그의 유창한 영어 실력에 나는 속으로 박수를 치고 싶었다. 찔끔한 검사는 그만 됐다고 해 증언을 끝냈다.

다음은 아이를 유기해 사망케 한 여인이 증언대에 올라섰다. 그녀는 쓰레기처리장에서 바람처럼 헤매던 바로 그 여인이었다. 이번에는 매부리코영감 변호사가 앞으로 나와서 그녀의 증언을 유도했다. 내 짐작대로 그녀는 한국 여인이며 노숙자였다. 변호사는 그녀가 어찌하다가 부랑인이 되었고 또 아이엄마가 되었는지의 내력보다 어쩌다가 아이를 버리게 되었는지 그런 질문으로 시작했다. 그런데 그녀의 사연이 기가 막혔다. 바로 아이를 잃어버린 그 전날 여인은 사랑교회에서 나누어주는 빵을 받아먹으려고 줄을 서 있었다는 것이다. 아이를 길가에 세워 논 쓰레기 컨테이너에 잠시 올려놓고 빵을 받아서 돌아서 보니 아이가 없어졌다는 것이다.

"쓰레기차가 치워 갈 줄은 꿈에도 생각 못했어요."

여인은 당당하고 뻔뻔스럽게 말했다.

"그날따라 줄이 길었지요. 그리고 앞에 서 있던 흑인 거지새끼가 치근대며 귀찮게 굴어서 두어 사람 뒤로 자리를 옮겼지요. 내 차례를 기다려 빵과 커피를 받아왔는데 그 사이에 아이가 없어진 거예요. 내가 아이를 찾아 헤매자 마약에 취해서 층계에 비스듬히 누워있던 노숙자 하나가 일러 주더군요. 그래서 내가 쓰레기차가 컨테이너 위에 아기가 있다는 걸 모르고 거둬갔다 이 말이지요? 이렇게 묻자 그자가 쓰레기 쳐가는 일은 사람이 하는 게 아니야. 사람은 운전석에 앉아 버튼만 누르면 돼. 그러면 트럭 안에서 로봇 팔이 나와서 쓰레기 컨테이너를 들어 올리지. 로봇 팔에는 눈이 없다구 하데요. 쓰레기차가 아이를 가져가는데 보고만 있었냐? 내가 이렇게 물으니 그 자는 사타구니에 손을 넣어 긁적이며 난 당신이 귀찮아서 일부러 버린 줄 알았지 하더군요. 미친놈. 내가 왜 사랑하는 내 아기를 버려요."

변호사가 껄껄한 목소리로 질문을 계속 했다.

"그런데 피고는 쓰레기처리장에서 배회하고 있었다면서요. 아일 찾으려고 간 것이 아닌가요?"

"그곳에서 이틀을 찾아 헤맸어요. 불쌍한 우리 아기를!"

여인은 훌쩍이기 시작했다. 변호사는 손수건으로 흐르는 진땀을 닦으며 Go on(계속하시오)소리를 되풀이 하다가 자신이 쓰던 수건을 여인의 손에 쥐어 주고는 또 물었다.

"한마디만 더 묻겠오. 쓰레기처리장에서 자기 아이를 찾다가 뭘 봤지요?"

"버려진 갓난아이들을 봤어요."

"버려진 아이들이라고 했나요? 몇이나 봤는데요?"

"둘이요. 아니 셋인가…. 아니, 더 여럿을 봤어요."

변호사는 더 이상 질문이 없다며 자기 자리로 돌아갔다. 젊은 검사가 자리를 박차고 일어섰다. 그리고 먹이를 노려보며 풀숲을 기어가는 굶주린 들짐승의 상으로 여인에게 다가갔다.

"경찰 조서에 의하면 피고는 2년 전에 가출을 했다고? 지금이 18세니 임신을 했을 때는 미성년자였고 절도죄로 기소된 적도 있었군."

그는 조서를 들추면서 여인을 죄로 몰고 가기 위해 작심을 한 것 같았다.

"가게에서 장난감 곰을 들고 나왔어요. 우리 아기에 보여주고 돌려주려 했죠."

"매춘을 한 적이 있나요?"

"난 돈 받고는 그런 짓 안 해요."

"그럼 아기는 어떻게 생겼죠?"

"제가 취해 있을 때 어떤 남자애가 날 강간했겠죠. 아마 챠리일 거예요. 그 애는 나만 보면 그게 하고 싶어 죽겠다 했거든요. 내가 섹시하게 생겼다면서 요."

"취해 있다는 말은 약에 취한 걸 말 하나?"

검사가 다그쳤다. 여인은 마지못해 예~ 하고 대답을 했다.

"잘 안 들리네요. 크게 대답을 해 주시오. 약에 취했다 이 말이지요!"

여인은 반항적으로 네! 하고 대답을 했다.

"그럼 중독자란 말이지요?"

"네에!!!"

여인이 악을 쓰듯 대답했다.

"그래서 아일 버리게 됐지. 잔인하게 쓰레기통에 버려 죽게 한 것이야!"

검사는 마지막 칼끝을 소의 정수리에 꽂는 투우사처럼 어금니에 힘을 주 며 외쳤다.

여인은 무릎을 꿇은 황소처럼 증언대에 엎드려 울음을 터트렸다. 판사는 여인에게 자기 자리로 돌아가라고 했다. 여인은 계속 울기만 했다. 교도관 이 그녀를 부축해서 끌어내렸다. 장내는 소란스러워졌다. 판사는 장내정리 를 위해 판사봉을 두드리고 휴정을 선언했다. 그래서 결국 영아(嬰兒) 유기 살해사건의 재판은 배심원 심의로 들어가게 됐다. 배심원들은 이제 이 부랑 여인이 갓난아이를 고의로 버렸느냐 실수로 버려진 것이냐를 판단해서 죄 를 묻게 될 것이다.

우리는 법원건물의 지하 차고로 가는 엘리베이터를 탔다.

"그녀가 고의로 아이를 버렸다면 20년에서 종신형을 받게 되겠죠. 실수로 버렸다면 선고유예정도가 될 것이고요."

우리와 함께 엘리베이터를 탄 통역사가 말했다. 그는 이어서 목소리를 높였다.

"답답해요. 변호사가 말이에요. 이 세상에서 가장 귀한 보물이 무엇입니까. 저는 사람이라고 생각합니다. 특히 어린애는 엄청난 가능성을 가진 보물들이지요. 그런 보물들이 실수에 의해 쓰레기통에 버려집니다. 저 여인의 아이뿐 아니라 다른 아이도 버려지고 있어요. 실수로 또는 고의로 말입니다. 그건 무엇을 의미합니까. 사회복지의 나라 미국이, 인권의 나라 미국이 눈을 감고 살아요. 인간의 존엄성을 외치면서 편견적으로 인간을 소외시키는 사회가 미국이지요. 노숙자와 가출 소녀. 그들이 낳은 아이가 쓰레기통에 버려지는 나라가 세계를 지배하겠다고 해요. 인간은 그 외모가 서로 다를지라도 그 내부 구조는 모두 똑 같지요. 인간에게 영혼이 있다면 그것도 모두 같지 않겠습니까. 그런 의미에서 이 갓난애 유기사건은 사회가 유죄이고 저 여인은 무죄입니다. 저 여인에게 죄를 줄 것이 아니라 위로를 주어야 된다고 생각합니다."

그는 차가 파킹한 곳까지 따라오며 자신의 생각을 열변했다. 나는 법정 통역사의 말이 백번 옳다고 맞장구를 쳐 주었다. 아내는 그렇긴 해도 자기는 다이아반지 생각만 하면 가슴이 저리다고 했다.

다음날부터 우리는 가게를 종업원에게 맡기고 샌드위치와 물병과 일사병 예방약인 소금정제와 고무장갑 그런 것들을 싸가지고 쓰레기처리장으로 아예 출근을 했다. 그런데 경찰의 노란 출입금지선이 아직 쳐져 있다. 그것은 부랑 여인의 증언대로 여러 명의 아이가 버려졌다는 사건의 진위가 밝혀질 때까지 거둬지질 않는다는 뜻이다. 우리는 아내의 보물이 어디엔가 묻혀있을 그 쓰레기처리장 주변에 말라비틀어진 유칼립투스 나무 아래서 출입금지선이 걷어질 때까지 기다리는 수밖에 없게 된 것이다. 빈센트 반 고흐의 화판 같은 노란 태양이 불길같이 뜨거운 열을 뿜어내며 시간을 죽이고 있다. 쓰레기 트럭은 계속 들어와 저 멀리 다른 쪽 벌판에 쓰레기를 퍼붓고 돌아간다. 한 무리의 수사요원들은 쓰레기처더미 위에서 바삐 움직이고 있다. 아내는 챙이 넓은 모자에 선글라스를 쓴 채 명상을 하듯이 앉아 있다. 하늘에는 더 많은 검은 새 떼들이 선회를 하고 있다. 철조망 너머 언덕에서 구급차 두 대가 이쪽으로 오는 모습이 보인다. 우리는 알고 있다. 구급차의 출동은 또 다른 귀한 생명이 쓰레기처더미 위에 버려졌다는 의미일 것이다. 그들은 아마도 키 작은 인디언갈대나 야생 라벤더 혹은 쐐기풀이나 민들레 같은 생명들을 밟으며 오고 있을 것이다. 땅바닥엔 쓰레기처더미에서 흘러나왔을지 모를 대못 크기의 철십자가 한 개가 버려져 있다. 올드 로드가 한창일 때 전복된 역마차에서 떨어져 땅속에 묻혔던 것이라고 나는 생각했다. 집어 들고 보니 녹이 빨갛게 슬어 있다. 나는 그 놈으로 땅을 긁적이며 글씨쓰기 장난을 해 본다. 땅을 긁을 때마다 작은 먼지 입자가 허공으로 날아오른다. 나는 마른 땅에다가 동그라미가 여럿 붙은 숫자도 써 보고 갈증이라고도 써보고 사랑이라고도 썼다가 지워본다.

"이 세상 보물들은 사랑받지 않는다고 생각하면 숨어버린다지요?"

명상을 하듯 앉아있던 아내가 허공을 보며 말했다.

"당신은 종일 그놈만 바라보고 있었잖아. 그런데 사랑하지 않았다니…."

아내는 울먹이는 소리로 내 말을 받는다.

"보면서 즐겼지 사랑하지는 않았나 봐요."

그러고 보니 우리의 보물들은 버려진 게 아니라 스스로 숨은 것인가 보다.

수사요원이며 구급차들은 출입 금지선을 쳐 논 채 황혼이 밀려드는 서편 언덕으로 떠나는 게 보인다. 나는 조심스럽게 아내에게 말한다.

"우리도 가고 낼 또 와야지…."

아내는 쓰레기 언덕을 바라볼 뿐이다. 눈이 젖어있다. 그때 내 머리에서 아이디어 한 톨이 반짝하고 떠오른다.

"낼 아침 일찍 장비 빌려주는 집을 찾아가서 금속 탐지기 두 개 빌려오자. 그리고 저 쓰레기더미 위에서 슬슬 굴려보자. 우리 보물도 찾고…. 또 알아 누군가도 우리처럼 보석반지를 몽땅 쓰레기통에 버렸는지.

"그런 사람이 우리 말고 또 있겠죠?"

"암, 있고말고!

"그럼 우리 냉면 한 그릇씩 먹고 집에 가자."

"냉면갈비는 어때?"

"좋아요. 냉면갈비 맛있게 먹고 가서 샤워하고 일찍 잔 다음 낼 새벽에 또 오자."

나는 자리에서 일어나며 대못처럼 생긴 십자가를 땅에 눌러 박았다.

"그래요. 오늘은 그만 갑시다…."

낮게 굴러가던 해가 붉은 노을 속으로 사라지고 있다.

엘캡

1. 돌방

난 지금 내가 누군지 모른다. 아이폰 때문이라고 생각해 본다. 그걸 잃어 버린 다음부터 기억을 상실한 것 같다. 나의 주소와 전화번호, 엄마의 연락처, 친구들의 연락처, 잃어버린 내 패스포드의 번호가 모두 그 속에 있다. 내 지갑은 어디로 갔단 말인가. 뭔가 깊은 생각을 하면 명치끝에서 진통이 일어난다. 그래서 나는 생각을 하다가 그만 둘 수밖에 없다. 난 지금 맨션들이 하늘을 찌르는 골목에 서 있다. 그런 높은 건물을 보면 거길 기어오르고 싶어진다. 올라가면서 창문마다 환하게 불이 켜진 집안을 들여다보고 싶어진다. 그 안에 내 잃어버린 기억을 찾을 수 있는 단서가 있을까 해서다.

그런데 돌방아저씨는 그 골목에 세워 논 차 안에서 엔진을 걸어 논 채 꼼짝 말고 기다리라 했다. 한참 기다리던 나는 차 밖으로 나왔다. 답답해서다. 다리 사이로 요요를 재게 놀리며 그를 기다리고 있다. 이 장난감 놀이는 내가 불안할 때마다 나를 안정시켜 주는 역할을 한다. 그런 요요를 어디에서 배웠던가? 그것도 기억에 없다. 그러나 그런 건 깊이 생각을 할 문제가 아니다. 우선 그 놀이는 재미있어서 좋다. 돌방아저씨가 항상 껌을 씹듯이 나는 요요를 돌리는 것이다. 요요는 내 무릎 사이에서 발끝으로 떨어져 회전하다가 파란 형광불빛을 반짝이며 내 손바닥 안으로 돌아온다.

요요는 매우 오래된 놀이기구이다. 고고학적으로 보면 인형 다음으로 오랜 장난감 기원을 갖고 있다 한다. 그런 요요는 프랑스 혁명 당시 망명자들 사이에서 스트레스 해소용으로 인기를 끌었단다. 그 요요가 미국에 알려지면서 1920년대 이후에 큰 유행을 일으키게 되었다 한다. 16세기엔 필리핀 주민들이 예리한 돌을 실에 꿰어 사냥도구로 사용하기도 했단다. 그러니까 요요는 놀이기구이기도 하지만 필요시 자기방어용 무기로도 쓸 수 있을 것이다. 이런 장난감 요요에 대한 개념은 잘 기억하면서 놈을 가지고 노는 그 주인인 나에 대한 기억은 어째서 사라졌단 말인가 그것이 나의 의문이며 고민이다. 그러나 언젠가는 내 기억이 되살아나리라는 걸 나는 믿는다.

돌방아저씨가 원시시대에 쓰던 것 같은 낡은 핸드폰을 주면서 비상사태가 발생하면 첫 번째 번호를 누르라 했다. 그리고 검은 옷에 검은 모자에, 콧등엔 적진으로 스며드는 특수요원처럼 검정을 바르고 납작 엎드려 경비실 창문 밑으로 기어들었다. 그리고 나올 줄을 모른다. 시간은 느리게 지나간다. 나는 간이 점점 졸아드는 것 같다. 시간의 확장, 시간의 역사, 그런 것들을 생각해 본다. 내 이름이 뭘까? 왜 자꾸 잊어버린 이름 생각을 하게 되는 걸까. 집주소와 전화번호 자신의 이름, 나는 누구인가? 매일 누군가에게서 불렸던 이름… 그게 왜 기억에서 사라져 버린 걸까? 나는 잊은 이름을 찾는 데 골몰할 게 아니라 아무 이름이나 하나를 새로 만드는 것이 더 편하겠다는 생각해 봤다. 그래서 전화번호부를 보며 이름 여럿을 살펴봤다. 창호, 인기, 세원, 국태… 그들의 이름 중에 하나를 쓰면 어떨까. 그건 좋은 데 성은 어찌할까? 성은 자기 마음대로 지을 수 없을 것 같다. 그런 나의 사정을 어찌 알았는지 돌방아저씨는 나를 부를 때 야, 라든가 인마로 부르더니 천이라는 이름을 지어줬다. 천이, 천아, 천이야. 천이 씨, 천이 선생님, 괜찮은 이름 같다. 이름은 그렇게 해결되었다만….

돌방아저씨는 경비회사의 팀장이었다 한다. 그는 달변가이자 엉뚱한 행동가, 홍길동이라고 사람들은 말한다. 그는 과연 그런 것 같다. 나는 차 안에서 그런 생각을 하다가 밖으로 나왔던 것이다. 밤은 깊어가고 맨션의 불들이 거의 다 꺼져 가고 있다. 그게 나를 초조하게 한다. 창에 불이 꺼지면 내가 건물 벽을 기어 올라가도 그 안을 들여다 볼 수가 없지 않은가. 아직 불을 끄지 않은 몇몇 창도 있긴 하다. 그 안의 사람들은 무엇들을 하고 있을까가 궁금해진다. 그 정도 낮은 생각으론 명치끝이 아파오지 않는다. 명치끝, 이놈도 그 정도의 생각은 무시해 버리나 보다. 빌딩 사이로 보이는 하늘은 깜깜하다. 나는 그 마천루를 맨손으로 기어 올라가고 싶은 충동이 계속 인다. 나는 정신을 바짝 차리고 차 옆에 꼭 붙어 서서 요요를 발등에 내던져본다. 그러면서 나는 저 십층인가 십오 층인가 하는 맨션 건물 벽을 타고 올라가보고 싶다는 의욕이 왜 느껴진 것일까 생각해 본다. 의욕에는 반듯이 동기가 따른다는 것을 나는 안다. 왜 저 화강암타일의 고층건물을 맨손으로 오르고 싶어지는가. 오르다가 추락하는 환상은 또 뭘까. 명치에 진통이 온다.

"야, 운전석에 앉아서 발동을 끄지 말고 기다리라 했잖아!"

등 뒤에서 돌방아저씨의 낮은 허스키가 들린다. 그가 허연 이불 뭉치를 업고 서있다.

"차문 열어!"

나는 빠른 동작으로 차문을 연다.

"앞문 말고 뒷문!"

내가 뒷문을 열자 돌방아씨는 이불 뭉치를 밀어 넣는다.

"빨리 타!"

난 서둘러 운전석으로 오르려 한다.

"뒤에 타."

돌방아저씨가 운전석에 올라탄다. 나는 뒷좌석에 탔다. 차는 총알처럼 앞으로 나간다. 타이어가 시멘트 길을 박차는 마찰음이 뒤에서 따라온다. 난 중심을 잃고 이불 뭉치 쪽으로 기울어진다. 또 다른 마찰음과 함께 이불뭉치가 내게로 쏠린다.

"그애 벨트 매 줘."

돌방아저씨가 고개를 반쯤 돌리며 말한다. 나는 이불뭉치 속에 사람이 들어있다는 걸 확인한다. 벨트 고리를 잡아당기려고 앞 쪽으로 몸을 수그렸다. 동시에 나는 이불뭉치에서 나오는 기묘한 입 냄새를 맡는다. 병원 복도에서 나는 냄새와 같다. 마취제 냄새일 것이라고 생각한다. 차 안은 어두웠고 달리는 속도감 때문에 중심을 못 잡겠다. 나는 두, 세 번 만에 겨우 벨트를 채워 줄 수가 있었다. 이어서 내 자신의 벨트 고리를 찾는다. 그것은 이불뭉치 아래 깊숙이 깔려있다. 난 이불뭉치 아래 엉덩이로 짐작되는 부분을 떠밀고 겨우 고리를 찾아냈다. 뭉클, 살진 엉덩이가 손끝에 감지된다. 벨트를 매고 차창 밖을 내다본다. 반대편에서 오는 차량의 불빛이 번갯불처럼 차안을 스치고 지나간다. 난 이불뭉치를 바라본다. 얼굴이 동그랗고 풍선처럼 통통한 계집아이가 앉아 있다. 눈을 꼭 감았다. '납치' 이런 생각이 뒤통수를 친다. 납치범의 공범. 나는 자신의 존재가 누군지 모른 채 여아납치의 공범이 된 것 같다. 돌방아저씨를 봤다. 그는 껌을 빠르게 질겅대며 앞만 보고 운전을 한다. 누가 침묵은 금이라고 말했나. 차안의 침묵은 불안스런 긴장이다. 돌방아저씨는 껌을 질겅대다가 딱~딱~ 소리를 내며 말이 없다. 뒷좌석엔 풍선처럼 얼굴이 큰 여자아이와 자신이 누군지 모르는 내가 앉아 있다. 불안하다. 난 다리 사이로 요요를 굴리고 있다. 차는 산길을 달리다가 멎는다. 흙더미가 길을 막고 있기 때문이다. 돌방아저씨는 좌회전해서 흐트러진 관목 숲으로 차를 밀어 넣는다. 바퀴 아래에선 나뭇가지 부러지는 소리가 난다. 언덕기슭에 솟아오른 돌 더미를 넘어갈 때에는 차가 뒤집힐 듯 기울며 요동을 친다. 그럴 때마다 풍선소녀와 나는 서로 몸싸움을 하듯이 부딪치고 떨어지고 한다. 차는 얼마동안 그렇게 더 굴러갔다. 길은 농로같은 비포장도로였지만 돌방아저씨는 으슥한 풀숲 안으로 차를 더 깊이 밀어넣고 멈추어 섰다.

그가 먼저 차에서 뛰어내린다. 손전등을 켜서 풀숲을 한번 휘졌더니 차안을 바라본다. 조수석의자에는 커다란 등산용 백이 비스듬하게 놓여있다. 그는 뒷좌석에 전등을 비춰보며 짧게 말한다.

"그 아이 데리고 나와."

난 풍선소녀에게 손을 내민다. 그녀는 내 손을 뿌리친다. 거부의 몸짓이다. 난 민망해진다. 그래도 차문 밖으로 한 발을 내디디며 다시 손을 내밀어본다. 소녀는 몸을 웅크린 채 움직이질 않는다. 돌방아저씨가 보고 있다가 다가선다.

"저리 비켜."

그가 날 옆으로 밀어내고 자신이 차에 오른다. 그의 가죽잠바 허리춤엔 단도케이스가 슬쩍 보인다.

"아가야. 다 왔으니 내리자."

돌방아저씨는 매우 부드러운 음성으로 그녀의 어깨너머로 팔을 돌려 머리 부분을 얼싸 안는다. 그리고 팔 근육으로 관자놀이를 조인다. 마치 레슬링 선수들이 해머록을 하는 폼이다. 풍선소녀는 비명을 지른다. 차 밖에 있던 난 그냥 보고 있을 수가 없다.

"놔두세요. 제가 데리고 나올 게요."

난 작은 소리로 그러나 강한 어조로 말했다.

"그러렴."

돌방아저씨는 전등으로 우리를 다시 한 번 비춰본 후 백을 둘러메고 앞장서서 걸어간다. 산속의 밤은 기괴한 소리를 내는 짐승들의 생활터전 같다.

그들은 별아별 울음소리를 다 낸다. 돌방아저씨는 백 팩에서 손전등을 하나 더 꺼내더니 내게 주며 경고하듯이 말한다.

"그애 다치게 하면 안 돼."

우리는 사전답사한 데로 산비탈로 올라간다. 키 큰 나무들 아래 흩어진 관목덤불을 헤치고, 뱀 딸기 넝쿨을 밟으며 길 없는 숲을 걷는다. 풍선소녀는 걷질 못하고 주저앉는다. 발목까지 내려온 잠옷 로브자락에 무릎이 휘감겨서 걷기가 매우 힘들어 보인다. 게다가 그녀는 보통 아이들보다 훨씬 뚱뚱한 편이다. 짜리몽땅하다고 할 정도다. 나는 몇 발자국 가다가 돌아서서 그녀를 기다리며 추리해 본다. 돌방아저씨가 자고 있는 아이를 둘러메고 나왔을 것이다 하고…. 앞서가던 돌방아저씨가 볼멘소리를 한다.

"그애 좀 부축해 줘라."

나는 그녀의 팔을 잡아준다. 풍선소녀는 나에게 매달려 점점 더 엉긴다. 난 보통 어른보다 키가 크다. 그래서 키 작은 그녀의 팔을 잡아주려면 많이 수그려야 한다. 그녀는 한손으로 옷자락을 걷어쥐고 계속해서 뭉그적거린다. 앞서가던 돌방아저씨가 전등불을 비추며 우리를 기다리다가 돌아와서 낮게 말한다.

"그 아일 업어."

어둠속에서 부는 바람은 옷깃으로 기어든다. 나는 등을 돌려대며 그녀 앞에 앉는다. 그녀는 나의 등을 무시하고 그냥 걸으려고 허둥댄다. 칼날 같은 풀잎이 그녀의 종아리로 달려든다.

"한참 걸어야 한다. 서둘러."

앞서가던 돌방아저씨가 걸음을 재촉한다.

"그러지 말고…! 내 등에 업혀."

내가 다시 한 번 등을 돌려대며 말했다.

"어서."

그제야 그녀는 내 등에 업힌다.

"보기보다 무겁진 않군.

난 그녀의 가슴과 배 부분이 차게 식어있음을 느낀다.

"내 목을 꼭 껴안아라. 이 전등으로 내 발 앞을 비추면서."

난 성큼성큼 길 없는 산비탈을 오른다. 밤이슬이 우리의 어깨 위로 내린다.

나는 아까부터 어쩌다가 계집아이의 납치공범이 돼가는지 모르겠다는 불쾌감에 사로잡혀 있다. 정말 왜 그리됐을까. 나는 내 이름이 물속에 잠겨버리듯이 내 의식이 무의식 속으로 가라앉았다고 생각해 본다. 그렇다면 언젠가 떠오를 것이다. 지금은 그것이 희망사항이 되었다. 이름, 그건 모르는 게 아니라 생각이 안 나는 것이다. 기억이 없어졌으면서 생각은 할 줄 안다는 것이 신기하다. 하여간에…. 내가 잃어버린 자신을 찾으려고 생각을 집중하면 명치끝에서 뭔가 반란을 일으킨다. 창자가 끊어질 것 같은 아픔이다.

우리는 최근에 이 길을 3번이나 왕복하며 예행연습을 했다. 고속도로로 2시간쯤 가다가 샛길로 접어들었다. 울창한 가로수가 여름 햇볕을 그늘로 바꾸고, 창을 열면 매미소리가 귀를 따갑게 하던 때였다. 그 샛길에서 또 비포장도로에 들어섰다. 차는 한참 가다가 멈춰 섰다. 지난번 태풍 때에 산사태로 길이 막혀 버린 첫 번째 예행 때였다. 그날은 비가 왔다. 그래서 우리는 되돌아섰다.

두 번째 날은 청명했다.

"우리는 지금 도둑놈의 별장에 가고 있다."

돌방아저씨가 말했다.

"비가 오고 산사태가 길을 막아 버렸지요."

"기억하는 구나. 태풍이 산 하나를 떠다가 길 위에 부어버렸어. 낮은 지역은 도시 전체가 호수로 변할 때였지. 익사자가 많았다. 수만 명이 실종됐고, 수만 마리의 가축이 떼죽음을 했단다. 몇 십만 헥타르의 농지가 유실되었고…. 이 국가적 재난은 천재라기보다 인재라는 보도가 있었다. 토목공사마다 부정이 끼어들어서야. 설계도 대로 일을 하질 않는 거야. 자재를 빼돌리고, 용량대로 쓰질 않고, 도둑놈들. 그때 넌 어디에 있었냐?"

"몰라요."

"미국에 있었냐?"

"기억이 없어요."

"나와 함께 빌라공사장에 있었다. 자재 도둑을 지키는 경비보조였어. 도둑놈, 사기꾼 날강도들. 넌 정말 기억력이 실종된 거냐? 아니면 사이코냐?"

의사 말이 난 사이코가 아니라 단기기억상실증일 것이라 했다. 시디 촬영과 스킨으로 정밀검사를 한 번 더 해보고 카운슬링을 더해 보아야 자세한 증상을 알겠다고 말했다. 그러면서 사람의 뇌에는 누구나 해미라는 바나나같이 생긴 물질이 양쪽으로 두 개가 있다고 했다. 그중 하나가 손상되면 어느 순간의 과거를 잊는다는 것이다. 주로 다시 생각하고 싶지 않은 비극적 사건 같은 것을 잊는 다 했다. 해미는 히포캄퍼스(Hippocampus)의 줄임말이라 했다. 그 의사는 메모지에 스펠링까지 써 보이면서 수술이 성공하고 재활 경비까지 일곱 자리수의 돈이 들 것이라 했다. 그 얘기를 하자 돌방아저씨는 눈을 부라렸다. 눈을 그렇게 뜨는 것이 그의 버릇이다.

"마음에 안 들어요."

나는 주머니에서 요요를 만지작거리며 말했다. 정말 웃기는 일은 자신이 누구이며 어디에서 오느냐? 하는 게, 큰 고민이고. 무엇보다 내가 왜 그 빌라 공사장으로 갔으며 건물의 층계로 올라가서 아래로 뛰어내렸느냐 하는 것이다. 그곳에서 아래로 뛰어 내렸다는 것은 돌방아저씨가 말을 해줘서 아는 사실이다.

'내가 누구죠?' 이런 멍청한 질문은 하고 싶지는 않다. 그럼에도 불구하고 실은 청명한 하늘을 보면 소리쳐 묻고 싶은 말이 난 누구죠 이었다.

"목격자 말에 의하면 달 밝은 날 하늘에서 다 큰 사내아이가 뚝 떨어졌다 라고 표현했다. 그래서 나는 네 이름을 월하인 낙천(月下人落天)의 음을 줄여서 낙천이라 지었다. 성은 하늘 천자를 따서 천가라 했다."

돌방아저씨는 가스를 세게 밟으며 크게 웃었다.

"천낙천이라, 하하하…."

그는 또 나를 바라보며 말을 이었다.

"천낙천. 가운데 낙자를 빼면 천천이 아니냐? 아니다. 천할 천자, 천천으로 할 수도 있겠다. 하하하."

하강점프, 하강점프!

나의 머릿속서 외치는 소리가 있었다.

하강점프. 하강점프, 하강점프.

돌방아저씨는 한바탕 또 웃고 말을 이었다.

"천천아, 천천히 해라… 마음에 드느냐?"

"네. 마음에 들고말고요. 하하하…."

나도 맞장구를 쳐 줬다. 그런데 내 머릿속에는 하강점프라는 구호가 살아났다. 그리고 나의 또 다른 내면에서는 '내게 천할 천자 천천이라고 하는 놈은 이걸로 머리통을 까 놀 거야.' 나는 요요를 홱 던져 보이며 허공에 대고 하하하… 하고 웃고 싶었다.

"알았다. 그럼 천자 하나를 생략하고 하나만 써서 천이야 라고 부르겠다.

돌방아저씨는 내 비위를 맞추듯이 말했다.

하여간에 돌방아저씨는 유식하다. 그의 화장실엔 중국인으로 노벨상을 탄 모옌의 작품 홍까오량 가족이며, 최근에 노벨 문학상을 탄 작가 파트릭 모디아노의 소설집이며 에리스 먼로의 단편소설집, 사서삼경, 목민심서, 삼국유사, 잃어버린 시간을 찾아서, 노자, 그런 책들이 쌓여 있다. 어쨌든 그래서 나의 이름이 천이가 됐다. 그런데 소녀 납치공범자가 되는 건 정말 싫은 일이다. 계집아이 하나를 납치한 사건은 기억이 또렷한데, 그애를 무엇 때문에 납치하게 되었는지는 기억이 없다. 원인도 없이 그냥. 그의 말대로 안가에 보호하려는 미션을 수행중이라는 말을 믿어야 할 것인가.

나의 이름과 성을 모르듯이 나는 돌방아저씨의 이름도 성도 몰랐다. 다만 그가 제주도의 돌하르방과 같이 생겼다 해서 사람들이 그를 돌방이라고 부른다 했다. 돌방아저씨도 그게 좋은지 그냥 돌방으로 받아들였다. 그의 뚝 튀어나온 왕방울 눈이며, 나팔 코, 마른 버드나무 잎 같은 입술, 그리고 여드름 자국이 숭숭 뚫린 맷돌 면상을 보면 돌하르방의 모델이 그일 것이란 생각이 들었다. 그는 입술꼬리가 약간 추켜올라가 있어 못생겼지만 험상궂어 보이지는 않는다. 차라리 구수하다. 덩치에 비해 목도 짧아서 돌하르방이 그의 초상 영락없이 보인다.

어쨌든 내가 돌방아저씨를 만난 것도 이상한 인연이다. 그때 돌방아저씨는 새로 짓는 빌라의 건축 자재를 지키는 경비 팀장이었다. 빌라의 건축 자재들은 비싼 것들이어서 도둑들이 그 주위에서 뱅뱅 돌았단다. 그래서 경비를 강화하느라고 야간 경비팀이 순찰을 자주 돌았다. 그날도 경비원 하나가 보고를 했단다.

'공중에서 사람 하나가 쿵~! 소리 내며 떨어졌어요.' 하는 보고를 받은 돌방아저씨가 급히 달려가 보니 내가 쓰러져 있었단다.

"조경공사를 위해 쌓아 놓은 쇠똥거름 위에 떨어져서 살아났어. 구급차를 불렀지. 머리통이 깨져 13바늘을 꿰맸어."

그는 내 건강상태에 이상이 없다 했지만, 문제는 기억력 일부분이 실종된 것이다. '아직 살아있는데, 아직 살아있나 봐…!' 그때 그런 귀울림이 선명하게 들렸다. 그리고 자동차의 바퀴가 땅을 긁는 소리도 났던 것 같았다. 오층 높이에서 떨어졌다는데 웬 자동차 소음이었을까? 그게 늘 의문이다. 나는 그런 생각을 하다 말았다. 명치에 진통이 오기 때문이었다. 그 진통의 예고는 공포를 느끼게 해 준다.

"걱정 마. 이 세상에 자기 자신이 누구인지 모르는 사람이 어디 한둘이냐. 나도 내 자신이 누군지 모르고 사는 때가 많다. 넌 의사 말대로 해미 한 부분이 손상되었을 것이야. 자연치유가 되는 경우도 있다곤 하지만 내가 널 고쳐주겠다. 이 동네 사람들 돈 많아. 그냥 창고에 쌓여서 자고 있어. 그 돈 좀 꺼내 쓰자."

돌방아저씨는 이렇게 나를 위로했다. 그로부터 돌방아저씨가 나의 보호자가 되었다. 나는 그의 사랑하는 조수 겸 동생 그리고 동거인이며 공범자가 되었다. 그와 한 지붕에서 한솥밥도 먹고 있다 보니 오늘처럼 소녀 납치도 동업자, 공범자로 함께하게 되나보다. 그건 이해하겠다. 그러나 싫다는 감정이 내속에서 꿈틀거린다.

"그 공사장 옥상에 가끔 너 같은 아이들이 올라가 연애를 걸더라. 나는 그애들이 놀 자리가 없어 그런 곳을 찾아든다고 생각해서 모르는 척 해 줬어. 너도 그런 짓 하다가 뚝 떨어진 게 아닐까. 네 관상으로 봐서 성폭행 같은 짓을 하는 파렴치한은 아닌 것 같고…. 넌 참 귀티나게 잘생겼다. 옥골선풍이야. 남자인 나도 널 껴안아주고 싶은데 계집애야 말해 뭣하겠냐. 어쨌든 네 잃어버린 기억이 찾아져야 진실이 밝혀지겠다."

그렇게 돌방아저씨는 나의 생명의 은인이며 보호자이며 병원비의 물주가 되는 착한 사마리아인이었는데, 최근에 불어닥친 건축 불경기로 그는 실직을 하게 되었다. 돌방아저씨는 미국에 갈 경비가 필요했고 나는 신경과 병원비가 필요했다. 그런데 나는 돌방아저씨와 가는 길이 어둠의 어둠. 불빛은 없고 그림자의 그림자뿐이란 걸 느끼겠다.

오늘도 나는 가만히 앉아 있는데 착시의 현상이 몸 전체를 이끌고 달리는 것 같다. 속도감 있게 공중으로 날아오르다가 천길 벼랑으로 떨어트리는 건 뭔가…? 투명의 시간일까? 투명의 시간…. 시간의 역사란 말은 들어봤지만 그게 물리학 교실이었나…? 나는 그런 건 곧 지워져 버리는 소모품이란 생각으로 머리를 돌렸다. 쓰다가 버렸다…? 그게 소모품이 아닌가. 그런데 왜 잃어버린 기억을 고민하고 있는가? 그 속에 내 모든 행동과 동기가 들어있기 때문일까. 나는 내가 한 행동에 책임을 져라. 그런 말이 뒤통수에서 소용돌이쳤다. 의사는 그게 이명이라고 했다. 귀에서 잡소리가 나는 게 이명이라는 설명이었다. 나는 그런 소리가 귀에서 나는 게 아니라 뒤통수에서 나고 있다고 우겨봤다. 그러면 그게 뇌명이지 어째서 이명이냐고 대들고 싶었다. 의사는 그래도 그건 이명이라고 했다. 그러면서 귀속의 달팽이관이 잡소리의 원인이라고 했다. 머릿속의 그 잡소리는 우주에서 날아오는 전파 같기도 했다. 천 길 낭떠러지에서 추락하는 꿈도 가끔 꾼다. 난 혼자가 아니라 일행이 함께 추락한다. 화강암 바위절벽이었다. 남자와 여자가 함께 추락한다. 그때에 전쟁 영화에서 본 양회다리 위로 탱크가 굴러가는 소음이 들린다. 그 소리가 나를 우울하게 한다. 그러면 내 명치에서 엄청난 통증이 일어난다.

첩첩산속을 달리는 중이니 나방이가 불빛을 보고 달려들 듯 30킬로의 배낭을 메고 너덜바위지대를 달리던 영상이 내 의식으로 달려든다. 그게 뭘까?

비탈길을 다 오른 나는 내리막길로 들어섰다. 우리는 끊어진 길을 돌아서 가는 중이다.

"아저씨는 마음이 좋아 보이는 데 왜 저처럼 사나운 사람과 다닐까 생각했어."

등에 업힌 풍선소녀가 내 귓바퀴에 입술을 대고 속삭였다.

"난 아저씨가 아니야. 지금은 몇 살인지 기억엔 없지만…. 돌방아저씨가

75세쯤 됐을 꺼래."

난 사실을 얘기했지만 그녀는 농담을 한다고 생각하나보다.

"농담이 아니야."

돌방아저씨가 나에게 한 말이었다.

"네가 빌라 새로 짓는 공사장 오층에서 떨어졌을 때 네 모습이 그랬어. 쇠똥을 뒤집어 쓴 네 모습은 75세 노인이야. 냄새도 그랬어."

"농담 잘하네…."

그녀는 나의 목을 꼭 껴안으며 속삭였다.

"넌, 네가 몇 살인지 기억하냐? 넌 몇 살이냐?"

"열여섯…."

"그게 네가 기억해낸 나이냐?"

"엄마랑 아빠가 말해줘서 아는 나이야. "

나는 제 나이를 기억 못하는 건 정상이란 생각을 했다.

"그런데 넌 영레이디답지 않게 웬 살이 그리 쪘냐?"

난 등 뒤에 업은 그녀의 물컹거리는 볼기살을 의식하며 말했다.

"살찐 게 아니야. 부은 거야."

"붓다니."

"신장병을 앓고 있어. 콩팥이 나빠."

"아, 키드니…."

"저 사람이 날 죽일까? 난 그 이전에 죽을지도 모르지만…."

소녀는 겁에 질린 목소리를 냈다.

"아무도 널 죽일 수 없다."

"그럼 왜 날 납치해 가니?"

"우린 널 납치하는 게 아니야 널 보호하려는 것이야."

"왜 날 보호해? 난 몸이 아파도 부모님의 보호 아래 잘 살고 있었는데…."

"그 사정은 나도 모르겠다. 돌방아저씨 말이 너희 가정에 특별한 일이 있어 이삼 일간 아무도 모르는 데 가서 널 보호하는 작전이 우리의 미션이래."

"나도 모르는 우리 가정의 특별한 사정이 뭘까?"

"어른들 하는 일은 우리가 모르는 게 많잖니."

그러는 사이에 우리는 끊어진 길 너머의 비포장도로에 내려섰다.

"그만, 내려줘. 걸어볼게."

소녀가 말했다.

"그래. 여기서 잠시 쉬자."

돌방아저씨도 풀숲에 앉아 쉬고 있다. 거친 숨소리가 어둠을 밀고 당긴다. 가까운 곳에서 산짐승 우는 소리가 더욱 극성스럽다.

두 번째로 도둑의 별장을 답사할 때의 일이었다.

"길, 잘 봐둬라. 예쁜 계집아이를 데려오는 예행연습이야."

돌방아저씨는 여유 있게 너스레를 떨었다.

"어떤 아인데요?"

"꽃다운 나이. 이팔청춘이다."

"납치인가요?"

"안가로 모시는 특별미션이다."

나는 입을 다물었다. 그가 거짓말을 하고 있다는 생각이 든다. 길은 구불구불 이어졌다.

"계집애는 사귀어 봤나?"

돌방아저씨는 스피드를 내어 기술운전을 허며 여자 얘기를 꺼냈다. 시간은 그사이를 비집고 과거로 달아나고 있다. 나는 숨을 크게 들이마셨다. 뻣뻣했던 신경줄이 누그러지는 걸 느꼈다. 돌방아저씨는 자신의 시간 속의 이야기를 꺼냈다.

"내가 열아홉에 열여섯 먹은 이팔청춘 계집애를 꼬여냈다. 그애와 냉수사발 떠놓고 어느 도사스님 앞에서 독경소리 들으며 산중결혼식을 하려 했다. 그때는 지금처럼 너 좋고 나 좋으면 섹스 하는 시대가 아니었다. 그때는 결혼식을 해야 같이 잘 수가 있었거든."

돌방아저씨는 그가 마치 한 세기 전의 사람처럼 말을 했다.

"어떻게 알았는지 그애 부모들이 달려들어 깽판을 났느니라. 그 아이의 오빠가 내 팔을 비틀었고, 그 애비가 그애를 끌고 갔다. 그 애는 울부짖으며 끌려갔어. 그때 난 한강 다리 위에서 뛰어내리고 싶었다. 지금도 그 애 생각을 하고 있어. 그애를 사랑했어. 죽도록… 그렇게 헤어질 줄 알았으면 어떤 짓을 해서해서라도 그 앨 내 걸로 만들어 놀 껄. 이십년 전 이야기인데… 지금 그애도 날 생각할 꺼다. 걘 지금 군인 부대가 많은 미국 텍사스에 살고 있다는 정보를 입수했다. 그년이 날 보면 울고불고 할 꺼다. 거길 가야겠다. 초고층 빌딩위에 올라가서 그애를 껴안고 뛰어내리는 게 내 소원이다."

돌방아저씨는 빽빽이 겹친 시간 속을 펴서 그 안에서 꼼지락거리는 추억을 꺼내 보이듯이 말했다. 표현이 조금씩 다르지만 여러 번 들은 얘기였다. 돌방아저씨는 나무들이 밀집된 숲속산길을 곡예 하듯이 빠르게 달렸다. 차는 풍랑 속의 돛배처럼 흔들렸고 그럴 때마다 나의 생각은 집중이 되다가 말다가 하면서 흩어졌다.

"너 여자애 조심해라. 그 뒤로 난 여자들 사귀다가 바꾸는 일을 햄버거 먹듯 했다. 얌전해 보이는 애한테서 병이 올랐을 때는 미칠 것 같았다. 쌍년."

그는 눈을 무섭게 부라려 보였다.

"내가 쌍놈이지…."

어쨌든 비 그친 날 돌방아저씨와 산속의 폐가 산장엘 갔었다. 이끼 낀 돌층계로 좀 올라간 언덕 위에 일자로 지은 목조건물이었다. 돌방아저씨는 그 건물에 대한 이야기를 해줬다.

"저게 지금은 폐가지만 억대 갑부의 로비용 별장이었다. 그 은수저가 장관에 오르려고 청문회를 하는 도중에 땅 매입에서부터 건축법에 이르기까지 위반 안한 것이 없다는 증거가 나왔지. 억대갑부의 꿈은 사라졌다. 비바람 치는 태풍 볼라벤이 지나면서 천둥 벽력과 함께 언덕 위에 비스듬히 서있던 아름드리 팽나무를 쓰러트렸다. 그 거목이 쓰러져 지붕을 덮었어. 댄스 파티가 무르익을 때였는지 건물 안에 있던 많은 사람들이 고목나무 아래서 압사했어. 몇 명이 죽었는지 몇 명이 부상을 당했는지 사건을 축소해서 알 수가 없다. 그래서 비극적인 별장은 흉가 건물이 돼 버렸다."

돌방아저씨는 그때 그곳의 경비를 맡고 있어서 그 사연을 잘 알게 되었단다. 구구구 하는 산비둘기 소리가 바람을 타고 지나갔다. 소나무 위로 해는 높이 떴고 청명한 하늘 아래에 일자로 지은 집이 산기슭에서 우리를 내려다보고 있었다. 미닫이의 통유리 문이 길게 옆으로 나 있는 게 보였다. 돌방아저씨는 백에서 연장을 꺼내 문고리를 비틀었다. 안에서는 곰팡이 썩는 냄새 같은 악취가 끼쳐 나왔다. 긴장의 뭉텅이가 이 흉가로 변한 별장의 실내공간에서 굴러 나오는 것 같았다. 농구코트처럼 넓은 홀은 아마도 무도장이었을 터이다. 그로 인해 건물의 천정에는 타원형 구멍이 뻥 뚫리게 되었다. 통나무 등걸은 죽은 공룡처럼 홀의 중앙공간을 반으로 갈라놓았다. 나뭇가지며, 나뭇잎이며, 나무껍질의 피부며 그 몸통에 기생해서 살고 있는 미물의 생명들까지 모두 죽음의 세상으로 변화시켜 버렸을 것이다. 우리는 그런 폐가에서 진군하는 수색 중대원처럼 주위를 살펴봤다. 중앙 홀 한 옆으로는 내실로 통하는 문이 있었다. 그 문을 열고 들어서니 호텔 복도처럼 긴 회랑이 있고 방 대여섯 개가 나란히 붙어있었다. 문을 열어보니 벽을 부수고 밀려든 흙이 침대며 고급가구들을 깔고 앉아 있었다. 그 다음방도 마찬가지였다. 방의 창문 쪽이 산이었고 산사태는 방의 벽과 유리창을 부수고 쳐들어왔던 것이었다. 그 태풍 이전에는 창문을 열면 바로 나무숲이 손에 잡힐 것 같은 언덕

이었을 것이었다. 피톤치드가 창문 안으로 쏟아져 들어왔을 것이고…. 복도 반대쪽 문을 열고 보니 악취가 밀려나왔다. 주방시설이 잘 차려진 부엌이었을 공간이었다. 상해버린 음식물들에서 나는 악취로 가득했다. 파리와 구더기 그리고 들쥐 떼들의 천국이었다. 나는 급히 돌아섰고, 돌방아저씨는 코를 쥐고 절절맸다.

그렇게 해서 우리는 사전답사를 끝마치고 풍선소녀를 납치하는 미션을 시행한 것이다. 홀에는 콘크리트 조각들이나 기와 부스러기 같은 건물잔해들이 나무 등걸 위에 쏟아져 수북하다. 그 상처로 천정 밖에선 예외 없이 만년을 눈부시고 찬란하게 살아서 존재하는 하늘이 그냥 벌거숭이로 올려다 보인다. 보이지는 않지만 산들바람도 넘나들며 투명한 빛을 불러들일 것이다. 천정에 매달린 사이키 조명 시스템이며 형광등도 바닥으로 떨어져 산산조각이 나버렸다. 실내화며 하이힐 같은 신발들도 방치되어 뒹군다. 이처럼 실내공간은 치열했던 전쟁터의 잔상 같기만 하다. 간간이 돌풍이 불어 지붕에서 덜 떨어졌던 잔해들이 먼지가루가 되어 휙~ 날아들기도 한다. 그런 공간 안에서 또 다른 삶의 현장이 헛구역질을 한다.

"저것들 좀 치워라."

돌방아저씨가 천정에서 떨어진 먼지 때문에 눈을 비비며 말했다. 나는 여기저기 널려 있는 신발짝들과 압사 당했을 사람들의 유물들을 한 쪽 벽 구석으로 몰아다 놨다. 돌방아저씨도 슬리퍼 한 짝을 들고 투덜댄다.

"프라다, 명품만 신었군."

나는 그 명품 프라다 샌들의 임자들이 지금쯤 어찌 되었나 상상해 본다. 죽었을까? 살았을까? 돌방아저씨는 말한다. 실종되었을 것이라고. 보상금을 위한 연극이 상연되었단다.

"불쌍한 황족 접대부는 신발만 남겨놓고 그냥 실종으로 취급해 버렸겠지.”

나는 구석진 곳에 웅크리고 앉아 구역질하는 풍선소녀를 본다.

“돌방아저씨, 저애가 많이 아픈가 봐요.”

돌방아저씨는 천정 구멍으로 들어오는 여린 빛을 바라보며 말이 없다. 나는 그런 분위기를 불안스런 감정으로 느끼며 그녀에게 가서 등을 쳐주며 말한다.

“냄새가 지독하지? 창문을 좀 열어줄까?”

“그냥 놔둬라.”

돌방아저씨가 볼멘소리를 한다.

나는 돌방아저씨를 의식하며 소녀를 다시 바라본다. 그녀가 복사꽃 무늬의 파자마를 입은 게 그제야 보인다. 소녀는 그 소맷자락으로 입을 닦으며 돌방아저씨와 나를 번갈아서 흘겨본다. 그녀는 토악질을 다시 시작한다. 나는 요요를 꺼내 놀이를 하며 돌방아저씨의 눈치를 본다.

“엄마야…! 나 죽을 것 같아.”

토악질하던 풍선소녀가 운다.

“이 애 좀 어떻게 해 줘요…!”

나는 돌방아저씨 쪽에 대고 소릴 친다. 소녀는 계속 마른 구역질을 해댄다.

돌방아저씨가 그녀를 한참 바라본다. 침묵의 시간이 우리들 사이에 험악한 분위기로 끼어든 것이다. 나무 등걸 위의 한 표적으로 요요를 던져 본다.

“물이라도 가져다주렴.”

돌방아저씨가 나에게 말을 뚝 던지고 벽에 달린 두 개의 문 중 그 하나로 들어간다. 문이 삐걱 하고 녹슨 경첩의 쇠 가는 소리를 냈다. 나는 돌방아저씨가 지고 온 백에서 물병을 꺼내 그녀에게 준다. 풍선소녀는 눈물과 콧물로 범벅이 된 채 물을 조금씩 마신다. 돌방아저씨가 안에서 방석을 한 아름 안고 나타난다.

"자, 이걸로 적당히 좌정할 자리를 만들어라. 방은 여러 개 있다만 벽이 다 무너지고 쳐들어온 흙더미로 엉망이다."

돌방아저씨는 방석들을 내 앞으로 던졌다. 모두가 폭신한 꽃 비단 방석이다. 그 위에 붉은 진흙이 말라붙어 새로운 문양을 만들었다. 나는 방석을 나무 등걸 앞에 늘어놓는다.

"야, 울지 말고 이걸 여러 겹 깔고 앉아있어."

난 방석을 손바닥으로 툭툭 쳐 보여준다.

"힘들면 누워 있어도 좋아. 방은 있지만 엉망이라니 여기서 쉬어야 하겠다."

돌방아저씨는 불안한 듯이 서성거리다가 백에서 소주병을 꺼내 병나발을 분다.

나도 나무 등걸에 기대앉아 천정구멍 위의 하늘을 본다. 밤새 잠을 못잔 탓일까, 시야가 흐려지며 막연히 무의식 상태에 빠져드는 느낌이다. 눈을 감는다. 어떤 기억이 떠오른다. 나비 떼다. 바다색처럼 파란 나비들이다. 들꽃 벌판 위를 3D로 날아다닌다. 환상적인 영상이다. 누군가 말했다. 군청색 나비 떼는 마리포사 숲의 요정들이란다. 나는 3D에서 날아다니는 나비 떼들을 향해 요요를 날려본다. 요요는 돌아오지 않고 공중을 날아다닌다. 허공에선 형광불빛의 요요와 환상적인 나비 떼들이 함께 춤을 추며 날아다닌다. 음악소리가 들린다. 베토벤의 넘버 5다. 운명의 벨소리는 돌방아저씨의 주머니에 든 폰에서 난 것이다.

"그 폰 제 거에요…."

구역질하며 울던 풍선소녀가 눈물이 범벅되어 큰 소리를 쳤다.

"네 아빠, 엄마가 이제야 네가 사라진 걸 알았나 보다."

"이리 주세요."

풍선소녀는 당돌해졌다. 어디서 왔는지 도마뱀 한 마리가 나무 등걸 위에서 꼬리를 휘졌다가 후딱 넘어 달아난다. 돌방아저씨가 그 쪽을 바라보며 폰을 꺼버린 후 주머니에 도로 넣었다.

"지금은 꺼버렸지만 네 아버지에게서 연락이 또 오면 네게도 바꾸어주겠다."

"그게 없으면 난 죽은 거나 마찬가지에요."

풍선소녀는 그걸 되돌려 달라고 애원하는 눈빛을 보낸다.

"그게 내 기억장치거든요. 전화번호, 친구생일, 약속시간, 내가 좋아하는 음악, 좋아하는 시 구절, 게임…. 모두 그 속에 있어요."

"알아. 이게 네 머리통 속의 짱퉁 두뇌라는 것을…. 이제부터 당분간 네 진짜 머리통의 두뇌로 살아야 되겠다."

돌방아저씨는 선생이 학생에게 하듯이 꾸짖어 말했다. 나는 요요를 계속 돌린다.

"네 아버지와 협상이 잘 되면 바로 돌려주마."

돌방아저씨는 그걸 주머니에 깊숙이 넣고 칼을 꺼내 들었다.

"야, 천아…."

돌방아저씨가 나를 차갑게 바라봤다. 갑자기 그의 인상이 바뀐 것에 나는 긴장한다. 오늘 돌방아저씨가 정말 마음에 안 든다.

"그것 요온가 요강인가를 좀 치울 수 없나?"

돌방아저씨가 불만스레 말했다.

나는 침묵으로 계속 요요를 돌린다.

"그만 하고 이걸 가지고 있어."

돌방아저씨가 칼을 내밀었다. 섬뜩하다. 시퍼런 칼날에서 푸른빛이 튀었다. 나는 돌방아저씨의 말에 토를 달았다.

"난 그딴 거 없어도 되거든요. 이게 있으니까."

나는 뒤로 조금 물러서면서 요요를 돌방아저씨의 코앞으로 던졌다. 요요는 비행접시처럼 날아가서 그의 눈앞에서 휙~ 하고 되돌아왔다. 만약 그것에 맞는다면 뻥~ 하고 머리통에 구멍이 날 정도로 위력이 커 보인다.

"너, 사람 잡을래…!"

돌방아저씨는 손끝으로 칼날을 쓸어보면서 거칠게 말한다.

"야. 임마. 이 칼 써 먹으란 게 아니야. 가지고 있으라는 거였어."

돌방아저씨는 칼을 마루에 던져 꽂았다. 위압적인 행위였다. 칼은 마른 잎이 흩어진 내 발끝 마룻바닥에 꽂혀 파르르 떤다. 나는 요요를 돌려 여자애들이 실패놀이를 하듯 양손 끝으로 주고받고 하다가 벼락같이 날려서 바닥에 꽂인 칼자루를 맞춘다. 칼은 바람을 일으키며 튕겨나가 가로누운 나무 등걸에 꽂혔다.

"우와 멋있다. 너 굉장한 놈이다."

돌방아저씨는 고개를 절레절레 흔들어 보이고 돌아서서 걸어가다가 나무 등걸에 꽂힌 칼을 뽑아내더니 칼날을 소맷자락에 문질러서 내밀었다. 나는 긴장된 표정으로 돌방아저씨를 쳐다봤다. 그는 칼을 허리춤에 넣고 폰을 꺼내든다.

나는 풍선소녀를 바라본다. 그녀는 피로한지 몸을 벌레처럼 작게 웅크리며 방석 위에 누워서 기침을 한다. 돌방아저씨가 폰을 두드리며 나무 등걸에 기대선다. 나는 그를 주시하며 요요를 손 빠르게 가지고 논다. 돌방아저씨는 코를 쥐고 가성으로 말한다.

"여보세요. 회장님. 네에. 따님은 저희가 잘 모시고 있습니다."

그 사이에 나는 풍선소녀에게 다가섰다.

"기침은 왜 하니? 마음이 몹시 불안하지? 나도 그래."

나는 요요를 풍선소녀에게 내민다.

"이걸 가지고 놀고 있으면 마음이 조금은 편해진다. 해 볼래?"

나는 요요를 풍선소녀의 손에 쥐어 준다. 그녀는 안 받는다. 나는 그녀에게 요요묘기를 보이며 돌방아저씨의 전화대화에 귀를 기울인다. 풍선소녀도 대화에 온 신경이 다 가 있어 보인다.

"공주처럼 잘 모시고 있어요. 아니, 회장님의 제안은 애들 과자 값이죠."

돌방아저씨는 잠시 말을 끊었다가 목청을 높인다.

"그럼 마음대로 하시오."

돌방아저씨는 폰을 주머니에 찔러 넣는다. 그리고 풍선소녀가 못 듣게 내 귀에 대고 속삭인다.

"돈 많은 놈들은 지독해. 깎자는 거야."

"저애를 안가에서 보호하겠다더니…. 거기가 여기에요?"

나는 습관적으로 요요를 던지고 받으며 풍선소녀를 바라본다. 측은해 죽겠다.

"회장은 우리 미션의 경비를 대야 하는 거야. 그런데 원래 약속과 말이 달라졌어. 이제 와서 반의반으로 깎자는 거지. 안 된다 했지. 그것 좀 치워라 제발. 짜증난다."

돌방은 내 손에서 손으로 날아다니는 요요를 탁~ 치면서 화를 냈다.

"그자 말은 싫으면 말래. 배짱이야. 어차피 쟤는 한 달 후면 죽을지도 모른다는군. 혈액암 말기래. 폐에서 간에까지 확 퍼졌다는 거야."

난 풍선소녀를 바라본다. 그녀는 기침을 심하게 한다. 돌방이 신경질을 버럭 낸다.

"제발, 그것 좀 치우지 못해!"

나는 돌방! 내게 소리치지 마! 라고 그렇게 말하고 싶은 마음을 목안으로 넘긴다. 가슴이 터질 것 같다. 명치에서 복통이 살아난다. 나는 요요를 빠른 동작으로 놀며 방안을 맴돈다. 나의 내부에서 감금된 목소리가 튀어 나오고 싶어 발광을 하나 보다. '내게 소리치지 마! 내게 소리치지 마! 내게 소리치

지 마.' 나의 발밑에선 마른 나뭇가지와 가랑잎이 와글거리며 부서진다. 돌
방이 놀래서 그런 나를 껴안으며 달래준다.

"알았다. 알았으니 제발 가만히 좀 있어봐라."

나는 눈물이 울컥 나오는 걸 참는다. 풍선소녀가 헉…! 하고 울음을 터트
린다. 천정에 뻥 뚫린 구멍으로 차츰 더 강한 빛이 내려온다. 그녀는 어깨를
들먹이며 헉헉 흐느낀다. 나는 요요를 그녀의 손에 쥐어 준다. 그녀도 이번
에는 순순히 받아든다.

"손가락에 고리를 끼고 아래로 던져. 그러고 나서 손에 힘을 빼고 가만 있
으면 저절로 올라와."

그녀는 내가 시키는 대로 해 본다.

"잘 되는데. 일어나서 더 해봐. 더 길게 내려갔다가 되돌아올 걸."

"다리가 부어서 일어나기 힘들어."

그녀는 갑자기 또 헛구역질을 한다.

"왜 그러냐? 또…."

난 안타깝게 그녀를 보며 물었다.

"너, 조그만 게 임신했나?"

그녀는 대답 없이 돌방을 노려본다. 나도 돌방을 째려봤다.

"아니면 말구."

돌방이 내게 눈을 부라리며 돌아선다. 소녀가 눈물을 글썽이며 나를 바라
보며 말한다.

"난…. 원래 구역질이 나는 병을 앓아. 토하고 나면 전신의 힘이 다 빠져.
그러다가 죽는 거지. 아저씨들이 하는 소리 다 들었어. 난 귀는 밝거든. 난
아빠 말처럼 혈액암이 아니라 신장병이야. 아까 말했지. 신장이 다 녹아서
지금 투석중이야. 이삼 일에 한 번씩 온몸에 피를 모두 뽑아내서 필터에 걸
러 맑게 한 다음에 다시 몸속에 넣어야 생명이 유지되는 병이야. 그 피갈이

할 때가 되면 구역질이 나. 난 다른 사람보다 더 심해."

그녀는 요요를 내게 도로 주며 바닥에 눕는다. 나는 가슴에 아린 통증이 또 솟아오른다. 돌방이 신경질적으로 달려와 요요를 뺏어 던진다.

"내가 그 놈의 걸 하지 말라고 했다."

"내게 소리치지 말라고 했다."

내가 맞받아 소리를 쳐 줬다. 이번에는 말이 술술 목구멍을 타고 나왔다.

"협상이 또 깨졌어."

"그래서 어쨌다는 거예요."

"딸의 생명을 놓고 유치하게 놀지 말라고 했다. 혈액암 말기라는 말을 또 하더라. 어차피 죽을 아이래. 더러운 놈. 그래서 외국 잡지에서 읽은 얘기를 해 줬다."

풍선소녀가 기어가서 요요를 집어 든다. 나무 등걸에 의지해 그것을 해 보나 우리들의 대화에 신경이 더 가는 듯하다. 나는 창백한 풍선소녀를 본다. 돌방아저씨가 말을 계속 한다.

"로스앤젤레스에 폴 게티센터라는 미술관이 있다. 그 미술관 설립자는 석유를 팔아 재벌이 된 사람이야. 자신이 소장하고 있는 세계적인 명작들을 보여주고 싶어 거금들 들여 그걸 설립했어. 미술관에 돈을 물 쓰듯 하는 거야. 어느 날 악당들이 그의 손자를 납치했어. 그리고 백만 달라에 흥정을 하자고 했는데 이 재벌 할아버지가 노…! 했다는군. 그런 다음날 조그만 소포가 배달되었다. 그 속에선 손자의 귀 한 짝이 나왔어. 그 얘길 재 아버지에게 해 줬지. 너 내 얘기 듣고 있나?"

"돌방아저씨는 물론 그 악당처럼 할 수 없을 꺼죠."

나는 화가 덜 풀려서 빈정거리는 투로 말했다.

"난 선한 사마리아인이거든."

그는 눈을 부라려 풍선소녀를 바라보며 말을 잇는다.

"회장님에게 배달될 소포에는 귀 뿐 아니라 눈알도 들어있을지 모를 겁니다, 라고 말해 줬다."

"아저씨, 정말 그리 할 건가요?"

나는 소녀가 안 들리게 속삭이듯이 말했다. 그러나 힘 있게 말을 찍었다.

"자식, 순진하긴. 난 아니고, 네가 할 수 있겠지."

"당연하지요."

나는 그의 허리춤에서 칼을 빼든다

"아니야, 지금은… 아니야."

돌방아저씨는 내 팔을 비틀어 칼을 빼앗아 허리춤에 찬다. 그의 손아귀 힘이 무지 세다.

"돌방아저씨 정말 그 악당들이 살아있는 아이의 귀를 잘랐을까요?"

잡지에서 그렇게 읽었어. 그건 실화야."

"우리가 저 애의 귀를 자르거나 눈알을 뽑을 수 있게 되면 어쩔 건데요?"

"진실을 말하지. 너나 나나, 우린 죽었다가 깨어나도 그 악당들처럼은 못할 꺼다."

돌방아저씨는 나를 이끌고 소녀에게서 떨어진 곳으로 가서 소곤거리듯이 말한다.

"실은 쟤 아버지와 한 협상 얘길 해주겠다. 저애는 신장이, 콩팥 말이다. 그게 모두 훼손 됐다는 거야. 그래서 신장 이식 수술을 받아야 사는데 그걸 누군가에겐가 기증을 받든가, 신장협회에 등록을 하고 제 차례가 오도록 기다려야 한다는 거야. 신장 도너는 교통사고라든가 그런 경우로 급살을 맞은 사람의 것이 나오는 것 이외에 누군가가 생으로 떼어 줘야 하는데 그게 쉽지가 않다는 거고. 그래서 우리가 납치범이 되는 것보다 신장 기증자가 되는 게 어떻겠냐는 게 쟤 아버지의 협상 제안이다. 재벌이 된 장사꾼의 아이디어는 다르거든. 소름 끼치게 무서워."

나는 돌방아저씨의 장황한 얘기를 다 듣고도 이해하지 못해 머릿속으로 정리하느라고 그의 눈을 봤다. 돌방아저씨의 눈은 악당과는 거리가 먼 제주도의 선하디 선한 왕방울 돌하르방의 눈이란 생각이 들었다.

　"우리의 신장을 팔아라. 그거죠. 돌방아저씨 생각은 어때?"

　돌방은 배낭 쪽으로 가서 소주병과 오징어포를 꺼내 병나발을 불면서 말한다.

　"우리는 지금 세 가지 중에 하날 선택할 수 있다."

　돌방은 허리춤에 꽂힌 칼을 뽑아 목을 긋는 시늉을 해 보인다.

　"하나는 그 악당처럼 하든가, 아니면 협상자의 요구대로 너나 나의 콩팥을 떼어 기부해 주든가, 그도 아니면 이 일을 포기하고 다리야 날 살려라 도망을 치는 것이다."

　그는 내게 소주병을 내민다.

　"싫어요."

　그는 오징어포를 내민다. 난 돌아섰다. 그는 내 등 뒤에다가 묻는다.

　"넌 뭘 택할 것이냐."

　그때 폰 벨이 또 울린다. 그는 소녀의 귀에 전화기를 대준다.

　"아빠! 그래."

　전화기 속에서 넌 괜찮으냐고 묻는가 보다.

　"아빠. 전 괜찮아요."

　그녀는 모기소리로 말한다. 그 소리가 나의 가슴을 무겁게 때린다. 아빠 나 죽을 것 같아요. 그렇게 말해야 되는 게 아닌가. 돌방이 폰을 잡아챈다.

　"따님은 염려 마세요."

　그리고 돌방이 내 귀에 속삭인다.

　"저 아이는 여기에 놔두고 넌 저 아래 갈비집 간판이 보이는 곳으로 와. 그 숲속에 숨어 있으면 내가 그리로 갈 게."

"신장을 팔기로 했잖아요."

"그래야 되겠지. 내 신장은 그 쌍년 때문에 병균의 흔적이 있을 꺼야. 검사해보고 연락해 줄 게. 소주 마시며 기다려."

돌방은 뻔뻔스러운 낯으로 딴소리를 하고 나가면서 문을 안에서 잠그라고 했다. 그가 나간 발자국에선 마른 나뭇가지 부서지는 소리가 남아서 허공을 맴돈다.

우리는 둘만이 남았다. 나는 생각한다. 이제부터 나는 저 아이를 감시해야 한다.

"난 집에 가서 죽고 싶어."

그녀가 가늘게 말했다.

"그런 소리 하지마라. 넌 안 죽어."

"내 폰이 옆에 있었으면 좋겠다. 그 속에 친구랑 이모랑 강아지 또또의 사진이 입력되어 있어. 그것들이 보고 싶어. 난 샘 스미스가 부른 스테이 위드 미를 좋아한다."

나는 안타까웠다. 돌방이 왜 저 애의 폰을 가져갔는지 원망스럽다. 저 애는 죽으면 안 돼. 내 심장이 펌프질을 한다. 나는 그녀에게 묻는다.

"많이 아픈 게로구나."

그녀는 떨림의 목소리로 들릴 듯 말듯이 말한다.

피를 거를 때가 지나면 기운이 빠져서 아무 소리도 들리지 않아. 그런데 음악을 들으며 참고 있으면 좀 나아지긴 해."

"아무 말도 하지 말고 가만히 있어. 내가 노래를 불러줄 게."

난 그런 말을 했지만 답답하게 기억나는 노래가 없다. 이 시대의 젊은이가 아는 노래가 없다니. 아델(Adele)의 노래를 좋아했는데 기억이 깜깜하다. 난 절망에 빠진다.

"자수해."

그녀는 내가 생각지도 못했던 자수를 말했다.

"평생 도망 다닐 수는 없는 일이야. 내가 살아나고 오빠가 감옥에 가면 자주 면회를 갈게. 아빠에게 말해서 좋은 변호사도 대고…."

나는 주머니에서 요요를 꺼내 놀며 말한다.

"다른 사람처럼 내게도 신장이 두 개 있겠지."

"그런데…."

"내 안의 신장 하나가 내게 소릴쳐 말한다."

"……."

"그 하나가 네 것이라고…"

"왜 그런 말을 하지?"

"너희 아버지가 돌방에게… 아니다. 내 고민은 지금 내가 누구인가란 것을 알아내는 것이고, 내 스스로 말한 소리를 실천하고 싶다는 의지뿐이다."

그녀는 내게서 요요를 뺏어 묘기를 해 본다. 잘 안 된다. 그녀의 눈에도 눈물이 가득하다. 나는 천정 위의 구멍을 통해 하늘을 보며 말한다.

"자수가 문제가 아니야."

"그럼 뭐가 문제지?"

"내 안의 콩팥이 소릴 쳐. 내 안에서 네 안으로 가고 싶다고."

"그게 무슨 소린지 알아들었다."

그녀는 머리를 돌려 출입구 쪽을 바라보며 힘없이 말한다.

"더러운 피를 구걸하느니 죽는 게 낫겠다."

"내 피가 더럽단 말이냐?"

"지금 죄를 짓고 있잖아."

"무슨 죄?"

"미성년 납치범."

"납치는 돌방이 했어"

"오빠 공범이야."

"나도 싫은 일을 하고 있다."

"싫은데 한다? 의지박약이구나."

"그가 내 생명의 은인이거든."

"협박해서 돈을 뜯어낸 후 날 죽이겠지. 그 짓은 너에게 시킬 거야."

그녀는 울음을 터트렸다. 울면서 계속 말한다.

"외모는 멀쩡한데 속은 썩어 버린 쓰레기구나. 그런 호의는 사양하고 죽겠다구."

그런 후 그녀는 발작적으로 구역질을 한다. 나는 그런 풍선소녀 하늘이를 바라보다가 조심스럽게 등을 쓸어주며 말한다.

"내가 자수를 하면 그게 이루어질까?"

그녀는 대답이 없다. 나의 손에서 그녀의 손으로 옮겨진 요요는 그녀의 손아귀에서 움직이질 않는다. 요요가 나의 손에서는 뱅뱅 돌며 분광을 일으킬 때는 분명 살아있는 물체였다. 나는 그녀의 손을 바라보며 말한다.

"네 손에 들려있는 요요 말이다. 그걸 내 머리통으로 던져봐. 쎄게…. 내가 쓰러지면 구급차를 불러. 내 숨이 끊겨졌어도 내 장기는 한동안 살아있을 꺼다."

나는 하늘이에게 고물 전화기를 준다.

"왜 그런 무서울 소릴 하냐."

"부탁이다."

"난 이미 그 제안을 거부했어. 그리고 나더러 살인자가 되라고. 말도 안 돼."

"그럼 전화라도 걸어라."

"나는 오빠를 생각하면 화가 나서 죽을 것만 같다. 자수를 하든 말든."

나는 그녀가 왜 그처럼 화를 내는지 이해하고 싶다. 나는 소녀를 위해서 무슨 일이든 하고 싶어진다.

"아버지에게 전활 걸어서 차를 보내달라고 해."

나는 그녀를 놔 주면 돌방아저씨가 가만 두지 않을 것이란 생각을 한다. 그에게서 전화가 오기 전에 그녀를 안전지대로 피신시키고 나서 그 다음 일은 생각하기로 마음먹는다.

"너의 아버지에게 도움을 청하자."

"잠깐만!!!"

그녀는 기침을 하느라고 말을 멈추었다. 귀뚜라미 소리가 들렸기 때문이다. 하늘이의 손에 든 돌방의 고물전화벨이 울린 거다. 돌방의 허스키가 전화기 안에서 웅얼거린다.

"천이야. 내 말 잘 들어. 사장님은 결국 콩팥을 사시겠다는 거다. 그래서 결론을 내렸어. 그런데 내 것은… 난 몸을 함부로 굴린 적이 많아. 나쁜 병의 흔적이 지워지지 않았더라. 그걸 먼저 치료해야 신장 도너를 할 수 있댔어. 수고스럽지만 그애를 업고 큰길 쪽으로 나와라. 아니면 그 아일 팽개치고 도망을 치던가. 미안하게 됐다. 공을 네게 넘긴다."

돌방이 그런 말을 남기고 일방적으로 전화를 끊어버렸다. 나는 말없이 천정구멍의 하늘을 봤다.

"그 사람이 뭐라고 그래."

"가자. 내 등에 업혀."

내가 그녀 앞에 등을 돌려댔다.

"어디로 가자는 거지."

"어디겠냐. 어디겠냐구!"

나는 짐짓 화를 버럭 냈다. 돌방의 배신을 탓하기엔 시간이 부족하다. 체온이 거의 없는 그녀를 업은 후 나는 뛰어가며 말한다.

"우리가 가야 할 곳으로 가자."

그 말을 한 나는 그녀를 들쳐 업고 숲을 달린다. 갈 때와 달리 산은 내리막이 되어 그냥 달려 갈 수가 있다. 입술을 꽉 깨문다. 내 의식 속에 깊숙이 가라앉아 있던 기억이 살아서 떠오르고 있는 듯하다. 매미 소리가 고막을 따갑게 한다. 그건 내 귀울림이다. 돌방이 준 고물 폰을 열어 말을 던진다. 앰뷸런스. 앰뷸런스. 구급차. 발에 밟히는 관목들 사이로 바다색 나비 떼가 춤을 추는 게 보이는 듯하다. 징검다리의 개울을 건너뛰었다. 관목 숲을 지나 뱀딸기 넝쿨을 밟으며 달릴 뿐이다. 하늘을 찌르는 소나무 숲 사이로 원시의 햇살 무늬가 어른거린다. 나는 달리고 또 달린다.

병실 특유의 냄새가 느껴진다. 눈을 떠보니 간호사가 혈압기를 들이댄다.
"이식수술은 잘 됐어요."
나는 기억을 더듬어 본다. 숨차게 숲속에서 뛰어 나오자 앰뷸런스가 서 있는 게 보였다. 사람들이 달려들어 그녀를 데려갔다. 나는 다른 차에 태워졌다. 의사가 서류를 내밀었다. 신장기증을 자발적인 의사로 하겠다는 서약서였다. 나는 사인을 했다. 그리고 병원으로 직행했다. 여러 가지 검사를 초스피드로 했다. 그리고 곧 수술실로 들어갔다. 나는 링거병에 마취주사를 섞는 걸 바라봤다. 아주 짧은 순간이었다. 내 신장을 떼어 풍선소녀에게 주는구나. 나는 충만한 기쁨을 의식했다. 이제 풍선소녀가 구역질을 안 해도 되는구나. 뚱뚱 부은 얼굴로 창백하게 누워만 있지 않아도 되고, 그리고…! 나는 자신도 의식하지 못하는 잠이라는 신비 속으로 들어가겠지…. 그 잠이 깨면 내 기억이 돌아 올 것만 같았다.

내가 깨어났을 때는 햇살이 창문의 블라인드를 뚫고 빗살무늬로 들어온다. 나는 혼자 누워있다. 아마도 독방 회복실인 것 같다. 주위를 둘러보니 낯선 신사가 나를 내려다보고 있다. 그는 무테안경을 쓰고 머리를 단정하게 깎

앉으며 줄무늬회색 정장을 한 40초반의 사나이다.

"나, 변호사 김종석이오."

그는 서류를 뒤적이며 겸손하게 말한다.

"천이라고, 외 자 이름이네."

변호사는 빠르게 말을 잇는다.

"소녀납치범, 물론 주범은 아니고 공범이네. 난 당신의 변호인이오."

그는 내게 손을 내밀었다. 나는 바른 손등에 링거 바늘이 꽂혀 있기 때문에 왼손을 내민다.

"수사관이 다녀갔소. 내가 변호인으로 그간의 이야기를 다 해 줬소. 기억상실증세가 있다는 진단서를 줬지요. 아마도 불구속으로 기소유예 판결을 받을 거요. 또 올지도 몰라요. 한 생명을 구한 훌륭한 청년이란 말도 해 줬소. 뭐 질문 같은 건 없소?"

나는 빠르게 질문을 했다.

"돌방아저씨는 어찌 되었나요?"

"서울 남부구치소에 수감되어 있소."

"체포되었군요."

"아니, 자수했소. 이걸 읽어보시오. 그가 써준 편지요."

변호사는 제비날개로 접은 쪽지를 나에게 준다.

"지금부터 무슨 일이든 내게 먼저 알리고 행동해야 해요."

그는 자신의 명함을 주고 돌아선다.

"하늘이를 만날 수 있나요?"

"아니요. 아직은 없어요."

그는 돌아서서 열린 문으로 사라진다. 나는 쪽지를 펴 든다.

"사랑하는 천이야. 병원에서 나오면 먼저 내 방으로 가거라. 거기 창문 맞은 쪽 벽에 걸린 뭉크의 절규를 떼어봐라. 그림은 물론 카피야. 그림 밑의 벽엔 감추어진 구멍이 있을 꺼다 그 안에 있는 것들이 다 네 것이다. 그 방에서 네 기억이 살아나고 네가 집을 찾아질 때까지 거기에서 살아도 된다. 그리고 참. 한 가지 더…. 네 몫은 임시로 내 구좌에 넣어뒀다. 또 연락하마. 정말 날 용서하지 마라. 안녕."

나는 이해할 수 없는 편지를 읽고 잠을 더 잤다. 음식은 영양식으로 잘 나왔다. 나는 건강했고 잘 먹으며 잠을 많이 잤기 때문에 회복이 빨랐다.

택시를 타고 돌방아저씨와 같이 살던 아파트로 간다. 그의 편지내용 대로 침실 벽에 걸린 가짜 뭉크의 그림을 떼고 벽을 주먹으로 두드려 본다. 벽이 뻥 뚫어진다. 그 속에서 작은 비닐손가방이 나온다. 그 안에 내 지갑이 들어 있다. 아이폰도 나온다. 패스포드도 있다. 지갑에는 달러 5백 불과 한국 돈 50만 원이 들어있다. 젊은 시절에 찍은 어머니의 사진도 들어있다. 어머닌 매우 아름다웠다. 사진을 보자 눈물이 흐른다. 폰을 연다. 성욱 형에게서 문자가 엄청 많이 와 있다. 모두가 비슷한 내용이다. '정우야, 어찌 된 일이냐. 우리 집으로 온다더니. 대구 시외버스 터미널에서 널 종일 기다렸다. 그리고 또 오백년 더 기다렸어. 걱정된다. 연락 바람.' 모두 그런 내용들이다. 날짜를 보니 일 년 하고도 몇 개월 전 문자들이다. 그렇다면 내가 돌방과 일 년 넘게 같이 지냈다는 결론이다. 그게 사실이라면 참으로 혼란스럽다. 나는 눈을 감는다. 내 기억이 되살아나고 있는 듯하다. 나는 손가방을 챙긴다. 어머니가 미국 집에서 챙겨준 가방이다. 뭉크의 그림을 제자리에 걸어놓고 방을 나선다. 택시를 타고 고속터미널로 달린다. 차 안에서 선배 성욱 형에게 전화를 한다. 성욱 형은 큰소리부터 친다.

"어떻게 된 거야. 오천 년 동안 네 전화를 기다렸다."

오백년이 오천년으로 늘어났다. 그게 무슨 의미일까.

"자세한 얘기는 만나서 해. 지금 터미널로 가는 중이야."

"너 아니, 그런 말은 그때도 했어."

"나도 헷갈려."

터미널은 복잡하다. 표를 끊고 대합실에서 라면과 김밥을 먹는데. 어머니 생각이 난다. 폰 안에는 어머니의 샐폰 번호가 있다. 미국 홈(Home), 그게 어머니의 전화번호다.

"어머니 저 정우에요."

나는 천이라고 하지 않고 거침없이 생각난 내 본 이름을 말한다. 폰이 내 의식의 기억을 바닥에서 건져올린 것 같다. 어머니는 울기부터 하신다. 나도 눈물이 막 흐른다.

"정우야. 얘야. 어찌 된 일인지는 묻지 않겠다. 나는 너를 찾아 그동안 얼마나 애를 태웠는지 아냐. 신문에 너를 찾는다는 광고를 내고, 한국에 나가 네 이모 가족이랑 너를 찾는다는 전단지를 뿌리고 다녔다. 현상금도 걸었어. 암튼 거기가 어디냐? 내 그리 가야겠다."

"죄송해요. 어머니. 거기 기다리고 계세요. 다음 주에 집에 갈 거예요. 가서 다 말씀드릴 게요."

"뭐가 잘못 된 건 아니지. 아픈 데는 없고…! 비행기 티켓을 예약해 주랴?"

나는 어머니에게 전화로 그간의 지나간 사연을 다 얘기해 드릴 수는 없다. 그냥 다음 주쯤에 집에 돌아간다는 말만 되풀이하고 전화를 끊는다.

대구로 가는 고속버스는 고급스럽다. 미국학교에서 가끔 현장학습을 나갈 때 리무진을 대절해서 가곤 했다. 한국의 고속버스는 그 정도로 좌석이 편안하다. 특히 나는 다리가 길어서 서울의 시내버스를 탈 때 곤욕스러웠다. 좌석을 찾아서 앉은 다음 생각해 보니 변호사에게 행선지를 알리지 않은 것이다. 나는 명함을 찾아 번호를 찍는다. 변호사대신 비서가 전화를 받는다. 나는 행선지와 폰 번호를 주고 전화를 끊는다. 버스는 유람선처럼 조용히 흔들리며 달리고 있다. 들판에선 농부들이 일을 하고, 먼 산의 나무들은 해를 향해 가지를 뻗고, 가로수들이 줄지어 서서 바람을 불러들이고, 옆길에선 승용차들이 나란히 달리기를 하고 있다. 평화로운 일상이다. 눈을 감는다.

2. 엘캡

그때, 나는 매우 흥분상태였다. 세계에서 제일 크고 높은 화강암 바위절벽 엘캡의 노즈 루트를 등반할 기회가 왔기 때문이었다. 1천2백 미터 높이의 거대암벽이 엘 캐피탄(El Capitan)이다. 미국의 국립공원 요세미티에 존재하는 신비의 명소 바위절벽이다.

"엘캡은 엘 캐피탄의 줄인 말로 캡틴 즉 대장이란 뜻이란다. 노즈란 바위절벽이 옆에서 보면 잘생긴 코(Nose) 같다고 해서 붙여진 별명이다. 직벽, 1천2백 미터면…, 해발로 2천5백 미터쯤 되는 높이다. 63빌딩 높이가 274미터이고 세계에서 가장 높다는 두바이의 부르츠 칼리 빌딩이 828미터이다. 이를 비교하면 엘캡이 어느 정도 높이인지 알만 할 것이다. 특히나 노즈는 등반 난이도가 가장 높은 수직 암벽타기 루트이다.

이런 엘캡 노즈는 베테랑 록클라이머들도 완등시간이 5일 내지 7일이 걸린단다. 그들은 바위벽을 타는 도중에 절벽의 허리인 공중에서 먹고 자고 볼일 보면서 지내야 한다. 허공에서 먹고 자는 일은 진공상태에서 지내는 일과 같다. 여친과 같이 등반한다면 시냇물에 모래알을 떠올려보듯이 별을 손바닥으로 떠 보며 환상적인 사랑하기가 될 것이다. 그러나 한편으로 등반가들은 그 기간 동안의 먹을 식량과 물, 그리고 등반 장비 등 엄청난 무게의 짐을 함께 운반해야 한다. 그것이 보통 어려운 문제가 아니다. 폴백이라는 든든한 자루에 넣은 짐을 끌고 수직절벽을 올라야 하기 때문이다. 그러자면 어지간한 체력과 인내력과 기술과 의지가 필수조건이다. 이런 거벽이 미국 요세미티 국립공원 입구에 엘 캐피탄이란 이름으로 하늘을 찌르듯이 우뚝 서있다.

요세미티란 인디안 부족의 이름으로 '죽이는 자들'이란 뜻이란다. 그래서 인지 엘캡에 오르는 록클라이머들이 심심치 않게 조난을 당해 목숨을 잃는 다. 그 요세미티국립공원은 수많은 산봉우리와 계곡과 폭포들이 한 덩어리 가 된 광활한 지역이다. 거대한 화강암 바위덩어리로 계곡을 만들었고 소나 무와 전나무종류의 침엽수와 천년의 거목인 자이언트 세쿼이아(Sequoia) 들이 빽빽한 밀림을 이룬 곳, 아홉 개의 개성이 강한 폭포수, 그중에 새신부 의 베일 같다는 브리덜 베일폭포(Bridal Veil Fall), 리본폭포(Ribbon Falls) 와 요세미티 폭포가 유명하고, 시에라네바다 산맥의 눈 녹은 물에 송어 떼가 유유히 서식하는 머시드강가(Merced river)엔 마리포사(Maripos)라는 숲 이 있고 담청색 잉크를 짙게 푼 바다색 나비 떼들이 환상적인 요정의 나라를 만드는 곳이기도 하다. 그밖에도 광활한 천연융단 엘 캐피탄 미도우(El Capitan Midow) 잔디광장, 캠핑 그라운드, 바비큐시설을 갖춘 콘도형 호텔 등으로 전 세계에서 수많은 관광객들이 즐겨 찾는다는 곳이 또한 요세미티 국립공원이다. 물론 유네스코 자연유산으로도 등재가 된 곳이기도 하다. 원 시림 파라다이스에는 불곰과 꽃사슴종류와 자연속의 주인공인 야생동물의 서식지이기도 하다. 침엽수에서는 딱따구리들이 나무 찍는 소리를 내고, 아 름드리 소나무 아래엔 청설모들이 머리통만한 솔방울을 까먹은 흔적이 수 북이 쌓이고, 황갈색 작은 새들의 휘파람 소리도 살아있어 자연을 증거 하는 곳이다. 아무튼 그 속에 우뚝 선 거대한 암벽은 별들에게 가는 길목 같기도 하다. 신비의 화강암 절벽 그 이름은 엘 캐피탄!

한국의 산악인들도 심심치 않게 그곳에서 암벽 클라이밍의 꿈을 실현시 키고 있단다. 인터넷 사이트에 보면 알만한 이름의 몇몇 등반가들이 자유등 반으로 엘캡 노즈를 오른 기록도 있다. 강성욱 형도 그들 중에 한 사람이다.

원래 내 이름은 이정우이다. 어머니가 젊은 나이에 아버지와 사별을 하고 미국인과 재혼을 하면서 호적상 이름은 '쟌 정우 리 밀러'다. 나의 양부 밀러

씨는 공군의 기술사관으로 한국에 파견 나와 있었는데 어머니가 공군 부대의 식당에서 일을 하다가 알게 되었다. 어머니는 그와의 재혼을 나의 장래를 위해서 15년 나이 차이가 있음에도 불구하고 결심을 하게 되었단다. 나는 그런 생각을 하신 어머니께 늘 감사하며 지냈다. 내가 9살 때이다. 그 후 우리는 미국으로 이주하여 살게 되었다. 나는 로스앤젤레스 근교의 사이프러스 고교를 다녔다. 그곳이 미국 비행기회사인 보잉기 조립공장이 있는 근처이며 양부 밀러 씨는 제대 후에 그곳의 기술 고문으로 근무하였다. 그는 양아들인 나를 매우 사랑하였고 좋은 친구가 되어주기도 했다. 밀러 씨는 요요를 잘 놀려서 요요국제대회에서 여러 번 상을 탄 사람이기도 하다. 어린 시절 나는 요요놀이를 양부 밀러 씨에게서 배웠다. 우리는 요요를 던져 목표물을 맞히는 놀이를 하며 즐기기도 했다.

양부 밀러 씨는 우리 모자와 행복하게 살다가 간암으로 세상을 떠났다. 그는 보험과 퇴직금 그리고 회사에서 배당받은 주식을 남겨놓아 어머니가 아들인 나 하나를 키우면서 살아가기에 경제적으로 부족함이 없게 되었다. 어머니는 감사하는 마음에서 교회봉사로 평생을 사시겠다고 했다. 그러기에 나는 일주일에 다섯 번은 어머니를 뵐 수 없는 때가 있기도 했다. 어머니는 교회에 가서 허드렛일을 하시면서 사시기 때문이었다. 나는 그런 게 약간은 불만이었다. 하여간에 나, '쟌 정우 리 밀러'가 세계적인 명문대학 입학허가서를 세 군데나 받았을 때 나의 선배이며 한국연수 때에 늘 학습 멘토였던 강성욱 형이 거벽 엘캡 등반을 함께 하자는 제안을 해왔다. 나는 강성욱 형을 따라 북한산 일대와 인수봉, 선인봉에서 암벽타기를 여러 번 해서 바위타기의 초보는 면했다. 이번에 나는 등반을 하며 성욱 형과 세 군데 명문대학 중에 어느 대학을 선택할지 의논도 하고 싶었다. 나는 물론 성욱 형이 다니는 USC로 결심할 수도 있을 것이다. 그 학교는 로스앤젤레스 도심 중에 있는 명문 사립대학이다. 성욱 형은 한국 유학생으로 미래에 영문학 교수가 될 사람이며 그때에 박사코스 중인 청년이었다.

"전 세계의 암벽 등반가들의 희망사항이기도 한 절벽, 엘캡을 정복하자…! 완등에 성공한 후에 성취감이란 바로 자신감이다. 꿈의 완성으로 가는 지름길이야. 모든 인간에게 꿈이란 반드시 이루어진다는 예고편을 보여주자. 우리 엘캡으로 가자!"

성욱 형의 말이었다. 나는 그 말에 감명 받았다. 그보다 더 나를 설레게 하는 초점이 하나 더 있다. 성욱 형의 여자 친구 이사벨 길레즈가 함께 등반하게 된다는 것이었다. 그녀는 초반 몇 피치의 선등자 역할도 할 것이란다. 성욱 형은 한국의 국보급 전통 한옥을 지켜야 할 장손이기도 하단다. 이사벨은 그런 전통 가문의 장손집 며느리가 된다면 하는 상상만으로도 행복감을 느낀다고 말했단다. 파란눈의 젊은 여성이 한국의 종갓집의 맏며느리가 된다? 어머니는 그 말을 듣고 신기하다는 듯이 머리를 살랑였지만 부럽다고도 하셨다. 나는 그런 생각을 하는 이사벨이 좋아보였다. 그녀의 눈은 여름호수처럼 깊은 빛을 풍겼고 그녀의 미소는 상대방의 가슴을 설레게 하는 매력이 있었다. 그녀야 말로 나의 이상형 여인인 것 같기도 했다. 어떨 때 나는 이사벨을 가운데 놓고 성욱 형에게 결투를 신청하는 망상에 사로잡히기도 했다. 그건 발상 자체가 망상이었다. 존경하는 성욱 형의 애인인데…. 좋으면서도 갈등이 생긴다. 그녀의 아버지 밥 길레즈 씨는 캐나다 출신 미국인의사이다. 그리고 그는 등산가이다. 히말라야를 네 번이나 등반한 베테랑이란다. 그녀도 아버지처럼 의사가 장래희망이란다. 그리고 성욱 형과 같은 학교를 다닌다. 하여간에 나는 산악인 미녀 이사벨과 함께 암벽등반을 하게 될 것이었다. 그녀의 타오르는 눈빛에서 나오는 정열의 매력을 며칠간이라도 함께 한다는 기분과 존경하는 성욱 형과 함께 하는 등반이 즐겁기만 할 것 같았다. 성욱 형은 나에게 참고하라고 자신의 등정 일지를 보내 주었다.

"이사벨과 나는 엘캡 노즈(Nose)를 인공등반으로 오른 경험이 있기 때문에 루트 상의 틈들이 매우 좁다는 사실을 알고 있다. 등반 용어는 거의가 영어이기에 틈을 크랙이라고 했다. 또한 이 루트의 자유등반은 실패확률이 높다는 사실도 알고 있다. 그러나 내가 이 천연 조각품 같은 절벽의 자유등반을 정우, 너와 함께 도전하게 된다는 게 기쁨이 될 것이다. 암벽등반 동료이며 내 여자 친구인 이사벨도 너와의 등반을 몹시 기뻐한다. 록클라이머라 하면 요세미티의 엘캐피탄을 오르고자 하는 꿈을 한번쯤은 가져 봐야 한다. 이처럼 높고 큰 거벽은 어떻게 생긴 것일까? 일백만 년 전 빙하시대의 지각변동으로 생긴 화강암 절벽이란다. 빙하시대에 살아남은 바윗덩어리 절벽 그게 매력 아니냐? 그 바위틈에서 공룡들의 설화 이야기가 쏟아져 나올 것 같은 상상도 해보자. 그 안에 공룡시대의 디엔에이가 가득 찬 미생물들이 숨겨져 있을 것만 같다. 우리 그 신비를 벗겨보자. 그런데 막상 요세미티에 가서 엘캠을 바라다보면 올라갈 생각이 반은 사라져버린다는 것이 솔직한 심정일 것이다. 그만큼 바위벽이 크다는 것이다. 말이 거벽 클라이밍이지 막상 현지에서 하늘 높이 솟아 오른 벽을 쳐다보노라면 겁부터 날지도 모르겠다. 마음이 약해지고 절망감을 느끼는 자신을 발견할 수도 있을 것이다. 그러나 젊은이답게 거기에 도전하는 것이다. 우리는 8월 5일까지 요세미티 캠핑장에 도착한다. 거기에서 베이스캠프를 설치하고 5일간 캠핑을 하며 대자연을 즐겨보자. 바비큐해서 맥주를 마시면서 장비점검을 한다. 물이랑 식량과 암벽용 도구들을 꾸린다. 식량은 우주식과 산악식으로 준비할 것이다. 더러는 한국군의 전투식량이 좋을 것이다. 거기엔 김치찌개와 비빔밥이 있거든. 장비는 내가 준비하고 식량과 물은 이사벨이 준비한다. 넌 디저트와 음료를 준비해라. 커피와 녹차 그리고 코코아가 좋겠다. 그다음 우리는 가장 난이도가 높은 4피치, 그걸 한국말로 마디라고 하자. 첫날 넷째 마디까지 연습등반을 한다. 넷째 마디에는 일 미터 폭의 바위선반, 시크 렛지(Sickle Ledge)가 있다. 거기에 물과 짐을 가져다 놓고 하강한다. 하강점프, 하늘을 나는 하강점프가 얼마나 신이 나냐? 8월 9일에 엘캡 등반을 시작해서 총 32마디를 8월 15일까지 정상에 오른다. 거기에는 푸른 소나무가 한 그루 있을 것이다. 그 청송 아래서 생일 파티를 하는 것이다. 누구의 생일이냐고? 이사벨의 생일이다. 그 날이 우리의 약혼식 날도 될 것이다. 기억하자 절벽 아래서 절망을 느껴 본 사람만이 그 절벽을 오를 수 있을 것이다. 난 지금 절망을 느낀다. 하하하."

성욱 형은 엘캡의 등반 루트를 그림처럼 설명했다.

우리는 예정대로 베이스 캠프장에서 퓨전 스타일 바비큐를 즐겼다. 그리고 물살이 빨라 안개포말을 껴안고 곤두박질 흐르는 머시드강가로 갔다. 해는 뜨겁고 바람은 찼다. 우리는 셋이서 나란히 앉아 네바다 시에라 산맥의 눈 녹은 물이 굽이굽이 흐르는 강물에 발을 담그며 맥주를 마셨다. 강물은 빙수처럼 차가웠다. 성욱 형과 나 사이에 이사벨이 앉아 자연의 흥을 돋았다. 내가 마리포사 숲엔 환상의 바다색 나비가 요정처럼 날아다닌다고 말하자 이사벨은 그 요정은 보는 눈이 있는 사람에게만이 보인다고 했다.

"난 나비만 보았고 요정은 못 봤어. 형은 어때?"

내가 이사벨의 어깨너머로 성욱 형을 바라보며 물었다. 이사벨의 목선이 희랍여신 미네르바같이 곱게 보였다.

"나는 나비도 못 봤다."

성욱 형은 이사벨의 어깨에 손을 얹으며 말했다. 이사벨이 요정을 불러주겠다며 휘파람을 불었다. 그건 피콜로 소리였다. 오방색의 작은 새들이 이사벨의 휘파람소리에 응답하며 날아와 세찬 강물 위를 넘나들었다. 그 모습은 바람에 흔들리는 천연색 라벤더 꽃을 보는 듯했다. 뒤 배경으로 멀리 엘캡이 보였다. 그 앞에는 새신부의 면사포란 이름의 폭포가 있다. 그 폭포수는 눈이 한창 녹는 5, 6월이 전성기란다. 8월은 폭포의 주류가 이미 바다로 흘러가 버렸나보다. 장관을 이루던 물줄기가 바람에 날리며 무지개를 피우지는 않았다.

8월의 저녁나절은 찜통처럼 더웠다. 태양빛이 강물 위에서 번쩍이며 빠르게 흘러갔다. 한 무리의 대학생 등반 팀이 왁자지껄하며 강을 거슬러 올라가고 있었다. 그들의 말소리엔 영국 악센트가 강했다.

그런데…! 그런 등반을 했을 '쟌 정우 리 밀러'인 내가 왜 천이라는 이름으로 강남의 맨션 골목에 서있게 되었을까? 이유를 나 자신도 모르겠다. 그게 나의 고민이다. 그러함에도 불구하고 눈물 많은 풍선소녀를 만나게 되었고 나의 장기인 신장을 나눠주게 되었다. 그래서 한 생명을 구한 일은 잘한 행위였다. 대구행 버스 안에서 나의 기억은 다시 거벽 엘캡으로 달려간다.

해뜨기 전인 5시 반부터 등반준비를 시작했다. 숲속에 웅장한 아침이 왔다. 두려운 아침이기도 했다. 그런 신비의 아침은 붉은 빛을 몰고 왔다. 우리는 장비들을 기어렉에 걸었다. 기어렉은 등반 시 장비를 매다는 재킷이다. 캠3조, 너트2조, 퀵드로우 대, 중, 소 20개, 케러비너 10개, 슬링 10개, 등강기인 주마링, 기타 등등…. 장비무게만 30킬로다.

성욱 형은 벽에다가 키스부터 했다. 나도 성욱 형을 따라 벽에 뺨을 대 보았다. 화강암 바위는 분명 내게 어떤 느낌을 전달했다. 어머니의 가슴같이 좋으면서 설레는 느낌이랄까. 그런 것이다. 드디어 암벽을 오르기 시작했다. 첫마디는 자유등반과 인공등반을 섞어서 했다. 선등자 이사벨은 작고 긴 크랙에 작은 사이즈와 중간 사이즈의 캠을 설치하며 올라갔다. 코스 중 4피치까지가 가장 어렵단다. 그래서 예정대로 4피치까지 연습 겸 짐을 부리는 계획을 세웠다. 1피치를 한 시간 이상 소모하며 겨우 로프를 고정했다. 후등반은 성욱 형이 하고 나는 짐을 끌어올리는 역할을 했다. 4피치는 작고 불규칙한 크랙 때문에 캠을 설치하기가 까다로웠지만 손이 작은 이사벨에게는 그리 어렵지 않아보였다. 거기에서 옆으로 팬듈럼을 두 번 해야 4피치의 시클렛지(Sickle Ledge)까지 올라갈 수가 있다. 이사벨은 휘파람 새소리를 세게 내면서 몸에 기를 모으고 있었다. 팬듈럼은 수직으로 이동하기 어려운 코스에서 조금 하강한 후 그네를 타듯 옆으로 크게 스윙을 해서 이동하는 암벽등반법이다. 그녀는 성공적으로 스윙을 했다. 4피치에 짐을 부려두고 다시 하강하여 일찍 자고 다음날 일찍 일어나 4피치의 짐 있는 곳으로 향하려는 계획인데, 강가에서 본 영국 대학생들이 앞장서서 올라가며 질척이고 있었다. 그들은 다섯 명 정도가 한 팀인데 그중 몇은 나처럼 초보 같았다. 이사벨은 휘파람 소리를 기합대신 계속 내면서 천천히 따라 오르다가 조급해진 모양이었다. 그녀가 옆 루트로 질러가려 했을 때이었다. 영국팀의 홀백이 바위비늘 낙석과 함께 굴러 내리고 있었다. '앗ㅡ. 조심해' 할 새도 없었다. 지진이 난 것처럼 바위가 흔들렸다. 그리고 모든 것들이 쏟아지며 이사벨의 머리를 내리쳤다. 그녀와 대각으로 아래서 짐을 올리던 나는 그녀의 헬멧 쓴 머리가 45도로 꺾이는 걸 보았다. 눈부신 태양은 바위벽에 빛을 뿌렸다. '악…!' 비명과 함께 그녀는 굴러 내렸다. 뒤따라 오르던 성욱 형이 허공으로 부양했다. 그 아래로 내가 로프에 발이 걸리며 굴러 내리다가 뒤엉킨 로프에 매달렸다. 내 눈엔 이사벨이 약간 경사진 절벽 아래로 럭비공처럼 제멋대로 튀며 추락하는 장면이 보였다. 성욱 형은 벼랑 아래로 곧장 돌덩이처럼 빠르게 떨어지는 게 보였다. 허공에서 해가 까맣게 타들어가고 있었다. 그게 블랙홀인가?

나는 삼일 만에 깨어났다. 여기저기 찰과상은 고사하고 온몸의 뼈마디가 조금씩 틀어지고, 명치끝의 갈비뼈는 금이 갔다. 성욱 형과 이사벨은 각기 다른 병원 응급실로 분산되어버렸다. 시간의 확장이 거기에서 멈추었나보았다.

달리는 리무진 버스 안에서 나는 몸을 떤다. 그런 끔찍한 사건을 잊을 수 있는가. 잊어야만 할 것인가? 잊을 수만 있다면…. 그런 시간이 흘렀다. 나

는 시간의 역사라는 것이 가능한가를 고민스레 생각하다 포기한다. 명치끝
의 진통이 머리로 올라간 느낌이다. 귀울림이 심하다. 그 아픔 때문에 절절
매다가 요요를 찾는다. 없어졌다. 기억이 안 난다. 요요를 돌리는 동안에는
생각이라는 기능이 마비된다는 걸 나는 안다. 그런데 지금은 그게 없다. 양
아버지가 열여섯 살 때 생일 선물로 사준 것이었다. 무척 아쉽다. 다행히도
풍선소녀가 그것을 갖고 있을 것이다. 매우 영리한 소녀다. 건강해지면 이
사벨 같은 눈빛의 여인이 될 것만 같다. 한국인이니 새까만 눈빛이 되겠
지…. 나는 아름다운 숙녀가 된 하늘이를 상상해 본다.

　대구 시외버스 터미널에 도착한다. 사람들은 제각기 흩어져 바쁜 걸음으
로 사라진다. 나는 길 잃은 양처럼 엉거주춤 서서 성욱 형을 찾는다. 분명 마
중 나오겠다고 했다. 사람들이 거의 다 빠져나가고 있을쯤 해서 휠체어 한
대가 다가온다. 성욱 형이다. 나는 넋 빠진 사람처럼 그 자리에 우두커니 서
서 굴러오는 휠체어를 바라본다. 투명의 바지를 입은 것처럼 그의 허벅지 아
래가 보이지 않는다. 그가 장애인이 되었다는 생각은 꿈에도 하지 않았다.
눈물이 왈칵 나온다. 말문이 막힌다. 나는 터미널 빌딩의 벽을 바라본다. 형
형색색 먹거리 간판이 무속인의 집처럼 어지럽게 붙어있다. 난 차라리 배고
프다는 생각을 하고 싶다.

　"쟌 정우 리 밀러야. 반갑다."

　성욱 형은 활짝 웃으며 손을 내민다. 그 손을 두 손으로 잡는다. 미안해서
죽을 것만 같은 생각이 든다.

　"반가워 형. 몇 년 만이야."

　"오백 년."

　"그것밖에 안 됐어?"

　"그럼 천년쯤이라 할까.

　"천만년으로 하자."

"자, 우리 집에 들러서 1백만 년 전의 빙하로 침식된 곳으로 다시 가자."

휠체어가 빠르게 앞장선다. 전기 작동 휠체어다. 말없이 그를 따랐다. 1백만 년 전 빙하로 침식된 곳은 미국 요세미티 국립공원이다. 그 곳에 엘캡이 있고, 우리는 그 벽을 오르다가 초반부에서 추락했다. 나는 지금 멀쩡한데 함께 오르던 성욱 형은 하반신이 사라진 반 토막 인간이 되었다. 그 모습을 보느니 차라리 명치끝의 통증이 까무러치도록 일어섰으면 좋겠다는 생각을 하게 된다.

주차장은 만원이다. 성욱 형은 장애자 전용 주차 칸에 서있는 하얀 미니밴 앞에서 리모컨을 누른다. 차문이 스르르 열리자 휠체어가 굴러들어간다. 운전석 앞에는 의자가 없다. 휠체어가 그 자리에 들어가 정착을 한다. 나는 조수석에 올라가 앉으며 입을 딱 벌린다. 성욱 형은 아이폰으로 차를 움직인다. 뒤로 빼고 브레이크를 조작하고 앞으로 나가고 신호등을 돌아 고속도로 속으로 빨려 들어간다. 나는 마치 에스에프(SF) 소설 속에 들어온 느낌이 든다. 이사벨은 어찌되었는가? 나는 그간의 일이 궁금했지만 감히 묻지를 못하고 성욱 형이 아이폰을 통해서 손으로만 운전하는 모습을 신기하게 바라보고 있다. 성욱 형은 손을 부지런히 놀리면서 묻는다.

"그동안 어디로 사라졌다가 나타난 거냐?"

"교통사고를 당했어."

나는 빌라 건축장 오층에서 떨어져 머리가 깨졌었다는 말 대신 교통사고를 당했다고 한 말이 스스로 의아스럽다는 생각을 한다. 왜 그런 말을 했을까? 이해를 못하겠다. 나는 또 혼란스러웠고 명치에 진통이 왔다. 신장이식 이야기는 건너뛰었다. 한참 침묵이 흐른다.

"형은 어찌 된 일이야."

내가 조심스레 물었다.

"우리는 엘캡 노스 넷째 마디를 오르다가 추락했잖냐. 너도 함께 떨어졌지만 넌 폴백 로프에 엉켜서 60미터쯤 아래에서 어망의 고기처럼 걸려있더라. 내가 산탄총을 맞은 기러기처럼 곤추떨어지면서 그게 보였어. 우리의 추락은 영국팀 중 한 명의 짐이 구르면서 우리를 덮쳐서야. 추락 원인은 잘못이야. 후등자가 확보 로프를 단단히 고정시키질 못했어. 이사벨은 동쪽으로 하늘 다람쥐처럼 바람에 날리며 내 시야에서 사라져 버렸어. 내가 추락한 곳의 바위틈이 거대한 조개가 되어 황새의 주둥이를 물듯이 내 양다리를 물고 놔주질 않았어. 생명을 건지기 위해서 양다리의 무릎 주위를 절단해야만 했다. 골반 뼈도 부서졌지만 그건 성형수술이 가능했단다. 무릎 아래를 잘랐으면 하는 아쉬움이 지금도 남아있어. 의료진은 사고가 난 지 열두 시간 후에야 헬기로, 자동차로, 그리고 보도로 구조대원들의 안내를 받으며 나타났어. 만 하루 동안 바위틈에 낀 손오공이 되어 있었단다. 내 아픔은 고사하고 이사벨이 걱정이 되었다. 구조대는 일주일 만에 서쪽 타워 아래 향나무 덤불 밑에서 그녀를 찾아냈는데… 미안하다. 감정이 연약해져서…. 결국 그녀를 구해내지 못했어.”

난 침묵할 수밖에 없다. 잠시 후에 성욱 형은 어깨를 들먹이며 울음소리로 말을 잇는다.

“나의 사랑 이사벨은 먼저 빙하시대로 가서 지금쯤은 아기공룡을 타며 놀고 있을 것이다. 아니면 바다색 나비가 날아다니듯이 요정이 되었거나. 오방색 휘파람새가 되었겠지. 우린 그리로 가야 하지 않겠니? 빙하시대의 신화를 찾으러….”

성욱 형의 집은 고풍스런 한옥이었다. 소슬대문으로 가는 길은 돌다리가 개울을 가로질러 있다. 성욱 형은 서슴없이 그 위로 차를 몬다. 사랑채가 있고 중문으로 안채가 구분되어 있는 집이다. 사랑마당에서 안채로 가는 길목에는 사각의 연못이 있다. 연못 가운데는 동그란 섬이 있고 그 언덕에 푸른 소나무의 가지가 늘어져 있다. 그 소나무 향기가 한국의 전통 가옥의 멋과

품위가 넘쳐나게 하나보다. 그 집은 벽이 숨을 쉰다는 말도 들었다.

"형, 소나무 향기. 내가 여기에 왔었던 것 같네."

"넌 중학교 때부터 언어 연수차 와서 우리 집에서 며칠간씩 보낸 적이 있었잖아. 이 집을 참 좋아했어. 연못에서 잉어에게 밥을 던져주며 즐거워했고."

나는 이 집 대청에서 성욱 형의 어머니가 싸주는 상추쌈을 먹었던 생각이 난다. 그 어머니는 배불리 먹었는데도 더 먹으라고 자꾸 손수 싼 쌈을 입에 넣어 주었다. 작은 사랑에 짐을 부린다.

"내가 널 얼마나 기다렸는지 모른다. 우리는 다시 엘캡으로 가야 해."

성욱 형은 계속 엘캡에 다시 오른다는 말을 반복한다. 나는 차마 그 몸으로, 하는 말을 못 하겠다.

"그래. 우린 엘캡에 다시 오르자구. 미국인 케빈 조르게슨과 토미 골드웨이가 맨손으로 엘캡을 등반했다는 뉴스를 봤어. 그 기사를 보는 순간 가슴이 심하게 뛰었다. 그들은 열한 번이나 실패한 끝에 장비나 로프 없이 사상처음으로 '새벽의 절벽'(Dawn wall)이란 루트를 오르는 데 성공했어. 우리는 그보다 길고 높은 엘캡 노즈 루트로 가는 거다."

나는 성욱 형의 하체를 바라봤다. 하체가 텅 비어있는 몸으로 어찌 그 벽을 오르겠다는 것인지 이해가 안 간다.

"정우야 네게 보여줄 게 있어."

성욱 형은 휠체어를 휙 돌려서 굴러가고 있다. 우리는 말없이 지프로 이엉을 얹은 긴 돌담을 돌고 돌아 후원마당으로 갔다. 그 곳엔 어린이 놀이터의 정글놀이 같은 철봉 매달리기가 특전사들의 훈련장처럼 설치되어 있다. 성욱 형은 몸을 날려 그 정글에 매달린다. 그리고 두 팔로 거미원숭이보다 빠르고 자유롭게 그 시설을 옮겨 다니고 있다. 그의 어깨는 든든해 보였고 그의 가슴은 근육으로 뭉쳐 보인다.

"너 스티븐 호킹 박사 알지. 시간의 역사를 쓴 분 말이다."

"알아, 블랙홀."

"그 이론으로 명성을 날리다가 그 이론의 불합리성을 스스로 인정해서 더 유명해졌어. 그분은 전신마비가 된 덕분으로 많은 상상력을 생각으로 발전시킬 수 있었다고 말했다. 난 두 다리의 무게가 없는 만큼 몸이 가벼워졌어."

그는 한 손으로 매달려서 다른 한손으로 브이 자를 해 보이며 말을 잇는다.

"사람들은 나더러 엘캡 가는 일을 포기하라고 성화들이지만 난 호킹 박사보다 더 좋은 조건을 갖추고 있다는 걸 알고 있어. 외모로 보아도 상대가 안되지."

성욱 형은 남성미 넘치는 얼짱이다. 그가 휠체어에 앉아있는 폼은 한의사처럼 건강미 넘쳐 보인다. 그의 상기한 표정 때문에 더욱 그렇다. 성욱 형은 무릎 위의 10센티 부분의 허벅지 위에 덧신을 신는다. 고무 신발이 산양의 굽처럼 붙어있고 발목에 해당하는 곳에 강철 스프링을 장치해서 자유롭게 움직이도록 고안한 덧신이다. 외로 틀면 갈고리도 된다. 그가 일어서면 키는 작으나 성성이처럼 약간 굽을 자세로 걸을 수도 있고, 엎드려 두 손으로 땅을 짚고 네 발로 뛸 수도 있다는 걸 보여준다.

"바위 타기를 위해 고안한 내 다리야. 록크라이밍 슈즈보다 바위에 더 잘붙는다는 걸 시험해봤어. 성공적이야. 이름이 코끼리 덧신이다."

그는 으하하 웃는다. 그 웃음소리에는 유쾌함과 서글픔이 섞여있는 듯하다.

"재미있지? 2주일 후가 8월이야. 우리는 8월 15일까지는 엘캡에 오를 것이다. 이번엔 내가 선등자가 된다. 너도 물론 몇 피치는 선등을 해야 되겠지만, 준비는 다 되어있어. 널 기다리느라고 얼마나 긴 시간을 보냈는지 아냐."

난 그가 오백 년이니 오천 년이니 하는 농담을 한 이유를 알 것 같다.

"이 세상 모든 사람이 다 엘캡에 오르는 걸 반대해도 너만은 찬성하고 동행할 것이라고 믿는다. 닥터 길레즈, 이사벨의 아버지야. 그가 팀장을 해 주기로 했어."

성욱 형의 눈은 파랗게 빛이 나고 있다. 그의 어머니는 물론 형제들이나 친구들과 그를 사랑하는 모든 사람들이 다 그가 불구의 몸으로 엘캡에 다시 오르겠다는 것을 찬성할리가 없어 보인다. 나도 찬성은 하고 싶지 않다. 그러나 나는 사정이 다르다. 그와 함께 오르다가 추락했는데, 나는 멀쩡하고 그들은 큰 상처를 입었다. 나는 성욱 형과 함께 엘캡에 갈 수밖에 없는 상황으로 시간의 역사가 흐르고 있다는 것을 운명으로 받아들이기로 마음먹는다. 이쯤 해서 돌방아저씨 생각이 난다. 그를 따라서 신장병 앓는 소녀를 납치하고…. 신장을 나눠주고, 물론 내 의지로 한 행위지만, 결국 난 남을 위해서 사는 사람의 운명을 타고 난 것 같다. 그게 어때서? 그럼 나는 어디에 있는가. 나는 마음속으로 요요를 꺼내 돌리며 그 내부에서 나오는 형광불빛을 상상해 본다. 하늘이는 회복이 잘 되고 있겠지…? 궁금하다.

나는 햇살이 따가운 바위벽에 붙어 서있다. 80미터쯤 저 위에서 성욱 형이 바위틈으로 갈라진 벽에 붙어서 벌레처럼 꼼지락거리는 게 보인다. 태양이 성욱 형 헬멧에서 빛을 튀긴다. 그의 벗어부친 등 근육에선 땀방울이 번쩍거린다. 코끼리 덧신이 힘차게 움직인다. 수평으로 3미터쯤에서 희끗한 턱수염의 장년사나이가 나를 도와 폴백을 끌어 올리느라고 절벽을 오르락내리락 한다. 그의 이름은 밥 길레즈. 의사이며 히말라야의 14좌 중 다섯 봉을 정복한 산악인이다. 특히 그가 오른 브로드피크는 1995년에 엄홍길 대장이 광주원정대와 정복한 곳이며, 낭가 파르밧은 고영미 여성 산악인이 실족사망한 곳이다. 그밖에도 그는 마나슬루와 안데스 산맥의 침보라소도 완등 했다는 베테랑 산악인이다.

그와 한 조가 되어 엘캡을 오르는 영광의 순간이다. 각자가 물병과 개인

장비가 든 수낭을 하나씩 짊어지고 절벽바위에 붙어있다. 선등자를 따라 로프를 타고 오르는 주마링을 하고 있는 중이다. 시간을 단축하기 위해서이다. 보통 록 클라이머들이 엘캡 노즈를 오르는데 5일 내지 7일이 걸리는 데 비해 우리는 시작부터 느린 편이다. 성욱 형이 로프 한 끝을 매달고 올라가 다음 마디를 등반할 수 있도록 확보물을 정하면 닥터 길레츠가 이미 사용한 장비를 회수하며 후등반을 보아주는 중이다. 여러 날 먹을 물과 식량의 짐은 50킬로가 넘는 홀백 2개다. 성욱 형은 바위틈에 손가락을 찔러 넣어가며 팔힘만으로 오르는 모습이 고래등을 탄 새우소라처럼 보인다. 그는 한 땀 한 땀 오를 때마다 쩌렁 울리는 기합 소리를 낸다. 요세미티 골은 워낙 광활하기에 메아리는 없다. 그는 기합소리를 외친 다음 허공에 매달려 바위틈에 귀를 대본다. 그리고 뒤따라 오르는 내게 목청을 돋운다.

"정우야 바위틈에서 소리가 난다. 귀뚜라미 울음소리 같기도 하고…. 동굴 속에서 보내는 어느 고생대의 존재가 보내는 전파소리 같기도 하고, 고래 등가죽에서 기생하는 새우소라 고동의 울림 같기도 해. 정우야 너도 바위틈에 귀를 대고 들어봐라."

성욱 형의 목소리는 태풍이 깃발을 흔드는 소음 같은 바람소리 때문에 들리다가 말다가 하며 이어진다. 나도 바위틈에 귀를 대본다. 진한 귀울림의 여운이 인다.

"오빠."

"왜 그러니."

"여길 봐."

"뭐가 있기에 보라는 거냐."

바위틈에선 풍선소녀의 음성이 나오는 것 같다.

"새집이 있네."

"새집이 어디 있다고 그러냐.?

"아주 눈곱만한 새집이 있어."

"하늘아. 내겐 아무것도 안 보이는데…."

"그 안에서 날개 치는 소리가 들려."

"그건 내 안에서 나오는 귀울림이야."

"정우야 들리지. 바위틈에서 나는 고생대의 소리."

성욱 형이 내 머리 위에서 목청을 아래로 떨어트린다. 나는 바위틈에 귀를 더욱 바짝 대본다. 아니다. 그 소리는 내 귀 울림이 아니다. 길고 가는 바위 골 작은 틈 속에서 한 생명체가 꼼지락 거리며 기어 나오려고 하는 소리다. 작은 몸부림 같은 거다. 나는 그 틈새로 훅, 하고 숨결을 불어 넣어준다. 그리고 그 가느다란 틈새를 들여다본다. 그 속에선 딱정벌레만 한 작은 새 한마리가 버르적거리며 기어 나온다. 그리고 바위틈을 차고 푸드덕 날아간다. 착시일까… 착시일까? 풍선소녀 하늘이가 말한 작은 새가 절벽의 바위틈에서 날아오르는 모습일까? 그럴 것만 같다. 나는 암벽에 붙은 채 고개를 돌려 허공을 바라본다. 거기엔 지나간 순간, 순간의 영상이 가득하다.

"정우야. 그만 가자. 신비의 세계는 저 위에 또 많다."

성욱 형이 다시 움직이는 게 보인다. 햇살은 바위벽을 뜨겁게 달구기 시작한다. 성욱 형이 오른 첫째 마디는 완전한 75도쯤의 수직바위벽이다. 차돌처럼 미끈해 보이지만 널장바위이기 때문에 거칠게 이어진다. 성욱 형의 코끼리 덧신 끝의 산양 발굽이 처리를 잘 하는 것 같다. 그곳은 예전에는 촘촘히 박혀있는 하켄을 따라 오르던 곳인데 지금은 클린 클라이밍의 일환으로 하켄을 모두 뽑아버렸단다. 따라서 하켄구멍에 손가락을 집어넣고 올라야 하는데 강한 손아귀 힘이 필요하다. 성욱 형은 속도는 느리지만 거미원숭이 같은 팔 힘으로 허공에 매달려 잘 버티며 오른다. 둘째 마디는 역시 첫째 마디와 비슷했다. 등산가들은 마디대신 피치라는 용어를 쓴다. 나도 그래야 할 것 같다. 제3피치는 바위틈에 손가락 두 개만을 넣어 매달리며 올라야 하는 수직인데, 올라갈수록 틈이 좁아진다. 그때 확보지점에 로프를 고정시키고 10여 미터쯤 도로 내려와 그네를 타고 스윙을 하다가 건너편 바위틈이 있는 곳으로 건너뛰어 진입해야 한다. 그곳에도 성욱 형은 성공적으로 안착했다. 우리는 전신이 땀범벅이다. 물을 좀 마시고 제4피치로 향했다. 제4피치, 이곳은 엘캡 노즈 등반 중 가장 어려운 피치이다. 여기에서 우리가 추락하여 이사벨을 잃은 곳이다. 사랑하는 연인을 잃은 성욱 형은 울컥하고 흐느낀다. 딸을 잃은 닥터 길레즈도 슬픔을 참기 어려워하는 표정이다. 나 역시 그녀를 좋아했기에 가슴에서 끓어오르는 슬픔을 참기 힘들다.

우리는 4피치의 시클 렛지(Sickle Ledge)테라스에서 추모의 예식을 하며 일박하기로 했다. 주위는 무인도처럼 침묵하다가 순식간에 격정의 파도가 솟아오르듯 클라이머들의 감정을 날카롭게 내려친다. 요지부동으로 렛지에 앉아 절벽 아래를 바라보던 성욱 형이 사자의 포효로 큰 소리를 지른다. 닥터 길레즈가 그를 껴안아준다. 나는 주머니에서 요요를 꺼내들고 싶어진다. 그냥 손에 쥐고만 있고 싶어진다. 하늘이가 그걸 잘 가지고 놀까? 그러기를 바라는 마음이 간절하다.

돌방이 도망치듯이 나가면서 문을 안에서 잠그라고 했다. 그의 발자국이 허공을 맴돌다가 사그라진다. 그 공간에는 풍선소녀 하늘이와 나, 단 둘뿐이다. 지루하리만치 긴 침묵이 흐른다. 그녀는 쓰러진 나무 등걸만 바라본다. 그녀의 시선을 따라 가던 내가 물었다.

"하늘아 뭘 보고 있니?"

"새야. 어떻게 여길 들어왔을까."

나는 천정 구멍을 바라본다. 무한이 깊은 하늘이다.

"이 샌 자기 집인 둥지를 찾아왔겠지?"

"나뭇가지에 새둥지가 있나보구나."

"들어오긴 했는데 나가질 못하네. 우리처럼."

"미안해."

"이처럼 작은 새집은 첨보네."

그녀는 쓰러진 고목의 나뭇가지 사이에 아직 푸른 잎들을 보며 말했다. 난 나뭇가지를 헤쳐 봤다. 거기엔 아무것도 없어 보였다.

"아, 날아갔구나. 금방 새집을 물고 가 버린 걸까. 어디로 갔지. 새야…!"

하늘이는 몹시 아쉬운 표정으로 뻥 뚫린 천정 위의 하늘을 올려다봤다.

그녀의 동그란 눈에는 빛이 가득했다. 눈물이었다. 그녀는 쓰러지듯이 등걸에 기대앉는다. 나는 무릎을 꿇고 그녀를 가만히 바라봤다. 이제 우린 어찌해야 하는가? 나도 위를 올려다봤다. 천정 구멍 밖에 존재해 있는 하늘, 그 하늘엔 날아다니는 새가 있겠지만 이 나뭇가지에선 새를 못 봤다. 그러나 내 앞엔 뿌리 한 가닥이 연결되었는지 새파란 잎이 생생한 가지 그대로 살아가고 있었다. 그 가지 사이를 자세히 보니 개미며 진드기며 무당벌레 같은 것들이 꼼지락거리는 게 보였다. 나뭇잎 뒤쪽에는 벌레알도 달라붙어 있었다. 벌레집도 있었다. 투명의 거미줄도 엉켜있었다. 나는 그 앞으로 기어갔다.

"여길 봐라! 이건 벌레집이다. 새집이 아니야. 벌레가 단단한 집을 만들었어. 이게 실크 코쿤(silk cocoon)이라는 건가보다. 이 속에서 나비가 날아오를 거야."

나는 마리포사 숲의 바다색 나비를 기억해 냈다. 사람들은 그 나비 떼들이 너무 환상적이어서 숲속의 요정이라고 했단다. 그런 기억은 일어났다가 곧 사라져 버렸다.

"나비야. 어제쯤 나올 거냐? 파란 하늘이 널 기다리고 있단다. 날갯짓하라고…."

"하늘이는 나뭇잎 뒤의 벌레집을 허무의 눈빛으로 바라볼 뿐이었다. 나는 하늘이의 이마에 손을 얹어봤다. 그녀에게서는 체온이 안 느껴졌다. 기가 막혔다. 그녀가 죽어가고 있는 걸까?. 나는 머리위에 뻥 뚫린 천정을 봤다. 그리로 빛이 들어왔다. 아마도 하늘이의 영혼을 끌어 올리려고 하늘이 빛을 내리고 있는 것 같기만 했다. 그녀가 가늘게 말했다.

"난 집에 가서 죽고 싶어."

"그런 소리 하지 마라. 넌 안 죽어."

"정말 그럴까…?"

하늘이가 여기에서 죽으면 안 돼. 내 심장이 펌프질을 했다. 나는 하늘이에게 물었다.

"많이 아픈 게로구나."

하늘이는 떨림의 목소리로 딴 얘기를 했다.

"여기 앉아 내 얘기 좀 들어봐."

나는 그녀 옆에 앉아 그녀를 바라봤다. 그녀는 푸른색이 나도록 창백했다.

"어느 큰 산에 불이 났어. 그때 새 중에서도 가장 작은 벌새가 산불을 끄려고 조그만 입에 물을 쪼아다가 불난 곳에 뿌렸어. 그러면서 다른 새들에게 도움을 청했어. 참새에게도, 비둘기, 까마귀에게도 그랬으며 황새에게도 같이 불을 끄자고 청해 보았다. 그러나 큰새는 우리 작은 몸으로 산불을 끌 수가 있느냐고 비웃고 모두 다 잘 발달된 날개로 저 살기에 바빠서 도망갔단다."

그녀는 가늘게 숨결을 이어가며 말을 계속 이었다.

"그러나 가장 작은 벌새는 상관치 않고 나는 내가 할 수 있는 일을 끝까지 할 뿐이야 하며 작ㄴ은 날개로 파닥거리면서 물을 계속해서 뿌렸다는 거야."

그 말을 마친 그녀는 눈을 감았다. 나는 그녀의 어깨를 감싸 안아주며 물었다.

"그래서 그 벌새가 불을 껐냐?"

그녀는 눈을 감을 채 얘기를 계속했다.

"아니, 아직은 몰라. 그 새가 아직도 불을 끄려고 물을 나르고 있거든. 이건 실제 있었던 일이 아니라 동화책에서 읽은 얘기야. 그런데 지금 그 새가 내 앞에 있네. 나 물 좀 줄래."

나는 그녀에게 물병을 가져다가 주었다. 그녀는 물병을 입에 살짝 대어 입술을 축이고 말을 계속했다.

"가망이 있건 없건 그 벌새는 지금도 입에다 물을 물어다 불을 끄는 동작을 반복하고 있다면서 동화는 끝이 났어."

나는 악의 동반자가 되어 소녀 앞에 앉아있는 나 자신에게 들으라고 그런 동화를 들려준 것이란 생각이 들었다.

"아주 재미난 얘기로구나. 나도 그런 벌새 같은 생각을 가졌으면 좋겠다."

내가 나의 생각을 그렇게 말하자 그녀는 나를 바라본다. 그녀의 눈은 슬픈 이야기가 가득 들어있는 듯 했다.

8월의 하늘은 티 없이 맑고 깨끗하다. 강렬한 오후의 태양 볕 사이로 무심한 바람이 미풍으로 지나간다. 그 태양 볕이 지나가면 높은 절벽 위에 기후 변동이 있을 것이다. 싸늘한 강풍이 산악인들의 체온을 사정없이 빼앗아 간다는 것이다. 닥터 길레즈는 폴백에서 꺼낸 산악식량으로 저녁식사 준비를 한다. 에너지와 열량을 위한 식단이다. 15일분. 그 저녁은 닭고기덮밥이다. 후식으로 치즈 케이크를 먹었다. 내일의 일정을 위해 그들은 일찍 자리에 들었다. 나는 잠이 오지 않는다. 불안하다. 궁금한 것도 많다. 자신의 신장을 이식받은 하늘이는 어찌 되었을까. 건강해질까…?

어머니는 내가 엘캐피탄을 다시 오르겠다고 하니 말없이 우시기만 했다. 어머니께 불효를 하고 있는 나 자신을 스스로 이해 못하겠다. 딸을 잃은 닥터 길레즈가 동행한다니 한편으로 마음이 놓이기도 했다. 엘캡 아래는 하반신이 없는 장애인이 엘캡에 오른다는 뉴스로 인해 세계의 기자들이 다 모여 있을 것이다. 특히나 세계적인 유명 산악인 닥터 길레즈를 취재하기 위해서도 그들은 취재경쟁을 벌일 것이다. 모르긴 해도 망원렌즈로 우리들의 엘캡 노스 등반을 모두 촬영하고 있을 것이다.

그때의 일은 생각하고 싶지가 않았지만 문득 악몽 같은 것이 떠오른다. 나는 이 년째 쉬었으니 USC에 등록을 할 생각이었다. 그때 성욱이 형에게서 멜이 왔다. 자기는 집에서 휴식을 취한다고 했다. 나는 그가 장애인이 되었는지 몰랐다. 어쨌든 그를 만나려고 한국행 비행기를 탔다. 인천공항에서 내려 막내이모 집에서 하룻밤을 자고 시외버스를 타려고 길을 나섰다. 좁은 골목의 커브길이다. 아이폰으로 문자를 보면서 택시를 잡으려고 길에 나선 것까지 기억이 나고 감감하다. 그때 아이폰이며 지갑을 모두 잃어버린 것이었다. 그런데 왜, 무엇 때문에 오층 빌라 신축장에서 추락을 한 것일까. 그때 나을 도와준 사람이 돌방아저씨였다. 그의 은혜를 입은 건 분명하다. 그로 인해 소녀 납치공범이 된 것은 수치스러운 일이다. 그러나 신장 하나를 도너 해 준 것은 잘한 일이라고 생각한다. 그런데 왜 돌방아저씨가 내 아이폰이며 패스포드를 숨겨 가지고 있을까? 그걸 왜 진작 주지 않고 감추어 두었다가 내놓을까. 주범인 돌방아저씨는 감옥에 있고 나는 풀려나서 바위절벽에 붙어있다. 순간의 일이지만, 바위절벽이나 감옥이나 몸이 부자유스럽기는 마찬가지 아닌가. 돌방아저씨는 재판을 받을 것인데 몇 년 형이나 받을까? 사형 아니면 무기일까. 한국을 떠나기 전에 그를 면회하고 왔어야 했을까. 나는 명치끝에 또 진통이 왔다. 성욱 형은 선등작업이 힘들었는지 깊은 잠에 빠진 듯하다. 요세미티 침엽수 군락지에서 휘파람 새소리가 들리다가 말다가 한다. 닥터 길레즈가 슬그머니 곁으로 다가왔다.

"쟌, 정우 일찍 잠을 자 두지 그러냐."

"높은 데서 맞이하는 밤바람이 좋아서요."

"우린 이제 겨우 시작을 했을 뿐이다. 자도록 노력해봐라."

"휘파람 새소리가 들려요. 이사벨도 휘파람을 잘 불었지요."

"그 앨 생각하고 있었냐?"

"솔직히 그래요."

"좋은 애였다."

"활짝 웃을 때가 좋았어요."

"훌륭한 의사가 되어 좋은 일 많이 한다고 했었지…."

닥터 길레즈의 음성을 떨렸다. 달이 떠오르는 게 보인다. 반달이다. 별들이 손을 내밀면 잡힐 듯이 3D로 가까이 내려오고 있다. 은하수가 면사포처럼 퍼진 속으로 별똥별이 날아간다. 나는 손끝에 있으나 잡히지는 않는 별나라를 놔두고 슬리핑백을 펴서 그 안으로 들어간다. 닥터 길레즈는 돌부처같이 꼼짝 않고 앉아있다. 내가 막 잠이 들려할 때 사내의 흐느껴 우는 소리가 들린다. 닥터 길레즈가 울고 있는 것이다. 나는 슬리핑백에서 다시 나와 닥터 길레즈의 어깨에 손을 얹어준다. 그리고 그를 허그해 준다. 그는 더 크게 흐느끼면서 말한다.

"사랑하는 딸을 잃은 아비가 얼마나 서러운지…. 얼마나 보고 싶은지. 얼마나 그리운지…. 울음을 참을 수가 없구나."

그는 몸을 마구 떨다가 한참만에야 진정한다. 저 아래 지상은 캄캄절벽으로 아무것도 보이지 않는다. 닥터 길레즈가 내 손등에 입을 맞춰준다. 그의 턱수염이 깔깔하게 서있는 걸 느낀다.

우리는 해뜨기 전에 일어났다. 나는 꿈도 꾸지 않고 잔 것 같다. 닥터 길레즈는 이미 일어나 아침준비를 하고 있다. 우리는 커피와 머핀을 하나씩 들고 다시 높고, 긴 엘캡 정상을 향해 올라간다. 그리고 6피치, 7피치를 지나 8피치에 도착한다. 물을 아껴 마셔야 하지만 선등자에게 만은 자유롭게 마시게하자고 닥터 길레즈와 나는 합의를 봤다. 성욱 형은 아직은 여유만만하게 잘

오르고 있다. 바위틈에 손가락을 넣어 온 몸을 끌어올려 중심을 잡으며 그 틈에서 나오는 소리에 응답을 하는 지 얍~, 얍~ 하며 기합소리를 지른다.

15피치에서는 허공 침대 포타렛지(Portaledge)를 걸어놓고 휴식과 잠을 잤다. 밤바람이 우리의 침대를 2~3미터씩 휘청거리게 흔들어놓고 지나간다. 그 소리는 차츰 거세진다. 허공에서는 고소공포증보다 지친 몸의 휴식이 우선인가 보다. 우리는 종일 많은 에너지를 소모했기에 그냥 잠에 떨어졌다. 강풍은 아침까지 계속 불었다. 벽에 걸어 논 장비들이 바람을 타는 소리가 천 마리의 기러기 떼가 날갯짓을 하듯 소란스럽다. 암벽의 복병은 바로 갑작스런 바람이란다.

다음날도 해뜨기 전에 오르기 시작한다. 선등자 성욱 형은 엘캠에서 비박지로 가장 좋은 25피치의 턱 아래까지 도착했다. 뒤따라 오르던 닥터 길레즈가 장비를 회수하고, 난 다음 낙석을 피해 로프를 타고 올라오는 짐을 끌어올리기를 돕는다. 우리는 한낮의 복사열 때문에 바위가 불덩이처럼 끓어오르기 전에 25피치까지 올라가야 한다. 나의 짐 올리기 작업이 너덜바위 틈이나 갈라진 바위 턱에 걸려서 어렵게 올라온다. 따라서 나의 체력이 엄청 소모된다. 나의 숨소리마저 거칠고 가빠진다. 천신만고 끝에 나는 겨우 짐을 올린 후에 기진맥진하여 늘어졌다. 뜨거운 태양열 때문에 휴식이라고 하기엔 오히려 힘이 더 빠지는 것 같다. 우리는 온몸이 물탕으로 땀투성이가 됐다. 갈증도 심했다. 그러나 물은 마음대로 마실 수가 없다.

26피치는 굴뚝 속보다 약간 넓은 바위틈을 온 몸으로 부비며 올라가야 하는 곳이다. 몸이 힘드니 절망적인 감정이 뼛속에서 우러난다. 성욱 형은 호기 있게 기합을 넣는 대신 울음을 자주 터트린다. 손끝은 해어져 테이프로 돌돌 감아말았으나 그것마저도 다 해어져 피가 맺히고 손목은 부어올랐다. 이제는 그가 빙하기에 신비 냄새가 맡아진다고 하기보다 이사벨의 휘파람 소리가 들릴 뿐이라고 했다. 성욱 형은 행동이 더 느려지더니 급기야는 허공에 매달린 채 움직이질 못한다. 닥터 길레즈가 선등을 맡아 우리는 겨우 비박지까지 올랐다. 물을 나누어 마시며 나를 바라보는 닥터 길레즈의 표정이 심각하다. 성욱 형의 몸이 불덩어리였다. 닥터 길레즈는 해열제를 먹이고 물도 많이 먹였다. 상대적으로 나와 닥터 길레즈 자신은 물을 더 아낄 수밖에 없을 것이다. 거벽을 오르다 실패하는 경우는 물 부족이라는 것을 우리는 알고 있다.

성욱 형은 정신이 좀 드는지 몸을 움직인다. 그러나 그는 얼마 안 가서 조금도 전진을 못하고 탈진상태로 추락한다. 후등자인 닥터 길레즈가 확보한 위치까지 30미터나 미끄러져 내렸다. 나는 바위틈에서 불운의 냄새가 나는 느낌을 받는다. 닥터 길레즈는 모든 짐을 그 자리에 매달아 놓고 물병만 몇 개 챙겨서 쉴 자리가 있는 곳으로 빠르게 올라갈 수밖에 없다고 내게 속삭이듯이 말한다. 그의 의견을 따라야 할 것 같다. 성욱 형는 거의 의식을 잃은 상태다. 그의 가슴과 배는 바위에 쓸려서 피투성이가 됐다. 아까 추락하며 미끄러질 때 난 상처 같다. 부은 손목에도 피멍이 들어있다. 그의 허벅지에 싸맨 코끼리 덧신 속에서 심한 냄새가 나고 있다. 그 상처 때문에 고열이 나는 것 같다. 닥터 길레즈는 엘캡 등정을 포기해야 할 것이라고 생각하는가 보다. 그는 나에게 성욱 형을 데리고 하강준비를 하자고 했다. 나는 어차피 하반신 불구인 성욱 형의 엘캡 노즈 등반은 무리라고 생각한다고 닥터 길레즈에게 말한다. 엘캡 노즈는 정상인도 성공률이 매우 낮은 곳이다.

"노…! 안 돼요!"

죽은 듯이 누워있던 성욱 형이 소리친다.

"너 허벅지에 댄 덧신을 벗어보자."

닥터 길레즈는 안 벗으려는 성욱 형의 덧신을 벗겼다. 그곳에선 피고름이 묻어나왔다.

"여기가 곪느라고 열이 난 것이야. 이걸 치료 안 받으면 살아 날 수가 없어.

내려가서 치료하고 체력단련과 연습을 더하고 내년에 다시 오자."

닥터 길레즈가 성욱 형의 이마를 짚어보며 말했다.

"절대로 그렇게 할 수 없어요. 내년이란 미래일 뿐이지요. 미래란 불확실성의 롤러코스터이지요. 모두 내려가셔도 나 혼자 오르겠어요."

날씬 계속 청명하지만 태양열은 바위 절벽을 뜨겁게 달구고 있다.

"알았다. 그럼 우선 여기에서 충분한 휴식을 취하자. 해열제를 더 들자. 우선 네게 진통제를 주사하겠다. 이걸 맞으면 잠이 많이 올 것이야. 잠을 충분히 자두자."

닥터 길레즈는 짐 속에서 구급약통을 꺼내 항생제와 진통제를 주사했다. 나는 가급적 응달쪽에서 바람이 부는 곳에 포타렛지를 설치해 그늘을 만들어 봤다. 성욱 형은 그냥 잠이 들었다. 나도 눈을 감았다. 절벽 아래서는 사진기자들이 망원렌즈로 개미보다 더 작은 까만 점이 된 록클라이머들이 움직이지 않는 것을 포착한 것 같다. 닥터 길레즈도 쉴 공간이 적은 절벽에 몸을 매달고 비스듬히 누워서 휴식을 취한다. 깊은 생각에 잠긴 것 같다. 그렇게 우리는 정상의 문턱에서 어려움에 빠졌다. 내가 눈을 떠 보니 파랗던 하늘은 붉은 색으로 변해 있었다. 해는 절벽 뒤로 돌아갔는지 보이지 않는다.

"기온이 급강하하지는 말아야 할 텐데…."

닥터 길레즈는 저녁 준비를 하며 나에게 말한다.

그는 비닐봉지에 든 절인 소고기와 야채로 만든 등산식량을 접시에 담고 있다. 우리는 저녁식사를 하고 그 밤은 그곳에서 더 쉬기로 했다. 성욱 형은 한술 뜨더니 접시를 내게 내밀고 다시 잠에 빠진다. 뜨겁게 달은 바위는 식기 시작한다. 바위도 달았다가 식을 때는 소리를 낸다. 때로는 산 전체에서 굉음을 내는 소리를 만들고 있다. 지난해 9월경에 두 명의 일본 록클라이머가 갑자기 급변한 밤 일기에 얼어죽은 곳이 방금 지나온 비박지 근처라는 이야기를 들었다고 닥터 길레즈가 말한다. 성욱 형은 잠이 깊이 들었는지 숨소리가 조용하다. 나는 별들이 가깝게 내려앉고 은하수 위로 유성이 끊임없이 선을 긋는 것을 보며 잠을 청해본다. 별빛 때문인가 내 의식은 과거를 돌아다닌다.

"너 신장병 앓고 있다고 그랬지. 그게 어떤 병이냐?

나는 날개니 껍질을 깨고 나오느니 그런 말 대신 신장병과 신장 기증에 대해서 알고 싶었다.

"네가 알고 있는 신장에 대해서 얘기해 봐."

그녀의 말은 이랬다. 사람은 누구나 신장을 2개 가지고 있다. 허리 뒤쪽으로 비스듬히 놓여있는 주먹만 한 것이 콩같이 생겼다 해서 콩팥이라고도 한단다. 이런 콩팥 안에 피를 거르는 사구체가 있단다. 가느다란 실타래를 말아 놓은 것처럼 긴 실핏줄을 돌돌 감아 부피를 적게 한 조물주의 기막힌 창작품이란다. 인체는 정말 신비. 눈에 보이지도 않는 가느다란 실핏줄로 피가 통과하면서 노폐물과 필요 없는 수분이 보우만 씨 캡슐로 빠져나가 오줌이 된단다. 이렇게 실핏줄이 뭉쳐서 생긴 피를 거르는 사구체가 한쪽 콩팥 안에만 약 백만 개씩이나 들어있단다.

하늘이는 콩팥이 많이 나빠져서 피를 거르는 투석치료를 받는 환자란다. 신장이식을 받으면 그 순간부터 투석은 안 해도 된단다. 혈액투석은 신장 센터에 일주일에 3번, 한 번 갈 때마다 3시간에서 4시간의 투석치료를 해야 되는 고달픈 삶을 살아야 한단다.

신장투석 환자들은 공휴일을 무척 기다린다. 그 이유는 그런 날 많은 사람들이 교통사고를 내고 죽기 때문이란다. 누군가가 이 세상을 떠날 때 누군가는 희망의 순간이 된단다. 신은 우리에게 아이러니를 운명으로 주었나보다. 그녀가 기침하며 몸을 웅크린다.

내가 잠을 깼을 때다. 해는 공중에 높이 떴고 하늘은 청명하게 파란색이다. 구름이 한 점도 보이지 않는다. 닥터 길레즈는 홀백에서 모든 짐을 꺼내고 있다. 성욱 형은 그 자리에 아직 누워있다. 내가 무릎걸음으로 가까이 다가가자 닥터 길레즈가 손짓으로 막는다.

"왜요?"

"성욱은 떠나고 있나봐."

"떠나다니요?"

"이사벨이 간 나라로…."

그 소리를 들은 나는 눈물이 왈칵 나온다.

"서두르자."

닥터 길레즈는 짐을 다 꺼낸 빈 홀백에 성욱의 몸을 넣고 있다. 나는 멍청이가 된 듯이 바라만 보고 있다.

"거들어. 여길 좀 잡아라."

닥터 길레즈가 짧게 말했다. 우리는 자고 있는 성욱 형의 몸을 슬리핑백에 한번 더 감은 후 홀백에 넣는다. 그리고 닥터 길레즈는 옷가지며 그런 것들로 큐션을 만들어 백 옆에 끼워 넣는다. 다리가 없는 그는 홀백에 쏙 들어간다.

"우리 빠르게 정상으로 가자."

닥터 길레즈는 장비를 챙긴다. 나도 그를 돕는다.

"물과 하루분의 식량만 챙기고 나머지는 모두 여기에 두고 간다."

나는 닥터 길레즈의 의도를 몰라 멍하니 그를 바라보고만 있다. 어렵게 구한 장비도 있는데 아깝게 그걸 모두 두고 가다니….

"하루 만에 정상에 오르는 속공등반을 하려는 것이야. 야간 등반도 하면 충분히 할 수 있을 것이다. 무전기로 헬리콥터를 불렀다. 성욱을 데리고 온 곳으로 하강한다면 사오일이 더 걸릴 것이야. 그러면 이 더위에…. 우리는 영원히 성욱을 잃는다. 그는 지금 혼수상태야. 우리는 정상으로 향해 가야 한다. 구조대에 연락을 하자. 그들은 하이킹 코스를 타고 엘캡 뒤쪽에서 삼 나무 숲을 헤치고 정상으로 올 것이야. 우선 배불리 먹어두자."

닥터 길레즈는 치킨누들 두 통을 내게 주고 자신도 연어를 여러 캔 먹는다. 선등자 닥터 길레즈는 매우 빠른 속도로 기어오르기 시작한다. 나도 시간을 단축하기 위해서 등강기인 주마를 잡는다. 선등자가 내려준 로프를 타기 위해서다. 나는 3단 도르래를 써서 성욱 형이 든 백을 올린다. 무겁다. 우리는 오르고 또 오른다. 나는 힘이 들어 죽을 것만 같다. 닥터 길레즈는 노련하다. 그는 크랙을 타고 침니를 오른다. 트레버스, 옆으로의 횡단도 스파이더 맨 같이 잘 한다. 나는 주마링을 하여 오른 뒤 성욱 형을 끌어올린다. 온몸의 에너지를 다 소모하느라고 슬픔도 모르고 과거도 미래도 모른다. 생각도 할 수 없다. 나는 뜨거워지고 차가워지는 바위절벽에 붙어있는 그냥 현재 살아있는 존재일 뿐이다. 존재…? 그것은 과거와 미래, 시간과 공간을 초월한 무한대에서 회전하는 비물질, 영적이라는 이론을 책에서 읽은 기억이 난다. 나는 무엇인가? 지금은 손끝이 해어지고 손바닥 피부가 벗겨져 피가 배어 나와 아파하는 생명일 뿐이다. 누가 우리 인간은 생각하기 위해 존재한다고 했는가. 그런 멍청이의 어록을 기억하다니…. 생각과 존재는 별개의 의미뿐인 것 같다. 나는 절벽 중간에 걸려서 삶을 향해 버둥거리는 생명일 뿐이다. 극한상황에서 생각이란 존재하지 않는다는 걸 나는 체험하고 있다. .

종일을 굶으며 29마디까지 마치니 밤하늘에 별이 어깨에 닿을 듯이 가까워졌다. 마지막 세 마디는 짧은 코스란다. 닥터 길레즈는 바위틈이 길게 난 곳을 따라 장비 없이 오르고 있다. 그가 어디엔가 로프를 고정시킨 후에 신호를 하면 난 그 끝에 주마를 걸고 로프를 따라 오를 것이다. 이때다. 아무도 없는 절벽에서 정우야…. 정우야…! 하는 소리가 모기의 날갯짓이 앵앵거리듯이 들린다. 아무도 없는 절벽 바위틈에서 날 부를 자가 누구란 말인가. 난 처음엔 귀울림이 아닌가 생각했다. 그런데 그 들릴 듯 말 듯 하지만 오싹해

285

지는 작은 소리는 성욱 형이 들어있는 폴백에서 나오고 있다. 그사이 성욱 형이 우리 곁을 영원히 떠나버려 그의 혼백이 날 부르는 소린가…. 그래서 등골이 오싹해지는 것인가. 나는 겁이 덜컥 나서 저만큼 위로 올라간 닥터 길레즈를 큰 소리로 연거푸 부르는 한편 정우야 하고 소리 나는 폴백의 주둥이를 얼어 젖혔다. 파란 달빛아래 성욱 형이 눈을 부릅뜨고 날 올려다보고 있다. 그는 무섭게 내게 소리친다.

"여기서 날 꺼내주라."

난 어찌해야 할지 몰라서 그를 우두커니 내려다보고 있다. 그는 고함을 친다.

"날 끌어올리지 말라구."

"형. 미안해."

난 그 말밖에 못하겠다.

"난 내 손끝으로 바위틈을 잡고 오르겠다."

내 눈에선 눈물이 나온다. 성욱 형은 인사불성으로 죽어가고 있다. 그런데 자신의 힘으로 절벽을 오르겠다고? 그게 가능할까? 이럴 때 어찌해야 하나. 닥터 길레즈를 바라본다. 위로 향해 오르던 닥터 길레즈가 아래의 상황을 봤나보다. 로프를 타고 급히 하강한다. 성욱 형은 자빠진 거북이가 몸을 뒤채듯이 폴백에서 빠져나오려고 허우적거리고 있다. 나는 말없이 폴백 자루에서 그를 꺼내 주려고 힘을 쓴다. 닥터 길레즈가 급히 와서 돕는다. 성욱 형은 울음소리로 애원한다.

"나 스스로 오르다가 죽게 해 줘요."

닥터 길레즈가 그를 얼싸 안으며 말한다.

"알았다. 네 의지를 알았어. 우선은 열부터 재보고 잠시 쉬자."

성욱 형의 열은 많이 내렸다. 닥터 길레즈는 보조 로프로 간단한 줄사다리를 만든다. 그리고 주마기에 그걸 걸어서 무릎이 없는 성욱 형의 가랑이

사이에 걸게 했다. 그렇게 함으로써 성욱 형은 양손만으로 등강기 로프를 잡고 오를 수 있게 해 주었다. 왜 진작 그 생각을 못했나. 이제 남은 것은 성욱 형의 체력이다. 그 사이에 어느 정도 회복되었을까? 나는 마음이 불안해 진다. 닥터 길레즈도 그게 걱정인가 보다. 해열제와 진통제를 더 먹인 후에 철야등정으로 한 번에 마지막 마디인 정상까지 오르자고 제안한다. 그리고 그는 속도 등반으로 역시 장비를 쓰지 않고 맨손으로 오르기 시작한다. 달빛이 닥터 길레즈의 그림자를 따라간다. 우리는 그가 내려준 로프를 잡고 오르고 또 오른다. 밤이 새도록 오른다.

마침내 바위가 점점 누워지며 우리는 기어서도 오를 수 있게 됐다. 나는 바위벽만 내려다보며 기었다. 저 만치 아래서 성욱 형이 로프를 잡고 벌레처럼 꿈틀거리는 게 초미세먼지 속에서 사물을 보듯 흐린 시야에서 보인다. 나도 완전히 지쳤다. 이쯤 해서 두 손을 놓고 허공으로 그냥 날고 싶다. 의식이 가물거린다.

"머리를 들어봐라."

닥터 길레즈의 목소리가 희미하게 들린다.

"고개를 들어보라구!"

머리를 들고 보니 여명이 피어오르는 하늘을 배경으로 정상에 서있는 푸른 소나무 그림자가 새벽안개 속에서 불쑥 나타난다. 선등자 닥터 길레즈는 쌍 볼트에 위치를 확보하고 뒤를 돌아 나를 본 것이다. 나도 정상 위에 발을 올려놓는다. 둘은 잠시 포옹을 하고 로프에 매달인 성욱 형의 로프를 잡아준다. 눈물이 흐른다. 닥터 길레즈도 눈시울이 붉어졌다. 정상에 오른 성욱 형은 그대로 쓰러져 버린다. 완전 탈진한 상태인 것이다. 우리는 성욱 형에게 덮쳐 셋이 함께 얼싸안았다. 그리고 셋은 바닥에 길게 누워 큰 대 자로 뻗은 채 파랗게 피어오르는 하늘을 바라본다.

육로인 하이킹 로드 쪽에서 한 무리의 구조대원들이 들풀먼지를 내며 달려오고 있는 게 보인다. 헬리콥터도 요란한 날개바람소리를 내며 착륙한다. 그날이 8월 15일이다. 성욱 형이 계획한 날짜도 8월 15일이다. 이사벨이 떠난 날이다. 그들이 약혼식을 하기로 한 날이기도 하다 성욱 형이 정복을 약속한 바로 그날에 우리는 정상에 오른 것이다. 내가 성욱 형 앞에 엎드려 울음소리로 말한다.

"성욱 형…! 우리는 결국 정상에 올라왔어. 형은 그걸 해냈어. 형은 가더라도 그걸 알고 가야해!"

"성욱은 양다리 없는 장애인으로 최초에 엘캐피탄을 오른 사람이 된 것이다."

닥터 길레즈가 성욱 형 앞에서 한쪽 무릎을 꿇고 선포하듯이 말한다.

헬리콥터 안에서 구급상자를 든 요원들이 달려 나온다. 닥터 길레즈와 그들은 성욱 형을 살려내기 위해 분주하게 움직인다. 산소마스크를 씌우고 주사를 놓고 링거를 꽂고…. 해가 무지 빠르게 떠오른다. 뒤따라 하이킹으로 도착한 구조대원 중엔 우리의 모습을 촬영하기에 바쁜 사진기자들도 있다.

닥터 길레즈와 나는 성욱 형을 헬리콥터에 싣는 것을 보고 나서야 물을 마시고 음식을 입에 넣는다. 구조대원이 우리를 위해서 물과 음식을 가져온 것이다. 씨엔엔 기자들이 닥터 길레즈에게 질문을 많이 한다. 그는 우리는 곧 하강을 할 터이니 그때 회복된 성욱 형과 함께 기자회견을 하자고 한다. 그들은 내게도 엘캡 등정 성공을 축하한다면서 소감을 묻는다. 나는 큰 성취감을 느끼는 순간이라고 짧게 말해줬다. 그러면서 나와 풍선소녀를 이용해서 거액을 갈취했을 돌방은 어떤 성취감을 느낄까 생각해 본다. 순간 내 의식 속에 풍선소녀 하늘이의 창백한 모습이 보인다. 어머니의 모습도 떠오른다. 물론 양부 밀러 씨의 모습도 그 안에 함께 한다. 나는 그냥 긴 시간을 누워 있고 싶다.

"하강준비하자."

해가 높이 떴다. 닥터 길레즈의 음성이 푸른 소나무의 그림자를 비켜서게 한다.

"암벽 타기는 오를 때보다 내려 갈 때가 더 위험해."

그는 하강준비를 시작하며 내게 말했다.

"알고 있어요. 하강이 쉽고도 더 어렵다는 걸."

"성욱은 살아서 건강해질 것이다. 천천히 내려가서 만나자."

우리는 로프에 몸을 감고 바위벽을 힘차게 걷어찬다. 하강 점프를 한 것이다. 저 아래의 침엽수며 세쿼이아 거목이 난쟁이 관목처럼 작게 보이더니 하강하는 여객기에서 내려다보듯이 점점 커진다. 나는 그 숲속의 생명체들이 내품는 향기가 바람을 타고 절벽으로 올라오는 것을 느낄 수 있다. 태고의 신비다. 원시의 냄새고, 살아있는 생명의 향내들이다. 우리는 비박지에 버리고 갔던 장비를 회수하며 계속 오른 절벽을 내려왔다. 나는 결국 엘캡 노즈 거벽을 장시간에 거쳐 정복한 것이다. 성욱 형이 위독해서 오랫동안 현장에서 정상정복의 기쁨을 느끼지는 못했지만, 한편으로 천길 절벽을 오른 기쁨도 가슴에서 온몸으로 퍼지는 듯 했다.

하강을 마친 나는 야영지에 짐을 풀고 곧바로 강가로 갔다. 닥터 길레즈는 엘캡 아래서 기다리던 보도진에 둘러싸여 있는 게 보인다. 마리포사 나비들이 요정이 되어 머시드강으로 내려앉는 게 보이는 듯하다. 그 요정들이야 말로 어떤 존재들일 것이다. 나는 그 존재들 속으로 들어가 강물과 함께 흘러가는 거대한 바위산 엘캡의 정령을 느낀다. 강물에 발을 담근다. 차지만 전신에 활력소가 역동적으로 순환하는 듯하다. 임시 기자 회견을 마친 닥터 길레즈가 옆으로 와서 강물에 들어서며 넌지시 말한다.

"아와나(Ahwah Nna) 산장호텔에 방을 얻어놨어. 가서 샤워를 하고 한잠 잔 후에 성욱이 입원한 병원으로 가 보자. 거기에서 성욱과 함께 우리들의 이야기를 정식 기자회견 하기로 했거든. 나는 여기에서 명상의 시간을 좀 갖다가 호텔로 널 데리러 가겠다."

나는 느린 걸음으로 호텔 방으로 향한다.

샤워를 하고 깜박이는 아이폰을 연다. 돌방에게서 온 문자다. 보낸 날짜를 보니 이주 전이다. 엘캡 등정을 준비를 하느라고 그걸 열어볼 생각을 못 했다.

"사랑하는 천이야. 네가 미국의 엘캐피탄 바위산을 등반한다는 신문기사를 읽었다. 일행 중 한 사람은 장애인이라며? 행운을 빈다. 난 기소유예로 풀려났다. 미국 가는 대신 국회의원이 되려 한다. 집권당의 공천을 준비 중이야. 회장님, 하늘이 아빠의 추천이야. 네 몫은 내 선거비용으로 쓰겠다. 물론 백 배로 갚아 주마. 학교 마치고 내 보좌관을 해도 좋다. 환영하마. 참, 진실을 알려주마. 넌 오층 공사장에서 추락한 게 아니다. 교통사고를 당한 거야. 운전사는 나고… 음주운전을 했어. 네가 죽은 줄 알고 도망을 치다가 되돌아와서 널 병원으로 데려갔다. 살아줘서 고맙다. 이번엔 날 용서해라. 그리고 하늘이가 너의 연락처를 달래서 줬어. 또 보자. 선한 사마리아인."

나는 폰에 답메일을 한다.

"엘캡 등반은 성공했어요. 다음 등반 때는 돌방아저씨와 함께 해야겠네요."

난 침대로 뛰어 들어들며 잠시 생각한다. 성욱 형에게 엘캡에 2차 등반을 하자고 해야겠다. 그때 돌방과 동행하여 난코스 4피치에서 그를 껴안고 하강 점프로 날아봐야겠다. 하늘이도 함께 등반하자고 해야지 졸음이 쏟아진다.

생명의 권리

김미현(이화여대 국어국문학과 교수)

들풀의 가시와 같은 인생이 있다. 사실 들풀의 가시는 모두 씨앗들이다. 깔깔하고 날카로우며 단단한 외피를 지녔다. 자신을 지키기 위해서다. 그 씨앗들이 동물이나 바람을 이용해서 다른 땅에 가서 생명의 뿌리를 내리기 위해서 고군분투한다. 힘든 상황과 환경 속에서 자신의 존재를 지키려는 인간들의 삶이 자연스럽게 떠오르는 이유도 이와 관련이 있다. 특히 가장 씨앗다운 씨앗의 상징인 아보카도의 씨는 자연스럽게 이런 '뿌리 뽑힌 자에서 뿌리 내리는 자'들로의 변화 과정에 중요한 상징이 된다. 아보카도의 씨는 다른 씨들보다 더 돌처럼 단단하고 크기 때문이다. 다디단 과육을 위해서는 씨가 잘 뿌리 내려야 하기 때문이기도 하다. 그래서 적어도 아보카도에서는 열매보다 씨가 더 중요하고 근원적이다. 혹은 그것들은 서로 분리되지 않는다.

이언호의 소설 〈아보카도의 씨〉에서는 아보카도의 씨처럼 되기 위해 존재론적 방황과 내면의 갈등을 겪는 다양한 인물들이 등장한다. 소설 속의 인물들의 존재론적인 고민은 정체성에 대한 회의 때문이다. 그리고 정체성은 성 정체성이기도 하고, 민족적 정체성이기도 하다. 먼저 주인공인 '나'(요안)는 미국 캘리포니아의 롱비치 대학에서 공부하는 건축학도로서 유명한 화가로 활동하는 아버지를 위해 미국 한 가운데에 한옥을 지어주고 싶어 한다. 통나무로 프레임을 직접 짜서 그림을 그리기에 닉네임이 '목수'인 아버지는 어머니의 죽음 이후 두 번이나 결혼과 이혼을 반복하면서 상처 입은 삶을 살았다. 이처럼 그동안 허허롭고 억압적인 삶을 살았기에 '나'는 아버지에게 가장 전통적인 한옥을 지어드리고 싶어 한다. 이들 부자父子에게 한옥은 바로 아버지의 뿌리이자, 이들 부자지간이 함께 할 미래를 상징하는 공간이다. 건축학을 전공하는 '나'가 전통한옥에 관심을 갖는 것은 두 가지 이유 때문이다. 하나는 민족 정체성과 연관된 것으로서, 한국에서 이주한 미국 영주권자로 살아가는 이들에게 가장 한국적인 라이프스타일의 상징으로 한옥의 구조가 다가오기 때문이다. 또 다른 나머지 이유는 한옥의 주요 재료인 나무가 지닌 친환경적 생명성 때문이다.

부석사 무량수전의 배흘림기둥처럼 한국의 목조건물은 '살아 숨 쉬는 집'의 특성을 지닌다. 사막의 선인장이나 도마뱀, 맹독가재 등을 주로 그렸던 아버지가 나뭇잎이나 나무 열매로 그림의 오브제를 바꾼 이유도 식물이 지닌 생명에 대한 경외심 때문일 것이다. '나'의 아버지는 아들을 위해 로스앤젤레스에 있는 자신의 집에 아보카도 나무를 심어놓았다. 유명한 동화의 내용처럼 아보카도의 씨로 안경테를 만들고 싶어 하는 아들을 위해 자신도 아보카도 나무가 될 수 있다는 의미이다. 그리고 앞에서 언급한 아보카도 씨가 지닌 상징적 의미 때문이기도 하다.

'나'는 아버지를 위한 한옥을 짓기 위해 한국건축사 책을 구하러 도서관엘 갔다가 그곳에서 인턴으로 일하고 있던 '수니'를 만난다. 수니는 한국인 2세로서, 전형적인 유럽형 미인이다. 그런데 수니의 어머니는 웨일즈와 벨기에의 피가 섞인 소아과 의사이고, 아버지는 토종 한국인 출신의 간호사다. 그런데 어떻게 수니와 같은 백인 딸이 태어났을까. 여기에 수니의 고통이 있다. 수니의 부모는 레즈비언 커플이었기에 수니의 아버지는 여성이다. 수니의 어머니는 낯모르는 백인남자로부터 정자를 기증받아 수니를 얻은 것이다. 수니는 부모들을 이해하지 못한다. 수니가 아보카도의 꽃을 부러워하는 이유도 여기에 있다. 아침에 핀 아보카도의 수놈 꽃은 저녁에는 암놈이 되고, 아침에 핀 암놈 꽃은 저녁에는 수놈이 되기 때문이다. 수니는 이처럼 양성구유의 존재라면 동성애라는 이유로 이성애 중심적 사회로부터 비난받을 이유가 없다고 생각한다. 수니는 자신의 특이한 가계家系 때문에 성 정체성에 혼란을 느끼는 소수자이다.

수니는 존재에 대한 자부심을 갖고 싶은 열망에 자신의 생물학적 아버지를 찾아보기로 한다. 자신이 어떤 '씨'에서 태어났는지 확인하고 싶은 것이다. 촌티 나는 한국이름 '순이'의 미국식 이름인 '수니'로 떳떳하게 살아가고 싶지만, 그럴수록 좌절하고 실망할 뿐이다. 자신이 가구 위에 장식품처럼 태어난 존재라고 생각하기 때문이다. 더욱이 자신도 어머니를 닮아 여자애들에게 관심을 갖게 될까 봐 두렵기도 하다. 이성인 '나'를 사랑하지만 동성인 여성에게 끌릴까 봐 공포를 느끼는 것이다. 그래서 결국에는 자신의 아버지(여성)가 유방암으로 죽고 난 후 자살을 시도한다. 이처럼 백인 중심인 미국사회에서 유색인으로 살아간다는 것, 이성애가 주류인 사회에서 동성애자로 살아간다는 것을 통해 작가는 아보카도의 씨와 같은 끈질긴 생명력과 운명과 맞서 싸울 강인한 의지를 지니라고 말하고 있다. 소수자나 타자로서 존재하더라도 모든 생명은 소중하고 어떤 생명이든 존중받아야 한다는 것이다. '나'의 아버지가 말했듯이 "생명은 동물이든 식물이든 모두 신비 그 자체이고 귀중한 것"이다. 때문에 이 소설의 결말은 감동적으로 다가온다. 아버지가 알려준 아보카도의 씨내리는 법을 수니가 완전히 포기하지 않기 때문이다. 그리고 수니의 옆에는 그런 수니를 이해한 '나'가 있기 때문이다. 또한 '나'와 수니, 그리고 '나'의 아버지가 함께 '우리 집'을 지어갈 미래를 설정 해 놓고 있기 때문이기도 하다.

이처럼 이 소설에서는 아보카도의 씨와 뿌리, 꽃, 열매 모두가 인물들의 삶을 상징하는 중요한 모티브로 활용되면서 생명의 신비와 소중함, 운명과 맞서는 인간의 존엄성이 인상 깊게 그려지고 있다. '알래스카 웨이', 즉 바다로 향하는 길의 상징성을 통해 언제나 대지 위로 뛰어오르고 싶어 하는 바다의 의미가 강조되는 것도 이 때문일 것이다. 성이나 민족에 있어서의 편견을 극복하고, 주어진 운명과 맞서 새로운 미래를 개척해 나가는 것이 인간 본연의 권리라는 것이다. 권리는 의무보다 적극적이고 긍정적인 인간의 조건에 해당한다.

물론 이 소설에는 생명과 운명에 관한 이런 존재론적인 성찰뿐만 아니라 9·11 테러 이후 미국사회에 만연하고 있는 테러에 대한 공포를 상징적으로 보여주기 위해 공항 폭발물 설치와 관련된 해프닝으로 소설을 시작하고 있다. '나'의 룸메이트인 파키스탄인 카샴을 통해서 민족이나 성 정체성의 혼란을 단면적으로 엿볼 수 있다. 또한 '나'가 한옥에 스민 전통적이고 친환경적 요소를 통해 한국적 색채를 동시에 강조하려는 것도 미국 중심주의에 대한 보완으로 읽을 수 있다. 하지만 작가는 타자에게 가장 예민한 촉수를 지닌 타자의 위치에서 타자를 바라보면서 타자의 '정치학'을 타자의 '존재론'으로 승화시키고 있다. 이것이 바로 사회학적 의미에서의 인권의 강조가 아니라 생명주의와 숭고미에 바탕을 둔 인간의 존엄성을 강조하는 작가의 문학적 역량이 돋보이는 이유이다.

트라우마를 향해 돌진하는 롤러코스터 탑승자

장우영(문박, 서울대 대우전임 교수)

　이언호의 〈롤러코스터〉는 현란한 묘사와 치밀한 지적 소재의 배치를 통해 실체를 형상화하고 있는 작품이다.

　미국의 어느 기업 채용면접에 초청된 고스트라이터인 '나'는 실체를 알 수 없이 모호하기만 한 공간에서 기약도 없이 기다리고 있다. 시계가 없는 방, 물방울 떨어지는 소리 같은 모닝콜, 3D 입체영상이 현란하게 펼쳐져 환상을 보도록 강요되는 곳. 작품 속에서는 '나'가 오래전 실패를 겪고 밑바닥 인생을 전전하다가 지금은 미국에 건너오게 되었다는 정도의 정보가 주어질 뿐 그가 머물고 있는 공간의 실체에 대해서는 철저히 숨기고 있는 형국이다. 실체가 모호하기만 한 공간에서 '나'가 가지게 되는 몽환적인 느낌과 현기증마저 불러오는 무질서한 관찰의 파편들은 독자들을 그러한 환상적 공간에 끌어들이기 위한 장치가 된다. 혼란스럽기만 한 현란한 묘사로 일관하는 서술을 따라가다 보면 그것이 마치 롤러코스터에 탑승한 사람이 보게 되는 주위 풍경과 흡사한 것임을 알 수 있다. 어느새 그러한 서술에 동화된 독자 자신이 롤러코스터에 탑승한 것과 마찬가지의 상태가 되어버렸음을 깨닫게 된다. 작가는 다양한 지적인 소재들을 배치하고 있으며 독자들은 그러한 장치들과 지속적으로 유희를 벌이도록 유도된다. 일단 시계를 치워 버리고, 에셔나 바자렐리의 그림, 연극학 이론의 구절, 몽환처럼 들리는 음성, 실제와 분간할 수 없는 수준의 가상현실, 그리고 소설 속에서 펼쳐지는 한 편의 연극 등을 통해 사위를 분간하고 의식을 정리할 새도 없이 지적의 유희의 향연이 펼쳐진다. 마치 롤러코스터 탑승객이 주위에서 펼쳐지는 풍경들을 미처 포착하거나 분간하지 못한 채 속도에 몸을 맡긴 것처럼 전개되고 있다. 롤러코스터 탑승자에게 보이는 풍경은 불현듯 의식의 바다 밑에 잠재되어 있던 무의식을 되살아나게 하고 마침내 '나'는 자신을 초청한 CEO여인 곧 17년 전 사라졌던 아내와 대화를 시작한다.

이 순간 이 작품은 의식의 두터운 덮개를 들춰내고 17년 동안 짓누르던 고통의 실체를 인식의 표면 위로 떠오르도록 한다. "내면의 슬픔은 자유를 억압하지만, 창조하는 사람에겐 축복이다"라는 문장이 "슬픔은 축복이다"라는 의미를 알아채기 어려운 문장으로 바뀌듯이, 면접에 초청된 고스트라이터라는 실체는 사라지고 17년 전의 고통의 원천과 조우하는 것이 이 작품의 결말이다. 정신분석이란 분석 대상자의 방어기제가 쌓은 견고한 벽을 뚫고 그로 하여금 고통의 실체와 대면하게끔 만드는 것이 요체라는 것을 상기한다면, 이 작품에서 몽환적으로 펼쳐진 '나'의 롤러코스터 타기란 결국 17년 전의 운명을 직시하게 되는 과정, 즉 일종의 정신분석 과정이 된다. 고통과의 대면이라는 정신분석의 과정을 고스란히 소설의 몸체로 삼고 있는 이 작품에서 주목할 것은 고통 그 자체보다는 고통과 대면하기까지의 일련의 몽환적인 과정 자체임은 물론이다. 복잡하게 산재되었던 지적 유희의 향연은 각각의 소재들이 만들어내는 의미보다는 그러한 정리되지 못한 소재들이 궁극적으로 과거의 고통을 직시하게끔 유도하는 장치로 기능하는 셈이다. 사라진 아내와 그로 인한 인생의 파국이라는 트라우마의 실체에 접근하기까지 현란하게 펼쳐졌던 묘사와 참신한 소재들은 여타의 평이한 소설들이 선사하지 못하는 묘한 지적 쾌감을 선사하기에 충분하다.

부조리의 인생관과 보편성의 문학

김아정(Ph.D. 캘리포니아 주립대학교, 노스리지 교수)

〈개똥벌레들 날다〉 소설에는 '부조리의 인생관'과 '보편성의 문학'이라는 두 가지 경향이 엿보입니다. '부조리의 인생관'에서 '부조리'라는 표현 때문에 여러분은 1950년대 유럽을 풍미한 새뮤얼 베케트의 〈고도를 기다리며〉라는 부조리극을 먼저 연상하실는지 모르겠습니다. 그런데 이 소설집의 부조리는 서양의 부조리극보다는 우리나라 전통적인 부조리의 인생관과 더 가깝습니다. 여러분도 잘 아시는 봉산탈춤의 7번째 마당에는 오랫동안 헤어졌던 노부부가 다시 만나는데 남편에게 애첩이 생긴 것을 알고 격분한 할멈이 애첩을 치려다 오히려 할멈이 뒤로 넘어져 죽는 장면이 나옵니다. 제가 미국인 학생들에게 한국고전극을 가르치다 가장 애를 먹는 부분입니다. 왜 무책임하고 바람피운 남편이나 그 젊은 애첩이 아니고 불쌍한 할멈이 졸지에 죽어야 하는지, 서양학생들은 절대로 이해 못합니다. 이 부분에서 한국의 전통극이 서양극보다 구조가 약하고 논리적이지 않아서―한 마디로 뒤떨어져서, 그런 것이라 생각하기 십상입니다. 그러나 이 봉산탈춤 제 7마당의 종결에는 우리 조상들의 부조리의 인생관이 담겨 있습니다. 근본적으로 인생사는 기승전결이 없고 비논리적이며 항시 우리의 예상과 기대를 허무하게 배반한다는 철학적인 통찰이 깔려 있는 것입니다. 아마도 우리 민족이 하도 고난을 당하다보니 자연스럽게 이런 철학이 얻어진 것이 아닌가 생각해 봅니다.

〈개똥벌레 날다〉에서 주인공 대인이 나오미 킴벌 같은 '흑진주'에게 무참히 당한 경험, 그토록 의심하고 염려했던 아들이 아니라 상상조차 못한 아내의 마약중독, 살만해지니 뒤통수를 치는 삶, 이런 예들이 바로 저 봉산탈춤의 마지막 장에서 보이는 부조리 인생철학과 연결되어있는 것입니다. 이 '부조리의 인생관'은 이언호 선생님의 작품세계에 자주 보이는데, 그의 소설에는 이렇게 어처구니없는 인생사를 품어 안는 너그러움과 여유가 있습니다. 우리나라의 전통적인 방문은 일부러 꼭 맞지 않게 만든다고 합니다. 문풍지 사이로 적당히 바람이 들어오게 하기 위해서라는데, 그런 '틈' 혹은 여유로움이 이언호 선생의 작품세계에 깔려있다고 생각합니다. 그래서인지 아무리 주제가 비극적이어도 그의 문체에는 어딘지 모를 해학성이 배어 있습니다.

이언호(李彦鎬) 연보

1940년 서울 생
성균관대학교 국문과 졸업, 동 대학원 수학
The J. Paul Getty Center Museum Docent Education Institute 수료

• 1966년 봄. 이정자(세레나)와 결혼 1남 1녀를 둠.

• 수상력
 −신춘문예 동아일보 희곡 〈기관실 사람들〉 당선으로 등단
 −문공부 예술창작공모 장막희곡 〈돌쌈〉 입상
 −한국 연극영화 예술대상 희곡상(현 백상 예술대상, 희곡 〈소금장수〉)수상
 −대한민국 희곡대상(희곡 〈사진신부의 사랑〉)
 −한국 문협 해외문학상(희곡 〈큐요리 그게 뭐지요〉)
 −미주한국소설문학상(소설 〈길가는 사람들〉)
 −미주한국펜문학상(소설 〈개똥벌레들 날다〉)
 −미주가톨릭문학상(희곡 〈큐요리 그게 뭐지요〉)
 −2010년 현대문학 교수 350명이 뽑은 올해의 문제소설 선정(소설 〈아보카도의 씨〉)
 − PAF 인티마공연예술상 작품상 및 대상(희곡 〈큐요리 그게 뭐지요〉)
 −영문소설 OLYMPIC BOULEVARD로 미가주상원표창장
   (CERTIFICATE OF RECOGNITION. STATE OF CALIFORNIA USA.
 −한국문인협회 표창장

• 중요 경력
 -서울 예술대학교 교수 역임
 -한국문인협회 이사역임
 -한국 희곡작가협회 감사역임
 -미주문인협회 이사 역임
 -미주 크리스천 문인협회 회장 역임
 -미주 문학단체 연합회 상임공동의장 역임
 -The J. Paul Getty Center Docent(폴 게티 박물관 문화 해설사)역임
 -사단법인 한국문인협회로부터 해외 문학발전위원회 위원장 선임
 -국제 펜 미 서부지역위원회 고문

• 작품 연보
 -1972   〈기관실 사람들〉 드라마센타 공연으로 등단
 -1972   〈기적이 아니래요〉 소인극 걸작선 발표
 -1972   〈어항〉 월간 드라마지 발표, 극단 작업 공연
 -1973   〈빙혈〉 현대문학 발표
 -1973   〈타의〉 현대문학 발표, 극단 작업 공연
 -1974   〈꽃새들〉 한국단막극선 발표
 -1975   〈새타니〉 박제천 합작, 월간문학 발표, 극단 에저또 공연
 -1975   〈허풍쟁이〉 현대문학 발표, 극단 민예 공연
 -1976   〈장난감 북〉 월간문학 발표
 -1976   〈멋꾼〉 한국연극 발표, 극단 민예 공연
 -1977   〈바람〉 월간문학 발표
 -1977   〈직녀, 오직녀〉 Vega,Oh Vega오페라 대본, 김순애 작곡
 -1977   〈소금장수〉 연극평론 발표, 세미 뮤직컬. 극단 민예공연
 -1978   〈달달박박〉 한국연극 발표. 오페라 대본. 장일남 작곡
 -1979   〈이 소리 안 들려요〉 월간문학 발표
 -1979   〈뻐꾹 뻑 뻐꾹〉 극단 상황 공연

-1979　〈오 섬뫼〉흥사단 기념공연

-1980　희곡집 《소금장수》 출간(진음서관)

-1981　미국 이주

-1995　〈금강산 구경〉단편소설, 미주 크리스찬문학 발표

-1995　〈아버지의 꿈〉장막희곡. LA, 윌셔 이벨극장 공연

-1996　〈숨은 그림 찾기〉장막희곡. LA 한국 문화회관 공연

-1997　〈누라차앗〉장막희곡, 문학과 창작 발표

-1997~1998　장편소설 《길가는 사람들》 전10회 연재(문학과 창작)

-1999~2000 장편소설 《황색의 천사》 전10회 연재(문학과 창작)

-2000　〈길동의 섬〉장막희곡, 순수문학 4월호

-2000　〈강완숙 콜롬바〉장막희곡, 문학과 창작 6월호

-2001　〈비둘기와 금발미녀〉단편소설, 이민백주년특집, 한소협 출간

-2002　〈투명 새와 빛과 자카란다 꽃잎〉월간문학 7월호

-2002　〈손〉단편소설, 한국소설 7월호

-2002　소설집 《길가는 사람들》 출간(책 읽는 사람들)

-2002　〈코메리칸 아비의 꿈〉장막희곡, 문학과 창작 8월호

-2003　〈리자드(Lizard)〉단편소설, 이민소설선집3

-2003　〈시지프스의 힐탑공원〉단편소설, 문학과창작 5월호, 문학아카데미

-2003　〈게릭호를 아시나요〉장막희곡, 월간문학 10월호 한국문협

-2003.11　〈미주한국문학상〉한국문인협회 미주지회 수상

-2004　〈개똥벌레〉단편소설, 예술세계 1월호. 한국예총

-2004　소설집 《개똥벌레들 날다》 재미작가 단편소설 10인선, 대한출판
　　　사

-2004　〈모터사이클의 살〉장막희곡, 월간문학 9월호. 한국문인협회

-2004. 8　미주펜문학상 (국제펜 한국본부와 미주지역위원회)

-2005　〈사진신부의 사랑〉장막희곡, 문학과 창작 여름호

-2005　〈두 희광이의 노래〉장막희곡, 한국 시학 겨울호

-2006　희곡집 《사진신부의 사랑》 출간(지성의 샘)

-2006　　〈자즈민이 시계 왼쪽 방향으로 도는 이유는〉 단편 한국소설 10월호

-2007~2008 〈공불이〉 장편소설, 문학과 창작 전10회 연재

-2008.　　〈요요, 벌새처럼 날다〉 단막희곡, 월간문학 5월호

-2008　　〈큐요리 그게 뭐지〉 장막희곡, 문학수첩 봄호

-2008.8　〈뮤지컬 소금장수〉 인천시립극단, 거창, 진주국제연극제공연

-2008　　〈아보카도의 씨〉 단편소설 한국소설 12월호

-2007~2008. 2　장편소설 〈공불이〉 문학과 창작 10회 연재

-2008　　대한민국 희곡 대상 수상. 한국희곡작가협회

-2008　　〈요요, 벌새처럼 날다〉 단막희곡, 월간문학 5월호

-2008　　〈큐요리 그게 뭐지〉 장막희곡, 문학수첩 봄호

-2008　　뮤지컬 〈소금장수〉 인천시립극단과 거창, 진주국제 연극제 공연

-2008　　〈아보카도의 씨〉 단편소설, 한국소설 12월호

-2010　　단편소설 〈아보카도의 씨〉가 한국현대문학 교수 350명이 뽑은 올
　　　　　해의 문제소설로 선정, 출간(푸른사상사)

-2010　　연작 장편소설 ≪꽈리열매 세탁공장≫ 출간(문학수첩)

-2010　　미국 로스앤젤레스 한국문화원 개원 30주년 기념으로 칼스테이트
　　　　　노스리지 대학과 공동으로 주최하는 영어 연극 〈쟈즈민이 시계 왼
　　　　　쪽 방향으로 도는 이유는〉(김아정 번역. Doug Kaback 교수 연출)
　　　　　이 공연 됨. 미 연극대학 교수들과 허리우드 공연 관계자들로부터
　　　　　호평

-2010.4　연작 장편소설 ≪꽈리열매 세탁공장≫ 출간(문학수첩)

-2011.　　〈누가 다나에를 구할까〉 단편소설, 미주한국소설 장간호

-2011.6　해외한국문학상 수상(사단법인 한국문인협회)

-2011.10　〈롤러코스터〉 단편소설, 한국소설 10월호

-2011.12　인티마 예술상, 작품상 및 대상 수상(연극 〈Q요리 그게 뭐지요〉 극
　　　　　단 뿌리 공연)

-2012.6　〈꽃도 눈길〉 장막희곡, 극작 워크숍 제4집 수록

-2013.　　〈브리스톤콘 소나무〉 단편소설, 미주한국소설 제2집

−2014.2　제1회 가톨릭문학상 수상(≪꽈리열매 세탁공장≫)

−2014.11　〈멋꾼〉극단 뿌리 공연, 대학로예술공간, 서울소극장 공연

−2015.5　〈엘캡〉중편소설, 한국소설 5월호

−2015.12~2016. 1〈허풍쟁이〉희곡, 극단 뿌리, 대학로예술공간 공연

−2016. 4　영문소설 ≪Olympic Boulevard≫ 출간(≪꽈리열매 세탁공장≫을 존 차 번역)

−2016.5　〈설치미술 창작에 대한 시뮬레이션〉단편소설, 미주한국문학

−2016.12　〈허풍쟁이〉희곡, 제1회 제주−더불어 놀다 연극제 초청공연, 한라 대소극장

−20216. 11　〈돌방〉미주PEN문학

−2016.11.1~6〈마누라를 찾습니다〉극단 뿌리 40주년과 국제2인극 페스티벌 대학로 휴먼씨어터 공연

−2016.11　〈슈거스위트 사롱〉단편소설, 미주가톨릭문학 제1집

−2017. 4　〈재즈민은 왜 시계 왼쪽방향으로 도는가〉단편소설, 자유문학 봄호

−2017.10　〈개구리〉단편소설, 미주가톨릭문학

−2017 11　한국문인협회 표창장(사단법인 한국문인협회) 수상

−2017.11　〈엘캡〉단편소설, 미주PEN문학

−2017. 12　〈재즈민은 왜 시계 반대방향으로 도는가〉단편소설, 미주한국소설 재수록

−2017. 12　〈사람을 찾습니다〉희곡, 한미문단 겨울호

−그 외에도 TV 단막극, 코미디물 오페라 대본 등이 다수 있음

E−mail: philonholee@hanmail.net
　　　　leeonho@hotmail.com
phon: 213 200 5660